सुहाग के नूपुर

[उपन्यास]

सुहाग के नूपुर

अमृतलाल नागर

राजकमल प्रकाशन

ISBN : 978-81-267-0344-9

मूल्य : ₹795

पहला संस्करण : 1960
तेइसवाँ संस्करण : 2024

प्रकाशक : राजकमल प्रकाशन प्रा.लि.
1-बी, नेताजी सुभाष मार्ग, दरियागंज
नई दिल्ली-110 002
शाखाएँ : अशोक राजपथ, साइंस कॉलेज के सामने, पटना-800 006
पहली मंजिल, दरबारी बिल्डिंग, महात्मा गांधी मार्ग, प्रयागराज-211 001
1, अनमोल सोराबजी संतुक लेन, धोबी तलाव, मरीन लाइंस, मुम्बई-400 002

वेबसाइट : www.rajkamalprakashan.com
ई-मेल : info@rajkamalprakashan.com

मुद्रक : बी.के. ऑफसेट
नवीन शाहदरा, दिल्ली-110 032

SUHAG KE NOOPUR
Novel by Amrit Lal Nagar

मेरे परम मित्र
तमिल साहित्य के आधुनिक गद्य-निर्माता और सर्वश्रेष्ठ उपन्यासकार
स्व. कृष्णमूर्ति जी 'कल्कि'
की
मधुर पावन स्मृति को...

निवेदनम्

ईसा की प्रथम शताब्दी में महाकवि इळंगोवन रचित तमिल महाकाव्य 'शिलप्पदिकारम्' भारतीय साहित्य की एक अनमोल रचना है। प्रस्तुत उपन्यास उक्त महाकाव्य की कथावस्तु पर आधारित होते हुए भी प्रायः एक स्वतन्त्र रचना है।

बहुत दिनों से एक लोकरंजक उपन्यास लिखने का विचार मन में था। 'शिलप्पदिकारम्' की मूल कथावस्तु अति प्राचीन काल से इस देश के साहित्य में प्रायः सर्वत्र प्रचलित है। घिसी-पिटी 'थीम' होने पर भी पॉपुलर उपन्यास के लिए मुझे वह अच्छी लगी। मैं अपने दृष्टिकोण से उसमें नवीनता देख रहा था।

सन् '46 में भारतकोकिला श्रीमती एम.एस. सुब्बुलक्ष्मी जी की तमिल फिल्म 'मीरा' का हिन्दीकरण करते हुए लगभग साल-सवा साल तक तमिल भाषा के श्रेष्ठ उपन्यासकार स्व. कृष्णमूर्ति जी 'कल्कि', 'कम्ब रामायणम्' के सुप्रसिद्ध टीकाकार स्व. रसिकमणि टी. के. चिदम्बरनाथ मुदलियार तथा साप्ताहिक 'कल्कि' पत्रिका के मैनेजिंग डायरेक्टर एवं सुब्बुलक्ष्मी जी के पति श्री टी. सदाशिवन् जी के साथ घंटों बैठने-उठने का अवसर मिला। कविवर नरेन्द्र शर्मा जी उक्त फिल्म के लिए गीत लिख रहे थे। बड़ा ही सुखद साथ था। पहली बार यह कथा मैंने इसी सुसंगति में सुनी थी। तमिल भाषा सीख रहा था सो छठी या सातवीं पोथी में यह कथा फिर पढ़ी। सन् '52 में सुप्रसिद्ध आलोचक बन्धुवर डॉ. रामविलास शर्मा और ख्यातनामा कथालेखक प्रिय राजेन्द्र यादव के साथ दक्षिण भारत की यात्रा फिर की। तिरुच्चिरापल्ली में दक्षिण भारत हिन्दी प्रचार सभा के भाई श्री अवधनन्दन जी ने मुझसे आग्रह किया कि इस पर उपन्यास लिखूँ। तब से ही विचार कर रहा था, पर लिख न पाया। सन् '52 में 'सुहाग के नूपुर' के नाम से इस कथानक पर सवा घंटे का एक रेडियो नाटक

अवश्य लिखा था। आकाशवाणी के अनेक केन्द्रों से वह प्रसारित हो चुका है। तेलुगु भाषा में भी उसका अनुवाद मद्रास रेडियो केन्द्र से प्रसारित हुआ था। जनता ने उसे सराहकर मुझे बल दिया। गत वर्ष 'धर्मयुग'-सम्पादक आदरणीय भाई सत्यकाम जी विद्यालंकार के आग्रह पर इसे उपन्यास का रूप दिया।

भाषा मिली-जुली सरल रखी है जिससे साधारण हिन्दी जाननेवाले पाठक पढ़ सकें। ऐतिहासिक पृष्ठभूमि सँजोने में मुझे अपने आदरणीय भाई डॉ. मोतीचन्द्र जी की अमूल्य पुस्तक 'सार्थवाह' से बड़ी सहायता मिली। इसके अतिरिक्त ब्लीच तथा एच.जी. वेल्स लिखित विश्व इतिहास, डोनाल्ड मैकेंजी की 'मिथ्स एंड लीजेंड ऑफ ईजिप्ट' तथा रॉबर्ट ग्रेव्ज की पुस्तक 'क्लॉडियस' का उपकार मानता हूँ।

उपन्यास की पांडुलिपि चिरंजीव-त्रय अवधनारायण मुद्गल, गणेश त्रिपाठी और चन्द्रकिशोर वर्मा ने लिखी।

—अमृतलाल नागर

एक

ब्राह्म मुहूर्त में ही कावेरीपट्टणम् के नौकाघाट की ओर आज विशेष चहल-पहल बढ़ रही है। सजे-बजे सुन्दर बैलोंवाले शोभनीय रथों, पालकियों और घोड़ों पर नगर के गण्यमान्य चेट्टियार, प्रौढ़ और युवक, कावेरी नदी के नौकाघाट की ओर बढ़े चले जा रहे हैं। रथों की खड़-खड़, बैलों की मधुर घंटियाँ, घोड़ों की टापें, सारथियों, मशालचियों की हाँक-गुहार पौ फटने से पूर्ववाले धुँधलके को अपनी गूँज से चौंधियाने लगीं। रथों, घोड़ों आदि के साथ राजपथ पर दूर-दूर तक दौड़ती दिखाई देती मशालें ऐसी लगती हैं मानो आकाश पर सूर्य देवता का आना जान तारे भयकम्प से स्खलित हो धरती पर मुँह छिपाने चले आए हों।

दो अश्वारोहियों के साथ दौड़ती मशालें आगे-पीछे प्रायः साथ-साथ आ लगीं। उनके प्रकाश में अश्वारोहियों ने एक-दूसरे की ओर देखा।

''अहो! पापनाशन, तुम भी! तब तो निश्चय ही आज सूर्य पश्चिम से उदय होनेवाला है।''

दोनों अश्वारोहियों के घोड़े पास-पास आ गए। दोनों की मशालें मिलकर प्रकाशपुंज बन गईं। साँवले, गठीले बदन के, सजीले नवयुवक पापनाशन ने मुस्कराकर कहा, ''क्या करता! तम्बी आ रहा है। स्वागत के लिए न आता तो अप्पा और अम्मा दोनों ही को क्षोभ होता। और तुम किसके लिए आए हो महालिंगम्?''

''स्वयं नए सार्थवाह कोवलन के लिए।''

''बड़ा भाग्यशाली है यह कोवलन भी। चेट्टिपुत्रों में इस समय सिरमौर माना जा रहा है। भाग्य तो देखो, धन के साथ-साथ परदेश से सुख्याति की गठरी भी बाँधकर ला रहा है।''

महालिंगम् ने एक गरम उसाँस छोड़ी और ईर्ष्या-भरे स्वर में बोला, ''और यहाँ भी उसके लिए लक्ष्मी वरमाला लिए खड़ी है। भाग्य इसको कहते हैं!''

''मैंने तो सुना था कि मानाइहन की कन्या का सम्बन्ध तुमसे होनेवाला है। कल अचानक सुना कि...''

''मैं किसी की दासता नहीं कर सकता। मानाइहन चेट्टियार चाहते थे कि उनकी पुत्री से विवाह करनेवाला पुरुष फिर किसी ओर आँख उठाकर भी न देखे।''

पापनाशन तनिक हँसकर बोला, "ठीक ही तो कहते हैं। कन्नगी सुन्दरता में अद्वितीय है। उसे पाकर फिर किसी और की चाह क्यों रहे!"

"नारी का सौन्दर्य तभी तक आकर्षक रहता है जब तक कि उस पर किसी पुरुष का अधिकार नहीं हो जाता।"

"और वेश्या का सौन्दर्य?"

महालिंगम् हँसा। बोला, "वेश्या पूरे तौर पर कभी किसी के अधिकार में नहीं आती पापनाशन! उस पर अधिकार प्राप्त करने की भावना ही मृग-मरीचिका है। उसका आकर्षण अनन्त है।"

पापनाशन जोर से हँस पड़ा। अपना घोड़ा उसके घोड़े से सटाते हुए उसके कन्धे पर थपकी देकर बोला, "कोई कुछ कहे, मैं तो यही कहूँगा महालिंगम् कि तुम कावेरीपट्टणम् के रसिकरत्न हो। कोवलन में अर्थ का व्यापार करने की क्षमता भले ही आ गई हो, परन्तु रस-व्यापार में, शृंगारहाट में तुम्हीं अद्वितीय रहोगे।"

दोनों हँस पड़े। कुछ पल चुपचाप आगे बढ़ने के बाद पापनाशन ने फिर पूछा, "आज तुम्हारी ललिता नृत्योत्सव में भाग ले रही है?"

"हाँ।"

"लेकिन मैंने सुना है पेरियनायकी की पोष्यपुत्री माधवी उससे अधिक चतुर और कुशल है!" पापनाशन ने तनिक उकसाते हुए कहा।

उसका तीर सच्चा बैठा। महालिंगम् ने तड़पकर उत्तर दिया, "राजा के गले की माला कुलीन वारवधुओं के कंठ में ही पड़ती है पापनाशन! माधवी मेरी ललिता के पैरों की धोवन भी नहीं।"

"मैंने तो कल ही नन्दा के यहाँ सुना कि कुलीनता का बन्धन वर्षों पहले ही इस दरबार से टूट चुका। चेलम्मा तो कुलीन नहीं थी, परन्तु मैंने सुना है कि बीस वर्ष पहले प्रथम बार उसकी नृत्यकुशलता देखकर ही महाराज ने यह नियम भंग कर दिया था।"

महालिंगम् ने घृणा की कड़वाहट से मुँह बिगाड़कर उत्तर दिया, "स्वर्गीय महाराज स्वयं उस पर मुग्ध हो गए थे, और उसका जो विरोध हुआ था वह भी रूप के हाट में किसी से छिपा नहीं। फल भी देख लिया। चेलम्मा भला उस गौरव को रख सकी! कुलीन वेश्या होती तो अपने पदगौरव की रक्षा कर भी पाती। कल ललिता की अम्मा यही तो कह रही थीं। नृत्याचार्य शंकरन मुदलियार भी इसी मत के हैं कि नृत्योत्सव में 'कामदेव के धनुष' का पद-गौरव केवल कुलीन वेश्याओं को ही मिलना चाहिए। अकुलीन रूपसियाँ उसकी प्रतिष्ठा नहीं रख पातीं। इसीलिए एक चेलम्मा को छोड़कर और किस अकुलीना को अब तक यह पद मिला, बताओ तो सही?"

"परन्तु इतने वर्षों में किसी अकुलीना ने भाग भी तो नहीं लिया! चेलम्मा के

बाद बीस वर्षों में पहली बार पेरियनायकी ने ही अपनी बेटी को प्रतियोगिता में उतारने का साहस किया है। मेरी अमरावती कह रही थी कि माधवी के आगे ललिता ठहर नहीं सकती। रूप और गुण दोनों ही में वह अद्वितीय है। स्वयं चेलम्मा ने उसे नृत्य की शिक्षा दी है।''

पापनाशन महालिंगम् के मन में ईर्ष्या जगाकर उसकी दम्भ-भरी बातों का रस लेना चाहता था। महालिंगम् उसके जाल में फँस गया, तपता ही चला गया। घृणा की हँसी हँसकर बोला, 'हः हः हः, जिसकी नृत्यगुरु रूप-हाट की भिखारिन चेलम्मा हो वह भला राजमाला जीत सकती है! मेरी ललिता ने श्रेष्ठ गुरुओं से शिक्षा पाई है। उसे कौन जीत सकेगा!''

''मैंने सुना है महालिंगम् कि ललिता को प्राप्त करने के लिए तुम अब तक सहस्रों स्वर्णमुद्राएँ दाँव पर लगा चुके हो।''

''पारखी रत्न देखकर ही दाम लगाता है पापनाशन! तुम देखोगे कि आज रात मेरी एक वर्ष की तपस्या कैसा मधुर फल देती है! मेरी ललिता ने कह रखा है कि राजा के गले का हार जीतते ही वह अपनी कोमल बाँहों की माला के साथ-साथ उसे मेरे गले में डाल देगी। तब तुम, तुम ही नहीं सारा नगर ईर्ष्या से मेरी ओर देखेगा।'' महालिंगम् ने बड़े दर्प के साथ कहा।

पापनाशन हँसा। बोला, ''मुझे ईर्ष्या नहीं होगी महालिंगम्! मेरा रस स्थिर हो चुका है। घर में पत्नी और रूप के हाट में अमरावती। मैं अपने जीवन से सन्तुष्ट हूँ।''

''तुम मूर्ख हो। चढ़ती आयु में ही जिसका रस स्थिर हो जाए उस युवक को रसज्ञ कौन कहेगा!''

''किसी के कहने-न-कहने की परवाह मैं नहीं करता। स्त्री के अतिरिक्त भी जीवन में अनेक व्यापार हैं। मैं लक्ष्मी की अवहेलना कैसे कर दूँ!''

''अ...ह...लक्ष्मी! धन के पीछे भागनेवाले मूर्ख होते हैं। लक्ष्मी स्वयं भाग्यशाली के पीछे-पीछे दौड़ती है। मैंने कभी चिन्ता नहीं की। माता-पिता असन्तुष्ट हैं, वे मूर्ख हैं। जब तक मेरा भाग्य मेरे साथ है, मैं धन कमाने की चिन्ता ही क्यों करूँ!''

''और जब भाग्य साथ न देगा?''

''तुम मुझसे जलते हो पापनाशन! मेरा बुरा चाहते हो। तुम सबके मन में यही ईर्ष्या है कि ललिता मेरे प्रति इतनी आकृष्ट क्यों है! अरे, मेरा भाग्य मेरा साथ दे रहा है। मैं किसी की परवाह नहीं करता।'' यह कहकर महालिंगम् ने तेजी से अपना घोड़ा आगे बढ़ा दिया।

नौकाघाट पर बड़ी भीड़ थी। अनेक पताकाओं से युक्त मणिस्तम्भ नए सिरे से रँगे जाने के कारण एकत्र हुई मशालों के घेरे में जगमगा रहा था। ऊँचे चबूतरे

पर एक ओर माल के बोरे लदे थे। उसके मध्य-भाग में रत्नजटित चँदोवे के नीचे रुई के मोटे-मोटे गद्दे बिछे थे। उन पर कारचोबी से कढ़ी हुई चादरें बिछी थीं। नगर के दो सर्वश्रेष्ठ धनी मासात्तुवान और मानाइहन पास-पास बैठे थे। अनेक धनी-मानी सेठ और उनके पुत्र भी विराजमान थे। नौकाओं के आने की प्रतीक्षा हो रही थी। यों तो वे कल सायंकाल ही यहाँ पहुँच जातीं परन्तु सुमुहूर्त में नगर-प्रवेश हो, इस इच्छा से चेट्टियार मासात्तुवान ने एक तेज चलनेवाली नौका द्वारा सन्देश भेजकर अपने पुत्र कोवलन को यह आदेश दिया था कि ब्राह्म मुहूर्त में ही वह अपनी नौकाओं के साथ नगर में प्रवेश करे। आज उत्तम दिन है। आज ही विख्यात जल सार्थवाह मानाइहन चेट्टियार की इकलौती पुत्री कन्नगी की सगाई भी कोवलन के साथ होगी। दो परम वैभवशाली चेट्टिकुलों का गठबन्धन कई दिनों से नगर की चर्चा का आम विषय है। मासात्तुवान चेट्टियार कावेरीपट्टणम् के ही नहीं, समस्त दक्षिण भारत के स्थल सार्थवाहों के सिरमौर हैं। उत्तर भारत में मथुरा, इन्द्रप्रस्थ, सुदूर नगरहाट तक के श्रेष्ठ व्यापारियों में मासात्तुवान की साख पुजती है। उसी प्रकार समुद्र पार के देशों में मानाइहन चेट्टियार का नाम चमकता है। शूर्पारक, बावेर, मिस्र, रोम आदि देशों तथा सिंहल, सुवर्ण, कटाह, यव आदि सुप्रसिद्ध द्वीपों तक मानाइहन चेट्टियार के सार्थ चलते हैं। दोनों सेठों के व्यापारिक सम्बन्ध वर्षों से घनिष्ठतम हैं और इस घनिष्ठता को अधिक प्रगाढ़ करने के लिए ही मानो नियति ने योजना बनाकर दोनों को एक-ही-एक सन्तान दी, वह भी एक को कन्या और दूसरे को पुत्र।

दो वर्ष पहले मासात्तुवान चेट्टियार ने अपने सोलहवर्षीय इकलौते पुत्र को अपने कुशल मुनीम वीलिनाथन की निगरानी में सार्थ लेकर उत्तर भारत भेजा था। उसके साथ ही कावेरीपट्टणम् के अनेक व्यापारियों के होनहार भी अनुभव प्राप्त करने के हेतु अपने पिताओं द्वारा भेजे गए थे। यह नगर के व्यापारियों की नीति थी। प्रति पाँचवें वर्ष नवयुवक सेठपुत्रों को इसी प्रकार अनुभव-प्राप्ति के हेतु भेजा जाता था। इस बार छह महीने पूर्व ही नगर के व्यापारीवर्ग में यह समाचार फ़ैल चुका था कि युवकों के सार्थ ने वीलिनाथन की निगरानी में बड़ी सफलता पाई है। कोवलन तो विशेष रूप से अपने कुशल व्यवहार के द्वारा उत्तर भारत के सेठों का प्रीतिभाजन बन गया और आशा की जाती है कि अपने पिता के समान ही वह अपूर्व ख्याति लाभ करेगा।

मानाइहन सेठ पहले तो यही विचार कर रहे थे कि किसी कुलीन छोटे सेठ के पुत्र को अपना घरजमाई बना लें, इसीलिए पहले उन्होंने काली मिर्च के बड़े व्यापारी कुप्पुस्वामी चेट्टियार के पुत्र महालिंगम् को अपनी कन्या देने का विचार किया था, परन्तु उसका चाल-चलन ठीक न देख वे उसकी ओर से विमुख हो गए। कोवलन की प्रशंसा सुन उनके मन में यही आया कि यद्यपि वे उसके साथ विवाह करके

अपनी बेटी को फिर अपने घर में न रख सकेंगे, तथापि नाते की दृष्टि से यही नाता सर्वोत्तम होगा। दो कुलों का वैभव मिलकर कोवलन और कन्नगी की भावी सन्तानों को सम्पूर्ण भारत में अद्वितीय गौरव दिला देगा। कन्नगी के सुख-सौभाग्य की दृष्टि से इससे बढ़कर उत्तम नाता और कोई नहीं हो सकता। चेट्टियार मासात्तुवान के लिए भी यह सम्बन्ध हर तरह अनुकूल था। दोनों में यह निश्चय हुआ कि कोवलन के घर आते ही दोनों कुल एक सूत्र में बँध जाएँगे। इसी नाते मानाइहन चेट्टियार भी अपने भावी जामाता का स्वागत करने आए थे। दोनों सेठों के मित्र व्यापारी भी उनके साथ-साथ नए सौभाग्यशाली के स्वागतार्थ एकत्र हुए थे।

दूसरे छोटे व्यापारी तथा नाविकों के स्नेही, सम्बन्धी, पारिवारिक लोग भी अपने-अपने प्रियजनों के स्वागत में चबूतरे के नीचे बने घाट पर झुंड बाँधे खड़े नौकाओं के आने की प्रतीक्षा, उतावली से कर रहे थे। स्वस्तिवाचन के लिए ब्राह्मणमंडली, बौद्ध भिक्खु एवं जैन क्षपणकमंडली भी एकत्र थी। मांगलिक घट लिए हुए दासियाँ उस क्षण की प्रतीक्षा में चंचल हो रही थीं जबकि जन-धन से लदी नौकाओं को दूर से आते देखकर वे शंखनाद और मंगलवाद्यों की गूँज के साथ महाश्रेष्ठिपुत्र और उसके समुदाय के स्वागत में गीत गाएँगी। चारों ओर चहल-पहल थी। चारों ओर अपने प्रिय एवं पुरजनों को दीर्घकाल के बाद देखने का उछाह था।

प्रतीक्षा की लम्बी अवधि समाप्त हो गई। पश्चिम की ओर से पुण्यतोया कावेरी नदी में महानौका के पाल और ध्वजाएँ, उन पर बँधे ऊँचे-ऊँचे दीपाधारों के टिमटिमाते प्रकाश में झलकने लगे। घाट पर उत्साह की लहर दौड़ गई। शोर मचने लगा। शंख और मंगलवाद्य बज उठे। दक्षिणा के लालच में आए हुए ब्राह्मण, भिक्खु और क्षपणक अपने-अपने सम्प्रदायों में मंगलवाक्य उच्चारने लगे। नौकाघाट मंगलगीतों से गूँज उठा। चबूतरे के पास खड़ी पाल-बँधी नौकाएँ घाट छोड़कर आगे की ओर बढ़ा दी गईं जिससे कि आनेवाली नौकाओं के लिए खड़े होने की जगह हो जाए। जैसे-जैसे नौकाएँ पास आने लगीं, घाट का हर्षनाद भी बढ़ता गया। शीघ्र ही कोवलन की नाव घाट पर आ लगी। उसके पीछे पचास नावें आ रही थीं।

भव्य चोल सिंहमूर्तियों से युक्त सीढ़ियाँ चढ़कर कोवलन ऊपर आया, पिता के चरणों पर गिर गया। आँखों में आँसू भरकर वेग के साथ महाश्रेष्ठि मासात्तुवान ने अपने पुत्र को उठाकर कलेजे से लगा लिया। कुछ क्षण तक वे भावावेश से बेसुध रहे। महाश्रेष्ठि मानाइहन पास ही खड़े मुग्ध नेत्रों से अपने भावी जामाता की ओर निहार रहे थे।

अँगुलियों से बहते आँसू पोंछ अपने को सँभालकर मासात्तुवान ने कोवलन से कहा, ''अपने पूज्य श्वसुर जी को प्रणाम करो पुत्र! तुम्हारे लिए उन्होंने यहाँ तक आने का कष्ट उठाया।''

कोवलन रात में ही यहाँ से भेजे गए सन्देशवाहक द्वारा अपने होनेवाले सम्बन्ध की सूचना पा चुका था। उसने लज्जा से सकुचाते हुए मानाइहन चेट्टियार के चरण छुए। मानाइहन ने पुलककर उसे गले लगाते हुए आशीर्वचन कहे और पंचमेल रत्नों की भरी कई मुट्ठियाँ निछावर कर चारों ओर लुटा दीं।

स्वागत के लिए आए हुए अन्य धनी-मानी सज्जनों से कोवलन यथोचित रूप से मिला, ब्राह्मणों एवं बौद्ध तथा जैन साधुओं से आशीर्वाद लिए, मित्रों से भेंट की। चारों ओर हँसी-खुशी का वातावरण छाया हुआ था। कोवलन के साथ परदेश-यात्रा से लौटे हुए व्यापारी मासात्तुवान एवं मानाइहन से उसकी तथा मुनीम वीलिनाथन की भूरि-भूरि प्रशंसा करने लगे।

घाट पर नौकाओं से माल उतारते हुए मजदूरों का शोर हो रहा था। अपने स्वजनों के स्वागतार्थ आए हुए लोगों का हर्षमय कोलाहल प्रातःकालीन पक्षियों के कलरव-सा ही मधुर लग रहा था।

सवेरा शुभ्र स्फटिक-सा चमकने लगा था। कुलपुरोहित ने आदेश दिया कि कोवलन स्नानोपरान्त कावेरी गंगा की पूजा करके ही नगर में प्रवेश करेगा। सेठ मासात्तुवान का स्वास्थ्य उन दिनों ठीक नहीं था। वे घर लौट गए। मानाइहन सेठ भी उन्हीं के साथ चले गए।

कोवलन अपनी मित्रमंडली के साथ हँसता-बोलता स्नानघाट की ओर पैदल ही चल पड़ा।

यौवन की सीढ़ियाँ चढ़ती हुई एक अनिंघ सुन्दरी बाला घाट की सीढ़ियों से क्रमशः ऊपर आ रही थी। कोवलन अपनी मित्रमंडली सहित सीढ़ियाँ उतरने के लिए बढ़ रहा था। आँखें अटक गईं। उसके मित्र कण्णन ने कहा, ''बड़े भाग्यशाली हो मित्र, जो शुभ कार्य के लिए आते ही मंगला मुखी के दर्शन हुए। माधवी! इन्हें पहचाना? कोवलन चेट्टियार हैं!''

माधवी के पीछे खड़ी हुई चालीस वर्षीया प्रौढ़ा पेरियनायकी के चेहरे पर प्रसन्नता की किरणें फूट पड़ीं। झुककर प्रणाम करते हुए कण्णन से कहा, ''सूर्य और चन्द्रमा का परिचय नहीं कराया जाता कण्णन चेट्टि! उन्हें सभी जानते हैं। नदीपूजा के लिए आते हुए माधवी को देखकर कोवलन चेट्टियार का तो शकुन हुआ ही, स्वयं माधवी का भी भाग्यसूर्य उदय हो गया। देश-विजयी नए सार्थवाह के दर्शन उसे ऐसे दिन मिले हैं जिस दिन वह आप भी विजयकामना लेकर निकली है।''

माधवी की बड़ी-बड़ी मीन-सी चंचल आँखें क्षण-भर के लिए कोवलन के चेहरे पर टिक गईं। कोवलन मुग्ध होकर उन्हें देखने लगा। फिर अपने गले से बड़े-बड़े शुभ्र मोतियों का मूल्यवान हार उतारकर उसने माधवी के गले में डाल दिया और कहा, ''मेरे शकुनपंछी की जय हो!''

माला तुरन्त ही उतारकर पास ही बैठे भिखारी की झोली में डालते हुए माधवी ने सदर्प कहा, ''आज तो स्वयं महाराज के कंठ से उतरी हुई मुत्तुमालै ही मेरे गले में पड़ेगी। उसके आगे और मालाएँ झूठी हैं।'' कहकर चाँदी की भरी कलशी लिए माधवी आगे बढ़ गई।

कोवलन का चेहरा अपमान से लाल हो उठा। मित्रमंडली और पेरियनायकी के भाव उनके चेहरे पर स्तब्ध रह गए। पेरियनायकी ने तुरन्त ही हाथ जोड़कर गिड़गिड़ाते हुए कोवलन से कहा, ''उसे क्षमा करना श्रेष्ठिपुत्र! अभी बड़ी अल्हड़ है, अभी उसे कोई समझ नहीं। मैं बहुत लज्जित हूँ श्रेष्ठिपुत्र!'' पेरियनायकी की आँखों में आँसू आ गए। अंचल के खूँट से पाँच स्वर्णगुटिकाएँ निकालकर भिखारी की झोली में डालकर मोतियों की माला उठाते हुए पेरियनायकी बोली, ''तुम्हारा काम इस स्वर्ण से चल जाएगा भिक्षुक! यह माला मेरे लिए शकुन है।''

पेरियनायकी के चले जाने के बाद कोवलन ने कहा, ''बड़ी चतुर है यह स्त्री। पाँच गुट्टों में भिखारी का भाग्य छीन ले गई।''

''और वह जो मेरे मित्र का मन हर ले गई है?'' कण्णन ने हँसकर कहा।

''चतुर पुरुष हाट में हिरती-फिरती धनलक्ष्मी और यौवनलक्ष्मी को महत्त्व नहीं दिया करते मित्र! वे उस लक्ष्मी का ही वरण करते हैं जो उनके घर में स्थायी रूप से आती है।'' कोवलन ने सदर्प उत्तर दिया।

''साधु! यह वचन होनहार पुरुष के ही योग्य है।''

दिन-भर जगह-जगह इस प्रसंग की चर्चा रही। कोवलन के पिता ने भी सुना और श्वसुर ने भी। उन्हें अपने पुत्र पर गर्व हुआ।

दो

कोवलन की बात रूप के हाट में भी चर्चा का विषय बनी। माधवी ने भी सुना और पेरियनायकी ने भी। पेरियनायकी की घबराहट का अन्त न रहा। माधवी ने अपने अज्ञानवश नगर के दो सर्वाधिक प्रभावशाली व्यक्तियों का अपमान किया था। उसे भय था कि महाराज कारिहार बलवन के दरबार में होनेवाले आज सन्ध्याकाल के वार्षिक नृत्योत्सव में यह बात कहीं माधवी के भाग्य को अस्त न कर दे। वह बड़ी घबरा रही थी।

माधवी पेरियनायकी द्वारा मोल ली गई कन्या थी। पेरियनायकी भी अपने समय में मोल ली गई थी। रूपजीवाओं की दुनिया में भी कुलीनता-अकुलीनता का

बहुत बड़ा भेद माना जाता था। 'इलङ्गाइ', 'वलङ्गाइ' दो वर्गों में वंजिवर्ग बँटा हुआ था, इनमें भी मर्यादा के भेदाभेद थे।

आज के नृत्योत्सव में माधवी की सर्वश्रेष्ठ प्रतिद्वन्द्विनी राजम्मा की पुत्री ललिता थी। राजम्मा वंश-परम्परा से प्रतिष्ठित वंजिकुल (वेश्याकुल) की थी। वेश्याओं की दुनिया में उसका वही महत्त्व था जो कावेरीपट्टणम् के धनी-मानी कुलों में मासात्तुवान और मानाइहन का था। नगर के मुख्य नट्टुवन (नृत्याचार्य) भी उसी के पक्ष में थे। पुहारेश्वरम् मन्दिर की प्रधान देवदासी तथा कुछ-एक प्रतिष्ठित सामन्तगण भी राजम्मा के प्रशंसकों में थे। इसलिए यह माना जाता था कि इस वर्ष का पुरस्कार राजम्मा की पुत्री को ही मिलेगा। वह बड़ी धनवती भी थी। उसका धन उसकी इच्छाओं का पोषण करने के लिए रूप के हाट में प्रायः सबको अपने वशीभूत कर चुका था।

आज के दिन के लिए ही महीनों से पेरियनायकी और उसकी क्रीत पुत्री माधवी के विरुद्ध अनेक बातें फैलाई गई थीं।

पेरियनायकी ने यद्यपि कभी अपनी कला के लिए कोई राज-पुरस्कार नहीं जीता था, तथापि उसकी गणना नगर की श्रेष्ठ गायिकाओं में थी। कई वर्षों से नगर का मुख्यतम यवन व्यापारी पान्सा उसके आकर्षणपाश में बँधा हुआ था। पेरियनायकी को उससे बड़ा धन-वैभव प्राप्त हुआ था। वह समझदार थी। अपनी भरी जवानी में ही भविष्य का ध्यान कर उसने एक तीन वर्ष की नन्हीं-सी बच्ची को खरीद लिया था। उसने उसका नाम माधवी रखा। बड़े लाड़-प्यार से उसे पाला-पोसा, पढ़ना-लिखना सिखलाया, नृत्य और संगीत की उत्तम शिक्षा दिलवाई। छोटी-सी आयु में ही माधवी का गुण-सौन्दर्य चर्चा का विषय बन चुका था। लोग-लुगाइयाँ माधवी के उज्ज्वल भविष्य की भविष्यवाणियाँ किया करते थे। जलनेवाले जलते भी थे। इनमें पेरियनायकी की बाल-सखी चेलम्मा भी थी जो किसी समय सर्वश्रेष्ठ नर्तकी मानी जाकर राजा द्वारा पुरस्कृत भी हो चुकी थी और अगाध धन-वैभव से वर्षों तक खेलकर भाग्यचक्र में पड़ अपना सब कुछ गँवाकर रोग के कारण कुरूपा और भिखारिन हो गई थी। चेलम्मा पेरियनायकी से कड़वे बोल बोलती, परन्तु माधवी पर जान देती थी। जब राजम्मा के ईर्ष्या-भरे षड्यन्त्र से पेरियनायकी अपनी पुत्री को नृत्यशिक्षा दिलाने के लिए किसी श्रेष्ठ नट्टुवन का सहयोग प्राप्त न कर सकी, तब चेलम्मा ने सब नृत्यगुरुओं के मुख पर झाड़ू मारने की प्रतिज्ञा करके स्वयं अपनी सखी की बेटी को नृत्य सिखलाना आरम्भ किया था। रूप के हाट में इस बात को लेकर हँसी उड़ाई जाती थी, परन्तु पेरियनायकी ने कभी इसकी चिन्ता न की। चेलम्मा अपनी चेली के बखान करते नहीं अघाती थी। वह कहती फिरती कि जिस दिन माधवी पुरस्कार में राजा की माला पाकर 'कामदेव का धनुष' घोषित की जाएगी

उस दिन वह नगर के प्रधान नृत्याचार्य (राजम्मा की बेटी के गुरु) शंकरन मुदलियार की दाढ़ी नोचकर अपने चेहरे पर चिपका लेगी। प्रधान नट्टुवन का ऐसा अपमान करने का साहस रूप के हाट में कोई नहीं कर सकता था। नर्तकियों के लिए वे साक्षात् नटराज के अवतार थे।

दिन-भर यही सब चर्चा चलती रही। पेरियनायकी का दिल दहल रहा था। माधवी ने आज प्रातःकाल ही नगर में आए हुए कोवलन का अपमान करके उसे बुरी तरह दहला दिया था। अपने और माधवी के विरुद्ध चलते षड्यन्त्र की बातें सुन-सुन उसे यह लगता था कि विजयमाल निश्चित रूप से राजम्मा की पुत्री ललिता के गले में पड़ेगी और उसके बाद प्रधान नट्टुवन के विरुद्ध चेलम्मा द्वारा फैलाई गई कटूक्तियाँ अपना रंग खिलाकर ही रहेंगी। इस नगर में माधवी को लेकर रहना दूभर हो जाएगा।

दिन में चेलम्मा आई। उसके साँवले शरीर पर श्वेत कुष्ठ के दाग बड़े भयानक लगते थे। उसकी इस रोगजनित कुरूपता के कारण उपजी हुई विवश घृणा ही मानो और कहीं गति न पाकर उसकी बड़ी-बड़ी आँखों में उतर आई थी। किसी समय जो आँखें लोगों को लुभाती थीं, उन्हें देखकर अब भय का संचार होता था। आते ही चेलम्मा ने कहा, ''क्यों री पेरियनायकी! तेरी बेटी आज मासात्तुवान के बेटे और मानाइहन के जमाई के मुँह पर चूना पोत आई; सुना है?''

''मर कलमुँही! तूने कहाँ सुना?''

''नगर में आज कौन-सा ऐसा क्षेत्र बचा है जहाँ तेरे इस सौभाग्य की चर्चा न हो रही हो?'' यह कहकर चेलम्मा हँसने लगी। पेरियनायकी दोनों हाथों से अपना सिर पकड़कर बैठी रही। चेलम्मा और चिढ़ाकर बोली, ''अरी, अभी से क्यों रोना शुरू कर दिया! तेरे रोने के दिन तो आगे आएँगे। माधवी का तो जो होना होगा सो होगा ही, पर तू बुढ़ापे में अगर पट्टिनपाक्कम् के चौराहे पर भीख माँगती न दिखाई दे तो मेरा नाम बदल दीजियो। बड़े सपने देख रही थी! हः...हः...हः! बुढ़ापे में सोने के हिंडोले में बैठकर चबर-चबर वेत्तिलै (पान) चबाना चाहती थी! अरी! तेरी लड़की घमंड के ऐसे थान फाड़ेगी कि तुझे बुढ़ापे में फटे चीथड़े भी पहनने को न मिलेंगे।''

पेरियनायकी चीख उठी, ''कलमुँही! निगोड़ी! जले पर उप्पू (नमक) छिड़कने आई है! जा, नहीं तो नागरत्ना को झाड़ू मार-मारकर तुझे निकालने का आदेश दूँगी। मेरे भाग्य खोटे थे जो तुझे अपने घर में रखा, उसकी शिक्षिका बनाया। तेरा ही साथ करने से वह ऐसी घमंडिन हो गई है। ऐसा भी क्या मरा गरब-गुमान जो अपना भला-बुरा भी न देखने दे! अब बच्ची नहीं रही माधवी। इतने बड़े सेठ का लड़का! हाय! कैसे आकर्षण-भरे भाव से उसने इसे देखा था! निगोड़ी राजम्मा के षड्यंत्र से

यदि नृत्योत्सव में न भी जीत पाती तो मासात्तुवान और मानाइहन के घरों की लक्ष्मी के बल पर एक क्या सात जन्मों तक राजपाट भोग सकती थी।''

''कौन राजपाट भोगता री, वो कि तू? किसके लिए अपने करम पकड़कर रो रही है? आहा! तेरा यह दुख-दुर्भाग्य देखकर मेरे कलेजे में ऐसी ठंड पड़ रही है कि क्या कहूँ! पर नृत्योत्सव में तो वो जीतेगी ही, क्योंकि मुझे उस निगोड़े शंकरन मुदली की दाढ़ी जो नोचनी है। आगे क्या होगा, तू जाने और तेरा भाग्य जाने। और मैं तो जानती ही हूँ कि तुझे पट्टिनपाक्कम् के चौराहे पर हाथ में फूटा कटोरा लेकर बैठना है। अपनी भीख से बचे हुए एक-आध कासु (पैसा) मैं भी तेरे कटोरे में डाल जाया करूँगी। हा...हा...हा...हा... ।''

''इतनी उतावली से अपनी भावनाओं को बढ़ावा न दो मौसी! तुम्हारी ये थकी शक्तियाँ और भी थक जाएँगी। विश्वास रखो, माधवी आज राजपुरस्कार भी जीतेगी और अपने शकुनपक्षी को भी!'' माधवी के चेहरे पर आत्मविश्वास का तेज दमक रहा था।

तीन

नृत्यमंडप आमन्त्रित अतिथियों से भर चुका था। ऊँचे, रत्नजटित, अपने वंशचिह्न सिंह को सार्थक करते हुए सिंहासन पर परम प्रतापी चोल महाराज कारिहार बलवन विराजमान थे। इस अवसर के लिए महाराज विशेष रूप से अपनी राजधानी उरैयूर से इस नगर में पधारते थे। मुख्य आमात्य तथा मन्त्रिगण अपने नियत स्थानों पर शुभासीन थे। नृत्याचार्य शंकरन मुदलियार और पुहारेश्वरम् के मन्दिर की प्रधान देवदासी रुद्रम्माल को भी परम्परा के अनुसार महाराज कारिहार बलवन के बाईं ओर स्थान मिला था। नृत्य वार्षिकोत्सव के अवसर पर इन दोनों को भी मन्त्रणा देने के कारण महाराज के निकट ही आसन पाने का गौरव मिलता था। नगर के गण्यमान्य चेट्टिगण भी यथास्थान बैठे थे। सेठ मासात्तुवान और सेठ मानाइहन को राजकुल के लोगों के साथ ही बैठने का गौरव प्रदान किया गया था। राजकुमारों की युवकमंडली में कोवलन को भी आसन मिला था। महाराज ने आते ही आज कोवलन को भी बड़ी प्रतिष्ठा दी थी। उन्नति का आशीर्वाद देते हुए अपने गले में पड़ी फूलों की माला उसके गले में डाल दी थी। उस समय सारे दरबार की दृष्टि कोवलन पर थी। कोवलन, उसके पिता तथा श्वसुर सभी स्वाभाविक रूप से परम आनन्दित थे।

नृत्योत्सव में भाग लेनेवाली वंजिपुत्रियाँ सजी-बजी सलीके से बैठी अपनी परीक्षा के क्षण की प्रतीक्षा कर रही थीं।

रूप के हाट की सभी जानी-मानी वार-वनिताएँ कावेरीपट्टणम् के सुविख्यात वैभव को सार्थक करने योग्य उत्तम-से-उत्तम वस्त्राभूषणों से अलंकृत थीं। अपनी उत्तराधिकारी सन्तानों की माताओं, बहनों, पत्नियों आदि को पुरुष लोग अपने खाने के दाँत मानते थे और वेश्याओं को दिखाने के दाँत। वेश्या से अधिक सुहाना, सजीला और कोई नहीं होता था। वे सजावट की सामाजिक मर्यादा का मानदंड थीं। वे अपने-अपने प्रेमी धनाधीशों के वैभव और रुचि की परिचायक भी थीं। आज के उत्सव पर दरबार की ओर से आमन्त्रित होकर वे वहाँ उपस्थित थीं। दरबार की मर्यादा-मूर्ति बनी बैठी होकर भी अपनी दाईं-बाईं कनखियों से वे उतना ही शोर मचा रही थीं जितना कि अपनी गलियों में आमने-सामने के छज्जों पर खुलेआम मचाती हैं। यहाँ चर्चा का विषय ललितापक्ष और माधवीपक्ष की गरम राजनीति थी। वे शत्रु की तरफ और तथा अपनी वालियों-वालों की तरफ और भाव से आँखें और मुस्कानें फेंककर परीक्षा के क्षण को गरमा रही थीं।

पेरियनायकी के चेहरे पर घबराहट थी और राजम्मा के चेहरे पर दम्भ। कुरूप और पतित हो जाने के कारण चेलम्मा को अब दरबार में प्रवेश नहीं मिलता था। वह नृत्यमंडप के बाहर भिखारियों में बैठी थी। जनसाधारण के रसिकों की उत्सुक भीड़ भी अपने-अपने अनुमानों पर लड़ रही थी।

बाहर नगाड़ा बज उठा। यह अन्दर कार्यारम्भ होने का सूचक था। महाराज की आज्ञा हुई। परम्परा के अनुसार मुख्य देवदासी रुद्रम्माल ने राजाज्ञा से उठकर भगवान नटराज की स्तुति में एक पद गाया और नृत्य-प्रतियोगिता आरम्भ करने के लिए नर्तकियों को नियम बतलाए। सबसे पहले उन नवयुवतियों के नृत्य हुए जिनका महत्त्व माधवी और ललिता के कारण आरम्भ से ही दब गया था। जिस लड़की का नृत्य होता उसके गुरु भी सामने आ कंजीरे (मंजीरे) लेकर बैठ जाते थे। प्रधान देवदासी और कभी प्रधान नट्टुवन बोल कहते थे। तीन लड़कियों के नृत्य हुए। अच्छे थे, सराहे गए। तदुपरान्त माधवी को बुलाया गया।

माधवी उठी। लोगों की आँखें उठ गईं। उसने महाराज की ओर झुककर प्रणाम किया, शंकरन मुदलियार और रुद्रम्माल को भी प्रणाम किया, माता के चरण छुए। सचमुच पलक मारते, चपल गति से उसकी आँखें अपने शकुनपक्षी की ओर भी गईं, झुककर प्रणाम किया और लौट आईं, फिर महाराज और समस्त सभा के सामने सिर झुकाकर निवेदन किया, "माता रुद्रम्माल मुझ पर दयालु हैं। उन्होंने मुझे अपनी कला का प्रदर्शन करने का अवसर सम्भवतः पहले इसीलिए दिया है जिससे कि मैं एक बार और महाराज तथा उपस्थित महाजन समुदाय के सामने नृत्य करने के लिए गौरवमय निमन्त्रण पाने का परम सौभाग्य पाऊँ। उनकी इस आज्ञा को भगवती का प्रसाद मानकर प्रणाम करती हूँ।"

माधवी के विनय-रँगे दर्प से राजम्मा और ललिता के चेहरों पर तमतमाहट छा गई। रुद्रम्माल और प्रधान नट्टुवन शंकरन मुदलियार के चेहरे भी कस गए। पेरियनायकी सहमी हुई थी। वह कंजीरे लेकर बैठ गई। माधवी ने थोड़ी ही देर में दर्शकों को बाँध लिया। लोग मुग्ध होकर अपलक दृष्टि से उसे ही देखते रह गए। कोवलन के चेहरे पर चमक छा गई। पेरियनायकी का चेहरा भी भयबन्धनों से अपेक्षाकृत मुक्त हुआ। राजम्मा उपेक्षा से देख रही थी और ललिता ईर्ष्या और उतावली के साथ। रुद्रम्माल और शंकरन मुदलियार के चेहरे गम्भीर थे। महाराज की गम्भीर मुद्रा मन की प्रसन्नता से चमक रही थी।

नृत्य समाप्त हुआ। रुद्रम्माल ने ललिता का आह्वान किया। ललिता के नृत्य में भी बड़ा चमत्कार था, उसका सौन्दर्य भी आकर्षक था, परन्तु कुछ विशिष्ट व्यक्तियों के मत से टक्कर में माधवी कुछ बीस ही बैठती थी। यों साधारणतया इसका निर्णय करना कठिन हो गया था कि दोनों में श्रेष्ठ कौन है। प्रधान नट्टुवन शंकरन मुदलियार का मत था कि माधवी नृत्यकुशल तो है, किन्तु...। 'किन्तु' में उन्होंने अनेक छोटी-मोटी आपत्तियाँ उठाईं। प्रधान देवदासी रुद्रम्माल का मत था कि माधवी के नृत्य का अभिनयपक्ष तो बहुत अच्छा है, परन्तु...। 'परन्तु' में उन्होंने कुछ छोटी-मोटी आपत्तियाँ उठाईं। अनेक पक्षपातरहित प्रशंसकों का मत था कि यद्यपि ललिता और माधवी के बीच श्रेष्ठता का निर्णय करना बहुत कठिन है, फिर भी निश्चित रूप से माधवी की नृत्यकुशलता का प्रभाव दर्शकों पर अधिक पड़ता है। नृत्यकला की समझ रखनेवाले स्वतन्त्र मत के मानाइहन चेट्टियार भी माधवी को श्रेष्ठ मान रहे थे। दर्शकों में अनेक स्पष्ट रूप से या तो माधवी के समर्थक थे या ललिता के। स्वयं महाराज कुछ न कहते थे। राजम्मा के चेहरे पर कसाव था और पेरियनायकी के चेहरे पर सकपकाहट। ललिता अपनी माँ के पास बैठी हुई माधवी की ओर घृणा-भरी दृष्टि से देखती थकन और उत्तेजना से फूल रही थी। और माधवी वेश्यामंडली में आगे की पंक्ति में अपनी माता के पास न बैठ पीछे अन्य समवयस्क वंजिपुत्रियों के पास खम्भे की आड़ लेकर बैठी टकटकी बाँधे कोवलन को देख रही थी। उसकी दृष्टि कोवलन से हटकर बीच-बीच में महाराज के चेहरे पर भी पड़ जाती थी और ऐसा तभी होता था जब कोवलन से आँखें चार होतीं अथवा प्रमुख चेट्टियारों में से किसी सयाने की दृष्टि पीछे की ओर मुड़कर चौकसी कर जाती थी।

कोवलन संयत होकर बैठना चाहता था, परन्तु माधवी ने उससे आमना-सामना करने के लिए ऐसा स्थान चुना था जहाँ उसकी आँखें अटक-अटक जाती थीं। अपने प्रातःकालीन अपमान से माधवी के प्रति उसका जो क्षोभ जागा था, वही माधवी की बँधी टकटकी से तरल हुए मन को अपने खिंचाव के कारण उसके प्रति और भी अधिक खींच ले गया। मन का विरोध ज्यों-ज्यों बाँधने का प्रयत्न करते हुए माधवी

के नयनों से मार खाता, त्यों-त्यों दुगुनी-चौगुनी गति से वह उसकी ओर बढ़ता जाता। चारा फेंककर माधवी फिर अपना मुँह मोड़ने लगी और कोवलन की आँखें चोरी से उसकी ओर टकटकी बाँधने लगीं। इसी बीच उपयुक्त क्षण चुनकर वह वेश्याबाला जब-जब उसे देख लेती, आँखों से आँखें मिल जातीं, तब-तब वह और अधिक हारता चला जाता, खिंचता हुआ पराए बस में बरबस चला जाता। जितनी देर दोनों की नृत्यकलाओं पर राजसभा में शास्त्रीय समालोचन चलता रहा, उतनी देर में चार आँखों में लय-प्रलय का खेल हो गया।

अचानक महाराज की घोषणा हुई :

"निर्णायक एकमत नहीं हैं, अतः दुख के साथ यह घोषणा करनी पड़ती है कि इस वर्ष किसी को भी पुरस्कार नहीं दिया जाएगा। इन्हें राज्य प्रोत्साहन तो देगा, किन्तु पुरस्कार नहीं।" शंकरन मुदलियार भी यही चाहते थे। राजम्मा के चेहरे पर भी असन्तोष के आँसू कुछ-कुछ पुँछते दिखलाई पड़ने लगे। उसकी बेटी भले ही विजयिनी घोषित न हुई हो, परन्तु पेरियनायकी की बेटी भी न जीतने पाई। यही वह चाहती भी थी। महाराज के निर्णय को सुन नजरों का खेल खट से छोड़ माधवी सदर्प उठ खड़ी हुई, आगे आई और बीच सभा में हाथ जोड़ आँखें नीची कर उसने कहा, "देव! आज्ञा प्रदान करें! सभा के सम्मुख श्रीमान् महाराजाधिराज की पुनीत सेवा में इस निर्णय के विरुद्ध अपनी आपत्ति अति विनम्र भाव से प्रस्तुत करना चाहती हूँ।" सारी सभा की आँखें माधवी के चेहरे पर अटक गईं। महाराज के होंठों पर मुस्कान की एक हल्की-सी रेखा खिंची। बोले, "आज्ञा है।"

माधवी ने कहा, "नृत्योत्सव के इतिहास में यह पहली बार ऐसा अवसर आया है जब महाराज अपना निर्णय स्थगित कर रहे हैं। हम बालिकाओं के लिए तो यह किसी प्रकार भी हतोत्साहित होने की बात नहीं, किन्तु कावेरीपट्टणम् के गुणी जनों एवं रसिकों के लिए यह कलंक की बात होगी कि वे नदियों और समुद्रों के पार दूर-दूर देशों तक विख्यात श्रीमन्महाराजाधिराज को अपना मतैक्य न होने के कारण उचित न्याय देने की प्रेरणा न दे सके। बालिका की चपलता और वाचालता को क्षमा करें देव! क्या कावेरीपट्टणम् की नृत्यबालाएँ अब इतनी सुकुमार हो गई हैं कि एक बार नृत्य करके ही थक जाएँ, वे अपने मान्य निर्णायकों को पुनः निर्णय देने का अवसर भी न दे पाएँ? देव आज्ञा दें तो मैं फिर से नृत्य करने को तैयार हूँ और उस समय तक नाचती ही रहूँगी जब तक कि निर्णायक एकमत नहीं हो जाएँगे।"

राजम्मा यह सुनते ही अपनी बेटी का थका चेहरा देखने लगी। माँ-बेटी को सोचने का अवसर भी न मिला कि महाधर्माधिकारी अपने आसन से उठकर बोलने लगे, "इस बालिका की बात न्यायोचित है महाराज! दोनों नर्तकियों को साथ-साथ नृत्य करने का अवसर एक बार और दिया जाए।"

राजम्मा कातर दृष्टि से रुद्रम्माल और शंकरन मुदलियार की ओर देखने लगी, किन्तु महाराज ने धर्माधिकारी की बात मानी और पुनः नृत्य-परीक्षा के लिए आदेश दिया। मृदंगम्, कंजीरे और वीणाएँ बज उठीं। ललिता और माधवी सभामंडप के बीच एक साथ अपने नृत्य-कला-शास्त्र की परीक्षा देने के लिए खड़ी हो गईं, घुंघरू बज उठे।

इस बार महाराज से आज्ञा लेकर स्वयं प्रधान नट्टुवन कंजीरे बजाने तथा नृत्य के बोल बोलने लगे। वे कठिन-से-कठिन बोल बोलते थे। उनकी धारणा थी कि उनकी शिष्या ललिता के सिवा और कोई इतने गूढ़ शास्त्रीय नृत्य नहीं जानता। ललिता की नृत्यकुशलता भी कम न थी, परन्तु माधवी की कला उससे अधिक निखरी थी। चेलम्मा ने उसे कुछ-एक ऐसे लटके सधा दिए थे जो उसकी ज्ञान-चतुराई के साथ जुड़कर चमत्कार में किसी भी शास्त्रोक्त नटी से बीस बैठ जाते थे। दोनों ही नृत्यकुशल थीं, दोनों ही ने कठिन-से-कठिन नृत्यकौशल अपने-अपने गुरुओं की कृपा से सिद्ध किया था, परन्तु रससंचार में माधवी सदा ललिता से बाजी मार ले जाती थी। माधवी का अडिग आत्मविश्वास उसके मुस्कराहट-भरे चेहरे पर दमदमाता हुआ लोगों पर अपना प्रभाव डाल रहा था। बीच-बीच में वह प्रधान नट्टुवन पर मीठे ताने भी बरसा देती थी। हर बार नई परीक्षा देकर आँखों की नटखट तरेरों-तेवरों में मानो कहती कि 'नृत्यगुरु! अच्छी तरह परीक्षा ले लो। यद्यपि मैं और मेरी शिक्षागुरु चेलम्मा दोनों ही अकुलीना हैं, परन्तु ज्ञान के क्षेत्र में हम अकिंचनों की भी पूर्ण श्रद्धा और गति है।' वह हर बार सभा की प्रशंसा पाकर नृत्याचार्य को ललकार देती, 'और परीक्षा लें महाराज, और...और...और।' प्रधानाचार्य झुंझला उठते, ललिता तप-तप जाती। इस झुँझलाहट और तपन से ही वे क्रमशः निस्तेज होते चले गए, माधवी चमकती चली गई। वेश्या चेलम्मा के अनुभूत मनोवैज्ञानिक लटके शास्त्रियों के कोरे शास्त्र की सौ चोटों पर एक चोट से जीत गए। सभा में केवल कुछ को छोड़कर ऐसा कोई नहीं था जो माधवी के जादू से बँधकर वाह-वाह न कर रहा हो। मंडप उल्लास की गूँज से दूना गूँज रहा था। वर्षों बाद ऐसी जोड़ हुई थी।

महाराज ने परम्परानुसार अपने गले की मोतीमाला उतारकर माधवी के गले में डाल दी।

राजा के रूप में मानो समस्त जन-गण ने गणिका को वर लिया था। वह 'कामदेव का नवधनुष' घोषित की गई। विशेष प्रोत्साहन के रूप में ललिता को भी सोने का हार मिला।

घोषणा सुनते ही माधवी के विजयोल्लास-भरे, मद की विद्युत गति से परिचालित नयनबाण कोवलन की ओर सधे। महाचेट्टिपुत्र कोवलन उसका पहला शिकार था। माधवी की प्रतिज्ञा पूरी हुई। उसने वर्ष का पुरस्कार भी जीता और नगर का नवनायक भी।

चार

माधवी की जीत ने चेलम्मा को अपार सुख दिया था। सभामंडप से निकलते हुए लोगों से यह जानकारी पाकर कुरूपा-कोढ़िन सड़क पर ही मतवाली होकर नाचने लगी। सभामंडप के बाहर उत्सुक जनसाधारण की भीड़ को माधवी की नृत्यगुरु का आह्लादनृत्य देखकर अपूर्व मनोरंजन-लाभ हुआ। ललिता के गुरु प्रधान नट्टुवन के प्रति चेलम्मा की कटूक्तियाँ जनता को हँसा-हँसा देती थीं। जैसे ही शंकरन मुदलियार बाहर आकर अपने रथ पर बैठने लगे, वैसे ही चेलम्मा ने आगे बढ़कर कहा, "मुदलियार! अपनी दाढ़ी मुड़वाकर मुझे दे दो! अब यह मेरी है, मेरी। यदि आज तुम लाज के मारे न मरे तो मेरे नोचने की पीड़ा से अवश्य ही मर जाओगे।" भीड़ हँस पड़ी। प्रधान नट्टुवन कुछ न कह लाल-लाल आँखों से घूरते हुए रथ पर बैठ गए तथा सारथी को तेज हाँकने की आज्ञा दी।

पेरियनायकी के रक्षक प्रेमी यवन धनाधिपति पान्सा ने माधवी और पेरियनायकी के साथ नृत्यमंडप से बाहर निकलते ही भरी भीड़ के सामने माधवी पर रत्न निछावर कर दस-बारह बार मुट्ठियाँ इधर-उधर बिखरा दीं। भिखारियों में लूट पड़ गई। चेलम्मा हर्षातिरेक से दौड़ती हुई सामने आई। माधवी का चेहरा खिल उठा। उसने अपनी बाँहें बढ़ा दीं। पेरियनायकी के चेहरे पर अपनी बाल-सखी को देखकर सिकुड़नें पड़ गईं। वह बरजती ही रह गई, परन्तु माधवी ने अंक भर अपनी मौसी को भेंट लिया, फिर भावावेश को संयत कर श्रद्धा से चरण छुए।

"तुम मेरे साथ रथ पर चलोगी मौसी, तुम्हारी शिक्षा के प्रताप से ही मुझे यह गौरव मिला है।"

पेरियनायकी मन-ही-मन जल-भुन गई। उसकी इच्छा हुई कि अपने प्रेमी पान्सा के साथ चली जाए, परन्तु क्षण को सिद्ध किए, नगर के नए नशे-सी, पुरस्कारविजयिनी, 'कामदेव का नवधनुष' घोषित की गई माधवी के साथ रथ पर बैठकर जाने का बड़ा सौभाग्यसना लोभ छोड़ न सकी। आखिर पेरियनायकी ने ही माधवी को खरीदकर, पाल-पोसकर, इतनी लगन के साथ सिखा-पढ़ाकर तैयार किया है। आज का सम्मान असल में तो उसका ही सम्मान है। वह माधवी की अम्मा है। आज से नगर की वेश्या-अम्माएँ पेरियनायकी से या तो कुढ़ा-जला करेंगी या उसके चरण चूमा करेंगी। बड़े-बड़े श्रेष्ठिपुत्रों के मुख उसे 'अम्मा' कहते ही सूखा करेंगे। पेरियनायकी बड़े ठसके के साथ माधवी के दाहिनी ओर बैठ गई।

विजयिनी वंजिपुत्री के रथ के आगे-पीछे रथ और घोड़े दौड़ाते हुए पचीसियों धनी-मानी कुलों के नौनिहाल मोतियों टँके फूलों के गजरे माधवी के रथ में फेंक-फेंक उसकी एक मीठी दीठ के दीवाने बने पुकार-पुकारकर प्यार की भीख माँग रहे थे।

घरों में कुललक्ष्मी बनकर रहनेवाली सौभाग्यवतियाँ वर्ष में आज के दिन का तमाशा गौख-झरोखों या अटारी पर चढ़कर नहीं देखतीं, उन्हें इसके लिए बरजा जाता है। कोई-कोई चंचल चपल जिज्ञासु बालाएँ चोरी-छिपे से देखती हैं और फिर आपस में मिलकर विजयिनी वेश्या के लिए जलापे के बोल काढ़ती हैं।

बीते दिनों की दबी चाहों से तड़पकर कुछ अधेड़ और वृद्ध छज्जों, चबूतरों पर खड़े हो माधवी और उसके मतवाले प्रेमियों का जुलूस देखने लगे। एक वृद्ध सज्जन ने अपने पुत्र को अपने ही घर के सामने से माधवी के नशे में बेहोश जाते देखा। उसने सिर पीट लिया।

जुलूस देखकर नगर के अनेक बड़े-बूढ़ों ने यह शिकायत की कि 'भले घरों के लड़के अब निर्लज्ज होते चले जा रहे हैं। घोर कलिकाल आ गया है।'

रूप के हाट में पेरियनायकी की ओर से बड़ा उत्सव मनाया गया। नगर-भर के कंगले भीख पाने के लिए उसके द्वार पर खड़े थे। खूब सदावर्त बाँटा गया। सखियों की टोली लेकर माधवी बड़ी धूमधाम से भगवान पुहारेश्वरम् की पूजा करने गई, रीति के अनुसार अपने नृत्य द्वारा पूजा की। प्रीतिभोज का विराट् आयोजन हुआ जिसमें कुछ 'जलमुँहियों' को छोड़कर—जो कि पेरियनायकी के सौभाग्य पर ईर्ष्या करती हुई राजम्मा के साथ थीं—सब जानी-मानी वेश्याएँ, नट्टुवन और नगर के धनी छैल-छबीले आए। नृत्य-गान समारोह हुआ। रात-भर उत्सव चलता रहा। माधवी के लिए बड़े-बड़े धनाधीशों के प्रस्ताव आए, परन्तु माधवी उनकी ओर ध्यान देने को भी तैयार न थी। उसने प्रण किया था कि जो धनाधीश एक लाख आठ कलंजु (सिक्के) देकर उसकी माला मोल लेगा, उसी के प्रस्ताव पर वह विचार करेगी। पेरियनायकी ने उसके प्रण में छिपा हुआ संकेत समझ लिया। चतुर बेटी की इस प्रतिज्ञा में उसे बड़ी दूरदर्शिता दिखलाई पड़ रही थी।

अपनी भरोसे की कुट्टिनियाँ भेजकर पेरियनायकी ने कोवलन तक यह सन्देश पहुँचाया कि उसकी माधवी उसके लिए तड़प रही है। वेश्या अमरावती के प्रेमी पापनाशन को राजी कर उसने माधवी द्वारा पुरस्कार में जीती हुई माला कोवलन के पास भेजी। कहलाया, 'रत्नस्वामी जौहरी का बेटा एक लाख आठ कलंजु देकर इसे खरीदने को राजी हो गया है। इतने ऊँचे दाम रखकर भी माधवी अपनी माला को बचा नहीं पा रही। इसीलिए नगर के सबसे बड़े धनी के पास सुरक्षा के हेतु भेज रही है।'

कोवलन वशीभूत हो गया। उसने माला रख ली और पापनाशन के द्वारा एक लाख आठ कलंजु और ऊपर से कुछ रत्नाभूषण भी भेज दिए।

संयोग की बात कि माला रखते ही कोवलन को एक विदेशी व्यापारी से सौदा करते हुए बहुत लाभ हो गया। कोवलन को लगा कि माधवी के भाग्य से ही उसे यह लाभ हुआ है।

कोवलन के घर उसके विवाह की तैयारियाँ बड़ी धूमधाम से हो रही थीं। मासात्तुवान सेठ ने अपनी पुत्रवधू के लिए मदुरै से सुहाग के नूपुर बनवाकर मँगवाए थे। मदुरै के पांड्य राजा की रानी के सुहाग-नूपुरों की समस्त दक्षिण भारत में चर्चा थी। वे बहुत सुन्दर और मूल्यवान माने जाते थे। मासात्तुवान ने उसी नमूने और नाप-तौल के नूपुर बनवाए थे। नगर में इस बात की बड़ी धूम थी।

अगले मास में शुक्ल पक्ष की सप्तमी विवाह के लिए निश्चित की गई थी। वर और कन्या पक्ष दोनों ही की ओर से बड़ी धूमधाम से तैयारियाँ हो रही थीं। नगर में छोटे-बड़े सबके मुँह पर उसी की चर्चा थी।

कोवलन चुपचाप माधवी के साथ अपने प्रथम समागम-समारोह की तैयारियाँ कर रहा था। अनेक बहुमूल्य आभूषण और वस्त्र खरीदकर उसने माधवी के पास दुबारा भेजे थे। नृत्योत्सव में विजयी होने के आठवें दिन कोवलन की कृपा से माधवी कन्या से नारी बन गई। कोवलन का उसके यहाँ आना-जाना बहुत गुप्त रखा जाता था। पेरियनायकी अपने सौभाग्य से परम सन्तुष्ट थी।

पाँच

राज्य के महादंडनायक की विलासवृत्ति अनायास औचक में फँस गई थी और इस बहाने कोवलन को भी एक षड्यन्त्र में फँसना पड़ा।

कुछ वर्ष पहले की बात है, राज्य की सीमा पर चेर राज्य की एक प्रतिष्ठित महाजनमंडली तीर्थयात्रा से लौटकर वापस जा रही थी। महादंडनायक उस समय पास ही एक उपवन में कई गायिकाओं और नर्तकियों का समूह लेकर विलासरत था। वेश्यामंडली में कुछ की दृष्टि में महाजनमंडली की दो लड़कियाँ आ गईं। उनके स्वार्थ-भरे उकसावे में आकर महादंडनायक अपराधी का काम कर बैठे। दूसरे दिन सीमा पार करने के लिए यात्री-दल जब जंगल के मार्ग से बढ़ा तब उस पर डाका पड़ गया। वे लड़कियाँ पकड़ ली गईं। महाजन अपने राज्य के प्रभावशाली व्यक्ति थे। दोनों राज्यों में उस समय किसी प्रकार का वैमनस्य भी नहीं था। अनाचार के प्रति चोल महाराज भी सतर्क रहते थे। उन्होंने तुरन्त जाँच-पड़ताल आरम्भ की।

एक लड़की को एक 'रुद्रगोपिका' वर्ग की देवदासी अपने घर ले गई थी और दूसरी को मन्दिर की एक 'भृत्या' देवदासी। वह मन्दिर में रहती थी, वहाँ छिपा रखना सम्भव था। रुद्रगोपिका मन्दिर के बाहर रहती थी। चेर राज्य से जाँच-पड़ताल के

लिए आए हुए अधिकारी के साथ महादंडनायक सारे नगर में घूमने के लिए राजाज्ञा से बाध्य था। नगर में उसके विरुद्ध कई प्रमुख लोग थे और वे अवसर देखकर इतने सशक्त हो उठे कि महादंडनायक के विरुद्ध खुला प्रचार करने लगे। परिणाम यह हुआ कि नगर के बच्चे-बच्चे को यह विदित हो गया कि सीमा की लूट में उड़ाई गई लड़कियाँ कहाँ-कहाँ हैं। किसी बुराई के उजागर हो जाने पर जो सामूहिक वेदान्तज्ञान उदय होता है उसने सारे नगर को महादंडनायक के विरुद्ध उभार दिया था, फिर भला विदेशी राज्याधिकारी इस सूचना से अछूते क्योंकर बच सकते थे! मन्दिर के मुख्य कर्णिक और प्रधान देवदासी ने यह वक्तव्य दे दिया कि उन्होंने मन्दिर की चारदीवारी के अन्दर स्थित निवासगृहों में किसी भी अपरिचित नए व्यक्ति को नहीं पाया। महादंडनायक की लाज बच गई। रुद्रगोपिका ने अपने घर में बन्द लड़की को गला घोंटकर मरवा डाला और शव कुएँ में फेंक दिया। विदेशी राज्याधिकारी ने उस घर की जाँच करते हुए शव पाया। महादंडनायक अपनी प्रेमिका को बचा न सका।

दूसरी लड़की नृत्य-संगीत में कुशल हो अब 'दत्ता' के रूप में स्वयं देवसेवा के निमित्त अर्पित होने जा रही है। उस बहाने वर्षों पहले के गड़े मुर्दे भी उखड़ रहे हैं। मन्दिर की अनेक प्रतिष्ठित देवदासियों में अनेक इस पर आपत्ति उठा रही हैं। उनका कहना है कि नई देवदासी स्वेच्छा से देवसेवा में अर्पित होने नहीं आई, इसलिए वह 'दत्ता' वर्ग की देवदासी नहीं मानी जा सकती। वह उड़ाई गई है, इसलिए उसकी गणना 'हृत्ता' वर्ग में की जाएगी। महाजन की लड़की को महादंडनायक ने लूटा या मन्दिर की एक 'भृत्या' देवदासी ने, इस बात पर आपत्ति करनेवालों ने यद्यपि वैधानिक रूप से मौन साध रखा था, फिर भी अपने विरोध को भावनात्मक बल देने के लिए महादंडनायक, मन्दिर के पुजारी, प्रधान देवदासी आदि के प्रति बड़ी निन्दा-भरी बातें कावेरीपट्टणम् के वातावरण में चारों ओर फैली हुई थीं। मन्दिर में किसी नई देवदासी के तालीबन्धन अर्थात् देवता के साथ उसके विवाहोत्सव पर मन्दिर की देवदासियों के अतिरिक्त नगर की वे सभी वेश्याएँ, जो राज्य से पुरस्कृत हों, नृत्य अथवा गायन के लिए आमन्त्रित की जाती थीं। विरोधी दल की देवदासियों को स्वाभाविक रूप से इस बात का विश्वास था कि माधवी उनका साथ देगी, देवदासी के वर्गीकरण के सम्बन्ध में आपत्ति उठाकर वह उत्सव में नृत्य न करेगी। स्वयं माधवी की भी यही इच्छा थी, परन्तु महादंडनायक ने कोवलन के चोरी-छिपे रूप के हाट में आने की बात उजागर कर देने की धमकी दी और कोवलन ने झुककर माधवी को भी झुका दिया।

मानाइहन सेठ अपनी समस्त प्रतिष्ठा और शालीनता के साथ रसशून्य नहीं थे। इसके अतिरिक्त नगर में अपने प्रभाव की नाड़ी पहचानने के लिए उनके गुप्तचर

नागरिक जीवन के सभी क्षेत्रों में व्याप्त थे। जिन दिनों लड़की के विवाह की तैयारियाँ हो रही थीं, समय निकट आ गया था, उन्हीं दिनों उन्हें अपने भावी जामाता के सम्बन्ध में भी नई सूचना प्राप्त हुई। उनका भावी जामाता एक वेश्या पर मुग्ध है इस बात पर उन्हें आपत्ति न थी, वे केवल इसलिए चिन्तित थे कि कोवलन प्रायः एक समय में दोहरे आकर्षणपाश में फँस रहा है। अबोध वय में व्यावहारिक सन्तुलन कहीं बिगड़ न जाए। इसके लिए वे कोवलन को सचेत करना चाहते थे कि वेश्या पैसे से प्राप्त किया हुआ मनोरंजन है। उसके लिए कुलीन व्यक्तियों को अपना मान कभी टेक पर नहीं रखना चाहिए।

कोवलन की चारित्रिक दुर्बलता को धमकी बनाकर महादंडनायक अपनी चाल में सफल हो गया, इसका भी उन्होंने बुरा माना। राज्याधिकारी अब बार-बार कोवलन को धमकाने का अवसर पा जाएगा, यह बात वे कदापि सहन नहीं कर सकते थे। कावेरीपट्टणम् के सेठ आज तक राज्याधिकारियों से दबे नहीं, वरन् उन्हें अपनी नीति और पैसे से दबाकर रखा था। पुहार-कावेरीपट्टणम् के धनाधीशों से स्वयं महाराज लोभवश दबते थे। मानाइहन और मासात्तुवान ही एक प्रकार से कावेरीपट्टणम् के सर्वेसर्वा अधिकारी थे। महाराज वर्ष में दो बार नगर में पधारते थे—एक तो वसन्त में नृत्योत्सव के अवसर पर, दूसरे शरदकाल में इन्द्रोत्सव मनाने के लिए। मानाइहन ने महादंडनायक को हराने और निन्दित करने का बीड़ा उठा लिया। मुख्य पुजारी महादंडनायक के विरुद्ध हो गया। यही नहीं, उस लड़की ने अपना समस्त इतिहास भी वर्णित कर दिया। परिस्थिति ऐसी उपस्थित हो गई कि नगर के प्रमुख राज्याधिकारी को न्याय के हेतु महादंडनायक तथा 'भृत्या' देवदासी को बन्दी बनाकर महाराज की सेवा में भेजना पड़ा। वह लड़की भी सादर महाराज की सेवा में न्याय के लिए भेज दी गई। नगर में मानाइहन सेठ का नया दबदबा बैठ गया। रूप के हाट में तो यहाँ तक बातें फैल रही थीं कि मानाइहन सेठ कोवलन का यह प्रणय सम्बन्ध तुड़वाकर माधवी का भविष्य नष्ट कर देंगे।

छह

अपने घर के ऊपरवाले दालानों में चारों ओर सुनहरे-रुपहले पिंजड़ों में रंग-बिरंगें पक्षियों को देखती हुई माधवी मगन-मन डोल रही थी, इस-उस पक्षी को चहकाकर उनकी चहक सुनती थी। सहसा चकवे के बड़े पिंजरे के पास आई। उसके माथे पर बल पड़ गए। दर्पयुक्त स्वर में पुकारा, "नागरत्ना!"

''क्या है छोटी स्वामिनी?'' नागरत्ना ने पानदान छोड़कर माधवी के पास आते हुए पूछा।

''तूने चकवे-चकवी को फिर एक पिंजरे में कर दिया!''

आँखें नीचे झुका विनय से अधिक उसका अभिनय साधकर वह बड़े भोलेपन से बोली, ''आपने मना तो किया था छोटी स्वामिनी... यों एक में रहते हैं तो भोर होते ही पास-पास आ जाते हैं। इन्हें अलग रखते हुए मेरा कलेजा कचोटता है। एक तो ईश्वर ने ही इन्हें रैन-बिछोहा दिया है, दूसरे हम भी...।''

''दम्पती का वियोग ही वेश्या का इष्ट है। कल से इन्हें आमने-सामने अलग-अलग पिंजरों में देखना चाहती हूँ, सुना!'' माधवी के स्वर में शासन का तेज था।

कोठे से दालान की ओर बढ़ती हुई पेरियनायकी ने सुना, तो प्रसन्नता से उसका मुखकमल खिल उठा। बोली, ''जीती रहो बेटी! आशीर्वाद देती हूँ कि तुम इसी तरह चिरकाल तक पतियों के गले का मोती और पत्नियों की आँख का आँसू बनी रहो।''

सीढ़ियाँ चढ़कर ऊपर आती हुई चेलम्मा ने सुना और अपनी बालसखी की बात का उत्तर देते हुए ही उसने दालान में प्रवेश किया। पेरियनायकी की ओर हाथ बढ़ाकर, स्वर और हाथ मटकाते हुए चेलम्मा ने कहा, ''अरे, अपनी बेटी को तो झूठा आशीर्वाद न दे पेरियनायकी, रूप और जवानी किसी की नहीं टिकी।''

पेरियनायकी की आँखों में ज्वाला भड़क उठी। गरजकर बोली, ''आ चुड़ैल, मेरी बेटी की जूठन से पलकर उसी का बुरा चेतती है! फिर कभी कहा तो झाड़ुओं से तुम्हें पिटवाऊँगी, यह याद रखियो।''

चेलम्मा हँसी। बोली, ''झाड़ू मारके जैसे मेरा बड़ा अपमान करेगी, क्यों न! अरी, वेश्या का भी कभी सम्मान होता है!'' कहकर सनक और सत्य-भरा अट्टहास कर उठी।

माधवी की अम्मा ने दर्प से कहा, ''जा जा, भरे दरबार को मेरी बेटी ने 'कामदेव का धनुष' बनकर जीता। नगर के महाश्रेष्ठि का इकलौता लाड़ला मेरी लाड़ली के तलवों तले चाँदनी-सा बिछा रहता है। और क्या सम्मान चाहिए!''

चेलम्मा ने उपेक्षा से इन तर्कों को टाल दिया। बोली, ''इन सब सम्मानों का महत्त्व ही क्या है! मैंने भी पाए थे, परन्तु बुढ़ापे में जवानी के वे मान-सम्मान कहाँ काम आए! सोचती हूँ कि यदि सती विधवा होती तो मेरे बुढ़ापे पर चार के आदर की चादर तो पड़ी रहती, मेरे रूप के खँडहरों पर दुनिया यों घृणा और उपेक्षा से खिल्ली तो न उड़ाती।''

माधवी खड़ी माँ और मौसी की बातें सुन रही थी। चेलम्मा की बात का प्रभाव उसके चेहरे पर स्पष्ट था। बोली, ''ठीक कहती हो मौसी! सत्य और सफलता

की धूल झाड़कर जब कभी मनमुकुर में अपना रूप देखती हूँ तो ऐसे ही विचार आते हैं।''

''तू समझदार है बेटी! अपनी रूपगर्विता जवानी के मद में मैंने एक हतयौवना का निरादर किया था। तब उसने कहा था, 'चेलम्मा! दर्पण में अपना सुन्दर रूप निहारते हुए मेरे बुढ़ापे की झुर्रियों को भी देख लिया कर'।''

कुछ बात का प्रभाव पड़ा, कुछ कहने के ढंग का। सुनकर माधवी को करारा धक्का लगा। स्वगत, शोकाहत हो बोली, ''अपने रूप-यौवन में तुम्हारे बुढ़ापे की झुर्रियों...मौसी मेरें अल्हड़ यौवन को कठोर सत्य के पत्थर से घायल कर दिया।'' उसका स्वर और आँखों का पानी काँप गया था। वह तुरन्त ही अपने कमरे की ओर बढ़ गई और जाते हुए नागरत्ना से कहा, ''चकवे-चकवी को अलग न करना नागरत्ना!''

माधवी के इस प्रकार व्यथित होकर जाने से पेरियनायकी चिढ़ उठी। चेलम्मा से कहा, ''मेरी लड़की तेरा उपकार मानती है, इसलिए तेरी कहनी-न-कहनी बातें बहुत सुन चुकी चेलम्मा! अब न सहूँगी। अपने घर में अपशकुन की कालिना न आने दूँगी। तू जा मेरे घर से!''

''अपशकुन तेरे लिए होगा री! माधवी के लिए तो मेरे प्राण निछावर होते हैं। तूने उसके शरीर को पाला-पोसा है तो मैंने उसके गुण को। उस पर मेरा अधिकार तुझसे कम नहीं।''

''मर अभागी! ये झूठी फफड़दलाली रहने दे। वेश्या के गुणों का विकास वेदान्त पढ़कर नहीं हुआ करता। तू मेरे घर से अब सदा के लिए मुँह काला कर! लोग ठीक ही कहते हैं, तू अपने जीवन में जिस-जिसके साथ रही उसी का दुर्भाग्य उदय हो गया।''

सुनकर चेलम्मा को आवेश चढ़ आया। बोली, ''मेरे उपकारों पर जीनेवाली मेरी बाल-सखी, दुर्भाग्य के भय से आज धन-वैभव के अभाव में मेरा अनादर करने का साहस करती है! वह दिन भूल गई जब मेरे चारों ओर हाथ जोड़कर तू प्रदक्षिणा किया करती थी। पान्सा के धन से सौभाग्यवती होकर आज तू मेरे दुर्भाग्य पर प्रहार कर रही है! अपने उस दिन को क्यों भूल जाती है जब मेरी कृपा से ही तुम्हें यह सौभाग्य मिला था!''

''मिला था सो उसका निहोरा भी कर दिया। पाँच बरस से तुझे अपने घर में रखकर खिला-ठुँसा भी मैं ही रही हूँ।''

''तुम इन पर दया नहीं कर रहीं अम्मा!'' माधवी ने अपने कक्ष के सामनेवाले दालान से इस दालान की ओर आते हुए कहा, ''मौसी ने जिस स्नेह और लगन से मुझे यह सौभाग्य पाने के लिए तैयार किया है, वह हमारे ऊपर इनका आजीवन का

ऋण है। जब तक मैं जियूँगी, मौसी सादर इसी घर में रहेंगी। आज से इनके रहने का कक्ष भी बदलेगा और इनकी सेवा में दो दासियाँ भी नियुक्त होंगी।''

पेरियनायकी और चेलम्मा दोनों ही स्तब्ध रह गईं। माधवी के अधिकारपूर्ण स्वर ने पेरियनायकी के हृदय पर आघात किया। कभी न रोनेवाली चेलम्मा आह्लाद के आवेग में फूटकर रो पड़ी। पेरियनायकी उसे रोते देख चिढ़ उठी। बोली, ''वेश्या के घर कुट्टिनियों के आँसू दाई से पेट की तरह छिपते नहीं चेलम्मा! माधवी से बल पाकर भी तू मेरे घर में मेरा अपमान नहीं कर पाएगी। यह मेरा घर है। तुझे इसी क्षण दूर होना होगा।''

''तब मैं भी जाऊँगी अम्मा!'' माधवी ने तीव्र स्वर में कहा।

पेरियनायकी के नेत्र आरक्त हो उठे। गरजकर बोली, ''तू स्वतन्त्र नहीं है। तीन सौ कलंजु देकर मैंने तुझे क्रय किया था। पंचों के सम्मुख तू मेरी पोष्यपुत्री हुई। तेरे ऊपर मेरा दाय है।'' पेरियनायकी के स्वर में स्वामिनी का दर्प था।

माधवी यह न सह सकी। बोली, ''तुम्हारा दाय तुम्हें मिलता रहेगा अम्मा! पर तुम्हारा निरर्थक अंकुश मैं कदापि सहन नहीं करूँगी। मेरा मोल देकर तुमने मुझ पर कोई कृपा तो नहीं की। बबूल से गिरी तो बेर में अटक गई! तुम मेरी सौभाग्यदाता तो नहीं हो। मौसी! मैं अभी तुम्हारे साथ चलकर तुम्हारे लिए घर की व्यवस्था करती हूँ। यदि माधवी के सौभाग्य पर उसे मोल लानेवाली माता अधिकार पा सकती है तो उसके नृत्यगुरु को भी समान रूप से अधिकार प्राप्त होगा।''

चेलम्मा मौन गम्भीर बैठी रही। पेरियनायकी आवेश में आकर रो पड़ी। बोली, ''जा, चली जा। मुझे तेरे राजपाट की आवश्यकता नहीं। मेरे पुरुष ने तो मुझे बहुत दिया है और तेरी गुरुआइन की तरह मुझमें बुरी लतें भी नहीं जो हाथ-पैर थकने पर तेरे द्वारे गिड़गिड़ाने आऊँगी।'' फिर रोकर बोली, ''जिस डायन निगोड़ी ने झूठा स्नेह दिखाकर मेरी बेटी को...''

''तेरी बेटी को कोई नहीं फुसलाएगा री! बेकार की बात लेकर मेरी कोसा-काटी न कर। मैं आप ही जा रही हूँ। माधवी ने जिस ममता से मेरे लिए घर-चाकर का प्रबन्ध करने को कहा, वही मेरा सम्पूर्ण आनन्दफल है, जो मैंने पा लिया, अब और लेकर क्या करूँगी! अरे, मरुवरपाक्कम् और पट्टिनपाक्कम् के चौराहे मेरी जैसी को दो जून पेट भरने के लिए अब भी बहुत-कुछ दे सकते हैं।''

चेलम्मा उठी, माधवी ने उसके कन्धे पर हाथ रखकर कहा, ''तो चलो मौसी! साथ-साथ चलें। तुम चौराहे पर रुक जाना, मैं महोदधि या कावेरी की गोद में चली जाऊँगी।''

''चेलम्मा! तू ही जीती। पर मेरे कक्ष में जो तू कभी आएगी तो तेरी दोनों टाँगें तुड़वा दूँगी। सत्यानाशिनी कहीं की! जादू-टोना करके मेरे ही घर में अपना

अधिकार जमाए बैठी है! देख लूँगी तुझे!'' लाल-लाल आँखें दिखाती तर्जनी मटकाती धप-धप चाल से पेरियनायकी अपने कक्ष में चली गई।

''आ री मौसी! तनिक देर मेरे पास बैठ चलके!'' माधवी बड़ी ठसक और मस्ती के साथ चेलम्मा का हाथ पकड़कर खींचते हुए अपने कमरे में ले गई। नागरत्ना को मदिरा लाने का आदेश दिया। दूसरी दासी को चेलम्मा मौसी के लिए नया कमरा ठीक करने का आदेश दिया, दो नई दासियाँ लाने का आदेश दिया। माधवी अपना प्रभुत्व जतलाती फिर रही थी। चेलम्मा चुपचाप उसे देखती रही। जब वे दोनों अकेली रह गईं तो सहसा चेलम्मा ने माधवी से पूछा, ''क्यों री। तुझे जाड़े की धूप सुहानी लगती है या बरसात के बाद क्वार की?''

माधवी तकिये का सहारा लिए दूसरे तकिये को गाल से दबाए मगनमन अपनी उठती हुई सफल जवानी की मस्ती में वस्त्रों से किसी हद तक बेपरवाह पड़ी थी। चेलम्मा का प्रश्न सहसा अटपटेपन के साथ उसके कानों में पड़ा। कपाल पर सिकुड़नें डालकर वह मौसी की ओर देखने लगी। कहा, ''यह क्यों पूछती हो मौसी?''

चेलम्मा हँसी। कहा, ''बूढ़ी हो गई हूँ न, मेरी समझ भी बूढ़ी हो गई है कदाचित्, इसीलिए पूछा।''

नागरत्ना मदिरापात्र लेकर आ गई। उसे देखकर माधवी उठ बैठी, परन्तु ध्यान प्रश्न को समझने में ही लगा था। नागरत्ना चषक में मदिरा उँडेलने लगी। माधवी ने चेलम्मा से कहा, ''तुम्हारे प्रश्न का अर्थ तो समझ गई, परन्तु उसका प्रसंग क्या है यह नहीं समझ पाई।''

आतुर दृष्टि से मदिरापात्र को देखते हुए मानो उसके जादू से विवश हो चेलम्मा उसे उठाकर एक ही घूँट में पी गई। फिर रीता पात्र रख, मुँह पोंछकर एक दृष्टि नागरत्ना के चेहरे पर डालती हुई बोली, ''इस लड़की के सामने कहने में कोई बुराई नहीं। मेरा तात्पर्य यह था बेटी कि धूप-सी तपो, पर जाड़े की धूप-सी, जो सबके लिए सुहानी होती है, प्रखर ताप अच्छा नहीं होता। जीवन-भर क्वार की धूप-सी तपकर ही मैं अब इस भेद को पहचान पाई हूँ।''

माधवी ने उत्तर न दिया, किन्तु गम्भीर हो गई। पात्र उठा चुस्कियाँ लेते हुए मौसी की ओर न देख वह नागरत्ना को देखती रही। वह मौसी की चाँदी की कटोरी में फिर ढाल रही थी। नागरत्ना ने मदिरापात्र दिया, चेलम्मा ने उतनी ही आतुरता से उसे भी रीता कर दिया। मदिरा पीने के बाद चेलम्मा के चेहरे पर क्षण का सन्तोष माधवी को पहेली-सा लग रहा था। ठीक वैसा ही जैसा कई दिन का भूखा भोजन के प्रत्येक ग्रास को चबाकर खाता है। अभाव आतुरता के साथ अपनी पूर्ति करते हुए सन्तोष पाता नहीं, वरन् लूटता है। तीसरी बार भरने के लिए चेलम्मा ने हाथ की कटोरी नागरत्ना की ओर बढ़ा दी। उसकी आँखें बन्द थीं, मानो मदिरा के दो

चषकों में पाए हुए सन्तोष को वह बन्दी कर लेना चाहती थी। उसके दोनों होंठों के आसपास, दाहिने कान के पास गाल पर, बीचोबीच कपोल पर श्वेत कुष्ठ के बड़े-बड़े धब्बे माधवी की दृष्टि में इस समय कुरूप नहीं दयनीय जँचे। उसके चेहरे की कड़ी रेखाओं में कठोरता नहीं करुणा निखर रही थी। नागरत्ना द्वारा तीसरी बार पात्र भरे जाने पर चेलम्मा उसे फिर बड़ी उतावली से अपने होंठों पर लाई, आँखें केवल उतनी ही खुलीं जितनी कि कटोरी पर दृष्टि रख सकें। फिर आँखें बन्द हो गईं, चाँदी की कटोरी हाथ से ढुलक गई।

माधवी ने पूछा, "अच्छा मौसी! तुमने तो अपने जीवन में बहुत-कुछ देखा है। मैंने भी अपने बचपन में तुम्हारा अतुल वैभव देखा है, तुम्हारे उस तेजोमय रूप का भी मुझे ध्यान है। उस वैभव के बाद तुम्हें अपना यह पराभव बहुत कचोटता होगा मौसी! है न?"

चेलम्मा ने नशीली आँखें खोल लीं, मुस्कराई, बोली, "यह तो न कहूँगी कि कचोट नहीं लगती। अब झूठ किसलिए बोलूँ! नागरत्ना, और ला बेटी! ईश्वर तुम सबका भला करे।...परन्तु अब मुझे कुछ दुख नहीं होता माधवी! कलेजा पक-पककर पत्थर हो गया।" चेलम्मा के चेहरे पर निर्विकार होकर मृत्यु की शान्ति-सी छा गई।

एक क्षण मौन बीता। माधवी ने अपना पहला पात्र रीता कर नागरत्ना की ओर बढ़ाया। चेलम्मा फिर कहने लगी, "दूर स्मृति में, कहीं बहुत दूर मुझे अपना बचपन का घर दिखलाई दे रहा है। माँ का स्नेह भी दिखलाई दे रहा है।" फिर निःश्वास ढालकर बोली, "जाने दे, उस घर को घर क्यों मानूँ जो मेरा नहीं रहा। उस जन्म देनेवाली माँ को भी क्यों मानूँ जिससे कोई नाता नहीं रहा। मेरी माँ तो थी नन्दिनी जिसने पचास, साठ या सौ, जाने कितनी मुद्राएँ देकर मुझे मोल लिया था। तेरी अम्मा की सगी मौसी थी मेरी क्रय करनेवाली माता। तेरी अम्मा मुझसे एक महीना पहले खरीदी गई थी। हः हः हः! रोया करती थी यह पेरियनायकी। खूब पिटती थी। इसकी पिटाई देखकर ही मैंने हठ करना छोड़ दिया था, मुझे आज भी याद है। हाय रे! कैसे विचित्र थे वे दिन!"

माधवी चेलम्मा की बातों के सहारे अपनी स्मृति में अपना 'घर' भावना के उफान ले-लेकर ढूँढ़ने का प्रयत्न कर रही थी, परन्तु उसे कुछ भी नहीं दिखलाई दे रहा था। बड़ी-बड़ी मूँछों और दाढ़ीवाले कुछ भयंकर-से चेहरे अवश्य याद आ रहे थे...और वह बहुत रोती थी...और फिर वह पेरियनायकी की गोद में आ गई थी। पेरियनायकी और पान्सा उसे प्यार करते थे। पेरियनायकी का वह प्यार उसे इस समय खल रहा था। अपनी भावना के सत्य को ही खरा सिद्ध करने के लिए वह अपनी सगी माँ के प्यार की कल्पना कर रही थी। उसे अपनी वर्तमान परिस्थिति पर क्षोभ था। कदाचित् वह कुलीन होती! कोवलन की परिणीता होती! वेश्या शब्द से

उसे आजकल घृणा हो रही थी। कहने लगी, "कितना अच्छा होता मौसी, यदि हम इस विपत्ति में न पड़कर कुलीनों के समान ही जीवन का व्यवहार कर पातीं!"

"पता नहीं, अच्छा होता या बुरा," चेलम्मा ने तत्काल झटका दिया, "यही सोच-सोचकर मैं स्वयं अपने जीवन का अभिशाप बन गई। वेश्या बनकर भी मैंने चाहा था कि कुलीनों जैसा आचरण करूँ। कोई पुरुष मेरी बाँह गह ले और मैं आजीवन उसे अपना ही मानूँ, पतिव्रता की भाँति उसे केवल अपना बनाकर रखूँ। यह हठ मुझे खा गया।" चेलम्मा कहीं दूर टकटकी बाँधे खोए हुए स्वर में कह रही थी, "जब मैं नृत्योत्सव में जीती थी तो वर्तमान महाराज के पिता मुझ पर मुग्ध हो गए थे। मेरी विजय के बाद अम्मा को राजा की ओर से प्रलोभन मिला। अम्मा मेरे भाग्य पर रीझ-रीझ उठीं। प्रसन्नता के मारे वे मुझ पर बार-बार बलिहारी हुई जाती थीं। मुझे क्रोध आता था—क्या मेरा रूप, उठता यौवन मेरा न होकर बेचने और मोल लेनेवालों का है? एक बूढ़े की निष्क्रिय लिप्सा की बलिवेदी पर चढ़ जाने के लिए ही है? रह-रहकर मेरा मन विद्रोह करता था। मुझ पर घर में उस दिन मार पड़ी थी जिस दिन मैं 'कामदेव का धनुष' घोषित की गई थी, जिस दिन महाराज से लेकर बड़े-बड़े धनाधीश तक मेरे रूप और कला पर मुग्ध होकर मुझ पर अपना सबकुछ निछावर करने के लिए बावले-उतावले बने हुए थे। मैं बड़ी मार खाकर वेश्या बनी हूँ बेटी! और उस मार की ही प्रतिक्रिया में अपना समय आने पर मैं क्वार की धूप की तरह तपी थी। मेरे तेज को कोई सहन न कर पाया। न अम्मा, न मेरे प्रेमी और न मैं स्वयं ही। इसीलिए आज तेरे तेज को देखकर तेरे भविष्य के लिए मैं डर गई हूँ। जाड़े की धूप-सी सुहावनी बन मेरी बिटिया! अपनी माँ के प्रति यह उपेक्षा न पनपा, नहीं तो जो भी तुझे अपने मनोरंजन के लिए खरीदेगा, तू उसी की प्रकट उपेक्षा करना सीख जाएगी। यह घातक है। बहुत घातक है। बहोऽत ही घातक है!"

माधवी के मन का उफनता विद्रोह मौसी के इस स्नेह-भरे उपदेश से सान्त्वना नहीं पा रहा था, फिर भी इस ममत्व के आगे उसमें प्रकट होने की शक्ति न थी। अपने को बहलाने के लिए ही मानो उसने अपनी जिज्ञासा को दूसरा मोड़ देते हुए चेलम्मा से कहा, "अच्छा मौसी! अपना मत रीता करने और मेरा मन भरने के लिए यदि तुम मुझे अपनी जीवनकहानी सुनाओ तो कैसा रहे! देखो, छिपाना मत मौसी! जैसा कि तुमने उस समय कहा था, मैं दर्पण में अपने को देखते हुए तुम्हारे बुढ़ापे की झुर्रियाँ देखना चाहती हूँ।"

माधवी की बात पूरी होते-न-होते चेलम्मा सहसा अट्टहास कर उठी—नैमित्तिक, सनक-भरा, कठोर, असंस्कृत, घृणा और विद्रूप-भरा अट्टहास। माधवी को यह हँसी, पहेली-सी लगी। कुछ-कुछ अपमान का-सा बोध भी हुआ। चेलम्मा की हँसी बढ़ती गई। वह अपना पेट पकड़-पकड़कर हँसने लगी। माधवी के मन में अपमान की

भावना दब गई, कौतूहल बढ़ा। बड़ी देर से अधमरा चषक एक घूँट में ही रीता हो गया। उतावली में मदिरा की सुराही उसने स्वयं बढ़कर उठा ली।

किसी प्रकार अपनी हँसी पर रोक लगाकर चेलम्मा बोली, "अरे देवा, हँसी आती है मन के पागलपन पर। कैसी विचित्र होती है इसकी गति! हः हः हः हः...अभी...अभी जब तूने मुझसे आपबीती सुनाने को कहा तो पुरानी बातें याद आते ही मन को सहसा ऐसा लगा, जैसे सुहागरात की बातें दूसरे दिन दोपहर में सखियों की छेड़ से गुदगुदा उठी हों।"

चेलम्मा का जीवनवृत्त सौभाग्य और दुर्भाग्य के दोनों छोरों को समान रूप से खिंचकर छूता था। माधवी को ऐसा लगा मानो चेलम्मा के स्वर की कटार आकाश का परदा चीरती चली जा रही है, चमचमाते हुए रहस्यमय तारों के उस पार का जीवन प्रकट होता चला जा रहा है। इस समय माधवी के वेश्याजीवन के भविष्य का आकाश फटत्ता चला जा रहा था, आगामी कल स्पष्ट होते चले जा रहे थे। सचमुच पूरी निष्ठा के साथ माधवी अपने सफल रूप-यौवन में चेलम्मा के बुढ़ापे की झुर्रियाँ देख रही थी।

यह चेलम्मा के जीवन की विशेषता रही है कि केवल एक को छोड़कर और जो कुछ पाया उसे स्वीकार करके भी हृदय से कभी न स्वीकारा। उसे अपने जीवन में सदा अतृप्ति-ही-अतृप्ति मिली। उसने अपनी मोल लेनेवाली स्त्री को बन्धनवश माँ मानकर भी कभी हृदय से न माना, वेश्याजीवन को स्वीकार करके भी कभी न स्वीकारा। अपनी इच्छा के विरुद्ध बूढ़े महाराज की प्रणयपात्री होकर भी उसने अपने-आपको राज्य-आतंक से दबने न दिया। उसने सदा महाराज की हर आज्ञा का पालन करते हुए भी यही जतलाया कि वह उन्हें अपने प्रणय के योग्य नहीं समझती, केवल कृपा-भर कर देती है। चेलम्मा के मादक रूप, सुगठित सुडौल देह और अद्भुत नृत्य-कुशलता के साथ उसका यह गर्व-गुमान रसिक प्रेमी के ऊपर जादू-सा छाता था। महाराज की मृत्यु के बाद नगर के एक प्रतिष्ठित जल सार्थवाह ने चेलम्मा को रिझाने में पानी की तरह रुपया बहाकर चेलम्मा सुन्दरी का कृपाकटाक्ष अर्जित किया। चेलम्मा ने उसके साथ दूर-दूर द्वीपों तक यात्रा की—सिंहल द्वीप, सुवर्ण द्वीप, कटाह द्वीप, मुचिरि, शूर्पारक और दूर मिस्र देश के सिकंदरिया नगर तक यात्राएँ कीं। चेलम्मा का प्रेमी व्यापार में उसके नाम से भी रुपया लगाता था और इस प्रकार चेलम्मा लाखों की स्वामिनी हो गई थी। रूप के हाट में चेलम्मा रानी की तरह राज्य करती थी। इतना होने पर भी गुमानी चेलम्मा ने कभी अपने प्रेमी को सीधे मुँह न सराहा, सदा दुतकारती रही। अपने घमंड में कभी-कभी तो वह बाहरवालों के सामने भी अपने प्रेमी रूपी कल्पवृक्ष को दुतकार देती थी। उसके प्रेमी ने उसे कई बार समझाया भी कि बाहरवालों के सामने वह अपने प्रेमी सेठ की प्रतिष्ठा का ध्यान रखा

करे, परन्तु चेलम्मा सदा अपनी धुन में ही रहती थी। एक बार जबकि वे दोनों सिकंदरिया नगर में वहाँ के बहुत बड़े व्यापारी के अतिथि थे, चेलम्मा ने बात-बात में ताव खाकर अपने प्रेमी को बुरी तरह झिड़क दिया। इस बार सेठ जी का स्वाभिमान चेलम्मा के प्रेमपंक से उबर हाथ-पैर फटकारकर सामने आ गया...

"अरब व्यापारी भारतीय नृत्य देखना चाहता था। मेरे प्रेमी ने अपनी प्रतिष्ठा बनाने के लिए स्वाभाविक रूप से मेरे नृत्य की बड़ी प्रशंसा की। अरब व्यापारी ने उत्सुक होकर मेरी ओर देखा। मेरी यह इच्छा हुई कि उसे अपना नृत्य दिखलाऊँ, परन्तु ठीक उसी समय मेरे प्रेमी ने उत्साह में आकर कह दिया, 'प्रिये! मेरे अतिथेय का मनोरंजन करो!' सुनते ही एकाएक तन-मन में आग लग गई। मैंने उपेक्षा से कहा कि 'तुम समझते हो कि मुझ पर तुम्हारा इतना प्रभाव है? मैं नहीं नाचूँगी।' परदेश में, पराए घर में मेरे द्वारा इस प्रकार झिड़का जाना मेरे प्रेमी को अच्छा न लगा। उसे भी क्रोध आ गया। परिणाम यह हुआ कि उसने उसी जगह मुझे त्याग दिया।"

चेलम्मा रुक गई। पुरानी गुत्थियों की उलझन में फँसकर मन का अभाव जागा, उसे लगा कि भूख जागी है। नागरत्ना चेलम्मा के लिए कुछ चखौती लाने चली गई। माधवी चेलम्मा की कहानी सुनने के लिए उत्सुक बैठी थी। चेलम्मा को मौन देख उकसावा देती हुई बोली, "फिर क्या हुआ मौसी?"

"होता क्या री! हार तो मैं सकती ही नहीं, इसलिए परदेश में अकेली पड़ जाने पर मैंने उस अरब व्यापारी को रिझाना आरम्भ किया। वह मेरा मित्र और संरक्षक बन गया। एक वर्ष वहीं रही, पर अपने देश की याद आती थी। और उससे भी अधिक बदला लेने की भावना मुझे सता रही थी। मैंने अपने विदेशी प्रेमी को यह प्रलोभन दिया कि यदि वह मेरे साथ एक बार भारतयात्रा कर ले तो उसके व्यापार को चौगुना लाभ होगा। मैंने उससे कहा कि मैं तुम्हारा सम्बन्ध कावेरीपट्टणम् के ऐसे व्यापारियों से करा दूँगी जो वहाँ के अत्यधिक प्रभावशाली व्यक्ति हैं। वह अरब स्वयं भी भ्रमण करना चाहता था, सहमत हो गया। यही तेरे कोवलन के होनेवाले श्वसुर मानाइहन चेट्टियार से मैंने उसका सम्बन्ध स्थापित कराया। उन दिनों मानाइहन बड़े धनाधीश होकर भी अपनी आज की स्थिति से कम थे। मानाइहन मुझे मानते थे। उन्होंने कभी मुझसे प्रेमयाचना तो न की थी, परन्तु नृत्यकला के उपासक होने के कारण वे मेरे बड़े प्रशंसकों में थे। आज भी कावेरीपट्टणम् के धनाधीशों और सामन्तों में उनसे बढ़कर नृत्यकला का और कोई मर्मज्ञ नहीं..."

"हाँ तो फिर क्या हुआ मौसी?"

"फिर मेरा भाग्योदय हो गया। अरब व्यापारी दस दिन ज्वरग्रस्त रहकर मर गया। भारतीय सौदे में कमाया हुआ उसका सारा धन उसकी इच्छानुसार मुझे ही मिला। मेरे पास इतनी लक्ष्मी थी बेटी कि यदि भाग्य सीधा होता तो आजीवन दूधों

नहाती।'' फिर वह निःश्वास लेकर बोली, ''होगा, जाने दे, मेरा धन तो था नहीं, भाग्य का था वही ले गया, क्या करूँ?''

''मैंने तो अम्मा से सुना है मौसी कि तुम्हारा धन-वैभव तुम्हारा एक प्रेमी हर ले गया?'' माधवी ने पूछा। नागरत्ना उसी समय भोजन की कुछ सामग्री लेकर आई। चेलम्मा उसे देखकर बोली, ''अच्छे समय पर आई नागरत्ना! तेरी छोटी स्वामिनी ने मुझसे ऐसा प्रश्न कर दिया था जिससे भूख और भी उभर आई थी।'' चेलम्मा बातें बन्द करके भोजन पर टूट-सी पड़ी। बात वहीं अधूरी रह गई। चेलम्मा दुष्काल-पीड़ित की तरह अधीर होकर जल्दी-जल्दी बड़े-बड़े ग्रास निगल रही थी और गले में फन्दा पड़ने पर वह एक ही घूँट में अपना चषक खाली कर देती थी। माधवी उसे चुपचाप देखती रही। थोड़ी देर बाद तृप्ति की डकार लेकर वह तकिए के सहारे आँख मूँदकर लेट गई। कुछ क्षणों के बाद करवट लेते हुए अपनी लाल-लाल आँखें खोल माधवी की ओर देखते हुए उसने कहा, ''तेरी अम्मा ने झूठ नहीं कहा था। पर वह निगोड़ी कोरी वेश्या ही है, उसके मन में इस प्रकार की बातें तो आएँगी ही। परन्तु मैं सारा दुर्भाग्य सहकर भी उससे प्रेम करती हूँ। अब भी मैं उसे चाहती हूँ।''

''पर मैंने सुना है कि वह तुम्हें भरे हाट में पीटता है, तुम्हारा सबकुछ छीन ले जाता है। वह नन्दा से प्यार करता है, तुम्हारा सब धन छीनकर उसे ही दे देता है। नन्दा के पास बड़ी सम्पत्ति हो गई है और तुम...''

''अरे, वेश्याओं के लिए तो सतियों पर मार पड़ती ही रही है। सतियों का धन-वैभव छीनकर ही वेश्याओं के महल खड़े होते हैं। मैंने वेश्या होकर भी सती होने की लालसावश यदि अपना सबकुछ गँवा दिया तो क्या हुआ! मैं तो नन्दा से कहा करती थी कि अपनी ओर से मेरा धन छीनने में कोई कसर न उठा रखना। यह भी कहा करती थी कि मेरे प्रिय के साथ वेश्या-व्यवहार करके कभी उसे ठुकरा न देना। परन्तु वह न मानी। ठीक ही है। मैं उसे दोष नहीं देती। मैं तेरी माँ को भी दोष नहीं देती। दुखी परिस्थिति में रहनेवाला जीव सदा दुखी रहता है। नन्दा वेश्या की भाँति आचरण करती है, पेरियनायकी भी यही चाहती है। मैं स्वयं भी तेरे लिए यही चाहती हूँ। यदि आजीवन एक पुरुष के साथ ही तेरा व्यवहार निभ जाए तो बहुत अच्छा। अपनी माँ को ही देख ले। पान्सा के साथ सम्बन्ध स्थापित हुए वर्षों हो गए। वह दूसरे की ओर आँख उठाकर भी नहीं देखती। परन्तु एक बात कहती हूँ। आज यदि भगवान न करे पान्सा का दिन बिगड़ जाए और वह तेरी अम्मा से धन की सहायता चाहे तो उसे कदापि नहीं मिलेगी। मेरी अम्मा कहती थी कि वेश्या धन से प्रेम करती है, क्योंकि उसका जीवन अरक्षित है।''

''मुझे तुम्हारी बातें नहीं पटतीं मौसी! जीव जीव से प्यार करता है, जड़ से नहीं।'' माधवी ने कहा।

"आह! अब समझी! अः हः हः हः! परन्तु याद रख, कोवलन तेरे पैरों में सुहाग के नूपुर नहीं डालेगा, वे तो मानाइहन की बेटी कन्नगी को ही जाएँगे। हो सकता है कि तू, मैं, तेरी अम्मा और वे सब अभागिनें जो अपने अबोध बचपन में लूटी, चुराई और बेची जाकर परिस्थितिवश वेश्या बनती हैं, किसी-न-किसी बड़े कुलीन और बड़े धनाधीश की ही पुत्री हों, परन्तु अब हमारा उस अनजाने की कुलीनता से क्या लेना-देना! हम उनके आचरण क्यों अपनाएँ! हम वेश्या हैं, हमें वेश्या ही रहना चाहिए।...इस पर भी यदि तू जीव की तरह जीव से प्रेम करने के सिद्धान्त में विश्वास रखेगी तो तेरा वैसा सत्यानाश भी हो सकता है जैसा कि लोग मेरा मानते हैं, यद्यपि मैं नहीं मानती, कभी नहीं मानूँगी।"

माधवी चुपचाप सुन रही थी। फीकी हँसी हँसकर बोली, "स्त्री का जीवन भी क्या है! उसे सती होकर भी चैन नहीं और वेश्या होकर भी नहीं।" कमरे में बैठी तीनों नारियाँ अपना आयु-भेद, वर्ग-भेद भूलकर एक निःश्वास में सम्मिलित हो गईं।

सात

कुछ देर बाद ही कक्ष में छाया वेदनाजनित मौन भंग करती हुई चेलम्मा सहसा लड़खड़ाकर उठी। उसका शरीर मदिरा के वश में था, सँभल न पाया। नागरत्ना ने सहारा दिया। माधवी ने भी और नागरत्ना ने भी यही सोचा था कि चेलम्मा किसी तात्कालिक देह-धर्म की आवश्यकतावश उठी है, परन्तु सँभलकर खड़े होते हुए झूमते स्वर में उसने कहा, "ब...ड़ा सुख पाया...य्या मैंने। अब जाती हूँ। अपनी रूठी अ... म्म...म्मा को सन्तोष दे जाकर!"

नशे में झूमती, लड़खड़ाती चेलम्मा दालान की ओर बढ़ चली। माधवी ने नागरत्ना से कहा, "मौसी को सँभालकर उनके नए कक्ष में ले जा!"

अपनी छोटी स्वामिनी का आदेश पालन करने के लिए नागरत्ना उठी और मदिरा की सुराही को ललचाई दृष्टि से देख चाटुकारी और मस्ती-भरे स्वर में बोली, "छोटी स्वामिनी! अपनी जूठन मुझे भी दे दो! यह सब सुन-सुनकर न जाने मेरा मन कैसा-सा हो जाता है!" माधवी के पात्र की बची-खुची पीकर दूसरी बार उसे भर तथा एक ही घूँट में रीता करके पात्र अलग रख झूमकर उठती हुई फिर बोली, "हमारी कोई गति नहीं छोटी स्वामिनी! जो जैसी जीती है जिए, नहीं तो महोदधि में डूब मरे।" कहकर निःश्वास छोड़ती हुई वह बाहर चली गई।

चेलम्मा झूमते-झामते दूसरे दालान के सिरे तक पहुँच गई थी। अस्ताचल वेला की चहक से पिंजरे गुंजरित हो रहे थे। चेलम्मा चहक में उनसे होड़ लेती, उनकी बोलियों की नकल करती, हँसती, मदिरा के झोंकों से बल खाती चली जा रही थी। नागरत्ना उसे बहुत अधिक लड़खड़ाकर गिरते देख बचाने को भागी। अपने को न सँभाल पाने के कारण चेलम्मा धप्-से चक्कर खाकर बैठ गई। नागरत्ना ने पास पहुँच घुटनों के बल झुककर उसके दोनों कन्धों पर हाथ रख दिया, ''चलो मौसी! तुम्हें पहुँचा आऊँ।''

सुनकर चेलम्मा हँसी। कहा, ''कहाँ तक पहुँचाने चलेगी! अच्छा चल, दे सहारा!''

दोनों तीसरे दालान की ओर चलीं। नीचे जाने की सीढ़ियाँ आते ही चेलम्मा रुक गई, उधर बढ़ी, नागरत्ना ने हाथ खींचा, ''तुम्हारे लिए अब कोनेवाला कक्ष सँवारा गया है मौसी!''

चेलम्मा के माथे पर बल पड़े, एक झलक बीस वर्ष पहले का सहज दर्प चेहरे पर चढ़ आया, स्वर सध गया, बोली, ''मेरी हवेली इससे दुगुनी बड़ी थी। जब उसे ही हँसते-हँसते तिलांजलि दे आई, तब पेरियनायकी के घर में किस राजपाट का मोह करूँ! मेरा नया कक्ष तो अब पड्डिनपाक्कम् के चौराहे पर ही है।'' फिर हँसकर कहा, ''मैं अब इतनी महान हो गई हूँ री! अरे उस मुडुकाटे शंकरन मुदली को जीतकर... हः...हः! कि अब मेरे ऐश्वर्य को जतलाने के लिए घर, महल नहीं, पूरा नगर चाहिए।'' जोर से हँसती नागरत्ना की बाँह अपने कन्धे से हटा वह नीचे की ओर बढ़ी। नागरत्ना ने उसके साथ-ही-साथ बढ़ते हुए घबराकर कहा, ''यह न करो मौसी! छोटी स्वामिनी मेरा सिर ही कटवा लेंगी।''

चेलम्मा रुकी, गम्भीर हुई। उसकी गम्भीरता देखकर यह लगता ही नहीं था कि अभी कुछ क्षण पहले तक वह गहरे नशे में लड़खड़ा रही थी। उसने धीमे सधे स्वर में कहा, ''देख नागरत्ना! मैं माँ-बेटी के बीच नहीं आना चाहती।''

''पर तुम यों अनायास, अकेली बाहर निकलकर जाओगी कहाँ मौसी?''

चेलम्मा दूर देखती रही, उसका स्वर भी स्थिर रहा। उसी प्रकार धीमे स्वर में उसने कहा, ''पुहारेश्वरम् के मन्दिर के बाहर अनेक ऐसी भिखारिनें भी बैठती हैं जो पहले वहाँ की देवदासियाँ थीं। मैं देवदासी नहीं, वरन् महाजनदासी रही हूँ, इसलिए महाजनी टोले का चौराहा मेरे लिए अत्युत्तम है।''

नागरत्ना रो पड़ी। दोनों हाथों से चेलम्मा की बाँह पकड़कर अपना मुँह टिकाती हुई बच्ची की तरह मचलकर बोली, ''मैं नहीं जाने दूँगी मौसी! नहीं जाने दूँगी।''

कोमल किन्तु निश्चयात्मक हाथ के झटके से उसे अलग करके आदेश-भरे स्वर में चेलम्मा ने कहा, ''नीचे आ!'' और वह सीढ़ियाँ उतरने लगी। नागरत्ना के आँसू न रुकते थे, पैर भी चेलम्मा के कारण न रुकने के लिए बाध्य थे। नीचे आकर

चेलम्मा ने नागरत्ना को अपनी बाँह में समेटकर कलेजे के निकट लाते हुए कहा, "मेरे लिए दुखी न हो। मैं भूखी नहीं मर सकती। आज जो नगर के बड़े-बूढ़े प्रतिष्ठित माने जाते हैं, उनमें से अनेक यौवनावस्था में मेरे चारों ओर पतंगों-से मँडराते थे। मैंने उनमें से किसी को भी मुँह न लगाया। मेरे आज के पराभव में भी मेरे पूर्वगौरव का जादू उन पर व्याप्त है। मुझ पर दया करने को वे स्वयं अपने से बाध्य हैं, क्योंकि इस दयादान के साथ वे हर बार विजेता हो मेरे प्रति क्रमशः घृणा कर सकेंगे। हः...हः...हः...! बस-बस, अब कुछ न कहना। माधवी जब मदिरा के प्रभाव से मुक्त हो जाए, तभी उसे यह समाचार देना।"

चेलम्मा चली, नागरत्ना के आँसू फिर उमड़ पड़े। उसी समय मृदंगवादक माणिक्यम् पिल्लै ने प्रवेश किया। नागरत्ना की आँखों में आँसू और चेलम्मा का गम्भीर मुख देख माणिक्यम् पिल्लै षड्यन्त्र अथवा भयकारी धीमे स्वर में हड़बड़ाकर बोला, "जान पड़ता है बात पहुँच गई यहाँ तक। इस घर के लिए प्रलय आ गई समझो। शिव-शिव!"

नागरत्ना के आँसू सूख गए। चेलम्मा की भँवों के बीच खड़े बल पड़े। कड़े स्वर में कहा, "नया स्वाँग लेकर आया रे भंड! जा, पेरियनायकी के स्तनों में मुँह लगाकर पैसे दुह बेट्टा, हः...हः...!"

"तुम्हें तो हँसी सूझेगी ही। तुम तो अपने समान सबको चौपट देखना चाहती हो।"

"अरे बात क्या है, यह तो बता?" नागरत्ना ने झिड़ककर पूछा।

बेंत-सा पतला और लम्बा, व्यवहार में कुछ-कुछ स्त्रैण-सा, मृदंगवादक माणिक्यम् पिल्लै चिचिया पड़ा। बोला, "जहाँ-जहाँ इन साक्षात्," चेलम्मा की ओर व्यंग्यात्मक मुद्रा में हाथ बढ़ाकर, "विघ्नस्वरूपा के चरण पड़ेंगे, वहाँ बंटाधार ही होगा, यह बात है। समझीं! मानाइहन चेट्टियार ने अपने भावी जामाता को बुलाकर कहा कि जिसे कोढ़िन छूती है उसका तू अंग-संग करता है।..."

झपटकर चेलम्मा ने माणिक्यम् पिल्लै का हाथ पकड़ लिया। कड़ककर बोली, "क्यों रे! तेरे सामने कहा था मानाइहन सेठ ने? चल मेरे साथ, सामना करवाके ही छोड़ूँगी तेरा। झूठा निगोड़ा! अरे कोढ़ ने मेरा तो केवल रूप ही बिगाड़ा है, तुझे ऐसा होगा कि तेरे रोएँ-रोएँ से कीड़े झड़ेंगे नासपीटे!"

"अच्छा ऽऽच्छा, हाथ छोड़ मेरा। अरे छोड़ऽ भी!"

"अब तो तुझे मानाइहन सेठ की हवेली में ले जाकर ही छोड़ूँगी।"

"पर, पर मैंने थोड़े ही कहा था..."

"तो किसने कहा?"

"मैं क्या जानूँ किसने कहा। स...स्सारा नगर कह रहा है, पूछ जाके, मेरा हाथ छोड़ दे।"

तीस-पैंतीस वर्ष के युवक माणिक्यम् की जनाने लटकों-भरी मर्दानी देह रस्सी-सी ऐंठी-ऐंठी जाती थी, पर चेलम्मा के हाथ हठ और घृणा की शक्ति से बड़े चीमड़ थे। उनके कठिन कसाव का परिचय माणिक्यम् के भिंचे हुए होंठ, चढ़ी हुई नाक और उसकी अगल-बगल की रेखाओं तथा तेहे में निकली पड़ती लाल-लाल आँखों से मिल रहा था। कपाल पर लगी भस्म में उचकने-बिचकने से दरारें पड़ गई थीं। घुटी खोपड़ी की विशालकाय चोटी झटके खाते-खाते खुलकर बिखर गई थी।

नागरत्ला माणिक्यम् की इस दुर्गति पर अपनी हँसी रोक न सकी।

"चल, तुझे लेके ही पूछूँगी। मैं बीच हाट तेरे कान पकड़कर कहूँगी कि दईमारा एक तो मुझ कोढ़िन से घुस-घुसकर प्रेम करता है और ऊपर से निर्वाह के लिए टके भी नहीं देता। फिर देखूँगी कि कोढ़िन के प्रेमी को कौन अपने घर में घुसाता है। अब जो मुझे डुबाएगा, उसे मैं साथ ले डूबूँगी।" कह चेलम्मा उसे द्वार की ओर खींच ले चली।

"अरे तू तो मेरी माँ है, मुझे छोड़ दे। अब कभी नहीं, कब्भी नहीं कहूँगा अम्मा! तेरे चरणों की धूल हूँ, तेरी कोख का जाया हूँ, मेरी अम्मा! मुझे छोड़ दे, तेरे हाथ जोड़ूँ!"

तनिक देर पहले अकड़ा, आँखें तरेरता सींकिया पहलवान कलकभय से, अपनी आजीविका पर आँच आने की कल्पना से डरकर बेंत-सा काँपता, अपने मुक्त हाथ से चेलम्मा के पैर पकड़ रोने-गिड़गिड़ाने, फैल मचाने लगा।

"छोड़ भी दो मौसी! यह नासपीटा तो सदा का निर्लज्ज और मूर्ख है। न जाने कितनी बार अम्मा ने इसे झाड़ओं से पीटा है! छोटी स्वामिनी सदा इसके कान उमेठकर ही इससे बात करती हैं।"

चेलम्मा उसे छोड़ चुकी थी। लुंगी के छोर से बार-बार अपनी आँखें पोंछ सुबकियाँ-हिचकियाँ भरता हुआ माणिक्यम् पिल्लै उठने का उपक्रम कर रहा था। चेलम्मा उसे देखती रही, नागरत्ला की बात सुनती रही, फिर एकाएक सहज भाव से हँसकर शान्त स्वर में कहा, "ईश्वर ने मेरी बड़ी लाज रखी जो इस सत्यानाशिए के आने से पहले ही चल पड़ी। जीती रह नागरत्ला! सुखी रह! मेरी माधवी भी सदा वैभव के आकाश को छूती रहे! शिवा! जगदीशा!"

दोनों हाथ ऊपर उठा द्वार की चौखट के बीचोबीच खड़ी शुभाशीषों की कामना में लीन चेलम्मा नागरत्ला की दृष्टि से अनन्त सौन्दर्यमयी दिव्य देवी-सी लग रही थी। धीरे-धीरे मुड़कर वह बाहर चली गई। नागरत्ला चौखट तक भी न आई, वहीं गुम-सुम खो गई।

माणिक्यम् पिल्लै ऊपर जा चुका था।

आठ

माणिक्यम् पिल्लै द्वारा समाचार पाकर पेरियनायकी के पेट से लेकर कलेजे तक में बार-बार हाले-डोले आने लगे। क्या करने गए थे और क्या हो गया! देव! अब होगा क्या? बड़े कठिन व्यक्ति ने टक्कर दी है। महाराज तक मानाइहन चेट्टियार के मन को निहारते हैं। इसके भाग्य फूटे थे, मैं क्या करूँ! पान्सा से कहकर किसी यवन युवक के हवाले कर दूँगी। रहे अपना स्वतन्त्र, जो पड़े सो भोगे। मैं कहाँ तक अपने प्राण होमूँ! परन्तु राजम्मा, रुद्रम्माल, प्रधान नट्टुवन और सब ईर्ष्या करनेवाले मेरे मुँह पर आ-आकर हँसेंगे। हे देवा! क्या होगा? हाय, मैं क्या करूँ?...और...फिर... परन्तु यह समाचार सच भी है या नहीं? तनिक टोह तो लेनी चाहिए। मैं घबराहट में पहले ही इस विचार पर ध्यान न दे सकी।...किसे भेजूँ, किसे?

"नागरत्ना!"

"हाँ अम्मा!"

"माधवी को बुलाकर ला। शिविका-वाहकों को प्रस्तुत होने का आदेश दे और स्वयं बाहर जाने के लिए सँवर आ।"

"कोवलन चेट्टियार से..."

"हाँ!"

पेरियनायकी की कुटनी बुद्धि सजग होकर अपना जाल बुनने लगी।

नागरत्ना से सुनकर माधवी तड़प उठी। दाँत भींच, मुट्ठियाँ रगड़ते हुए वह नागिन की तरह फुफकार उठी। थोड़ी देर बाद क्रोध से सामने पड़े तकिए को मसोसकर फेंक दिया। क्रोध से काँपती हुई वह बड़बड़ा उठी, 'कुलीन ऐसा क्या दे देगी जो मैं न दे सकी! ठीक है, वह अपने साथ गजान्त लक्ष्मी लाएगी। परन्तु मैंने भी अपना अनमोल प्रेम दिया है; मैंने हृदय से उन पर रीझकर उनको रिझाया है। उन पर मेरा अधिकार है।'

नागरत्ना उसे समझा-बुझाकर माँ के कक्ष में ले गई। पेरियनायकी ने बेटी का मुखड़ा देख मन का भाव समझ लिया। उसने खींचकर अपनी दत्तक पुत्री को कलेजे से लगा लिया। माथे पर स्नेह से हाथ फेरते हुए कहा, "आरम्भ में बहुतों को ऐसे अनुभव होते हैं बेटी! मुझे भी हुआ था। मन को पानी के समान बनाओ बेटी! आँच पर चढ़े तो गरम हो जाए और उतारने पर फिर ठंडा। मन को आँच से उतारने की कला भी सीखो।" माधवी के चेहरे पर चढ़ती अनख देख पैंतरा बदला, करुण स्वर में बोली, "हम क्या करें बेटी! हम तो नगरवधू हैं। हमारा पतिव्रत-धर्म धन से बँधा है। पुरुष उसका माध्यम है और प्रेम व्यवसाय।" फिर वह बेटी की ओर देखकर

बोली, "मैं कोवलन की ओर से अभी निराश नहीं हुई। दाँव फेंकती हूँ, आशा है जीत भी जाऊँगी।"

"कोई आवश्यकता नहीं अम्मा! अब तो यदि मैं उन्हें अंगीकार करूँगी तो पूर्ण स्वत्वाधिकार लेकर ही। देखूँगी किसका आकर्षण श्रेष्ठ है, धन का या प्रेम का!" माधवी विद्रोह से तप रही थी।

पेरियनायकी को बेटी की बातें अच्छी न लगीं। कहने लगी, "बस, इन्हीं बातों से तो तेरा बचपन टपकता है। भला बता, ससुर के धन का लालच न करे? धन न होता तो हमीं क्यों उसके लिए ललचाते!"

"मैंने उन्हें देखा था, तब नहीं जानती थी कि वे कौन हैं।"

"उस समय तो तू धन और धनवाले दोनों ही को त्यागकर चली आई थी। कोवलन के प्रति तेरा आकर्षण तो तब जागा है जब मैंने राजा की माला जीतने के साथ-ही-साथ उसे भी जीतने के लिए तुझे चुनौती दी थी।"

माधवी अम्मा की बात से घिर गई, झुँझलाई, बोली, "तो तुम चाहती क्या हो मुझसे?"

"चाहती हूँ कि तू कोवलन के नाम एक पत्र लिख दे। उसमें मान का अधिकार न जताना, विरह के उद्‌गार प्रकट करना। धमकी देनी हो तो यह लिख देना कि तुम्हारे या तुम्हारे पत्र के न आने पर प्राण दे दूँगी।"

"और मान लो वे तब भी न आए तो क्या तुम मुझे प्राण देने दोगी?" माधवी ने पूछा।

"अँह, तू तो व्यर्थ की बातों में समय गँवाती है। पत्र लिख, मैं नागरत्ना को भेजूँ। यह भी लिख देना कि तुम्हारी सम्मान-रक्षा के लिए पान्सा के उद्यानभवन में ही मिलना ठीक होगा। आज रात ही बुला। देखूँ तो सही, तू पत्र लिखने में कितनी चतुर हुई है!"

पेरियनायकी बेटी को अपने ही कमरे में छोड़ बाहर चली आई, संकेत कर नागरत्ना को बुला लिया और एकान्त में धीरे-धीरे चेलम्मा के जाने का ब्यौरा सुनकर उसे सन्तोष हुआ। घृणा से मुँह बनाती हुई वह बोली, "अच्छा हुआ जो वह सत्यानाशिनी अपने-आप चली गई। होम करते हाथ जल गए उस पापिनी के पीछे। उस दिन माधवी ने नृत्य-मंडप से निकलते ही उसका आलिंगन किया था, भावावेश में उसे अपने साथ रथ पर लाई, सभी ने देखा। और कोई न तो कहते का मुँह पकड़ सकता है, न सुनते के कान। फिर कोई झूठ बात भी नहीं, कोढ़िन से सभी घृणा करते हैं। माधवी ने कुछ बुद्धिमत्ता का काम तो नहीं किया जो लोगों को दोष दूँ। अस्तु, होगा! अब तो दूर गई डायन। देख, कोवलन चेट्टियार यदि उस घिनौनी डायन के सम्बन्ध में कुछ भी बात छेड़ें तो तुरन्त कहना, उसे झाड़ू मारकर निकाल दिया।

और यह विश्वास भी दिला देना कि माधवी या मैं या घर के दास-दासी तक उस पापिष्ठा का स्पर्श नहीं करते थे। भली-भाँति समझा-बुझा देना। और देख, यदि तू कोवलन को आज ले आई तो तुझे सोने का कंठा दूँगी।"

उस रात समुद्रतट पर यवन व्यापारी पान्सा द्वारा बनवाए गए भव्य उद्यानभवन में कोवलन के आगमन की प्रतीक्षा की जा रही थी।

यह उद्यानभवन ग्रीक शिल्प का नमूना था। पान्सा ने इसे बड़ी लागत से बनवाया था। स्वदेश रोम से बड़ी-छोटी अनेक मूर्तियाँ, चाँदी और सोने की थालियों में अंकित सुन्दर चित्र, अरब के गलीचे आदि बड़े व्यय से मँगाकर भवन को सजाया था। जलवायु के अनुकूल ढल जानेवाले नाना देशों के पशु-पक्षी मनुष्यों के मनोरंजन के लिए यहाँ जगह-जगह पिंजरों-कठघरों में सुरक्षित रखे गए थे। नौकाविहार के लिए एक छोटी-सी झील भी बनी थी। सबकुछ चारदीवारी से घिरा हुआ था जिसके चारों ओर चार भव्य फाटक थे, एक समुद्रतट की ओर खुलता था।

नागरत्ना द्वारा संकेत पहले ही बँध गए थे। कोवलन उद्यान से कुछ पहले ही नारियल के वृक्षों के झुरमुट के पास, घोड़े से उतर पड़ेगा, वह समुद्रतट के सामनेवाले फाटक से उद्यान में प्रवेश करेगा, पश्चिम दिशा के फाटक से उसके अश्व को अन्दर ले जाया जाएगा। पेरियनायकी ने उसी प्रकार प्रबन्ध भी किया था। नारियल के झुरमुट के पास दो सेवक उपस्थित थे, फाटकों पर भी सेवक थे। झुरमुट के पास पहुँचते ही कोवलन चेट्टियार के आगमन का समाचार पेरियनायकी को तुरन्त प्राप्त हो, इसके लिए झुरमुट से लेकर भवन तक चार-पाँच दास नियुक्त किए गए थे।

कोवलन बहुत लुक-छिपकर आ रहा था। अपने भावी श्वसुर के मनोभाव उसे अपने मुनीम वीलिनाथन के द्वारा विदित हो चुके थे। कोवलन लज्जित था और सतर्क भी। वीलिनाथन ने उसे समझाया, विवाह-सम्बन्ध की प्रतिष्ठा के हेतु यह आवश्यक है कि वह कुछ काल तक वेश्याविलास से बचा रहे। उसके पिता को उसके नए सम्बन्ध के विषय में अब तक कुछ भी पता नहीं था और वह यह चाहता भी नहीं था कि उनके कानों तक कोई बात पहुँचे। मासात्तुवान सेठ सदा से ही निर्मल चरित्र के व्यक्ति रहे। दस वर्ष से विधुर जीवन बिताते हुए उन्होंने अपने व्यवसाय और एकमात्र पुत्र कोवलन की उन्नति की कामना के अतिरिक्त और कुछ जाना ही न था। पुत्रवधू के आगमन की प्रतीक्षा उनके जीवन में नया रस ले आई थी। वे बड़ी लगन और चाव से पुत्र के विवाह की तैयारियाँ कर रहे थे। उन्हें यदि पता चल जाता कि कोवलन का प्रणय सम्बन्ध एक पुष्पहाट-वासिनी के साथ स्थापित हो चुका है और इसकी सूचना उनके समधी को भी मिल चुकी है तो वे बहुत दुखी होते। कोवलन यह कदापि नहीं चाहता था। वह अभी-अभी यश अर्जित करके लौटा था। उसके

पिता उससे अत्यन्त सन्तुष्ट थे। इन दिनों वे स्वयं व्यवसाय-व्यवहार न कर अपने पुत्र से कराते थे, स्वयं निरीक्षण करते और व्यवसाय के गूढ़ भेद कोवलन को बतलाते-समझाते थे। कोवलन ने भली-भाँति अपनी कोठी का कारबार सँभाल लिया था। उसकी व्यावसायिक बुद्धि की साख दिनोदिन बढ़ रही थी। इसीलिए वह अपयश से डरता था। देवदासी-प्रकरण में महादंडनायक की मीठी धमकियों से दबकर वह जो चूक कर बैठा था, उसकी लज्जा भी उसे सताती थी। परन्तु यह सब होते हुए भी माधवी के प्रति उसका आकर्षण अदमनीय रूप से प्रबल था। दोनों ने आयु में पहली बार एक-दूसरे से अपना पुरुषत्व और नारीत्व पांया था। माधवी अपनी कला से, बातों से, हृदय से कोवलन को रिझाती थी। परन्तु वह उसके लिए व्यवसाय अथवा मान-प्रतिष्ठा को नहीं छोड़ सकता था। विवाह इस समय भावात्मक रूप से खल रहा था, पर व्यावहारिक दृष्टि से मानाइहन चेट्टियार से सम्बन्ध जुड़ना अपने सौभाग्य के लिए अत्युत्तम भी लग रहा था। मानाइहन को अपने श्वसुररूप में देखकर उसे जितना उल्लास होता था, उतना ही वह कन्नगी को पत्नीरूप में पाने की बात के प्रति उदासीन था। श्वसुर जी के सामने चारित्रिक दुर्बलता की बात आ गई; वह विवाहमंडप में प्रवेश करते समय द्वार पर श्वसुर से दृष्टि मिलाने का साहस न कर सकेगा, उनके सामने कभी उसकी आँखें ऊँची न उठ पाएँगी, इसका उसे बड़ा दुख था। वीलिनाथन ने चार दिन पूर्व जब उसे यह समाचार दिया था तब ही से वह एकदम सतर्क हो गया था। उसे रह-रहकर ध्यान आता था कि अभी कुछ ही दिन पूर्व इसी माधवी के सम्बन्ध में एक ऐसी बात नगर में प्रवेश करते ही कही थी जो नगर-भर में व्याप्त हो गई थी। पिता और श्वसुर ने भी सुना था। उनकी प्रसन्नता का आभास पाकर उसे कितना गर्व, कितनी प्रसन्नता हुई थी! और उस गर्व-भरी प्रसन्नता के बाद यह ग्लानि, क्षोभ और दुख उसे मथे डाल रहा था। चार दिनों से वह माधवी से नहीं मिला। दिन तो कट जाता, पर सायंकाल होते ही उसका अनमनापन सँभाले नहीं सँभलता था। कभी रथ पर और कभी घोड़े पर वह नगर के बाहर किसी एकान्त स्थल पर भटकता रहता।

आज सायंकाल वह जब गद्दी से उठकर हवेली के अन्दर अपने कक्ष में आया तो द्वार पर ही एक स्त्री घुटनों में सिर झुकाए उदास बैठी मिली। अपने सेवक से पूछा तो ज्ञात हुआ कि विपत्ति में पड़ी हुई कोई स्त्री है। पास आने पर 'कौन है, क्या चाहती है' आदि प्रश्न पूछते ही नागरत्ना ने अपना मस्तक उठाया और कोवलन को देखकर तुरन्त ही आँखों से आँसू भर, उसके चरणों में सिर रखकर अपने मरणासन्न स्वामी के औषधि-उपचार के लिए ऐसी बहाने-भरी प्रार्थना की कि वह उसकी चतुराई पर मुग्ध हो गया। एकान्त होते ही नागरत्ना ने माधवी का पत्र दिया। कोवलन पत्र पढ़कर तड़प गया। पान्सा के उद्यानभवन में मिलने का प्रस्ताव उसे

सुखकर लगा। मन में भय और हिचक होते हुए भी माधवी के पत्र और नागरत्ना की बातों ने उसे ऐसा तड़पा दिया था कि माधवी से मिले बिना वह रह नहीं सका।

घर में पीछे के द्वार से आने-जाने के लिए विश्वस्त दासों का गुप्त प्रबन्ध करके भ्रमण के बहाने, इधर-उधर दो-एक मित्रों-व्यवहारियों से मिलता हुआ दो घड़ी रात बीते वह संकेतस्थल पर पहुँच गया। पेरियनायकी के एक दास ने घोड़े की बागडोर सँभाली, दूसरा उसे समुद्री द्वार की ओर सादर झुक-झुक हाथ जोड़ गैल बतलाता ले चला। दासों ने परस्पर संकेत कर कोवलन चेट्टियार के शुभागमन की सूचना आनन-फानन अन्दर पहुँचा दी।

पेरियनायकी ने अपने यवन प्रेमी सेठ पान्सा को भी बुला रखा था। इसमें उसके दो उद्देश्य थे—कोवलन के आने की सूचना यदि उसके किसी गुरुजन को लग भी जाए तो पान्सा की उपस्थिति से बहाना बन जाएगा। दूसरे, दो पुराने प्रेमियों की उपस्थिति और उनका पारस्परिक प्रेम-व्यवहार प्रेमियों की नई जोड़ी को मौन प्रेरणा दे सकेगा।

माधवी के प्रति पान्सा सेठ का ममत्व था। वे उसके साथ पाँसे खेल रहे थे। पेरियनायकी उनके पास ही बैठी हुई उनके लिए फूलमाला गूँथ रही थी। बीच-बीच में अपने प्रिय को मद्यपान भी कराती थी, वेत्तिलै (पान) लगाकर खिलाती थी, आप भी कभी-कभी खा-पी लेती थी। किन्तु उसका ध्यान बराबर द्वार की ओर था, आहट पर कान सधे थे। माधवी और पान्सा—पिता और पुत्री, पातेर और फीलिया—आपस में खेलते हुए हँस-बोल रहे थे।

तभी कोवलन के आगमन का समाचार आया। सुनते ही पान्सा सेठ पाँसे छोड़ उठ खड़े हुए। पेरियनायकी ने आग्रह कर रोकना चाहा, कहा कि कोवलन के आने के बाद दो मीठी बातें कर वे दोनों साथ ही चलेंगे।

"नहीं पुएल्ला (प्रियतमा)! उसके पिता और श्वसुर दोनों ही से मेरा घना व्यवहार है। हम जानते भले रहें, पर दो पीढ़ियों के बीच आँख की ओट अवश्य रहनी चाहिए।" स्नेह से माधवी की पीठ थपथपाकर पान्सा सेठ दूसरे द्वार से अपने कक्ष की ओर चल दिए। उनके चले जाने से पेरियनायकी की एक बनी-बनाई भूमिका बिगड़ गई। उसे झुँझलाहट आई, पर शीघ्र ही नए विचार का सधाव पा लिया। माधवी से जल्दी-जल्दी बोली, "मान कर रूठ जा, रोने लग, लेट जा मुँह ढँककर, वह आता ही होगा।

माधवी मुस्कराई, आँखें मटकाकर पूछा, "प्रेम-व्यवसाय?"

दाँत पीसकर धीमे स्वर में अम्मा बोली, "हाँ-हाँ, वह आ रहा है।"

माधवी तुरन्त नाटक साध गई। पेरियनायकी ऊँचे स्वर में बोलने लगी, "अरी अब तो उठ! यह रोना-धोना, मान करना छोड़। मेरे लाल आ गए हैं..."

"नमस्कारम् अम्मा! यह क्या माधवी! रो रही हो?" कोवलन ने प्रवेश करके दोनों को देखते ही कहा और माधवी की ओर बढ़ गया।

पेरियनायकी थके उदास स्वर में बोली, "अरे बेटा, मैं तो थक गई समझाते-समझाते। चार दिन तुम न आए तो और किसी का कुछ न बिगड़ा, मेरे सत्तर करम हो गए—'अम्मा, आज भी नहीं आए, अब तक नहीं आए, कब आएँगे,' 'अम्मा! अब वे नहीं आएँगे, उनका विवाह हो रहा है।' बस, दिन-रात यही रोना-धोना, न खाना न पीना, मैं तो समझाते-समझाते दुखी हो गई बेटा! लाख कहा कि मेरे कोवलन चेट्टियार औरों के समान स्वार्थी नहीं हैं, जो ब्याह के बाद तुझे भूल जाएँ। संझा को तुम्हारा पत्र पा कैसी मगन हुई थी! यहाँ आने के उपरान्त तुम्हारी प्रतीक्षा करते-करते फिर वैसी ही बिगड़ी-बावली हो गई...क्या बतलाऊँ!"

पेरियनायकी की बातें सुनता कोवलन गम्भीर मुद्रा में माधवी के पास बैठ गया। अम्मा से माधवी की बातें सुन-सुनकर उसकी मानसिक व्यथा स्वयं अपना ही रूप देख रही थी। माधवी के वस्त्र के स्पर्श मात्र से भाव की विद्युत्तरंग दौड़ रही थी। माधवी हाथों से मुँह ढाँपे पड़ी थी। कोवलन ने उसके हाथ पर हाथ रखकर स्नेह-भरे स्वर में पुकारा, "माधवी! इधर देखो...देखोऽऽ!"

माधवी ने उसका हाथ झिटक 'हटो, जाओ' कहते हुए करवट बदल ली। कोवलन उठकर दूसरी ओर आ गया। माधवी फिर करवट लेने लगी। कोवलन ने उसे रोककर कहा, "सुनो तो!"

माधवी ने फिर करवट बदल ली।

पेरियनायकी ने किंचित् झिड़कते हुए अपनी पोष्यपुत्री से कहा, "अपना सौभाग्य मान कि तुझे देवतुल्य स्वामी मिले। अनेक जन्मों की तपस्या, रात-दिन की अनवरत प्रार्थना ही..."

"पत्थर की मूर्ति को प्रार्थना के फूलों का मोह ही क्या, मूल्य ही क्या! देवता होते तो मेरी प्रार्थना के प्रभाव से एक क्षण के लिए मुझसे विलग न होते।" वाक्य का अन्तिम अंश कहते-कहते मानवश माधवी का गला रुँध गया।

बनावटी हत्प्रभ स्वर में पेरियनायकी बोली, "क्या जानूँ बेटा! आजकल के लड़के-लड़कियों के मन का भाव...इतने दिनों हर घड़ी, पल, छिन तो याद कर-करके रोती रही और जब जबकि मेरे लाल आए हैं तो मान दिखा रही है। अच्छा भाई! मैं तो चली अब। मेरे सौभाग्यदेवता मेरी प्रतीक्षा कर रहे होंगे।"

पेरियनायकी फूलों का गजरा उठा, उसके दोनों सिरों को गाँठ से जोड़ते हुए धीरे-धीरे प्रकोष्ठ से बाहर चली गई। जाते हुए दो-तीन बार कनखियों से माधवी और कोवलन को भाँपती भी गई। माधवी बड़ी कुशलता से आँखों का खेल खेल रही थी, कोवलन क्षमा और प्रेम का याचक बनकर उसे देख रहा था। पेरियनायकी के बाहर

जाते ही कोवलन माधवी को बलपूर्वक अपनी बाँहों में भरकर उसकी दृष्टि से दृष्टि मिलाने का आग्रह ले बोला, ''पत्थर की मूर्ति में प्राण-प्रतिष्ठा करनेवाली ही जब अविश्वास करेगी, तब उसे कौन पूजेगा माधवी?''

प्रिय की बाँहों से छूटने का अभिनय करते हुए भी उसने मुक्त होने का प्रयत्न न किया। उसकी ओर से मुँह फेरते हुए भी मान-भरी आँखों में मद छलकाने से वह न चूकी। व्यंग्यकटाक्ष करते हुए उसने कहा, ''क्यों, नई पुजारिन ला तो रहे हो!''

सुनकर कोवलन हँसा। उसे और भी कसते हुए उसके कपाल का चुम्बन लेकर बोला, ''वह तो जग की रीति निभाऊँगा प्रिये! अरे, मैं श्वसुर के धनरूपी घी को होम का स्त्रुवा बनकर निजकुल के ऐश्वर्ययज्ञ की आहुति बनाने जा रहा हूँ, इससे मेरी लक्ष्मी की लौ ऊँची उठेगी।''

माधवी सुनकर बलपूर्वक कोवलन की बाँहों से छिटकती हुई अलग हो रूखे कर्कश स्वर में बोली, ''लक्ष्मी की लौ उठाने के लिए मेरे मनोदीप को इस प्रकार बुझाने की क्या आवश्यकता थी! मुझसे कहते, तुम्हारी धनतृष्णा मिटाने के लिए मेरे पास भी अतुल सम्पत्ति है।''

बात पूरी भी न हुई थी कि कोवलन चोट खाकर तड़प उठा। कड़ककर 'माधवी' कहते हुए उसकी कटार म्यान से निकल आई। अपने प्रिय का यह अप्रत्याशित रूप देख माधवी सहमकर पीछे हट गई। उसकी देह बेल-सी थर-थर काँपने लगी।

माधवी का भयत्रस्त रूप देख कोवलन का क्रोध थमा। अपने आवेश को वश में करने का विकट प्रयत्न करते हुए वह अर्धस्वगत रूप में बड़बड़ा उठा, ''मैं...मैं... इस क्षण भी न भूल सका कि तुम्हें प्यार करने के लिए मैं अपने-आपसे विवश हूँ, अन्यथा...अन्यथा...'' तब वह दर्पयुक्त स्वर में बोला, ''नगरहार, मथुरा, बार्बरिकोन, कामरूप और शुर्पारक तक से अपनी साख पुजानेवाले चेट्टियार मासात्तुवान के वंशधर कोवलन से यह बात कहकर कोई वेश्या—कोई स्त्री—जीवित नहीं बच सकती थी।'' कोवलन का क्रोधावेश प्रेम के आवेश से काँपकर पीछे हटने लगा, कटार दूर फेंक दी गई।

माधवी के लिए कोवलन का यह रूप नया था। अब तक वह स्वप्न में भी यह अनुमान न कर सकती थी कि कोवलन कभी इतना उत्तेजित भी हो सकता है। पौरुष के तेज ने उसके मान को निस्तेज कर दिया। माधवी के व्यक्तित्व में निहित कोवलन से प्रगाढ़ प्रेम करनेवाली नारी विकल हो प्रिय को मनाने दौड़ पड़ी। आँसुओं ने उसके मन, कंठ और आँखों को आवृत्त कर रखा था।

तीव्रता से बढ़ उसकी टाँगों से लिपट चरणों में अपना मस्तक टेक वह फूट-फूटकर रो पड़ी। उसके हाथों का स्पर्श कोवलन को करुण बना रहा था। कोवलन

का हृदय भर आया। माधवी बिलखकर बड़बड़ा उठी, "तुम्हारे चरणों की धूल हूँ। मार डालो! मेरा अन्त कर दो! तुम्हारे हाथों मरकर मैं सतियों का लोक पाऊँगी..." मन का आवेग और उमड़ा, कोवलन के पैरों में माधवी के कोमल बाहुओं की बेड़ी और जकड़ी, मस्तक उठा आँसुओं-भरी कटोरी-सी आँखों से अपने प्रिय को देखकर कहने लगी, "इस लोक में कोई भी इस अभागिन वेश्या के एकनिष्ठ प्रेम पर विश्वास न करेगा, तुम भी नहीं। ऐसे जीवन से मृत्यु लाख गुना अधिक मीठी है।"

माधवी नए आवेश में सहसा कोवलन के चरण छोड़कर कटार उठाकर अपना अन्त करने चली। कोवलन ने झपटकर मृत्युवाहिनी को माधवी की मुट्ठी से झपटकर दूर फेंक दिया और उसे बलपूर्वक अपने पास खींच उन्मत्त आलिंगन में बाँधकर भरे-स्वर में बोला, "मुझे तुम्हारे प्रेम पर विश्वास है, इसीलिए मैं अपने-आपको तुम पर निछावर कर चुका हूँ। मेरा मन तुम्हारे लिए एक से दो न होगा माधवी!...परन्तु मैं अपने कुल के धवल यश और गौरव को किसी के द्वारा एक क्षण के लिए भी क़लंकित होते नहीं देख सकता।"

आलिंगन में बँधी हुई माधवी ने अपने प्रेमी की छाती में छिपा हुआ सिर उठाकर आँखों में आँखें डालकर देखते हुए कहा, "जिस कुल का सूर्य मेरे मनोलोक का उजाला है, उस कुल का अपमान करने की इच्छा तो क्या कल्पना भी नहीं कर सकती।" उसका सिर फिर कोवलन के कलेजे से चिपक गया, एक हाथ कमर में और दूसरा मादक कोमल गति से उँगलियों के सहारे थिरकता हुआ छाती से क्रमशः कन्धे पर और फिर गले में जाकर लिपट गया; फिर दूसरी बाँह भी पीठ पर उठकर ऊपर जा लगी। माधवी की जकड़न ने कोवलन के शरीर में गरमी भर दी। वह उसके मस्तक को हाथ से दबा उसकी करुण आँखों में अपनी रसोन्मत्त आँखें डालकर देखने लगा। माधवी ने लजाकर पलकें झुका लीं, फिर उठाईं। इस बार उनमें मद भी छलक उठा था। मद और लाज का धूप-छाँव-भरा खेल दो बार खेलकर फिर आँखें मिलाते हुए उसने कहा, "सच, निपट अनजान से अनचाही बात मुख से कही गई। वह भी जब तुमने परिहास में कहा कि ससुर की सम्पदा..."

"मानाइहन चेट्टियार की इकलौती पुत्री को ब्याहकर उनकी कुल-सम्पदा का दान ग्रहण करना मासात्तुवान चेट्टियार के वंशधर के लिए सर्वथा उचित है, उसके कुल-गौरव के योग्य है, परन्तु..."

"परन्तु पतिता का दान भी तुम्हें ग्रहण करना ही होगा रसराज! माधवी के प्रेमदान को अस्वीकार न कर सकोगे!" कहते हुए माधवी बड़ी मादक दृष्टि से कोवलन को देख उससे हटते हुए भी उसके होंठों को अपने जादू-भरे चुम्बन से बाँध गई। मदिरापात्र की ओर बढ़ते हुए उसने नागरत्ना को पुकारा।

कोवलन ने उठकर उसके पास आते हुए उत्तर दिया, "तुम्हारे प्रेमधन को पाने के लिए मैं सदा तुम्हारे द्वार का भिखारी बना रहूँगा माधवी! मैं तुम्हारे आकर्षण से विवश हूँ, अपने-आपसे विवश हूँ।"

माधवी मदिरापात्र भर रही थी। उत्तर देने के लिए उसने सिर उठाया ही था कि नागरत्ना आ पहुँची। बिना कहे ही अपनी छोटी स्वामिनी के पुकारने का आशय जान वह सोने के थाल में सुन्दर भोजन-व्यंजन सजाकर लाई थी। उन्हें रख क्षण-भर रुककर वह लौट गई। माधवी ने उसके जाते ही निःश्वास ढाल मदिरा का चषक कोवलन की ओर बढ़ाते हुए फीकी मुस्कान और थके स्वर से कहा, "और कितने दिन रहोगे याचक? सप्तमी को धर्म, राज और समाज के अटल नियम मेरे आराध्य देव को मुझसे बरबस छीनकर किसी और के मन-मन्दिर की प्रतिमा बना देंगे, और मैं हाथ मलती ही रह जाऊँगी। मन से अपना प्राणपति बना चुकने पर भी मैं अधिकारपूर्वक जीवन-भर तुम्हें अपना न कह सकूँगी। मैं स्त्री नहीं, वेश्या हूँ। स्त्री के नैसर्गिक रूप, गुण और मन को पाकर भी उसके अधिकारों से वंचित हूँ। मैं स्त्री नहीं, वेश्या हूँ।"

माधवी की आँखें छलक पड़ीं। उसके मन का भाव सत्य की आभा बनकर उसके करुण मुखमंडल पर दीप्त हो उठा। कोवलन ने उसकी टीस का स्पर्श पाकर भी न पाया, मदिरा की झोंक में हाथ बढ़ाकर बोला, "तुम्हारा भय मिथ्या है माधवी! मैं तुम्हारा ही रहूँगा।"

"हाँ...रहोगे चोर के धन की तरह। दुनिया कहेगी, वेश्या माधवी ने कन्नगी के सौभाग्य को चुरा लिया। कोई यह नहीं देखेगा कि विवाह के अनैतिक धर्मपाश में बाँधकर कन्नगी मेरे जीवनसर्वस्व को बरजोरी हर ले गई!"

दो क्षण दोनों ओर से मौन रहा। कोवलन की विचार-टकटकी बँध गई। धीरे-धीरे गम्भीर स्वर में कहने लगा, "इस विवशता को हँसकर स्वीकार करना ही तुम्हारे लिए अच्छा होगा माधवी! यह मेरी या तुम्हारी इच्छा-अनिच्छा का प्रश्न नहीं। विवाह समाज का आवश्यक नियम है।"

"क्यों?"

"सन्तान के लिए।"

"मैं सन्तान नहीं दे सकती?" माधवी की आँखों में विद्रोह की चमक थी। उसका सुन्दर मुखमंडल अन्तर की तड़प से तमतमा उठा था, मानो सजा-सजाया स्नेह-भरा दीपक जल उठा।

कोवलन ने बिना उसकी ओर देखे ही मस्ती के साथ स्वर्णचषक को रीता कर उसे धीरे-से माधवी की ओर उछालकर फेंकते हुए उत्तर दिया, "तुम्हारी कोख की सन्तान किसी कुलीन का कुलदीपक नहीं बन सकती प्रिये! यह दूसरा कठोर सत्य है।"

उत्तर सुन माधवी के चेहरे पर निराशा की कालिमा छा गई, फिर सनक-भरी हँसी फूटी, बोली, "मैं केवल खिलौना हूँ। प्रकृति से मानवी के सारे गुण पाकर भी मैं समाज के अधिकारों से वंचित हूँ। मेरे प्यार का उपहार तुम्हारा प्यार नहीं हो सकता...केदल विलास...कोरा विलास! वाह रे तुम्हारा न्याय..."

"माधवी! तुम्हारे दुख का आवेश मुझसे गूलर का फूल माँग रहा है। मैं असम्भव को सम्भव नहीं कर सकता। हमारे ऋषि-मुनियों ने क्या कुछ बिना सोचे-समझे ही गृहिणी और वेश्या का वर्गीकरण किया होगा!...ठहरो, मेरी बात सुनो! विश्वास मानो कि नृत्योत्सव में तुमने केवल महाराज के गले की माला ही नहीं जीती, वरन् मेरा हृदय भी सम्पूर्णतः जीता। तुम्हारे रूप, गुण और कलाचातुरी ने जो प्रेम की ज्योति जगाई थी वह अखंड है, सदा यों ही प्रकाशमान रहेगी। कोट्याधीश मानाइहन चेट्टियार की सती कन्या कन्नगी आजीवन उस ज्योति को न बुझा सकेगी।"

माधवी टकटकी बाँधकर कोवलन का आवेश देखती रही, फिर बैठे-ही-बैठे खिसककर उसके पास आई। कोवलन ने उसे अपने अंकपाश में भरना चाहा, किन्तु माधवी ने उसके लिए अवकाश न दिया। उसकी देह पर अपनी कोमल देह का गुरुत्वाकर्षण लादती हुई, तकिए के सहारे उसे लेटने को बाध्य कर दोनों हाथों से उसका मुखमंडल बाँध, नयनों में नयन डाल उसने सहसा पूछा, "सच कहते हो?"

मदिरा के नशे से अधिक माधवी के नशे में मतवाला हो कोवलन अपने दोनों हाथों से उसे आलिंगन में बाँधकर निष्ठा से अधिक काम की उत्तेजना-भरे स्वर में बोला, "मेरा प्रेम तुम्हारी परीक्षा की प्रतीक्षा कर रहा है। बोलो, तुम्हारे समाधान के लिए मैं क्या साहस करूँ?"

माधवी की काली-काली पुतलियों में हीरे की कनी चमकी, पैनी दृष्टि साध उसने कोवलन को देखा, फिर अलग छिटककर कुछ दूर से टकटकी साधकर देखते हुए पैने स्वर में पूछा, "साहस करोगे? वरदान दोगे?"

"माँगो!" कामातुर कोवलन ने भावावेश में अपनी उदारता की निःसीमता दरशाते हुए लेटे-लेटे ही उत्साह से दोनों बाँहें फैलाकर कहा, "माँगो!"

माधवी तनकर बैठ गई। कोवलन की आँखों से उसकी आँखें बराबर सधी हुई थीं। तीखे दृढ़ स्वर में उसने कहा, "माँगती हूँ, मुकर मत जाना।"

"विलम्ब क्यों प्रिये! मेरी और मेरी लक्ष्मी की शक्ति में जो कुछ सम्भव है वह सब तुम्हें समर्पित करने के लिए मैं व्यग्र हूँ। माँगो!"

नयन नयनों से अब तक अड़े ही थे। माधवी ने फिर उसी स्वर में कहा, "माँगती हूँ। कन्नगी के सपनों की पहली रात तुम मेरे यहाँ रहोगे और...तुम्हारी कन्नगी मेरी नागरत्ना की तरह तुम्हारी और मेरी सेवा में..."

कोवलन को ऐसा लगा मानो गहरी नींद में निश्चिन्त सोते हुए व्यक्ति के ऊपर किसी ने अचानक प्रहार किया हो। वह चौंककर, तड़पकर उठ बैठा। आश्चर्य से उसकी आँखें फट गईं। अनायास ही बोल उठा, "कन्नगी? यहाँ? तुम्हारे यहाँ?"

"बस? परीक्षा के एक ही झोंके से तुम्हारे प्रेम की अखंड ज्योति खंडित हो गई? जाओ चेट्टियार! अब किसी से प्रेम का झूठा दम्भ न करना।" माधवी फुर्ती से उठने लगी।

उतनी ही त्वरा से व्यग्र विकल कोवलन ने झुककर उसकी बाँह पकड़ ली। माधवी बरबस खिंच आई। तृषित आकुल नेत्रों से देखते हुए उसे अपनी गोद में घसीटकर धीमे कामोत्तप्त स्वर में कहा, "मेरी प्राण! मेरी मोहमयी!... मेरी...मेरी... तुम्हारे लिए कुछ भी अदेय नहीं। मैं वचन देता हूँ कि अपनी पहली रात में दो महान कुलों की लक्ष्मी अपनी सौभाग्य-लालिमा से तुम्हारे चरण रंजित करेगी। उठो! मेरे तृषित मन को अपने गीत, नृत्य और यौवन की मदिरा से छकाछक भर दो!"

कहने की देर थी। माधवी ने वातावरण में जादू भरना आरम्भ कर दिया। सम्पूर्ण हृदय से उसने अपने प्रियतम को रिझाना आरम्भ किया। अपनी महाविजय पर माधवी आनन्दोन्मत्त हो उठी थी। चेलम्मा और पेरियनायकी-जैसी अनुभवसिद्ध वेश्याओं के उपदेशों की अग्नि-रेखा पार कर उसका प्रेम अपनी निष्ठा से आगे बढ़ गया था। जो कोई न कर सकी वह माधवी ने किया, जो किसी का प्रेमी न दे सका वह माधवी ने अपने प्रेमी से पाया। इस समय वह रोम-रोम से कोवलन पर रीझ रही थी और उसके रीझने पर कोवलन इतना रीझा कि बेसुध हो गया।

नौ

पेरियनायकी का घर छोड़ चेलम्मा सचमुच पट्टिनपाक्कम् मुहल्ले के चौरस्ते पर बीचो-बीच बने पत्थर के छोटे-से कलात्मक मंडप की सीढ़ियों पर जा बैठी। शीघ्र ही चेलम्मा चौराहे का आकर्षण-बिन्दु बन गई। वह श्रृंगार के मादक लोकप्रिय गीत गाती, बिना घुँघरुओं के नृत्य करती, सबसे ऐसी छेड़-भरी बातें करती कि हँसी का समा बँध जाता। कावेरीपट्टणम् में नर्तकी चेलम्मा को कौन नहीं जानता था! साहूकारों, महाजनों के सुप्रसिद्ध मुहल्ले पट्टिनपाक्कम् की ऊँची-ऊँची भव्य शिल्प-सौन्दर्य से अति आकर्षक लगनेवाली अट्टालिकाओं में निवास करनेवाले आज के अनेक प्रतिष्ठित प्रौढ़ अपने नवयुवाकाल में चेलम्मा के नाम पर मरते थे। अनेक सुप्रतिष्ठितों ने नवयुवती नर्तकी 'कामदेव के नवधनुष' की उपाधिधारिणी महासुन्दरी,

अपूर्व आकर्षणमयी महागर्विता चेलम्मा के चरणों पर प्रेम-याचना करते हुए अपने मस्तक झुकाए थे। आज की रूपयौवन-खंडिता चेलम्मा के आते-जाते की शिष्टाचार-आडम्बर-भरी आड़ लिए पैने व्यंग्यबाण अनेक महाजनों को मन-ही-मन पानी-पानी कर देते थे। चेलम्मा आज के नवयुवक श्रेष्ठिपुत्रों के भी आकर्षण का केन्द्र थी। वह महाजनों, सार्थवाहों और लक्षपति, कोटिपति वाणिज्य-व्यवसायियों की अति वैभवशालिनी इस महानगरी की नई जादूगरनी, हाल ही के नृत्योत्सव में 'कामदेव का नवधनुष' घोषित होनेवाली माधवी की गुरु थी। पथ की भिखारिन होने के कारण वह महाजनों की बस्ती के दास-दासियों, मालियों, हलवाइयों और फेरीवाले बिसातियों की भद्दी छेड़छाड़ का आकर्षण भी बन गई थी। चेलम्मा कहती थी कि देवदासियाँ बूढ़ी, बेकाम होने पर कोविल (मन्दिर) से निकाली जाकर उसी के द्वार की भिखारिणी बन जाती हैं। वह अपनी जवानी में महाजनों की प्रणय-दासी रही, अतः उन्हीं के मुहल्ले में अब भीख माँगने आ बसी है।

दो दिनों में ही पड्डिनपाक्कम् का चौराहा चेलम्मा की बातों से जलने लगा। वह चर्चा का विषय बन गई। दूध के उबाल से उफने हुए महाजनों के गौरव-दम्भ पर चेलम्मा की उपस्थिति से स्वयं उनकी सहज लाज उन पर ही पानी के छींटों-सी पड़ने लगी। दृश्य-अदृश्य में चेलम्मा के पास अकल्पित-अप्रत्याशित भिक्षाधन पहुँचने लगा। महाजनों के मुहल्ले की यह नई घटना सूचना बनकर मानाइहन चेट्टियार के कानों में भी पहुँची। मानाइहन ने यद्यपि चेलम्मा से कभी प्रणयदान की याचना नहीं की थी, तथापि वे उसकी नृत्यकुशलता के बड़े प्रशंसकों में रहे थे। और फिर इस समय उसकी इस दशा से धनाधीशों के गौरव-मान को आघात लगता था। मानाइहन ने अपने एक विश्वस्त अनुचर को चेलम्मा के पास भेजकर गुप्त रूप से कहलाया था कि वह भीख माँगना छोड़ दे। वे उसके लिए फूलहाट में एक अच्छा भवन मोल ले देंगे। उसके पूर्व गौरव के अनुरूप ही उसका भरण-पोषण होगा, दास-दासियाँ सेवा में रहेंगी, परन्तु आभूषण अथवा धन उसे कदापि नहीं दिया जाएगा। चेलम्मा अपने धूर्त प्रेमी को चाहकर भी धन न दे सकेगी।

मानाइहन सेठ द्वारा चेलम्मा को संरक्षण प्राप्त होने पर फूलहाट में नए सिरे से उसके प्रति आकर्षण, आतंक, उपेक्षा और चाटुकारिता के भाव बढ़ गए। माधवी को अपार प्रसन्नता हुई। वह नागरत्ना को साथ लेकर अपनी मौसी से मिलने भी गई। पेरियनायकी पर अपनी बाल-सखी का आतंक छा गया था। वह भयंकर ऊहापोह में पड़ गई—कहीं ऐसा न हो कि माधवी चेलम्मा के प्रभाव में आकर उसके हाथ से बेहाथ हो जाए! माधवी का चेलम्मा के पास बहुत आना-जाना उसे फूटी आँखों नहीं सुहाता था, पर वह विवश थी। सबकुछ होते हुए भी वह चेलम्मा के घर न गई। वह आशा करती कि चेलम्मा स्वयं उसके घर आएगी, परन्तु प्रतिदिन उसकी

आशा हारकर खीझ में बदलती गई। तीन-चार दिन के अन्दर ही वह चेलम्मा के प्रति क्रोध और खीझ से बावली हो उठी। सवेरा होते ही माधवी नहा-धो तैयार होकर चेलम्मा के घर चली जाती, वहीं नृत्य का अभ्यास करती, दिन का भोजन भी वहीं करती और एक दिन तो वह रात में भी न आई।

उसी दिन दोपहर में उसे मानाइहन सेठ के यहाँ से उनकी पुत्री के विवाहोत्सव के अवसर पर माधवी के नृत्य के लिए साई मिली थी। वह माधवी को यह समाचार देने के लिए व्यग्र थी। उसने चेलम्मा के घर से माधवी को बुला लाने के लिए सेवक भेजा। वह समाचार लाया कि माधवी आज रात वहीं रहेगी। पेरियनायकी जल-भुन गई। एक बार इच्छा हुई कि वह दुबारा आदेश भेज माधवी को तुरन्त बुला ले, परन्तु वह जानती थी कि ऐसा करने पर माधवी हठ भी पकड़ सकती है। ऐसा होने पर पेरियनायकी को चेलम्मा की चार कटूक्तियाँ-व्यंग्योक्तियाँ सुननी पड़ेगी। विवश हो जैसे-तैसे चेलम्मा के प्रति कोसा-काटी करते हुए उसने रात बिताई। भोर होते ही माधवी को बुला लाने के लिए आदमी भेजा। चेलम्मा ने उसे झिड़ककर भगा दिया। यही नहीं, पेरियनायकी को चिढ़ाने के लिए उसने यह भी कह दिया कि कोवलन के नए आदेशानुसार माधवी अब यहीं रहेगी।

सूचना पहुँचते ही पेरियनायकी के तो हाल पतले होने लगे। एक-एक साँस में सैकड़ों गालियाँ देती हुई तुरन्त शिविका पर बैठ वह चेलम्मा के नए घर में जा पहुँची। द्वार पर पौरिए बैठे थे। घर नया ही बना था, बल्कि अभी बन ही रहा था। रँगाई, चित्रकारी इत्यादि हो रही थी। मानाइहन सेठ की ओर से चेलम्मा के लिए वह मकान भाड़े पर लिया गया था, उसे भली-भाँति सज्जित भी किया गया था। दो दासियाँ, द्वारपाल और दो दास उसकी सेवा में नियुक्त थे। यद्यपि चेलम्मा के पूर्व वैभव के अनुरूप यह तड़क-भड़क कुछ भी नहीं थी, फिर भी पिछले पाँच वर्षों से अपने घर की अँधेरी कोठरी में आश्रय पा चुकनेवाली चेलम्मा का इतना सुख-वैभव भी पेरियनायकी के मन में ईर्ष्या-द्वेष की ज्वालाएँ भड़काने के लिए यथेष्ट था।

अपने घर में पेरियनायकी को देखकर चेलम्मा बड़ी सन्तुष्ट हुई। नीचे आँगन पार करके ऊपरवाली सीढ़ियों की ओर बढ़ती पेरियनायकी को छज्जे से देख चेलम्मा जोर से बोली, "आइए! पधारिए यवनप्रिया जी! अरी माधवी! देख तो तेरे घर कौन आया है!"

पेरियनायकी यह सुनकर तड़प उठी। ऊपर पहुँचते ही कर्कश स्वर में कहा, "तेरे मुँह पर झाड़ू फिरे निगोड़ी! यह माधवी का घर कब से हो गया! कहाँ है माधवी! मैं उसे बुलाने आई हूँ।" सामनेवाले कक्ष से नागरत्ना ने दौड़ते हुए आकर बड़ी स्वामिनी को झुककर प्रणाम किया। कहा, "छोटी स्वामिनी पूजा कर रही हैं बड़ी स्वामिनी! अभी आती हैं।"

"उसे शीघ्र ही तैयार होने को कहो, मैं अधिक देर यहाँ रुक नहीं सकती।" पेरियनायकी चेलम्मा की ओर तनिक पीठ दे बैठ गई, बड़ी ठसक में मुँह फुलाए नाक-भौं पर बल डालती हुई नागरत्ना को आदेश देने लगी। चेलम्मा उसका यह भाव देख मुस्कराई, चिढ़ाने को जी चाहा, नागरत्ना से बोली, "अपनी बड़ी स्वामिनी से कह दे कि मेरी माधवी के स्वामी उसे पेरियनायकी निगोड़ी, जलमुँही के घर जाने से मना कर गए हैं।"

सुनकर पेरियनायकी के चेहरे पर दर्प के दीये बुझ गए। सूनी आँखों से वह चेलम्मा की ओर देखने लगी, फिर अपनी अकड़ साधने का प्रयत्न करते हुए हड़बड़ाकर बोली, "वह कौन होते हैं मुझसे माधवी को अलग करनेवाले! उसके पालन-पोषण में मैंने सहस्रों कलंजु व्यय किए हैं। मेरी लागत लगी है उस पर। पहले भुगतान कर दे, फिर जी चाहे तेरे यहाँ रखे या किसी श्वपच चांडाल के घर। मैं फिर थूकने भी नहीं आऊँगी।"

"किसके यहाँ? मेरे घर थूकने नहीं आएगी या श्वपच चांडाल के घर?" चेलम्मा ने फिर मन्द मुस्कान के साथ फुलझड़ी छोड़ी। पेरियनायकी उसे देखने लगी। उसे लगा कि चेलम्मा चिढ़ा रही है। तभी माधवी आती दिखलाई पड़ी। पेरियनायकी सावधान होकर उसे देखने लगी। माधवी ने उसके चरणों के आगे दोनों हाथ जोड़कर प्रणाम किया। पेरियनायकी ने स्नेह से उसे खींचकर अपने पास बिठला उसकी पीठ पर हाथ फेरते हुए कहा, "शुभ समाचार लाई हूँ मधु! मानाइहन सेठ के यहाँ से तेरे लिए निमन्त्रण आया है।"

माधवी की त्योरियाँ चढ़ गईं, तुनककर पूछा, "कैसा निमन्त्रण?"

"कन्नगी के विवाहोत्सव में तेरे नृत्य का निमन्त्रण।" चेलम्मा ने पेरियनायकी की बात बताते हुए स्नेह-भरे स्वर में कहा, "बहुत बड़ा समारोह होगा। मैंने तो सुना है कि उरैयूर में वर्तमान महाराज के विवाह के अवसर पर जैसी धूमधाम हुई थी उससे बढ़कर यहाँ होगी। होनी भी चाहिए भाई! दोनों ही समधियों के धन-वैभव के आगे चोल, चेरन् और पांड्य राजाओं के वैभव भी दब जाते हैं। फिर इकलौता लड़का और इकलौती लड़की! सुना है कि कन्नगी के लिए—अपनी पतोहू के लिए—मासात्तुवान सेठ ने मदुरा की पांड्य पटरानी के जैसे सुहाग के नूपुर बनवाए हैं, दोनों के नूपुर एक ही सुनार से बनवाए गए हैं। तुझे बड़ा अच्छा अवसर मिला है बेटी! मदुरा, कांची और सिंहल की सुप्रसिद्ध नर्तकियों के आगे तू ही तो हमारे नगर की मानरक्षा करेगी।"

चेलम्मा सन्तोष-भरे, भाव-भरे स्वर में कहती गई। पेरियनायकी सन्तोष से सुन रही थी। माधवी का रोम-रोम अन्तःकरण की घुटन में जकड़कर विद्रोह कर रहा था। उसके मन में रह-रहकर यह हाय उठती थी कि वह मानाइहन की बेटी क्यों न हुई।

अपने मनचाहे पुरुष के साथ उसका प्रणयबन्धन विवाह के मन्त्रों से पवित्र बनाया जाकर समाज की दृष्टि में शुभ क्यों नहीं माना जा सकता? ऊपर से यह जले पर नमक क्यों छिड़का जा रहा है? जो उसके प्रेमी को छीन रही है, उसके लिए वह मंगल मनाने को बाध्य क्यों की जाए? उसे यह सब अच्छा नहीं लगता। सभामंडप में कन्नगी कोवलन के साथ सुन्दर सिंहासन पर बैठकर सबका आकर्षण केन्द्र बनेगी और वह उसके सामने नाचेगी, धन के लिए सबको रिझाएगी।...नहीं चाहिए उसको ऐसा धन! वह केवल कोवलन को चाहती है, मात्र उसे ही रिझाना चाहती है। तड़पकर वह बोली, "यह नृत्योत्सव नहीं मौसी जो बाहर की नर्तकियों के आगे नगर की लाज बचाने का प्रश्न उपस्थित हो। वे सभी अपने स्वार्थवश आई हैं, धन के लिए आई हैं।"

"धन का लोभ किसे नहीं होता री! और इसमें क्या कोई बुराई है!" पेरियनायकी हाथ बढ़ा-बढ़ाकर कहने लगी, "किसे नहीं होता धन का लोभ! राजे, महाराजे धन के लोभ से ही दूसरे देशों पर चढ़ाई करते हैं, व्यापारी दूर-दूर तक बड़े-बड़े कष्ट सहकर भी इसी के लिए भटकते हैं, राजकर्मचारी, ब्राह्मण और श्रमण, कौन नहीं चाहता धन? भूखे पेट कंगाली में रहना पड़े तो तेरे प्रेम का हिरन यों चौकड़ियाँ भरना छोड़ दे। यह तेरी गुरुघंटाल धन की उपेक्षा कर सबकुछ तो सह चुकी, चौराहे पर बैठकर भीख तक माँगी और...और..."

"मुझे भी भीख माँगने की लाज नहीं आएगी," माधवी ने निर्विकार, ऊपर से शान्त लगनेवाले स्वर में कहा।

पेरियनायकी के इत्ते-पित्ते जल उठे। वह अपना वाक्संयम न रख सकी। पागलों की तरह उत्तेजित हो झनझनाकर उठ खड़ी हुई, "मर! भाड़ में जा निगोड़ी! जाने कौन-से पाप किए थे मैंने जो तू पाले पड़ी! मर अभागी! यहीं मर! आज से मेरा-तेरा नाता टूट गया। तेरे ऊपर जो इतना धन व्यय किया है उसे समझ लूँगी कि पुण्य किया और कुएँ में डाल दिया। नागरत्ना, चल यहाँ से अभी। तू मेरी सेवा में है।" कहकर पेरियनायकी धमाधम पैर पटकती द्वार की ओर चली।

चेलम्मा शान्त खड़ी सुन रही थी। पेरियनायकी को यों जाते देख आगे बढ़ी, पुकारा, "ठहर पेरियनायकी! बच्ची के साथ तू भी बच्ची न बन!"

चेलम्मा का आदेश-भरा स्वर पेरियनायकी के पैरों की बेड़ी बन गया। चेलम्मा फिर माधवी से बोली, "बेटी! प्रेम के लिए धन का तिरस्कार करने से पहले एक बार अपने प्रेमी से भी तो पूछ देख! क्या कोवलन चेट्टियार भी तेरे समान ही धन का त्याग कर सकेंगे? क्या वे भी भीख माँगकर मात्र तेरे प्रेमबन्धन से ही सन्तुष्ट रह सकेंगे?"

माधवी के मुखमंडल पर प्रश्न की प्रतिक्रिया में ऊँचे-नीचे बिजलियाँ कौंधने लगीं। पलक मारते आस्था-अनास्था के भाव चढ़ने-उतरने लगे। मौसी की बात सुनकर चुटीले अहं के पहले आवेश में आस्था जागी—कोवलन चेट्टियार उसके लिए

त्याग कर सकेंगे। तुरन्त ही स्वयं अपने ही मन ने उस आस्था को छलना सिद्ध कर दिया। कोवलन किसी स्त्री के लिए, किसी वेश्या के लिए अपने कुल-गौरव का त्याग नहीं कर सकते। वे अपनी लक्ष्मी की लौ ऊँची उठाने के लिए ससुर के धनरूपी घी को यज्ञ का स्रुवा बनकर उठाना चाहते हैं। वे भला कैसे मेरे लिए भीख माँगेंगे? मेरे भिक्षार्जन को स्वीकार करने का प्रस्ताव भी इस बार केवल कटार को बाहर निकालकर ही न रह जाएगा, वरन् उसे मेरे कलेजे के आर-पार कर देगा। मन के अति चंचल, तीव्रगामी अनवरत अँधेरे-उजाले ने माधवी की बुद्धि को चकाचौंध से बाँध दिया था। उसे रह-रहकर अपने प्रेमी पर खीझ आ रही थी।

पेरियनायकी चेलम्मा की बात सुन, उसे अपने पक्ष का ही समर्थन करते देख लौट आई। चेलम्मा के प्रश्न पर माधवी को मौन देख वह चट-से उत्साह में बोल पड़ी, "देख तो सही, बचपने की बात करती है! अरे भला बता! हमारे साथ प्रेम करने कौन आता है? सब अपने-अपने मन को रिझाने आते हैं। उन्हें हमसे प्रेम नहीं, प्रेम का अभिनय चाहिए। इनमें कुछ भले और समझदार होते हैं, जीवन-भर एक ही वेश्या से बँधे रहते हैं। अधिकतर छिछोरे होते हैं...अभी तूने देखा ही क्या है बिटिया!"

माधवी अब चुप न रह सकी। मन में चारों ओर से घिरकर भी वह किसी की पकड़ाई में नहीं आना चाहती थी। मन का आवेश उबल-उबल रहा था। सिर झटककर बोली, "कुछ भी हो, मैं इन दोनों हवेलियों में कभी नाचने नहीं जाऊँगी। मैं कन्नगी की उपस्थिति में किसी भी दशा में अपने-आपको हीन नहीं होने दूँगी। यह कभी नहीं होगा, कब्भी...कब्भी नहीं होगा।"

माधवी तेजी से पासवाले कमरे में चली गई। पेरियनायकी के चेहरे पर झुँझलाहट और घबराहट धूप-छाँव-सी आ-जा रही थी। चेलम्मा का चेहरा गम्भीर था। दोनों बाल-सखियाँ माधवी के जाने के बाद क्षण-भर मौन बैठी रहीं, फिर पेरियनायकी झुँझलाहट में रो पड़ी। चेलम्मा से कहने की रुझान रखते हुए भी वह प्रायः स्वगत-भाव से ही प्रलाप करने लगी, 'भाग्य फूट गए मेरे तो, जाने कौन साइत में मैंने इस लड़की को मोल लिया था। अब पाले-पोसे की ममता पड़ गई है तो चढ़ती आयु में ये दिन देखने पड़ रहे हैं। क्या होगा भगवान!...तू ही बता चेली! ये सौभाग्य के लक्षण हैं? यदि यह मानाइहन के यहाँ न गई तो क्या नगर में इसका ठिकाना रहेगा? यों ही कोवलन के साथ इसका सम्बन्ध होने से वह बुरा माने हुए हैं। जो यह न गई तो क्षण-भर में चौपट ही कर डालेंगे। राजा के रूठने पर फिर कौन उसके राज में टिक सकता है! और ये बड़े लोग ही सचमुच यहाँ के राजा हैं। मैं तो इसके लिए अपने प्रेमी को छोड़कर कहीं जाने से रही। जिसकी कृपा से इतने वर्ष निश्चिन्त, सुख-वैभव के साथ बीते, उसे तो छोड़ नहीं सकती, और चाहे जो कुछ भी हो जाए। बहुत दुख देगी तो मैं इसे अलग कर दूँगी। अपने पेट की भी होती तो इसके लिए

अपना बुढ़ापा न बिगाड़ती। मैं मानाइहन चेट्टियार से किसी भी प्रकार विरोध करने को तैयार नहीं हूँ, न कोवलन चेट्टियार को ही क्रुद्ध कर सकती हूँ। कल को इन दोनों के साथ उनके व्यापारिक सम्बन्धों में कोई आँच आए तो उन्हें भी बुरा लगेगा। अरे, उन्होंने अपनी सगी लड़की के समान प्यार किया है माधवी से...''

पेरियनायकी ऊँचे-नीचे, खीझ, समझ-भरे स्वर में अपने मन को एक साँस बाहर निकालती रही। चेलम्मा गम्भीर चिन्तनमुद्रा में सामने बैठी हुई थी। वह मौन थी। वर्षों से इतने सहयोग के भाव में चेलम्मा उसके सामने कभी नहीं बैठी थी। माधवी से क्रुद्ध हो, चेलम्मा को चुप पाकर पेरियनायकी उसे बाल-सखी के नाते अपनी हितैषिणी मानकर कहती ही चली गई, ''मैं तुझसे स्पष्ट ही कहे जाती हूँ, यदि इसने हँसकर यह प्रस्ताव स्वीकार न किया तो मैं इसे अपने घर में न रखूँगी। इसकी यह सौतिया डाह...मैं तुझसे भी पूछती हूँ चेली! क्या कोई समझ की बात है? अरे गृहस्थ की स्त्री हो और ऐसी मूर्खताएँ करे तो अच्छा-बुरा कैसा भी हो, उसका निभाव हो जाएगा। तू निगोड़ी ऐसी रूठेगी तो अपने करम ही फोड़ेगी!... पुरुष हमारे यहाँ आता ही क्यों है? इसीलिए न कि बाहर के रगड़े-झगड़े, घर का रोग-शोक, दुख-चिन्ता बिसारकर हमसे दो घड़ी का मनबहलाव पा जाए। यही विश्वास तो हमारे और हमारे पुरुष ग्राहकों के बीच की आधारभूत सन्धि है। यदि ऐसा न हो तो वह अपनी सात भाँवरों की ब्याहता को छोड़कर हमारे घर अपना मुँह काला कराने आएँ ही क्यों?... पर किसे समझाऊँ और क्योंकर समझाऊँ?...उँह, आग लगे ऐसे मरे गरब-गुमान को! समझ के पीछे लाठी बाँधे घूमेगी और ऊपर से गर्व करेगी निगोड़ी! ऐसी मूरख के साथ किसी का निभाव नहीं हो सकता। लाख ममता हो, पर इसके लिए अपना बुढ़ापा न बिगाड़ूँगी, कहे जाती हूँ।'' पेरियनायकी दृढ़ स्वर में अपना अन्तिम निर्णय देकर फिर न रुकी।

चेलम्मा पेरियनायकी के जाने के बाद भी बड़ी देर तक गहरे विचारों में डूबी रही। नागरत्ना के आकर बैठने से ही उसकी समाधि टूटी। नागरत्ना की आँखों में आँसू थे। कम्पित स्वर में, चेलम्मा के घुटने पर सहारा पाने की विकलता को झलकाता हुआ कोमल हाथ रखकर उसने पूछा, ''क्या होगा मौसी? क्या होगा? छोटी स्वामिनी टस-से-मस नहीं हो रहीं और बड़ी स्वामिनी के सामने भी अपनी समस्या है।...कैसे होगा मौसी?''

नागरत्ना के निराशा-भरे अस्थिर मन को धैर्य बँधाने के लिए ही मानो गहरे विचारमन्थन की प्रक्रियास्वरूप चेलम्मा का आत्मविश्वास जग पड़ा था। उसके खोए मुखमंडल पर मुस्कान की आभा दौड़ गई। नागरत्ना के कन्धे पर स्नेह से हाथ रखते हुए उसने कहा, ''सब ठीक होगा री! कैसे नहीं ठीक होगा! अभी माधवी को गुरुदक्षिणा जो देनी है!''

चेलम्मा के चेहरे पर विश्वास की आभा फूट रही थी। तनिक रुककर उसने सहसा नागरत्ना के हाथ पर हाथ रखकर कहा, "जा री, उठ, तू अपनी बड़ी स्वामिनी को भरोसा दे आ! निगोड़ी कुढ़-कुढ़कर मर जाएगी। कुछ भी हो, एक प्रकार से वह मेरी बहन है, बाल-सखी है और इस समय उचित बात भी कह रही है।...जाकर कह दे कि मानाइहन चेट्टियार के घर माधवी लक्ष्मी की तरह नाचेगी।"

चेलम्मा मानो अपनी जवानी की भूलों को सुधारने के लिए दृढ़-प्रतिज्ञ थी। स्त्री-पुरुष का पारस्परिक प्रेम-सम्बन्ध सहज स्वाभाविक है। वह वार-वधू के लिए नाटक और कुल-वधू के लिए एक चिन्त्य पहेली क्यों बन जाता है? सूर्य के प्रकाश को किसी के लिए दिन और किसी के लिए रात क्योंकर बतलाया जा सकता है? जीवन में बहुत बड़ी ठोकर खाकर भी चेलम्मा अपनी नई जवानी के काल से उठते हुए इस महा हलचल-भरे प्रश्न का उत्तर अब तक अपने अन्दर न ढूँढ़ पाई थी, फिर भी उस उत्तर की खोज में जो अपार कष्ट उसने सहे थे वे उसे कहीं पर बुरी तरह थका चुके थे। जो दुख उसने भोगा वह माधवी न भोगे, नई पीढ़ी न भोगे, यह वह अवश्य चाहती थी। वह माधवी को बचाकर अपनी जवानी के दिनों की भूल को सुधारना चाहती थी।

उस दिन उसने फिर माधवी से तो इस सम्बन्ध में कोई चर्चा न की, परन्तु रूप के हाट में इधर-उधर आ-जाकर उसने यह चर्चा अवश्य फैला दी कि मानाइहन चेट्टियार के घर उत्सव में माधवी एक नूतन नृत्य का प्रदर्शन करेगी, बाहर से आई हुई कुशल नर्तकियों के सम्मुख चेलम्मा अपनी शिष्या को एक चमत्कार के रूप में प्रस्तुत करने का अपूर्व आयोजन कर रही है। बात बिजली-सी फैल गई, मानाइहन चेट्टियार के कानों तक पहुँच उनकी अहन्ता को भी सुखानूभूति दे गई। इसके पश्चात् नगर में यह समाचार फैल जाना तनिक भी आश्चर्य की बात न रही कि कन्नगी के विवाहोत्सव में देश-विदेश की कुशल नर्तकियों की नृत्यस्पर्धा का मानदंड राजकीय नृत्योत्सव से भी अधिक ऊँचा उठेगा, माधवी नगर के लिए नया गौरव लाएगी।

माधवी को छोड़कर सारा नगर इस बात को जान गया।

दूसरे दिन से नए नृत्य की तैयारी आरम्भ हो गई। माधवी बड़े उत्साह से सीखती थी और चेलम्मा की स्वानुभवजनित चतुराई माधवी की प्रतिभा के साथ जुड़कर अद्‌भुत चमत्कार प्रस्तुत करने लगी।

तीसरे दिन चेलम्मा को नए नृत्य का पूर्ण प्रयोग दिखलाकर माधवी ने उसे अपार सन्तोष प्रदान करते हुए स्वयं भी महासुख पाया, मौसी के चरणों में झुककर प्रणाम किया।

चेलम्मा उसे उठाकर हृदय से लगाते हुए स्नेह से उसका माथा सूँघ, फिर दोनों हाथों से उसके कन्धे पकड़, आमने-सामने खड़ी करके देखते हुए स्नेह-भरे स्वर में

बोली, "तेरी-जैसी प्रतिभाशालिनी शिष्या को पाकर भी मेरे समान कोई गुरु इतना अभागा न होगा जिसे समाज के नृत्यमंडल में बैठकर अपने श्रम को सार्थक देखने का अवसर न मिला।"

माधवी के मुखमंडल पर उदासी का घना आवरण पड़ गया। उसकी आँखों में आँसू छलछला आए। अपनी तड़प में मौसी से लिपटकर वह बोली, "अभागी मैं हूँ मौसी! हाय! तुम्हारी यह बात जीवन-भर कैसे सह पाऊँगी!"

चेलम्मा के लिए बात बन चुकी थी। उस दिन माधवी को भी यह विदित हो गया कि वह कोवलन के विवाहोत्सव में उसके श्वसुर के यहाँ नाच रही है। नृत्य की भावमुद्रा के साथ चेलम्मा द्वारा माँगी गई इस गुरु-दक्षिणा ने माधवी को जकड़-जकड़ दिया। वह हर प्रकार से स्वयं विवश हो चुकी थी। उसके व्यक्तिगत अन्तर्द्वन्द्व को और कोई राह न देख अपनी कला में लय होना ही पड़ा। माधवी को दोहरी परिस्थिति में बँधना ही पड़ा। माधवी का अहं हिमालय-सा अजेय भी लगता था और हिमालय प्रतिक्षण गल रहा था, यह सत्य भी अब उसके सम्मुख स्पष्ट था।

दस

सप्तमी की तिथि कावेरीपट्टणम् के इतिहास में अनोखे चमत्कार-सी जुड़कर आ गई। नगर ही नहीं, पूरे दक्षिण भारत में सर्वश्रेष्ठ दो अतुल धनाधीशों की इकलौती सन्तानों का प्रणयबन्धन समारोह नगर के इतर छोटे-बड़े व्यापारियों के लिए धन कमाने का अनुपम सुयोग साध रहा था। दूर-दूर के बड़े उद्योगपति मानाइहन अथवा मासात्तुवान के अतिथि होकर नगर में पधारे थे। यह सुयोग पाकर कावेरीपट्टणम् के अनेक छोटे-बड़े व्यापारियों ने अनेक छोटे-बड़े सौदे कर डाले। जिधर देखो, उधर ही चहल-पहल थी। अतिथि श्रेष्ठिगण जब नगर घूमने निकलते तो उनके सम्बन्ध में बड़ी-बड़ी बातें होतीं, भिखारियों की जय-जयकारों से हाट-बाट गूँजने लगते। सभी यह सुयोग पाकर उत्साह से धन कमाना चाहते थे। वेश्याएँ अपनी सुन्दर, युवती कन्याओं को बहुत साज-सँवारकर आगन्तुक सेठों की दृष्टि में चढ़ाने के लिए भाँति-भाँति के यत्न करतीं। सीप के बरतन और खिलौने बनानेवालों के कारण यह नगर देश-विदेशों में प्रसिद्ध था, वे लोग भी इस अवसर का लाभ उठाकर धन कमा रहे थे। मोती, मिर्च, मसाले आदि के व्यापारियों के लिए भी समय बहुत अच्छा जा रहा था। कंगले भिखारी, ब्राह्मण और श्रमण आशीर्वाद बेच-बेचकर धन कमाने के

पीछे परस्पर लड़-झगड़कर कौआरोर मचा रहे थे। रंग-भरी बातों का उत्साह नगर को बड़ी चमक दे रहा था। कोई मासात्तुवान और मानाइहन अर्थात् समधियों की जोड़ी को बखान रहा था तो कोई कोवलन और कन्नगी की जोड़ी को। महाजनी नगर का आश्रित जनवर्ग सेठों, साहूकारों की अतिशयोक्ति-भरी प्रशंसा, चाटुकारिता में लवलीन था। कन्नगी के सुहाग के नूपुरों की चर्चा भी चारों ओर धूम मचा रही थी। सायंकाल होनेवाले नृत्यसमारोह में माधवी के नए नृत्य के सम्बन्ध में भी अनेक मुखों पर अतिशयोक्ति-भरी अनेकानेक बातें थीं।

सप्तमी का दिन नगर के लिए बड़े उत्साह, बड़े रंग का दिन था। ब्राह्म मुहूर्त में ही कोवलन और कन्नगी के भाग्य अग्नि की साक्षी में मन्त्रों की शक्ति से जोड़ दिए गए।

मानाइहन चेट्टियार की हवेली में उस दिन दिन-भर वर-वधू को लेकर कोई-न-कोई पूजा अथवा रीतिपालन का कार्यक्रम चलता ही रहा। आकर्षण का केन्द्र अन्तःपुर था। शिविकाओं पर शिविकाएँ चली आ रही थीं। करोड़ों की लक्ष्मी सेठों की गृहलक्ष्मियों के शरीरों पर आभूषण बनकर लदी हुई सारे नगर से सिमटकर कोट्याधीश मानाइहन के अन्तःपुर में उसके कोठे-कोठे, दालान-दालान को अपनी जगमगाहट से भर रही थी। दास-दासियों को अवकाश नहीं मिल रहा था। द्वार-द्वार पर ऐसी आव-जाव लगी थी कि शरीर से शरीर रगड़ जाते थे। चंचल दासियाँ इस व्यस्तता के वातावरण में अपनी मनचीती छेड़खानी करने के अनेक अवसर पाकर यत्र-तत्र हास-विलास और गुदगुदी भर रही थीं—'अरी रास्ता छोड़! आगे बढ़! यहाँ काम से अवकाश नहीं और तू अपने जादू का हाट लगाए खड़ी है। जा! भंडार से मोदकों का एक माट और माँग ला!' 'हाय मेरा आभूषण कहाँ गिर गया?' 'अरी, उपाध्याय हवन के लिए घृत माँग रहे हैं। तू कहाँ मर गई?' 'शूर्पारक से आई हुई सेठानी के प्रकोष्ठ में जलपान की सामग्री अभी तक पहुँचाई या नहीं?' 'चन्द्रा! तू मेरी गर्दन कटवाके ही मानेगी? जा उठ!' 'अरे ठहर! इतना दिन चढ़ आया, दो वेत्तिलै खाने का अवकाश भी नहीं मिला मुझे। चीखते-चीखते गला पड़ गया है मेरा।' 'ओ सयाने! ये खीर का माट फोड़ डाला! अन्धा कहीं का!' 'अरे! क्यों बिगड़ते हो बेचारे पर! देखते नहीं वह सशरीर क्षीरसागर में डुबकी लगाने का अवसर पा गया। चाट ले रे, चाट ले!' 'उँह, एक काम बढ़ाकर रख दिया। हटाओ, सब धोओ-धाओ! जल्दी करो!' 'अरी रत्ना! तू अपने स्तनों से मेरी पीठ रगड़कर क्यों निकलती है?' दिन-भर हलचल मचती रही। खान-पान, नृत्य-गान, हँसी, राग-रंग और विवाह के घर की असीम कार्य-व्यस्तता में बँधकर दिन ढल गया। रात आई।

नृत्यसमारोह के लिए हवेली अनुपम शोभायुक्त विशाल एवं नयनाभिराम पन्दल (ताड़ की पत्तियों की बनी चटाइयों का मंडप) सजाया गया था। केले के थम्भे,

फूलों और पत्तों की बन्दनवार, रंगीन वस्त्रों के चँदोए बड़े ही आकर्षक रूप से सजाए गए थे। सगे-सम्बन्धियों, मान्य अतिथियों आदि के लिए उत्तम आसन बिछे हुए थे। मुख्य मंडप स्वर्ण और रजत दंडों पर खड़ा किया गया था। यहाँ बन्दनवारों में भी रत्नों का ही उपयोग किया गया था, यहाँ तक कि बड़े-बड़े दीपाधार और तूंडावलक्क (लटकाए जानेवाले दीपक) भी ठोस सोने के थे और रत्नों से जड़े थे। मुख्य मंडप में वर-वधू के लिए एक अत्यन्त सुशोभित स्वर्ण-सिंहासन रखा गया था। मानाइहन सेठ के चेलम्मा के लिए भी एक विशेष आसन रखवाया था। माधवी की नृत्यगुरु और अपने समय की श्रेष्ठ कलाकर चेलम्मा को इस समारोह में सादर आमन्त्रित किया गया था। रूप के हाट में इस बात की बड़ी चर्चा थी।

कमर से लेकर घुटने से कुछ ऊपर तक भव्य रेशमी वस्त्र लपेटे, स्वर्ण के सादे, नक्काशीदार, जालीदार टोप पहने, गले में ठोस सोने के मोटे-मोटे कालर तथा भारतीय प्रभाववश रत्नहार, मुँदरियाँ, कंकण आदि भी पहने गेहुँए रंग के मिस्रदेशीय सेठ; पैरों में टखनों के ऊपर तक तस्मों से बँधे जूते पहने, घुटनों के ऊपर तक जाँघिया, रेशमी कमरपट्ट से बँधा बारीक सूती कुर्ता और आपादस्कन्ध भड़कीले लबादे डाले, लहराते सुनहरे बालों को सोने की जड़ाऊ पट्टी से साधे दाढ़ीवाले, मूँछोंवाले, गौर वर्ण के सुन्दर, असुन्दर तोंदियल यूनानी, रोम-निवासी सेठ; सुनहरे तारों के किनारीदार घुटने तक अंगवस्त्रम् पहने, गले में उत्तरीय डाले, मुक्ता, मरकत, माणिय, वैदूर्य के मूल्यवान कंठे, हार, मुद्रिकाएँ, कंकण, कुंडलकिरीट आदि से सजे-बजे श्याम वर्ण के सुन्दर तोंदियल भारतीय सेठ धीरे-धीरे पधारने लगे। सुन्दर, सुवासित पुष्पमालाओं से उनकी वन्दना कर उन्हें यथोचित स्थान और सत्कार दिया जाने लगा। लोगों के आसन ग्रहण करते ही सेवकगण उनके चरण पोंछकर गन्ध लेपन करते। भाँति-भाँति के मधुर पेयों से अभ्यागतों का सत्कार होने लगा। श्रेष्ठिगण कहीं तो स्वदेशी गुट बनाकर और कहीं अन्तर्देशीय जमघट में दिखलाई पड़ते थे। मुख्य मंडप अभी सूना था। उसमें वर-वधू तथा मान्य समधी सेठ मासात्तुवान के अतिरिक्त महाराज कारिहार बलवन के पितृव्य चेर तथा पांड्य राजकुलों के प्रतिनिधि वंशधर, उत्तर भारत—मथुरा, काशी, श्रावस्ती—के सेठ आदि प्रमुख बाराती शुभासीन होंगे। आगत अतिथियों के मनोरंजनार्थ मिस्र देश के जादूगर अपना खेल दिखाकर हास्य अथवा चमत्कार की लहरें उत्पन्न कर रहे थे।

एक देशी गुट से उठकर एक अन्तर्देशीय गुट की ओर बढ़ते हुए रोमन दलाल क्लॉडियस ने काली मिर्च के व्यापारी सेठ पापनाशन की पीठ पर थपकी देते हुए कहा, ''ईजिप्शियन से अधिक घुल-मिलकर न बैठो सेठ! यह जादूगर है, तुम्हें नील का मच्छर बनाकर खा जाएगा।''

कहते हुए क्लॉडियस का दूसरा हाथ पापनाशन के पास ही बैठे स्किंदरिया

मिस्र के एक बहुत बड़े व्यापारी के स्थानीय प्रतिनिधि सेठ अमहोज़ के बाएँ कन्धे पर मीठी चुटकी काटने के लिए भी पहुँच गया।

घुटी दाढ़ी-मूँछ, पतली नाक, पतले होंठ और बड़ी-बड़ी पैनी आँखोंवाले अमहोज़ सेठ ने क्लॉडियस की ओर देखे बिना ही मुस्कराकर पापनाशन से कहा, ''इनकी चाल देखो चेट्टियार! ईजिप्ट पर जादू चल रहा है रोमनों का और बदनाम किए जा रहे हैं बेचारे हम ईजिप्टवासी!''

पापनाशन क्लॉडियस को आग्रहपूर्वक अपने पास बिठलाता हुआ हँसकर बोला, ''अब बोलो रोमन चेट्टियार...''

अमहोज़ सेठ ने चट-से बात काटी, कहा, ''ये बोल ही क्या सकते हैं! जिस मिस्र ने एक समय में सचमुच सभ्यता का जादू बाँधा था, वह सदियों से पारसियों, यूनानियों और रोमनों के आक्रमणों से अब बिखर चुका है। हम बहुगुणी होते हुए भी अब अपनी सीमाओं से बँध गए हैं। हमारा सारा वैभव लूटकर ऑगस्टस महान अपने—इन हमारे क्लॉडियस चेट्टियार के—रोम नगर को सजा रहा है।''

सेठ अमहोज़ की बात में रोम के सम्राट ऑक्टेवियस ऑगस्टस की महत्ता पर विद्रूप व्यंग्य क्लॉडियस को खल गया। लाल गोरे चेहरे पर तमक लाते हुए क्लॉडियस ने कहा, ''मेरे ईजिप्शियन दोस्त! पोलक्स की कसम, मैं तुम्हें प्यार करता हूँ, परन्तु तुमसे, अपने से भी अधिक मैं अपने सम्राट को प्यार करता हूँ। हमारे सदियों के इतिहास में ऑगस्टस महान के शासनकाल में ही यह पहला अवसर आया है जब हमारे विशाल रोमन साम्राज्य में कहीं भी युद्ध नहीं हो रहा है। हमारे देश में कभी इतना व्यापार नहीं बढ़ा था जितना आजकल है। नाना विद्याओं के शास्त्र, प्रगाढ़ पांडित्य, काव्य और दर्शन, शिल्प और स्थापत्य, किस-किसको बखानूँ मित्र! ऑगस्टस महान के राज्य में हमें क्या-क्या ऐश्वर्य प्राप्त हैं!''

''तुम्हारे शास्त्र, शिल्प और पांडित्य के पीछे किसका वैभव चमक रहा है मित्र क्लॉडियस? हमारे देवी-देवता ही तुम्हारे नगर-निवासियों द्वारा श्रद्धा से पूजे जाते हैं। तुम रोमन और जिनसे तुमने सभ्यता सीखी है वे ग्रीक भी हमारी सभ्यता से बहुत-कुछ उधार लेकर गए थे।''

चेट्टियार पापनाशन ने दोनों सेठों की स्वदेशीय राजनीति की तिक्तता को चट-से काली मिर्च के नए भाव का रूप दे प्रसंग को हठात् बदल दिया।

मुख्य अतिथि पधारे। मध्य आसन पर वर-वधू सुशोभित हुए। मानाइहन चेट्टियार की बेटी के कुंकुमरंजित कोमल चरणों में मासात्तुवान चेट्टियार के कुल के बन्धनस्वरूप लोकचर्चित, बहुप्रशंसित सुहाग के नूपुर पड़े हुए थे।

भाँति-भाँति के स्वागत-सत्कार आरम्भ हुए, संगीत-नृत्य का क्रम चला और अन्त में माधवी की बारी आ गई। सभामंडप में महान नृत्यगुरुजन और गणिकाएँ

विराजमान थीं। माधवी ने प्रणाम सबको किया, किन्तु आज्ञा अपनी गुरु चेलम्मा से ही माँगी। अपने सिर पर मौसी का स्नेह-भरा, भावाश्रुकम्पन भरा हाथ पाकर माधवी को मानो आत्मबल मिल गया। सधे चरणों से नृत्य के घुँघरू ठनकाकर बीच सभामंडप में, वर-वधू के ठीक सामने माधवी इस प्रकार खड़ी हुई मानो उसने अपने नृत्यनूपुरों से कन्नगी के सुहाग के नूपुरों को चुनौती दी हो।

दैव-संयोगवश तभी कन्नगी के नूपुरमंडित चरण सिमटे, नूपुरों की मीठी खनक हुई, परन्तु मृदंगम् की थाप और कंजीरे की खन-खन से पिष्ट-पेषित नृत्यनूपुरों की छूम-छनन के आगे उसे कोई भी न सुन पाया।

माधवी अपने प्रत्येक नृत्य पर सबको मुग्ध करती जा रही थी। अन्तिम नृत्य में तो वह बिजली बन गई। मान्य अतिथियों के पास से वह यों निकलने लगी मानो अभी उनकी गोद में ही बैठ जाएगी और चंचल, चतुर नयनों के वार से उन्हें घायल कर देगी। मर्यादा साधकर भी माधवी ने अपने बाँके कटाक्षवाण मासात्तुवान सेठ तक पर साध दिए और चट-से कोवलन की बाईं गोद में बिजली-सी बैठती, छूती, चतुराई से अपने पैरों की ठोकर कन्नगी के नूपुरों को मार, चमत्कार-सी फिर बीच मंडप में कौंधने लगी।

कोवलन बहुत संयम साधकर आँखें नीची किए बैठा था, पर चारों ओर की वाह-वाह से विवश हो वह माधवी की ओर ताक ही लेता था, और अपनी गोद में जादू का-सा स्पर्श देकर चली जाती हुई माधवी को मुग्ध दृष्टि से देखते हुए तो वह एक बार अपने पिता और श्वसुर तक की उपस्थिति को भूल गया था। कोवलन ने तुरन्त अपने को साध लिया।...और माधवी अपनी जयसिद्धि कर चुकी थी।

ग्यारह

सोलह वर्ष बाद मासात्तुवान सेठ की हवेली उनकी पुत्रवधू, नई कुललक्ष्मी के सुहागनूपुरों की रुन-झुन से भर गई। मासात्तुवान के उत्साह का ओर-छोर नहीं मिलता था। कन्नगी मानो उनके पुरखाओं के पुण्य-प्रताप के फलस्वरूप आई थी। कोवलन की माता के स्वर्गवास के पश्चात् उनकी सतखंडा हवेली के अधिकतर कोठे-परकोठों में ताले जड़ गए थे। गृहिणी के बिना घर कौन देखता! अब देखनेवाली आ गई तो मासात्तुवान सेठ का भार हलका हुआ। वधू के गृहप्रवेश के उपरान्त पंडितों और स्त्रियों द्वारा आवश्यक पूजा-अर्चना और रीति-निभावन करके वे पुत्र-वधू को अन्तःपुर के मुख्य कोषागार में ले गए, वधू से लक्ष्मी का पूजन करवाया और ताली

सौंपी। तीस वर्ष पहले सेठ मासात्तुवान के माता-पिता ने कन्नगी की सास—घर की नई लक्ष्मी—से इस पेटी की पूजा करवाई थी और मरते समय सास अपनी बहू को ताली सौंप गई थी। वह ताली ससुर ने अब फिर घर की नई लक्ष्मी को सौंपी। अन्तःपुर के प्रकोष्ठ की लक्ष्मी कभी बाहर नहीं गई। सात पीढ़ियों से यहीं स्थिर थी, प्रतिवर्ष वृद्धि पाती थी। कुल के व्यापार पर संकट आने पर ही इनमें से उधार रूप में गृहपति कुछ भाग ले सकता है, परन्तु वह भी गृहलक्ष्मी की आज्ञा से।

ताली सौंपकर श्वसुर ने अपनी पुत्र-वधू को आशीर्वाद देते हुए कहा, "हमारी सात पीढ़ियों की गृहलक्ष्मियों ने इस कुललक्ष्मी की रक्षा की है। उनके पुण्यप्रताप से यह वैभव आज दिनोदिन बढ़ा है। आशीर्वाद करता हूँ कि तुम्हारे हाथ से आगे आनेवाली पीढ़ियों का यह वैभव सदा फलता-फूलता रहे।"

उत्सवों की धूमधाम, मुक्तद्वार, दान-धर्म, सदावर्त होते रहे। ब्राह्मणों, श्रमणों, कंगलों और भिखारियों की जन्मकुंडलियों से दारिद्र्यदोष ही मिट गया। चारों ओर सेठ मासात्तुवान के गुणगान होने लगे।

सुहागरात आई। वधू की शृंगार-सज्जा नवयुवतियों के गीत-विनोद और हास-विलास के साथ पूरी हुई। कन्नगी की दासी और प्रिय सखी देवन्ती उसे लेकर सौभाग्यकक्ष के द्वार पर पहुँची। सुहाग के नूपुरों की सकुची, सिमटी, मन्थर ध्वनि सहसा ठिठक गई। देवन्ती की हँसी-विनोद-भरी धीमी-धीमी होनेवाली आदेश-भरी बातों के बीच कन्नगी का सहमा स्वर मुखरित हुआ। काँपते हाथों से देवन्ती को जकड़कर उसने कहा, "देवन्ती! मेरी दाहिनी आँख फड़क रही है।"

प्यार-भरे आलिंगन में जकड़कर अपने भाव-भरे हृदय की गरमी देते हुए देवन्ती ने कहा, "भयभीत न हो सखी! यह अपशकुन नहीं, नए जीवन की सिहरन है।"

परन्तु कन्नगी का अपशकुन उसके सौभाग्य-देवता के रूप में बैठा उसकी प्रतीक्षा कर रहा था। कोवलन उसकी प्रतीक्षा करते-करते बड़ा विकल और उत्तेजित हो रहा था। यह विकलता कन्नगी के लिए नहीं वरन् माधवी के लिए थी। प्रणबद्ध प्रेमी समस्त विचार, विवेक से शून्य हो केवल एक भाव से बँधा उसके नशे में बेसुध हो रहा था।

झटके से प्रकोष्ठ का द्वार खुला। देवन्ती की धीमी खिलखिलाहट के साथ एक धीमे-से धक्के से विवश हो कन्नगी प्रकोष्ठ के अन्दर आ गई। सुहाग के नूपुर और सौभाग्यवती की देह पर सजे आभूषण नई बहू की वाणी की लाज बन मानो अपने सौभाग्य-देव को प्रणाम करने के लिए मुखरित हो उठे। प्रकोष्ठ का द्वार बाहर से बन्द हो गया, साँकल लग गई।

कन्नगी सहमी-सी एक ओर खड़ी रही। दीपक के मध्य आलोक में वह गूँगे भविष्य-सी खड़ी थी। सहसा कोवलन उसके पास आया। भयवश कन्नगी की आती-जाती घबराती साँसें भी स्तब्ध हो गईं। दाहिनी आँख जोर से फड़क उठी। सहसा कोवलन ने कठोरतापूर्वक उसका हाथ पकड़कर झिटकते हुए कहा, "कौन हो तुम?"

भय था, किन्तु भय का यह रूप कन्नगी के मन में न था। पति से एक अप्राप्य व्यवहार पाने की घनी सहमी आशा तो थी, पति की कठोरता का रसमय विवरण बीती दो-चार घड़ियों से उसके मनोलोक में एक धुँधले चित्र-सा समा तो रहा था, परन्तु उसका यह रूप कदापि न था। यह तो...यह तो...उसकी दाहिनी आँख फड़क रही थी। कानों में दूसरी बार पति का कठोर प्रश्न प्रहार की तरह पड़ा, "कौन हो?"

वह क्या उत्तर दे? सौभाग्यकक्ष में सौभाग्य-देवता के सम्मुख, उनके स्वर की कठोरता के साम्राज्य में बड़े लाड़ से पली सरल, भोली नवयुवती के मन की कौन-सी बात अवतरित हो? वह ठीक-ठीक बूझ भी न पाई थी कि तीसरी बार पति का प्रश्न धीमे स्वर में सिंह की दहाड़ की तरह गरजा, "बोलती क्यों नहीं? कौन हो?"

कन्नगी को लगा कि अब उत्तर दिए बिना काम नहीं चलेगा। सहमे हाथों पति के चरण स्पर्श कर उसने कहा, "आपकी दासी।"

"यही सुनना चाहता था। पत्नी के रूप में पुरुष एक स्त्री को दासी बनाकर अपने घर लाता है, समझीं! साधारण स्त्रियाँ साधारण मोल पर हाट में बिकती हैं, ऊँचे कुलों की स्त्रियों को दासी बनाने के लिए सोने-रूपे की थैलियों का मुँह खुल जाता है, अन्तर केवल इतना ही है। जानती हो? बोलो।"

दाहिनी आँख लगातार फड़क रही थी। भय अपनी समस्त प्रतिक्रियाओं को एक ही तीव्र गति के चक्र में पूरा कर अपने चरम रूप में थम गया था। कन्नगी का सहज स्वाभिमान जीवन में पाए हुए इस पहले ही झटके पर सध गया। बड़े लाड़-प्यार में पली मानाइहन चेट्टियार की इकलौती कन्या पति की चरणदासी बन नई परिस्थिति में अपने को तुरन्त साध ले गई। सहज, शान्त, सलज्ज स्वर में उत्तर दिया, "जी! अब जान गई।"

उसकी पलकें झुक गई थीं। उसे कुछ भी नहीं सूझ रहा था। पति के स्वर से पाए हुए घात-प्रतिघातों के अति तीक्ष्ण प्रकाश में उसे अपने भविष्य का पथ दिखलाई तो देने लगा था, किन्तु चौंक-चकाचौंध के कारण अभी तक अस्पष्ट ही था। दाहिनी आँख लगातार फड़क रही थी। पति का स्वर कड़ककर कन्नगी के मन में नई हलचल उठाने लगा। कोवलन अपनी घृणा से उसे भरसक तुच्छ बनाने का प्रयत्न करते हुए बोला, "और तुम अपनी सुन्दरता और सुशीलता के गुमान में न रहना। समझीं! तुम्हारा सौन्दर्य मेरी दृष्टि में कौड़ी मोल का भी नहीं। समझीं!... समझीं कि नहीं?"

"समझ गई।"

"तुम्हें इसी समय मेरे साथ बाहर चलना होगा। ध्यान रखना, किसी को कानोकान पता न चलने पाए।"

कन्नगी ने कुछ उत्तर न दिया, केवल पति की अनुगामिनी हो गई। प्रकोष्ठ के चोर द्वार से वह उसे अँधेरी सुरंग में अपनी त्वरा में हाथ पकड़कर प्रायः घसीटता-सा ले चला। कन्नगी शून्य मन से पति की गति से घिसटती चली गई। और अब उसकी दाहिनी आँख की फड़कन भी बन्द हो गई थी मानो अपशकुन अपने अन्तिम लक्ष्य पर पहुँचकर भयमुक्त हो गया था।

रात दो पहर बीतने को आई। माधवी के घर में प्रतीक्षा के दीये जल रहे थे। पेरियनायकी गम्भीर भाव से मौन हो अलग बैठी हुई थी। नागरत्ला उद्यान के द्वार पर, रथ की खड़खड़ाहट के आनेवाले स्वरों पर पहर-भर से ध्यान अटकाए खड़ी थी, किन्तु शब्दसूनी अँधेरी गैल तब से अब तक सूनी ही रही।

माधवी हर आहट पर चौंकती थी। आज भोर उगते ही उसकी अब तक की सर्वश्रेष्ठ महत्त्वाकांक्षा सिद्ध होने की पुलक लेकर जागी थी। दिन-भर उस पुलकन और प्रतिहिंसा के लहराते मन का ज्वार उसके हृदय-सागर में उठता रहा। दिन में कई बार पेरियनायकी ने उसे समझाया, डाँटा और एक बार क्रोध के आवेश में वह उसे मार भी बैठी, परन्तु माधवी अडिग रही। कन्नगी के साथ कोवलन के अपने घर आने का प्रस्ताव उसने किसी प्रकार भी स्थगित न करने का दृढ़ हठ ठान लिया था। अम्मा अबोला ठानकर बैठी रहीं, माधवी ने कोई परवाह न की। अम्मा ने अपनी गरज बावली में मौसी को बुलवाया, उसने भी सब ऊँच-नीच समझाया, परन्तु वह टस-से-मस न हुई। चेलम्मा असन्तुष्ट ही नहीं, माधवी द्वारा अपमानित भी होकर चली गई। घर की दास-दासियाँ गृहस्वामिनियों की पारस्परिक गरमागरमियों से आतंकित थीं। नागरत्ला को मालूम था, परन्तु वह किसी को बतलाती न थी।

डेढ़ पहर रात बीत जाने के उपरान्त माधवी खिझलाने लगी। अनबुझे प्रतिशोध की ज्वाला उसके चेहरे पर ऐसी लपक लपटें ले रही थी जैसी किसी बड़ी हवेली में आग लग जाने पर निकलती हैं। पेरियनायकी के मुख पर सन्तोष के चिह्न प्रकट होने लगे, परन्तु उसने माधवी से कुछ न कहा।

रात दो पहर बीती। माधवी जल उठी। मन की दाहक अग्नि को बुझाने के लिए उसने एक के बाद एक सुरा के चार चषक भरे और रीते कर डाले। वीणावादिका दासी की उँगलियाँ उसी समय अपने अनमनेपन को बहलाने के लिए वीणा के तार छेड़ बैठीं। आग में मानो घी पड़ गया। माधवी अपनी सम्पूर्ण स्नायविक

शक्ति के साथ चीख उठी, "बन्द कर ये साज-संगीत! तोड़कर फेंक दे इस वीणा को...और इन निगोड़े घुँघरुओं को भी कल समुद्र में फेंक आना...अब इस नगर नें सुहाग के नूपुरों की महिमा बढ़ गई है।" कहकर माधवी तेजी से उठी, पास ही रखे घुँघरुओं को उठाकर झन्न-से फेंक दिया। झुँझलाहट तकियों पर भी बरसी, उन्हें भी इधर-उधर दासियों पर खींच मारा। कोई न बोला। सब-के-सब सन्न खड़े थे। यहाँ तक कि माधवी को चीखते सुनकर आई हुई पेरियनायकी भी द्वार पर मौन खड़ी रही। उसे देख माधवी का क्रोधावेश तनिक सकुचाया, परन्तु वह संकोच निमिष मात्र का ही रहा। खीझ माँ पर व्यंग्य बन बरस पड़ी। पेरियनायकी की ओर न देखते हुए उसने कहना आरम्भ किया, "क्यों न बढ़ेगी सुहाग के नूपुरों की महिमा! रूपजीवाएँ भी जब घरेलू स्त्रियों की महिमा गाने लगीं तब...कोवलन चेट्टियार तो पुरुष हैं...वे क्यों न लुभा जाएँगे! उनके घर में तो आज नए-नए सुहाग के नूपुर आए हैं..." कहते-कहते माधवी की आँखों में आँसू छलक पड़े।

पेरियनायकी ने उसे देखा, दासियों को बाहर जाने का आदेश दिया और फिर धीरे-से माधवी के पास आकर प्यार से उसकी पीठ पर हाथ रखकर कहा, "तू व्यर्थ ही मेरी बातों का बुरा मान गई बिटिया! तूने व्यर्थ ही झूठी आशा बाँधी, अपने- आपको इतना दुख दिया।...सदा के लिए यह बात गाँठ में बाँध ले बेटी कि कुलीन पुरुष चाहे कितना भी विलासी हो, अपने घर की स्त्री को कितनी ही घृणा की दृष्टि से क्यों न देखे, परन्तु एक जगह वह उसे हम लोगों से बड़ा मानता है।"

माधवी क्रोध से दाँत पीस उठी। उसकी मुट्ठियाँ बँध गईं। नागिन की तरह फुफकारें छोड़ते हुए उसने कहा, "मैं उस बड़प्पन को चूर-चूर कर देना चाहती हूँ। पुरुष के साथ सात भाँवरें फिर लेने से ही स्त्री को समाज में प्रतिष्ठा का दीवारी स्थान मिले, यह मैं सहन नहीं कर पाती।"

"अब तो तू पागलों-जैसी बातें करने लगी। अरे! दुनिया में सदा से सतियाँ भी रही हैं और वेश्याएँ भी। हमें भगवान ने जिस योनि में जन्म दिया है उसी का धर्म निभाना चाहिए। हमें घर की औरत को चारदीवारी के अन्दर ही जलाना चाहिए।"

सनक-भरी हँसी हँसकर माधवी ने कहा, "और आप बीच चौराहे जलना चाहिए, क्यों न?"

"वेश्या दूसरों को जलाने के लिए जन्म लेती है, आप जलने के लिए नहीं। याद रख, जो आप जलती है वह मूर्ख होती है, जैसे वो निगोड़ी चेलम्मा है। बेटी! जलना सच्चे प्रेमियों के ही भाग में लिखा होता है, प्रेम-नाटक करनेवाली का लपटों से भला लगाव ही क्या!"

"प्रेम का नाटक! नहीं, मैं कोवलन से स्त्री की तरह प्यार करती हूँ...मैं मानवी हूँ, प्रेम का अधिकार नहीं छोड़ सकती।"

"तब तेरा भी वही अन्त होगा जो चेलम्मा का हुआ है। वेश्या सती बनकर भी सती कभी नहीं कहलाएगी। दुनिया के नियम कठोर हैं।"

अम्मा की बातें माधवी के अहंकार को शान्त करने की अपेक्षा दहकाने लगीं। उसे रह-रहकर कोवलन के विश्वासघात, कन्नगी के भाग्य और अपने अस्तित्व पर क्रोध आ रहा था। परन्तु तभी अचानक एक दासी ने आकर हाँफते हुए उल्लसित स्वर में सूचना दी कि उद्यान के गुप्त द्वार पर कोवलन चेट्टियार का रथ आ गया है और उनके साथ नई सेठानी भी पधारी हैं।

माधवी की आँखों से हर्ष के चमकते तारे झड़ पड़े। उसका उल्लास आवेग से बढ़ा। वह इस समय अपने-आपको त्रैलोक्यविजयिनी समझ रही थी। वह जैसे ही उठकर आगे बढ़ी, वैसे ही पेरियनायकी ने उसका हाथ थामकर कहा, "तेरी सदा जय हो बेटी! पर अब भूल को सुधारकर चलने में ही तेरा कल्याण होगा। नई सेठानी का किसी प्रकार भी अपमान करने की धृष्टता न करना। हम उनका भव्य स्वागत करेंगे।

परन्तु माधवी के कानों में अम्मा की बात पड़ नहीं रही थी। वह उत्सुक नेत्रों से कोलवन और कन्नगी के प्रकोष्ठ में आने की बाट ताक रही थी। बाहर दालान में नागरत्ना का इठलाता स्वर सुनाई पड़ने लगा, "नहीं-नहीं, मैं नहीं मानूँगी चेट्टियार! आज के नेग में मोतियों की माला लूँगी मैं तो।"

कोवलन का हँसता स्वर भी माधवी के कानों में पड़ा, "अच्छा-अच्छा, शंखों की माला दिला दूँगा तुझे।" और माधवी की आँखों के सामने उसका प्रियतम अपनी सौभाग्यवती के साथ खड़ा था।

पेरियनायकी ने आगे बढ़कर नागरत्ना को झिड़की देते हुए और अपनी बत्तीसी का कमल खिलाते हुए कहा, "क्यों मचल रही है नागरत्ना! चुपकर। आगे भइया, बड़े भाग कि ईश्वर-पार्वती की जोड़ी आज हमारे घर पधारी है।"

पेरियनायकी सचमुच भावविभोर हो उठी थी। उसने गद्गद, गिड़गिड़ाते हुए स्वर में कहा, "कहाँ हम, यह घर और कहाँ साक्षात् देवी के चरण!" पेरियनायकी ने झुककर कन्नगी के चरण छू लिए। वह रो पड़ी।

माधवी को अम्मा, कन्नगी अथवा किसी का भान तक न था। वह केवल अपने प्रियतम को देख रही थी, केवल उनकी आँखों को देख रही थी। आँखें आँखों को देख रही थीं। माधवी की पुतलियों में समर्पण का अगम मादक समुद्र उमड़ रहा था। कोवलन ने इससे पहले कभी इतना रसवैभव न देखा था। उसकी आँखें चकित, लुब्ध थीं। माधवी का भाव-भरा मन अपने सातों रंगों की निखार ले दृष्टि से दृष्टि में, प्राण से प्राण में संचरित हो रहा था।

पुरुष का अहं नारी के रंगारंग-भरे भावप्रकाश में अपने रंगों के ऐश्वर्य को देख-देख रसमग्न हो रहा था।

जादू के क्षण बीते। कोवलन और माधवी भावलोक से वस्तुजगत में आए। कोवलन की आँखों की चमक विजेता प्रेमी की चमक मात्र रह गई। हँसकर उसने माधवी से कहा, ''लो प्रिये! तुम्हारी नई दासी को ले आया।''

कन्नगी सिर झुकाए, सौम्य, संयत, मूर्तिवत निश्चल खड़ी थी। पेरियनायकी ने चट-से मानाइहन सेठ की बेटी के चेहरे पर दृष्टि डाल चाटुकारी-भरे स्वर में कहना आरम्भ किया, ''मैं बलैया लूँ बेटा! ऐसी बात हँसी में भी नहीं कही जाती। नई सेठानी साक्षात् लक्ष्मी हैं, इतने बड़े कुल की स्वामिनी! उनकी और हमारी क्या बराबरी! नागरत्ना! जल्दी कर, सोने की चौकी उठवा ला!''

नागरत्ना फुर्ती से द्वार की ओर बढ़ी, तब छोटी स्वामिनी का स्वर सुनाई पड़ा, ''पहले मेरे घुँघरू दे जा नागरत्ना!''

नागरत्ना लौट पड़ी। माधवी कटार-सी पैनी आँखों से कन्नगी की ओर ताकती क्रमशः आगे बढ़ती हुई बोली, ''परसों अपने विवाह के उत्सव में स्वर्णसिंहासन पर मेरे प्राणपति के साथ बैठकर नई सेठानी ने अपने पिता की कोठी में मेरा नृत्य देखा था। आज मेरे कोठे पर सेठानी नृत्य करेंगी और मैं अपने प्रिय के साथ बैठकर देखूँगी।''

माधवी के शब्द घृणा की तीखी गन्ध से भभक रहे थे। पेरियनायकी को जिस बात का भय था, वह माधवी के व्यवहार में सामने आ रही थी। पेरियनायकी ने सहमी दृष्टि से पहले कोवलन को देखा और फिर बड़े जोर से हँसकर बात बदलते हुए माधवी को मारने का नाट्य कर बोली, ''अरी! तू बड़ी नटखट है री! नई बहू से भला ऐसी ठिठोली की जाती है!'' कहकर उसने माधवी की बाँह में चुटकी काट उसे बरजा।

माधवी अपनी-सी करने पर तुल चुकी थी। माँ का हाथ छिटककर उसने कहा, ''मैं सच कह रही हूँ। कन्नगी को मेरे सामने नाचना होगा। मैं परीक्षा लूँगी। देखूँगी कि मेरे प्राणेश्वर पर एक सामाजिक नियम का सहारा लेकर अधिकार जमानेवाली स्त्री में ऐसा कौन-सा गुण है जो मुझमें नहीं है।''

सुनकर पेरियनायकी गरज उठी, ''लड़की! अपनी ठौर देखकर...''

''चुप रहो अम्मा! मेरे आवेश को तुम्हारा ठंडा, बुझा हुआ, दासी संस्कारों से युक्त हृदय समझ नहीं सकेगा। जिस अनुपम पुरुष को मैंने नृत्यगीत, हास-विलास और कटाक्ष...बड़ी लगन से रिझा-रिझाकर आनन्द के लोक में पहुँचाया है, उस दिव्य शृंगारी आत्मा को रिझाने के लिए इस स्त्री में कौन-कौन गुण हैं, यह देखूँगी। नागरत्ना! देती क्यों नहीं घुँघरू?''

नागरत्ना के सकपकाए हाथों में घुँघरू ऐसे खनके मानो बलि के लिए जाता हुआ मेमना करहाया हो।

पेरियनायकी स्तब्ध खड़ी थी। कोवलन सामने सेज पर आँखें बन्द किए लेटा था। नागरत्ना घुँघरू लेकर कन्नगी और माधवी के पास जा खड़ी हुई। उसके हाथ से घुँघरू लेकर कन्नगी की ओर बढ़ती हुई माधवी बोली, ''घुँघरू बाँधो सेठानी!''

''नागरत्ना! मदिरा।'' कोवलन ने आँखें मीचे हुए ही आवाज दी।

''बाँधो सेठानी! खड़ी क्यों हो?''

कन्नगी ने सिर उठाया, एक बार माधवी को देखा। माधवी के नयन कतरा गए। कानों में पहली बार कन्नगी का शान्त, संयत स्वर पड़ा, मानो तपते तवे पर ठंडे पानी के छींटे पड़े और झुलसने लगे। कन्नगी ने कहा, ''बहन! मेरे देवतुल्य पतिकुल ने सुहाग के नूपुरों से मेरे पैरों को बाँध दिया है। ये घुँघरू तुम्हारे ही पैरों में शोभा पाएँगे।''

'सुहाग के नूपुर' शब्द मन के अभाव-खड्ड में ऐसे पड़े मानो भारी बोझ की गठरी कुएँ के पानी में छपाका मार स्रोत के तल में जा लगी हो। माधवी मन के इस धक्के को अपनी विजय के उल्लास से सँभालकर, व्यंग्य साध, कोवलन की ओर एक डग बढ़ती हुई बोली, ''सुहाग के नूपुर!'' फिर कोवलन की ओर देख अपने सुहाग के अभिमान से भरी कन्नगी पर उपेक्षा की दृष्टि फेंकते हुए, दाहिने पैर का अलक्तक रँगा अँगूठा सिकोड़ चादर पर रगड़ते हुए कहा, ''हाँ, सुना है कि इन बहुमूल्य नूपुरों के कारण तुम नगर-भर की सुहागिनों के लिए ईर्ष्या की वस्तु बन गई हो। पर इनसे अपने सौभाग्य-देवता को न रिझा सकोगी गुइयाँ! वह शक्ति मेरे ही घुँघरुओं में है।''

कन्नगी ने उसी प्रकार संयत भाव से उत्तर दिया, ''मुझे तुम्हारे घुँघरुओं से ईर्ष्या नहीं बहन! मेरी दृष्टि में उनका कोई मूल्य नहीं।''

कन्नगी का स्वर शान्त होने पर भी दृढ़ था। वह दृढ़ता माधवी को अजेय-सी लगी। वह रोम-रोम सुलग उठी। शास्त्रोक्त रीति से मँजा हुआ उसका सुरीला कंठस्वर फटकर बेसुरा हो गया। तेजी से कन्नगी की ओर बढ़ती हुई वह तड़पकर बोली, ''तुम अपने को उच्च और मुझे नीच समझती हो? तुम मुझसे घृणा करती होगी, है न?''

''मैं तुमसे घृणा क्यों करूँ बहन! तुम अपनी परिस्थितियों के कारण ऐसी हो। इसमें तुम्हारा क्या दोष है!''

सुनकर माधवी परास्त हो गई। यही तो वह स्वयं भी कहा करती है। परन्तु ये परिस्थितियाँ उसके साथ ही क्यों? और यदि हैं तो उन्हें उसके अतिरिक्त दूसरा कोई क्यों देखे, क्यों टोके? विशेष रूप से उनका पुरुष छीननेवाली करोड़पति मानाइहन की बेटी क्यों टोके? माधवी का जी चाहा कि वह दोनों हाथों से कन्नगी

का गला घोंट दे, उसका लहू पी जाए, परन्तु यहाँ तक साहस न हुआ, और इसीलिए चीखकर वह अपने पुरुष को सुनाने लगी, "सुन रहे हो! तुम्हारी नवेली सुहागिन मेरी परिस्थितियों को ताने मार रही है।"

कोवलन तब तक मदिरा के सहारे कुछ-कुछ होश और कुछ मस्ती पाकर सनक गया था। नागरत्ना के हाथ से भरा मदिरापात्र लेते हुए उसने कहा, "सोच रहा हूँ कि आज की रात मेरे संन्यास ग्रहण करने के लिए उत्तम मुहूर्त आया है..."

पेरियनायकी एकदम घबराकर रोती हुई 'ना बेटा! ना' कह आगे बढ़ी। कोवलन ने तुरन्त हँसते हुए हाथ बढ़ाकर कहा, "वहीं अम्मा! वहीं...मैं सेज पर संन्यास नहीं लूँगा जो घबरा गईं। मैं आनन्द ले रहा हूँ। मेरे सामने स्त्री के दो रूप आ रहे हैं। सुहागरात में यह अनुभव भला कितने सौभाग्यशालियों को मिलता है!" कहकर वह बड़े जोर से हँस पड़ा। मदिरा की प्याली उसके वस्त्रों पर ही उलट गई, यह देख कोवलन की हँसी एक क्षण के लिए रुकी। वह बच्चे की तरह अचम्भे-भरी दृष्टि से नागरत्ना को देखने लगा, जो तुरन्त झुककर अपने हाथों उसका वस्त्र निचोड़ने लगी।

माधवी इस अनायास के हड़बोंग से चिढ़ उठी। क्रोध माँ पर उतरा, "अम्मा! तुम जातीं क्यों नहीं यहाँ से? तुम्हारा हमारे बीच में क्या काम!"

"हाँ, सच ही तो है। नई उमंगों के रणांगन में काँपती लौ वाले दीपकों का क्या काम! जाओ अम्मा! जाओ! मुझे रस लेने दो। नागरत्ना! तू यहीं मेरे पास बैठी रह। ढालती चल! मदिरा से बढ़कर कोई स्त्री पुरुष को नहीं समझती...चूमो और झूमो। हाँ प्राणेश्वरियो! तुम लोग आपस में चहको!...चहको, चहको! नागरत्ना! कितनी सुन्दर है तू! आ! मेरे अंक में बैठकर मुझे पिला..." कहते हुए कोवलन ने नागरत्ना की बाँह पकड़कर उसे अपने पास खींच आलिंगन में भर लिया।

वह उसे चूमने ही लगा था कि माधवी ने पास ही चौकी पर रखा हुआ छोटा दीपाधार खींच मारा, "नागरत्ना! कलमुँही! अलग हट! चेट्टियार! तुम मेरी ही आँखों के सामने मेरी दासी को अंक में लेकर खेलो..."

"खेलूँगा। तुम भी तो मेरी दासी हो। तुम्हें अपना अस्तित्व भूलकर मेरे दर्प पर पैर रखने का साहस कैसे हुआ माधवी! तूने मेरे खिलौने को क्यों मारा? नागरत्ना! मैं तुझे आदेश देता हूँ कि इस माधवी को दो लातें मारकर निकाल दे।"

माधवी एकदम जड़ हो गई। कोवलन क्रोध के आवेश में उठकर खड़ा हो गया था। उसकी आँखें क्रोध और मदिरा के प्रभाव से एकदम आरक्त हो उठी थीं। उसे देखकर भय लगता था। नागरत्ना उसकी एक बाँह में बँधी रहने के लिए विवश, शव की भाँति निश्चेष्ट खड़ी थी। कन्नगी अब भी अपनी ही जगह पर थी, वैसी ही शान्त। उसके लिए मानो कुछ भी नहीं हो रहा था। पेरियनायकी फिर लौट आकर द्वार पर चुपचाप खड़ी हो गई थी। उसका चेहरा पूर्ण रूप से स्तब्ध था।

कोवलन नागरत्ना को छोड़कर आगे बढ़ा, माधवी के पास आया, आँखों से आँखें मिलीं और माधवी पलकें झुका भी न पाई थी की तड़-से उसके मुँह पर एक तमाचा पड़ा।

"बड़ा घमंड हो गया है तुझे! मुझसे दर्प की होड़ लेती है! दासी! हाट में बिकनेवाली गुड़िया!...छिः! मैं तुझसे प्रेम करने लगा! तुझसे! तेरे पास से ओछे संस्कारों की सड़ाँध आ रही है...दूर हट!"

मार खाकर रोती हुई माधवी इस बात की पीड़ा से तड़प उठी। फफककर वह कुछ कहने ही जा रही थी कि कोवलन 'दूर हट' कहकर उसे धक्का देते हुए आगे बढ़ गया। माधवी उस धक्के को सँभाल न पाई। नागरत्ना अपनी छोटी स्वामिनी को गिरती देखकर दौड़ी। पेरियनायकी दूर ही खड़ी रही, पास न आई। कोवलन कन्नगी की ओर देखते हुए बढ़ा, ठिठककर देखने लगा। कन्नगी की झुकी हुई आँखोंवाला शान्त मुखमंडल उसे कड़ी धूप और लू के झोकों-भरे मैदान से झुलसकर आने पर वटवृक्ष की घनी छाँव-सा शीतल लगा। उसने सचमुच पहली बार कन्नगी को भरी आँखों से देखा, 'कितनी सुन्दर सलोनी!...कितनी शान्त! इसने आते ही मेरे लिए कितना सहा है!...और मैंने भी इस पापिष्ठा, अहंकारिणी के लिए कितना सहा है! काँच के लोभ में मैंने हीरे का तिरस्कार किया। छिः छिः!

कोवलन का मन आत्मग्लानि से टकराकर गिरी पड़ी हुई माधवी पर गाज-सा गिरा। वह पलटकर नागरत्ना की गोद में पड़ी हुई माधवी को घृणा की दृष्टि से देखकर बोला, "मुझे यह सोच-सोचकर ही आश्चर्य होता है कि किस प्रकार मैं इस... इस...मन की घोर कुरूपा, संस्कारों की कोढ़िन, अहंकार के विष से भरी हुई नागिन के वशीभूत हो गया था! इसके कारण मैंने आज वह पाप किया जो मेरे समान कोई भी उच्च कुल का व्यक्ति बुद्धि, विवेक रखकर कदापि नहीं करेगा।...सती! मैं बहुत लज्जित हूँ। मुझे क्षमा करो! घड़ी-भर पहले तुम्हारे रूप को इस समय की दृष्टि से देख पाता तो मेरी सुहागरात—मेरे ही टुकड़ों पर पलनेवाली एक विष-भरी नागिन के द्वारा—यों अपमानित होकर अभागी न बनती। आओ, चलो!"

कोवलन को जाते देख माधवी विकल हो दौड़ी। कोवलन द्वार से बाहर निकल चुका था, कन्नगी चौखट पर थी कि माधवी की बेसुध दौड़ का धक्का उसे लग गया। कोवलन ने यह देखते ही आगे बढ़कर कन्नगी को थाम लिया और दूसरे हाथ से माधवी को छिटककर बोला, "दूर हट! तू मेरे स्पर्श के भी योग्य नहीं।"

माधवी को फिर कुछ भी कहने का साहस न हुआ। वह सहमकर अपनी माँ के पास खड़ी हो गई। चार डग आगे बढ़कर कोवलन ने वहीं से पेरियनायकी को

सुनाकर कहा, "सुन री कुट्टनी! हमारे यहाँ आने का समाचार यदि कहीं भी सुनाई दिया तो तू और तेरी यह छैल-छबीली नागिन समुद्र के मगरमच्छों का भोज बना दिए जाओगे।"

कहकर पुरुष बढ़ गया। नगरवधू का सुहाग उजड़ गया। कुलवधू के नूपुरों की मन्थर ध्वनि क्रमशः सौभाग्यपथ पर आगे बढ़ती जा रही थी।

बारह

उस रात माधवी के घर कन्नगी को लेकर कोवलन के जाने की बात जग की चर्चा बनने से बच न सकी। कुलीन घरों के वेश्याप्रेमी युवकों में यह उदाहरण अभूतपूर्व था और इससे पहले तक अकल्पनीय भी। नगरवधुओं और कुलवधुओं—नई और पुरानी—दोनों के लिए ही यह समाचार भूकम्प के धक्के से कम नहीं था। सेठ मानाइहन को तो मालूम पड़ ही गया, इस बार साधु वृत्तिवाले सेठ मासात्तुवान भी बिना जाने न रह सके। नगर के प्रसिद्ध मुक्ता व्यापारी षण्मुखम् चेट्टियार स्वयं अपने दो पुत्रों की विलासिताजन्य विद्रोही वृत्ति से अत्यन्त त्रस्त थे। इस नई घटना की प्रतिक्रिया अपने एक निर्लज्ज बेटे की बात में पाकर घुटन और क्रोध से भरे हुए सीधे मासात्तुवान चेट्टियार के पास ही पहुँच गए।

मासात्तुवान के लिए अपने पुत्र के सम्बन्ध में ऐसी धारणा करना भी असह्य था। इसी कोवलन के सम्बन्ध में उन्होंने प्रशंसा-भरी बातें सुनी थीं। हवेली का सारा कारबार इस अल्पावस्था में भी उसने बड़ी उत्तमता से सँभाल रखा था। व्यापार-धन्धों को नई गति देने की सूझ-बूझ भी उसमें बहुत अच्छी थी। इकलौते पुत्र का विवाह कर उन्होंने अपने जीवन की एक बहुत बड़ी साध पूरी कर ली थी। पूर्ण सन्तोष के जीवन में अनायास यह अकल्पनीय, अप्रत्याशित धक्का वे एकाएक सँभाल न पाए। षण्मुखम चेट्टियार ने अपने कलेजे की आग उनके कलेजे तक पहुँचाई और फिर सँभालने भी वे ही दौड़े। स्वयं मासात्तुवान का विवेक भी धक्के के पहले वेग को सँभालकर आप सँभल गया। उन्होंने कोवलन अथवा कन्नगी से किसी प्रकार की बात पूछने से पहले अपने मुनीम वीलिनाथन को बुलवाया। उन्होंने भी षण्मुखमजी द्वारा प्राप्त सूचना का समर्थन किया। यही नहीं, वरन् कुछ दिन पूर्व महादंडनायक के देवदासी-प्रसंग में कोवलन जो नादानी कर चुका था, मानाइहन चेट्टियार से जो बातें हुई थीं, वे भी यथोचित क्षमायाचना के साथ प्रसंगवश आज बतला दीं। मासात्तुवान का मुखमंडल शव की भाँति श्वेत हो गया। कुछ देर गम्भीर भाव में लीन

रहने के बाद उन्होंने कहा, "मानाइहन जी को क्या मुँह दिखलाऊँगा! उन्होंने तो कुल-संस्कार भले देखकर ही इस घर में अपनी बेटी दी।"

अन्तःपुर में जाकर उन्होंने एकान्त में कन्नगी से पूछा, "बेटी! तुम मेरे लिए कोवलन से अधिक मूल्यवान हो। वर्षों से इस सूनी पड़ी हवेली का उजाला हो तुम। मुझे श्वसुर नहीं, पिता समझकर सच-सच बतलाओ! कोवलन कल रात तुम्हें कहीं बाहर ले गया था?"

कन्नगी का चेहरा यथावत् निर्विकार, शान्त रहा, किन्तु झूठ बोलते हृदय का कम्पन स्वर में सिसक ही पड़ा, "न...हीं अ...अप्पा!"

"तुम घर पर ही थीं?"

"जी हाँ!"

"और तुम्हारा पति भी?"

"जि...जी!"

सेठ मासात्तुवान ने कन्नगी के मुखमंडल पर अपनी दृष्टि गड़ा दी, क्षण-भर मौन खड़े रहे, फिर एक हल्का निःश्वास छोड़ते हुए कहा, "बेटी! तुम्हारा शील तुम्हारे पितृकुल की यशोगाथा गा रहा है और तुम्हारा असत्य भाषण मेरे कुल की लाज बचा रहा है। मानाइहन दोनों तरह यश के भागी हुए, परन्तु मुझ अभागे ने जाने ऐसा क्या पाप किया जिसके फलस्वरूप यह कुलांगार जन्मा!"

मासात्तुवान चेट्टियार यह कहकर प्रकोष्ठ से बाहर निकल आए। मन की तीव्र उलझन में अपनी हवेली के ऊँचे खंडों तक चढ़ते चले गए, मानो वे अपने घर की उस ऊँचाई को पाना चाहते थे जो उनके पुरखों ने प्राप्त की थी। कोवलन से उन्हें ऐसा आघात लगा था जिसे वे सह न पा रहे थे।

कुछ देर बाद वीलिनाथन ने कोवलन के साथ उनसे मिलने का साहस किया, परन्तु वे तुरन्त ही लौटा दिए गए। वीलिनाथन कोवलन के पश्चात्ताप का विवरण देने गए थे, परन्तु उन्होंने पुत्र का नाम सुनते ही मुँह फेर लिया।

कोवलन सचमुच दुखी था। उसके व्यावहारिक संस्कारी व्यक्तित्व को अपनी गलती समझ में आ गई। कन्नगी के शील ने उस पर ऐसी विजय पाई थी कि स्वयं उसका अन्तर्पुरुष भी अपना पौरुष, तेज प्रदर्शित करने के लिए तड़प रहा था। वह पिता से अपने अपराध के लिए दंड पाना चाहता था। पिता ने उससे मिलना तक अस्वीकार कर दिया, किन्तु कोवलन का नया आवेश इससे हतप्रभ न हुआ। वह मानता था कि उसने समाज की एक बहुत बड़ी मर्यादा को आघात पहुँचाया है। वह विचारक या दार्शनिक न था, नवसफल महत्त्वाकांक्षी उद्योगपति महाजन था। कल के प्रसंग में पत्नी के चरित्र में उसने जो प्रकाश पाया, वह लौकिक सत्य और अपनी भूल के दर्शन करा गया। कोवलन उस भूल पर दुखी होकर मरना नहीं चाहता। वह

बनिये का बेटा है, उसे गिरकर चढ़ना आता है। वह कन्नगी के पास गया। बोला, "देवि! मैं उस प्रसंग को अब नई दृष्टि से देख रहा हूँ। कल रात तुमने अग्निपरीक्षा देकर मेरा वरण किया है। कल रात अपनी जड़ता के दावानल से दहककर मैंने भी ज्ञान की नई भूमि पाई है। हमारा भविष्य अब तपे हुए सोने पर निर्मित होगा।... पूछने का साहस करता हूँ, साथ दोगी? हृदय से मुझे क्षमा कर ग्रहण कर सकोगी?"

कन्नगी ने लाजमुक्त सहज भाव से पति को सीधे देखते हुए कहा, "आपके अक्षर-अक्षर में मेरा ही मन बोला है। रही क्षमा की बात...कौन किसको करे! यह मेरे भाग्य का दोष था जो मुझे अनायास आपके एक मधुर सम्बन्ध के बीच में ले आया।"

"उसे भूल जाओ कन्नगी! सौदागर सौदे में चूक गया था, परन्तु वह भाग्यशाली था। हारे दाँव पर ही उसे जीवन की सबसे बड़ी जीत मिली।" उसने आगे बढ़ अपनी अर्धांगिनी को अंकपाश में आबद्ध कर लिया। शीतल बन्धन भावविद्युत की गरमी पा चुम्बन बन—अपूर्व अमृत-अनुभव बन—योग का-सा आनन्द दे गया। जब दोनों के मध्यस्थ क्षण रसस्नान कर चुके, तब कन्नगी को पहली लाज लगी और कोवलन का नवोन्मेष जागा।

पिता के रोष के कारण वीलिनाथन जी से आदेश लेकर कोवलन अपने श्वसुर से मिलने गया। कोवलन ने श्वसुर के सम्मुख निष्कपट भाव से अपराध स्वीकार कर अपनी स्थिति सँभाल ली। मानाइहन चेट्टियार से एकान्त में उसकी बातें हुईं। वे बोले, "मैं तुम्हारे पिता जी के समान अपने चरित्र को निष्कलंक नहीं रख सका, परन्तु कन्नगी की माता के प्रभाव से मैंने अपने विवेक को एक क्षण के लिए भी नहीं खोया, यह कह सकता हूँ। मैं इन विलासबालाओं की रसज्ञता से परिचालित प्रेम की उद्दाम लहरों को पहचानता हूँ बेटा! अनुभवहीन उनकी चपेट में पड़कर चकमे खाते हैं। मैं तुम्हें एक कथा सुनाता हूँ—"उत्तरापथ में चित्रकूट नामक एक बड़े समृद्ध नगर में रत्न वर्मा नामक एक धनवान वैश्य रहता था। उसके ईश्वर वर्मा नाम का एक ही पुत्र था। रत्न वर्मा मुझसे और कदाचित् तुम्हारे पिता जी से अधिक विचारवान प्राणी था। उसने दूरदर्शी और कुशल व्यावहारिक व्यक्ति के समान अपने पुत्र को सम्पूर्ण विद्यादान दिलाकर अन्त में वेश्याओं की ठगलीलाओं की शिक्षा भी एक कुटनी को एक सहस्र स्वर्णमुद्राएँ गुरुदक्षिणा के रूप में प्रदान कर दिलवाई। ईश्वर वर्मा जब यह विद्या भी सीख गया तब उसके पिता ने पाँच करोड़ मुद्राएँ देकर उसे स्वर्णद्वीप भेज दिया। संयोग की बात कि वहाँ वह एक सुन्दरी वारवधू पर इतना अनुरक्त हुआ कि पाई हुई कुटनीशिक्षा कुछ काम न आ सकी। सब धन गँवा निराश युवक अपने घर लौटा। उसके पिता ने उस कुटनी को जाकर पकड़ा, जिससे उसने अपने पुत्र को शिक्षा दिलाई थी। कुटनी ने युवक से पूछा कि वेश्या ने तुम्हारा विश्वास प्राप्त करने

के लिए कौन-सा ऐसा प्रसंग रचा था जिसका प्रभाव तुम पर सबसे अधिक पड़ा? ईश्वर वर्मा ने बतलाया कि जब उसकी दो करोड़ मुद्राएँ प्रेमविलास में गल गईं तब उसने व्यापार हेतु आगे की यात्रा का आयोजन बनाया। जब-जब वह जाने की सोचता तब-तब वह वेश्या अपनी विरह-व्याकुलता की बेड़ियाँ डालकर उसे रोक लेती। वेश्या की माँ मकरकटी भी ऊपरी ढोंग कर कभी ममता दिखाती, कभी अपनी बेटी को उसे जाने देने के लिए समझाती। इस समझावन-बुझावन के फलस्वरूप ईश्वर वर्मा एक दिन विदा लेकर चला। मकरकटी और वेश्या दोनों उसे गाँव की सीमा तक पहुँचाने आईं। ईश्वर वर्मा जैसे ही गाँव की सीमा के बाहर गया वैसे ही वेश्या पास के कुएँ में कूद पड़ी। मकरकटी विलाप करने लगी। बेचारा वणिकपुत्र जाना स्थगित कर वहीं रुक गया। कुएँ से निकाले जाने पर उसके विरहावेश की उग्रता देख वह वहीं रह गया और तभी निकला जबकि शेष तीन करोड़ मुद्राएँ स्वाहा हो जाने पर वह गर्दनिया देकर घर से निकाला गया। बात सुनकर कुटनी बोली कि मैं समझ गई। उसने कुएँ में जाल बँधवा अपनी सुरक्षा की युक्ति करके ही जान देने का ढोंग रचा था। खैर, उसके जाल पर मैं आल डालूँगी। यह कह उस कुटनी ने तुरन्त अपने घर एक दासी को भेज आल नाम का अपना पालतू बन्दर वहाँ बुलवाया। रत्न वर्मा से एक सहस्र मुद्राएँ लेकर कुटनी ने अपने आल नामक बन्दर के आगे रख दीं। वह उन्हें निगल गया। फिर कुटनी ने बन्दर को बार-बार आदेश दे किसी को दो, किसी को चार और किसी को सौ-पचास मुद्राएँ देने का आदेश दिया। आल बन्दर ने आज्ञानुसार गिनकर सबको यथावत् भुगतान कर दिया। कुटनी ने अपना यह चमत्कारी बन्दर ईश्वर वर्मा को सौंपकर कहा कि इसे लेकर पुनः उस वेश्या के यहाँ जाओ। कहना, कुबेर का बन्दर है, वरदान में मिला है। इसे छिपाकर मुद्राएँ खिलाना और प्रत्यक्ष में भुगतान करवाना। यदि युक्तिपूर्वक चलोगे तो न केवल अपनी पाँच करोड़ मुद्राएँ वरन् चाहोगे तो उस वेश्या की सारी सम्पदा भी इस बन्दर के बदले में ले आओगे। ईश्वर वर्मा जाल पर आल डालकर विजयी हुआ था। तुम्हें भी अपनी गँवाई हुई प्रतिष्ठा प्राप्त करने के लिए आल डालना होगा।''

आल डालना होगा!...तो क्या माधवी का सारा प्रेमव्यवहार केवल एक जाल था? अपराध की चेतना से लज्जित, पीड़ित, अवसाद के गहरे सन्नाटे-भरे मन में श्वसुर की बात से हलचल हुई—'माधवी! ईश्वर वर्मा की प्रेयसी-जैसी!'...प्रश्न के उत्तरस्वरूप कोवलन के प्राणों में माधवी का करुण विलाप तड़पा—'मेरा गुमान नहीं, प्यार सच्चा है। सुनते जाओ! क्षमा करते जाओ!' टीसों में मोह समाया, शंका जागी—यह जाल है?...न...न...नहीं।...है?...मन करुण हुआ, तीव्र महक-सी लपट उठी, श्वसुर की चलती बातों के स्वर से टकराई और टकराते ही छुईमुई हो गई। श्वसुर उसके लिए लोकाचार के मानदंड थे। उसे स्वयं भी लगता था कि माधवी ने उसके

प्रेम का अनुचित लाभ उठाकर लोकाचार के विरुद्ध उससे इतना बड़ा अपराध करवा डाला। यह जाल था। कुलीनों की मर्यादा भंग करने के लिए पेरियनायकी और माधवी ने यह जाल रचा था। उन्हें दंड मिलना ही चाहिए। यही ठीक है...ठीक है... ठीक है। कोवलन मन के अन्तर्द्वन्द्व से उबरकर दृढ़ हुआ। मानाइहन सेठ की किसी बात का उत्तरार्द्ध प्रश्नसूचक संज्ञा के साथ कानों से टकराया—"...फिर भी इस विषय में तुम्हारी पूर्ण सहमति चाहता हूँ। राजी हैं?"

"जी?" कोवलन चौंका।

"किसी और विचार में लीन थे?"

कोवलन पूर्ण रूप से सजग हो चुका था। बहाने से संकोच को सँवार बोला, "अप्पा को कैसे विश्वास दिला सकूँगा..."

"वह मेरी चिन्ता है। आप अपनी चिन्ता करें...और यदि बुरा न मानें तो श्वसुर के मान-मर्यादित वाक्यों की लीक तोड़कर अपने मन को व्यक्त करूँ। आत्मीयता मन में लौकिक मर्यादाओं की पकड़ से मुक्त होकर सूक्ष्म गति कर रही है।...बेटा!...क्या कहूँ! समझ सको तो समझो! तुम्हें पाकर कन्नगी अब मेरे लिए ब्याज मात्र रह गई है। तुमसे ही इस घर में उजाला होगा।" मानाइहन चेट्टियार का हाथ अपने जामाता के कन्धे पर जा थमा। वह स्पर्श कोवलन के तन-मन में विद्युत- सी सिहरन भर गया। मानाइहन का स्वर भी उसी विद्युत-स्पर्श से चुम्बित था। कोवलन उस स्वर के अनुशासन से बँधता जा रहा था। मानाइहन कह रहे थे, "इसी नाते मैं तुम्हें अपने अनुभवों से कवचमंडित कर रहा हूँ। बेटा! सदा ध्यान रखना, व्यापारी वस्तुओं से खेलता है, उनका दास नहीं बनता। जिस धन को वह मोहान्ध होकर चाहता है उसे भी प्राणों का संकट आने पर बिना उदास हुए तृणवत् छोड़ देता है। प्राणों से अधिक वह अपनी साख चाहता है, साख के लिए प्राण निछावर करता है। व्यापारी सदा मूल को सँभालता है। ब्याज का फैलाव घटता-बढ़ता और लुटता भी रहता है। प्रसंग आने पर बुद्धिमान उसकी चिन्ता छोड़ देते हैं। तुम केवल अपनी साख बढ़ाने की चिन्ता करो।"

मानाइहन सेठ ने अपने कारोबार का प्रबन्ध अपने जामाता को सौंपने की घोषणा कर दी। इस प्रकार दो अत्यन्त महत्त्व की व्यापारी कोठियाँ अपने-अपने अस्तित्व अलग रखते हुए भी एक प्रबन्धसूत्र में आ गईं। कोवलन दक्षिण भारत का सर्वश्रेष्ठ उद्योगपति हो गया। इस घटना के तीसरे ही दिन नगर की सभी छोटी-बड़ी हवेलियों में, उनके सेठों-मुनीमों में एक नई हलचल मच गई। उसके साथ-ही-साथ कुछ नौजवान दलालों का एक नया दल अकस्मात् संगठित हो गया। मिस्रदेशीय सेठ

अहमोज़—जो साधारणतया मध्यमश्रेणी का पैसेवाला माना जाता था—अनायास बड़े-बड़े सौदे करने लगा। रोमन व्यापारी पान्सा वर्षों से एक प्रकार से विदेशी व्यापार का प्रमुखतम ठेकेदार हो रहा था। पान्सा पिछले बीस-बाईस वर्षों से भारत में बस गया था। आरम्भ में वह केवल रत्नों और उपरत्नों का व्यापार ही करता था, परन्तु जब से रोम सम्राट ऑगस्टस ने भारत से सीधे व्यापार करने की नीति को बढ़ावा दिया तब से पान्सा का व्यापार-क्षेत्र अत्यन्त विकसित हो गया। पान्सा स्थल और जल दोनों प्रकार के रोमन व्यापारियों के लिए थोक माल की व्यवस्था करता था। कावेरीपट्टणम् के दोनों महासेठ पान्सा के व्यवहार से परम सन्तुष्ट थे, इसलिए अरब, हिमरायती और नाबती व्यापारी भरसक प्रयत्न करने पर भी पान्सा सेठ को उत्तरोत्तर धनी होने से रोक न सके। अबीसीनिया में अरब-अफ्रीकियों का अक्षुण्णी साम्राज्य फल-फूल रहा था। उसके प्रमुख बन्दरगाह अद्यूलिस में यूनानी, अरब और भारतीय व्यापारी मिलते थे। अरबों ने भारतीय व्यापारियों को एक प्रकार से अबीसीनिया से आगे न बढ़ने के लिए मना लिया था। रोमनों के समुद्री व्यापार में हिमरायती और नाबाती लोग अपने जलदस्युओं के द्वारा भयंकर उत्पात खड़े करके अनेकानेक विघ्न डालते थे, परन्तु रोमनों को समुद्री हवाओं तथा मार्गों का अच्छा अनुभव हो जाने के कारण इन जलदस्युओं से बचने का सरल मार्ग भी ज्ञात हो गया था। रोम सम्राट ने अपने व्यापारी बेड़े की सुरक्षा पर भी विशेष ध्यान देना आरम्भ कर दिया था और इसके कारण भारत के बड़े-बड़े नगरों में स्थित रोमन व्यापारी बड़ी सुविधा और सौभाग्य प्राप्त करने लगे थे। कावेरीपट्टणम् में पान्सा सेठ का प्रभाव था और सहसा इस बात की कल्पना भी नहीं होती थी कि उनके व्यापारिक सम्बन्धों में किसी प्रकार की हानि हो सकती है। पिछले आठ-दस वर्षों से बाजार में एक प्रकार का स्थायित्व आ गया था। पान्सा सेठ के सम्बन्ध जिन व्यापारियों से बँध गए थे उनकी आय निश्चित रूप से बढ़ रही थी और दूसरों को यह सुविधा प्राप्त न थी। दो दिनों में अकस्मात् सेठ अहमोज़ के इस प्रकार बढ़ जाने तथा अनेक व्यापारियों और दलालों के नए संगठन से पुराने संगठन की नीवें हिल उठीं।

पान्सा को केन्द्र बनाकर जो व्यापारी वर्ग अब तक लाभान्वित हो रहा था वह नए प्रतिद्वन्द्वी संगठन से चौंक पड़ा। कावेरीपट्टणम् में मानाइहन और मासात्तुवान की इच्छा या सहमति के बिना कोई नया संगठन बन नहीं सकता, यह बात तो प्रायः सबके मन में निश्चित थी। पान्सा से नगर के दो महासेठों की खटपट हो जाने का कारण भी स्पष्ट था, परन्तु बात लोगों की समझ में नहीं आ रही थी।

माधवी और पेरियनायकी के विरुद्ध पिछले डेढ़ दिन से रूप के हाट में जो आन्दोलन चल रहा था वह लोगों के ध्यान में था। ललिता की माँ राजम्मा तथा पेरियनायकी और माधवी से जलनेवाली और भी अनेक नगरवधुएँ इस बात का प्रचार

कर रही थीं कि माधवी और पेरियनायकी को भले घरों के विरुद्ध मिथ्या कलंक प्रचार के जघन्य अपराध में वंजिसंघम् से बहिष्कृत कर दिया जाए। इस पृष्ठभूमि के साथ भी लोगों की समझ में यह नहीं आ रहा था कि पेरियनायकी के रक्षक पान्सा के विरुद्ध क्यों यह अप्रत्याशित कार्यवाही की जा रही है। व्यापारी अपनी पालित वेश्याओं के द्वारा सम्बन्ध बढ़ाता तो है, परन्तु उनके कारण कभी अपने सम्बन्ध बिगाड़ता नहीं। इस मोह से वह योगी की भाँति मुक्त होता है। रोमन सिक्कों के रूप में छमाछम आती हुई लक्ष्मी के सामने व्यापारी अपनी गृहलक्ष्मी किंवा विलासलक्ष्मियों के जलापे-कुढ़ापे और सौतिया डाह की राजनीति को सर्वथा भूल जाता है। फिर मासात्तुवान अथवा मानाइहन जैसे नीतिज्ञ भला कच्ची गोट कैसे खेल सकते हैं, यह लोगों की समझ में नहीं आ रहा थ। जो हो, परन्तु नई व्यापारिक नीति को समझना और उसके अनुसार अपने लाभ की योजनाओं का परिवर्तन-परिवर्द्धन करना हरेक के लिए गहरी चिन्ता का विषय बन गया था। नए दलाल प्रायः उन युवकों में से ही थे जो पिछले सार्थ में कोवलन के साथ गए थे। अधिकांश सौदे कोवलन ने उन लोगों से किए जिनका पान्सा से कम व्यवहार था। अनेक यूनानी और अरब व्यापारी—जो पान्सा के सामने उठ नहीं पाते थे—सहसा नई टेक पाकर तगड़े हो गए। पिछले डेढ़ दिन में नगर की लक्ष्मी का ऐसा उलटफेर हुआ कि छोटी-छोटी ताल-तलैयाँ बड़ी तीव्रता से बड़ी-बड़ी झीलों की बराबरी में आती दिखलाई पड़ीं। लोग यह जानना चाहते थे कि पान्सा से इन दो महासेठों की अनबन का रूप अस्थायी है या स्थायी। अनेक सेठों का व्यापारिक सन्तुलन इसी जिज्ञासा पर अटका हुआ था। अनेक दूत-कुटनी रूप के हाट से लेकर दोनों सेठों की कोठियों में उनके मुनीम-कारिन्दों, दास-दासियों तक पैठे हुए रहस्य की टोह ले रहे थे। नगर में तगड़ी हलचल थी।

तेरह

माधवी तीव्र ज्वर से बेसुध पड़ी थी, सन्निपात का प्रकोप अवश्य शान्त हो गया था। पान्सा के आश्रित एक यूनानी चिकित्सक का इलाज चल रहा था। नगर के वैद्यों से भी पेरियनायकी को यह शंका होती थी कि कहीं वे कोवलन, उसके श्वसुर, पिता अथवा किसी ईर्ष्यालु वेश्या के प्रलोभन-चक्र में फँसकर उसे औषधि के बहाने विष न दे दें।

पेरियनायकी की चिन्ताओं का अन्त नहीं था। रूप के हाट में उसका तथा माधवी का बहिष्कार किए जाने की चर्चा बवंडर-सी नाच रही थी। हर पुराने

दास-दासी के द्वारा उसे घबराहट बढ़ानेवाली सूचनाएँ बराबर मिलती रहतीं। बाहर कहा जा रहा था कि माधवी को नगर से निकाले जाने के लिए शीघ्र ही राजधानी उरैयूर से राजाज्ञा प्रेषित होनेवाली है। उसे यह भी समाचार मिला कि कोवलन पान्सा सेठ से मिलने गया था। बातों का रहस्य अज्ञात होने के कारण उसके मन में बड़ी खलबली मच रही थी। कहीं ऐसा तो नहीं कि नगरसेठों के प्रभाव में आकर पान्सा सेठ पेरियनायकी से अपना सम्बन्ध तोड़ ले? प्रौढ़ा पेरियनायकी के मन में इस आशंका से गहरी उथल-पुथल मच रही थी। उसे अपने भविष्य और सुरक्षा की चिन्ता बहुत सताकर भी इतनी नहीं सता रही थी जितनी कि अपने पुरुष से वियोग होने की आशंका। इस चिन्ता के कारण उसका वेश्याभाव तिरोहित हो उसे अपने नारी-हृदय के दर्शन बार-बार करा देता था। पान्सा सेठ के साथ पिछले बीस-इक्कीस वर्षों से प्रायः एकपुरुषव्रत निभाने के कारण पेरियनायकी को अपने पुरुष के प्रति कुलवधुओं का-सा मोह हो गया था, जिसे अपने दिल की धड़कनों में बार-बार पहचानने के अवसर वह अब पा रही थी। रह-रहकर उसे भय होता। सुरक्षा के लिए पुरुष का सहारा चाहिए। पालित बेटी की करतूतों से उसका सहारा छूट रहा था। पेरियनायकी ने न जाने कितनी बार अपनी बेटी को यह शिक्षा दी थी कि धन ही वेश्या का सौभाग्य-देवता है। वह स्वयं भी अपने पुरुष को रिझाते समय सदैव यही योजना बनाया करती थी कि उसकी रिझवार से पान्सा के रूप में धन रीझे। पर आज...

दो दिन हो गए, सेठ आए नहीं। माधवी के ज्वर का समाचार सुनकर अपने चिकित्सक को भेज दिया। अपने आने के सम्बन्ध में आश्वासन-भर दिया कि अवकाश मिलते ही आऊँगा। वह अवकाश अभी तक नहीं मिला और नागरत्ना बाहर से समाचार लाई कि कोवलन चेट्टियार पान्सा सेठ का धन्धा चौपट करने के लिए बहुत बड़ी योजना बना रहे हैं। पेरियनायकी ने नागरत्ना को पान्सा के यहाँ भेजा। वह अति व्यस्त सेठ से तो न मिल सकी, पर विश्वस्त सूत्रों से उसने यह समाचार पाया कि उस रात्रि की घटना के तीसरे दिन प्रातःकाल कोवलन पान्सा सेठ से मिलने आया था। कुछ देर तक एकान्त में दोनों की बातें हुई थीं और उसके बाद से ही पान्सा और भी अधिक चिन्तामग्न और व्यस्त हो गए।

पेरियनायकी को रह-रहकर कोवलन पर क्रोध आ रहा है। कोवलन पर चिढ़ती, ज्वरग्रस्त माधवी पर चिढ़ती, अपने भाग्य पर चिढ़ती पेरियनायकी आठों याम घुटन से भरी-भरी बावली हुई जाती थी। कोई उसके घर झाँकने भी नहीं आता। माधवी की बीमारी का हाल उसने जान-बूझकर अपने दास-दासियों के द्वारा खूब प्रचारित करवाया था, पर कोई न आया। कोई नट्टुवन, दलाल, गन्धी, मालिन, नगर के रसिक युवक, मेल की रूपजीवाएँ, देव-दासियाँ—कोई न आया। कोई उसके

दुर्भाग्य पर हँसने, जले पर नमक छिड़कने तक न आया कि जी के गुबार निकाल लेती। निगोड़ी चेलम्मा तक की सूरत भी नहीं दिखाई दी। पेरियनायकी ने दो बार उसके यहाँ दास भेजा, परन्तु वह घर पर न मिली।

माधवी बेसुध पड़ी थी। नागरत्ना अपनी छोटी स्वामिनी के पास बैठी एकटक उसका मुँह निहार रही थी। सहसा प्रकोष्ठ के बाहर हलचल सुनाई दी। पेरियनायकी की नागरत्ना दोनों ही की दृष्टि द्वार की ओर उठ गई।

पेरियनायकी की आँखों में चमक कौंध गई, सारी देह में उल्लास की ऐसी बिजली-सी दौड़ गई कि क्षण मात्र में आयु के पच्चीस वर्ष उतर गए। प्रिय को द्वार पर देख प्रौढ़ा मुग्धा खिली कली-सी नवयुवती हो गई। पान्सा उसे कभी इतना सुन्दर नहीं लगा था। नागरत्ना ने आदरपूर्वक स्वामी का अभिवादन किया।

सुनहरी दाढ़ी और गोरी देह तथा नीली आँखोंवाले भव्य व्यक्तित्वशाली पान्सा के चेहरे पर चिन्ता की कालिमा छाई हुई थी। फिर भी वे यथासाध्य मुस्कराने का प्रयत्न कर रहे थे।

पेरियनायकी लपककर आगे बढ़ी और अपने प्रिय से प्रायः चिपट ही गई। पान्सा ने प्यार से उसका माथा थपथपाया और माधवी की ओर देखकर पूछा "क्या हाल है इसका?"

"दो घड़ी से प्रलाप करना बन्द है, बस इतना ही अन्तर हुआ है।"

पान्सा सुनते हुए आगे बढ़ते रहे, माधवी के पास आए। चन्दन-कपूर आदि से सुवासित गीले वस्त्र से आच्छादित माधवी के मस्तक को छुआ, फिर उसका भट्ठियों तपता हाथ पकड़ कुछ देर टकटकी लगाए उसे देखते रहे। फिर फीकी हँसी हँसकर कहा, "आग से खेल बैठी बच्ची! आप भी जली, सारा नगर जला डाला।"

पेरियनायकी इस समय पान्सा से एकान्त में बातें करने के लिए बेचैन थी। हाथ पकड़कर अपनी चित्रसारी में ले गई। उसका लबादा अपने हाथों उतारकर खूँटी पर टाँगा और फिर आदर से बिठाकर आसव के लिए पूछा।

पान्सा सेठ ने एक बार बाहर के उजाले पर दृष्टि डाली। समय कारबार का था, पीने का नहीं, पर पेरियनायकी के मादक आग्रह को देख, हँसकर कहा, "अच्छा लाओ!...अब तो सम्भवतः दिन-रात पीने के लिए ही मुक्त हो जाऊँगा।" बड़ी थकी हुई हँसी में वह किंचित नाटकीयता उभार लाए।

यह सुन पेरियनायकी स्तब्ध हो उन्हें देखने लगी। दो प्रश्न-भरी और दो कहीं दूर उलझी थकी आँखें अपनी-अपनी विवशता लिए एक टकटकी में बँधी चार हुईं। पेरियनायकी ने प्रिय का मन पहचान अपना शोकाचार बदल दिया। अपने नायक के मानसिक अभावों को कुशल नायिका ने अल्हड़पन और मस्ती से भरकर उसे

रसमग्न कर देना चाहा। स्वयं उठकर चौकी से सुरापात्र उठाया और बोला, "स्वामी! यदि आपको कोई काम हो भी तो टाल जाएँ, अब मैं जाने नहीं दूँगी।"

मैरेय के पात्र पान्सा का मन थामने लगे। पेरियनायकी ने प्रिय के मुख, हाथों और छाती पर गन्ध-लेपन किया, सुगन्धित पुष्पों की माला पहनाई, मुखचुम्बन लिया-दिया, प्रिय के आग्रह पर साथ-साथ पान भी किया। फिर पैर दबाते हुए अवसर देखकर पूछा, "मासात्तुवान का बेटा आपके यहाँ आया था स्वामी! मैंने सुना है..."

"मासात्तुवान का बेटा ही नहीं, मानाइहन का जमाई भी कहो। हः हः हः! चक्की के इन दो पाटों के बीच फँसकर भला कोई बच सकता है! हः हः हः।" हारी, खिझलाई हँसी बिखर गई।

"क्या कहने आया था?" पेरियनायकी ने पूछा।

"कहता था कि माधवी को अपनी रक्षिता के घर से निकाल दीजिए!"

पेरियनायकी के मुखदीपक पर क्रोध की लौ जली, पर मन की घबराहट के झोंकों से काँपने और बुझने भी लगी। बड़ी उत्सुकता से वह पान्सा के मुख को निहार रही थी!

"मैंने...मैंने कहा कि देखो बेटा! नख अँगुली का है, पर अँगुली मेरी है। नख जितना बढ़ा हुआ हो उतना काटने को कहो तो न मेरी अँगुली सकुचेगी, न मुझे ही आपत्ति होगी। परन्तु यदि अँगुली से पूरा नख विच्छेद करने को कहोगे तो, मैंने कहा कि पीड़ा केवल मेरी अँगुली को ही नहीं, मेरे सम्पूर्ण रूप को होगी।"

पेरियनायकी ने सुनकर अपने पुरुष को गौरवपुलक से निहारा। कोवलन के प्रति क्रोध और घृणा जागी। बोली, "मैंने सुना है वह आपके विरुद्ध कोई षड्यन्त्र रच रहा है?"

"रच नहीं रहा, रच चुका कहो। उसने मेरे क्रय करने के लिए हाट में माल ही नहीं छोड़ा। नए संगठन से मेरे साथी व्यापारियों को डरा दिया और कइयों को फोड़ ले गया। परन्तु यह कोवलन नहीं है प्रिये! यह स्वयं मानाइहन चेट्टियार की करतूत है। सम्भवतः कोवलन को दिए गए मेरे उत्तर से उन्हें चोट पहुँची है। हमारी बेटी ने उनकी बेटी के साथ बहुत बड़ा अन्याय किया है, यह तो हमें भी मानना ही पड़ेगा।"

पेरियनायकी की आँखें लज्जा से नत हो गईं। अपने को सँभालकर कहा, "मैंने बहुत बरजा...बहोऽत बरजा स्वामी! पर उस हठीली मूर्खा ने...क्या कहूँ!"

"तुम्हें मुझसे कहना चाहिए था, मैं समझाता।" पान्सा के स्वर में खीझ झलक पड़ी। पेरियनायकी ने अपराधी की भाँति सिर झुका लिया।

कुछ देर दोनों के बीच मौन चिन्ताएँ डोलती रहीं। उन्हें हटा निश्चयात्मक और दर्द-भरे स्वर में पान्सा ने कहा, "मुझसे अलग कर वे तुम दोनों का दंडित करना

चाहते थे। इस असम्भव को स्वीकार करना मनुष्यता को अस्वीकार करना है जो मेरे लिए सम्भव नहीं।''

''हम तुच्छ प्राणियों के लिए इतना बड़ा त्याग आप कैसे कर पाएँगे स्वामी?'' पेरियनायकी ने चिन्ताकुल स्वर में पूछा।

पान्सा विस्मय की त्योरियाँ चढ़ाकर बोले, ''कैसा त्याग! कुछ सहस्र या लक्ष स्वर्णमुद्राओं की हानि से पान्सा दरिद्र तो हो नहीं जाएगा! व्यापार में क्या घाटे नहीं होते? पगली! तुम्हें छोड़ दूँ? मेरे और बैठा ही कौन है?''

कहकर रोमन व्यापारी ने बड़ी स्नेह-भरी दृष्टि से अपनी भारतीय प्रिया की ओर देखा। पेरियनायकी पर सुहागदर्प छा गया। बड़े शृंगार से आगे बढ़ उसने अपने प्रेमी के वक्ष पर अपना सिर टेक दिया और उसके रेशमी कुर्ते की सलवटों पर हाथ फेरने लगी। पान्सा उसके गाल पर हाथ रख बोला, ''परिस्थिति ऐसी है कि दोनों महासेठों से एक साथ बैर बँधा है।...इस लड़की की मूर्खता को क्या कहूँ?'' पान्सा के मुख से एक ठंडी साँस ढल गई। पेरियनायकी पान्सा के वक्ष पर पड़ी हुई मानो कान लगाकर उसके भीतर का हाल सुन रही थी।

मौन इस बार लम्बी अवधि तक ठहरा। फिर एकाएक उठ, करवट बदल प्रिय की छाती पर लदते हुए उसके गले में बाँह और आँखों में आँखें डाल पेरियनायकी ने कहा, ''मेरे लिए माधवी तुमसे बढ़कर नहीं स्वामी! यदि उसके लिए ही वे लोग आपसे अटकते हैं तो उसे मैं अच्छा होते ही इस घर से हटा दूँगी।'' पेरियनायकी के स्वर में बनावट नहीं, बेलौसपन था। यह उसके अन्दर की स्त्री नहीं, पटु वेश्या बोल रही थी। उसके मन में एक सुनिश्चित योजना आ चुकी थी।

पान्सा ने छूटते ही कहा, ''मैं केवल व्यापारी नहीं, मनुष्य भी हूँ पेरियनायकी! मनुष्य भाव का भूखा है। इतनी दूर परदेस में रहते हुए मैं हर नाते-गोते की भावना से मुक्त हूँ। तुम मनोरंजन के बहाने मेरे जीवन में आईं। माधवी तुम्हारे मनोरंजन के बहाने हमारे जीवन में आई। यदि मैं मर जाऊँ तो तुम सामाजिक रूप से विधवा नहीं कहलाओगी और बेटी को निकाल दूँ तो कोई यह न कहेगा कि पिता ने पुत्री को निकाल दिया। तुम दोनों को लेकर न तो अपने देश और न इस देश के रिवाजों के अनुसार मैं कुलीनता की कोई ऊँची मर्यादा ही स्थापित कर सकता हूँ। फिर भी मनमाने का बन्धन मनुष्य को मनुष्य बनाता है।...मेरे लिए स्नान की व्यवस्था कराओ! और तुम भी अपना शृंगार करो! आज तुम्हें लेकर नगरभ्रमण को निकलूँगा। माधवी की ओर से आश्वस्त रहो। नागरत्ना है ही। बेकस भी अपनी चिकित्सापेटी के साथ आता ही होगा, उससे कह आया हूँ।''

पेरियनायकी के मन में इस समय माधवी के लिए तनिक भी चिन्ता नहीं थी। अपने और माधवी के प्रति षड्यन्त्र और भयत्रास से भरे नगर में बैठकर दस की

आँखों से देखादेखी करने के लिए उसका अन्तर आकुल था। पान्सा के साथ जाने की बात बहुत बड़ी थी, फिर पान्सा के स्वर में किसी निश्चित उद्देश्य की गूँज भी उसे रहस्य-रूप से आकर्षित कर रही थी। उसके कमरे में जाते-जाते वह रहस्य भी स्पष्ट हो गया। पान्सा सेठ गम्भीर स्वर में कहने लगे, "मैं समस्या को कोवलन-माधवी की आड़ से उबारकर उसे सीधे मानाइहन चेट्टियार की नई नीति से सम्पृक्त कर लोगों के मन में भ्रम का कुहासा दूर करना चाहता हूँ। अभी क्लॉडियस के यहाँ चलेंगे। तुम्हें लेकर षण्मुखम् चेट्टियार से भी भेंट करना चाहता हूँ। उनसे यही कहना कि विवाह के पखवारे-भर पूर्व से ही कोवलन तुम्हारे यहाँ नहीं आया। तब मैं उन्हें स्पष्ट कर दिखाऊँगा कि मिस्रियों और फिनीशियनों के षड्यन्त्र में फँसकर मानाइहन किस प्रकार नगर की ही नहीं, वरन् राज्य की व्यापारिक नीति बदलना चाहते हैं।... चलो, मार्ग में यदि कहीं चेलम्मा दिखाई पड़ गई तो उसका खेल देखकर तुम प्रसन्न हो जाओगी।"

सुनकर पेरियनायकी के प्राणों में नया उत्साह भर गया।

चौदह

माधवी और पेरियनायकी के देशनिकाले की सम्भावना पर हाट-बाट में फैले समाचार सुन चेलम्मा चुप न बैठ सकी। माधवी की करनी पर भयंकर पश्चात्ताप होते हुए भी उसका सम्पूर्ण मन माधवी का ही था। वह उसकी शिष्या; उसके पतित, त्रस्त जीवन का एकमात्र वैभव; उसकी विजयपताका थी। माधवी उसकी वेश्याजीवन की मौसेरी बहन और बाल-सखी की पोष्यपुत्री और स्वयं ममता की कोख से जायी उसकी बेटी थी। वह उसका नाश नहीं देख सकती थी। अपना सबकुछ गँवाकर अब वह अपनी बेटी का भविष्य नहीं गँवा सकती थी। माना कि उससे भूल हुई, पर उस भूल के पीछे छिपी हुई आग को क्यों भूल जाते हैं ये स्वयंप्रतिष्ठित न्यायशास्त्री! 'यह पुरुषपरमेश्वर चित्त भी अपनी और पट भी अपनी ही रखना चाहता है। वाह रे बन्दर तेरा न्याय!' चेलम्मा के कजेले की तीव्र उमड़-घुमड़ सनक-भरी हँसी की राह पाकर बह चली। वह हँसकर मानो पुरुषपरमेश्वर से बदला ले रही थी। मन में कुछ ठानकर बिना किसी से कुछ कहे-सुने वह अपने मानाइहन प्रदत्त घर से कहीं चली गई, दो दिन किसी को दिखलाई ही न पड़ी और तीसरे दिन वह नगर का हुल्लड़ बनकर चारों ओर व्याप्त हो गई। तब से आज यहाँ कल वहाँ के क्रम से एक-एक हाट-बाट, गली-कूचे में चेलम्मा का कार्यक्रम चल रहा है। चारों ओर हँसी के साथ उसकी धूम मची हुई है।

पान्सा और पेरियनायकी रथ में बैठे चले जा रहे थे। मार्ग पर आगे कुछ दूर पर भीड़ दिखलाई दे रही थी। बीच में हँसी के जोरदार ठहाके हवा में फैल जाते थे। पान्सा सेठ के चेहरे पर हल्की मुस्कराहट आ गई। पेरियनायकी की ओर देखकर कहा, "हो न हो तुम्हारी बाल-सखी ने ही भीड़ लगा रखी है।"

सच, वह चेलम्मा की ही भीड़ थी। लकड़ी के बने दो बन्दर के पुतले रखे वह बीचोबीच बैठी थी। दोनों पुतले नारी वेश से सजे थे। एक बन्दरिया वेश्या का साज साजे थी, दूसरी गृहिणी का। दोनों बन्दरियाँ गहनों से लदी थीं। चेलम्मा ने दोनों बन्दरियों को रंगीन रेशमी डोरियों की लम्बी-लम्बी दुमें लगा रखी थीं और धरती तक लटकती एक दुम आप भी खोंस, भारतीय सेठ का स्वाँग बनाए, लच्छेदार हँसी-भरी बातें बनाती अपने चेहरे पर नकली दाढ़ी-मूँछ लगा रही थी।

"चेलम्मा! यह दाढ़ी किसकी लगाई है?"

"शंकरन मुदलियार की।"

"और मूँछें?"

"बड़ी मूल्यवान हैं। दुनिया-भर के सेठ-सामन्तों की मूँछ से एक-एक बाल उखाड़कर लाई हूँ। और भूल-चूक में जिसकी मूँछ बच गई हो, वह उखड़वा ले।"

भीड़ से चोंचें लड़ाते चेलम्मा उठ खड़ी हुई, डुगडुगी बजाकर गीत गाना आरम्भ कर दिया—

मैं हूँ बानर चेट्टियार
बढ़ा-चढ़ा मेरा व्यापार
जगतसेठ मैं पदवीधारी
यह है मेरी पत्नी प्यारी!...

गीतकथा चलती रही। बन्दर सेठ ने अपनी गृहिणी बानरी को बड़े प्यार से उठा अपने कलेजे से लगाया, फिर उसकी प्रशंसा आरम्भ की, "अरी मेरी लाडो! तू ही तो मेरी सबकुछ है, मेरे लिए बच्चे जनती है, नाते-गोते बाँधती है, मेरे दास-दासियों पर नियन्त्रण रखती है। तू मेरी तिजोरी है, तू मेरी सामाजिक प्रतिष्ठा है। हाय मेरी लाडो! मेरे लिए तो बस तू ही तू है।...अरे...

अब भी रूठी है तू प्यारी
जगतसेठ मैं पदवीधारी।
तुझे मनाता बारम्बार
आज किया लम्बा व्यापार
हुई इसी से आधी रात
मान री प्यारी मेरी बात!...

''नहीं मानती? तो ले!'' कहकर बानर चेट्टियार ने अपनी कुलवधू को धमाधम पीटना और गालियाँ देना आरम्भ कर दिया, उसके गहने-कपड़े छीन, उसकी दुम अपनी दुम में जोड़ वह अपनी वेश्या की ओर उन्मुख हुआ। उसने अपनी रखैल वेश्या के भी बड़े लाड़ लड़ाए और अन्त में उसकी भी किसी बात से रूठ, धमाधम मार-पीटकर गहने-कपड़े छीन लिए और उसकी दुम भी अपनी दुम में जोड़ ली। इस प्रकार दो बार एक से रूठ दूसरी को मनाकर धन-दौलत दी और खेल के अन्त में दोनों के गहने-कपड़े छीने तथा दोनों की दुमें अपनी दुम में जोड़कर सेठ ने कहा कि प्रतिष्ठा न इसकी है, न उसकी है, प्रतिष्ठा मेरी है। दुमदार अकेला मैं ही हूँ। फिर दुमदार सेठ ने अपनी दुम अर्थात् प्रतिष्ठा का बखान करते हुए ऐसा गीत गाया कि भलेमानस पानी-पानी हो गए। गौखों-झरोखों से गृहिणियाँ देखती हँस रही थीं, बच्चे हँस रहे थे, जनसाधारण, दास-दासियाँ हँस रहे थे।

दम्भी, विलासी सेठवर्ग अपने ही घर में अपनी हँसी उड़ते देख दब गया। चेलम्मा पर किसी का अंकुश नहीं था। उसकी बातें एक समूचे सामाजिक वर्ग की व्यवस्था पर व्यंग्यप्रहार करती थीं। हास्य से नैतिक पक्ष का गम्भीर रूप भी जागा। धर्मगुरुओं ने अपने-अपने यजमानों को नैतिक बल देने का उत्साह दिखाया। प्रायः हर धनी घर के नवयुवक बिगड़े हुए थे। सामाजिक संयम शिथिल था। छोटे बड़ों की आज्ञा के विपरीत चलते थे। मानाइहन और मासात्तुवान के सम्मिलित प्रभाव ने नगर में एक नैतिक आन्दोलन को जन्म दिया।

कोवलन का जीवन बाह्य रूप से फिर सधाव पा चुका था। उसने मानो प्रायश्चित्त रूप में ही सब क्रीड़ाओं और मनोरंजनों से छुटकारा लेकर अपने-आपको अर्थब्रह्म की साधना में लीन कर दिया। पिता मासात्तुवान अब तक पूर्ण रूप से सन्तुष्ट नहीं हुए थे। कोवलन भी उनके सामने जाते डरता था। अपने श्वसुर का विश्वास प्राप्त करके वह परोक्ष रूप में ही अपने पिता का विश्वास भी प्राप्त कर रहा था। मानाइहन चेट्टियार ने अपनी कोठी का काम भी कोवलन को समझाना, सौंपना आरम्भ कर दिया था। दक्षिण के दो सर्वश्रेष्ठ औद्योगिक संस्थानों के विशाल संगठनतन्त्र को देखने और सँभालने में उसने अपनी विलक्षण बुद्धि, व्यवहारपटुता और अपूर्व लगन का परिचय दिया। उसके साथ-ही-साथ अनेक नवयुवक भी सँभलकर नई गति पाने लगे। ऐसा प्रतीत होने लगा मानो नगर में वर्षों बाद फिर से सतयुग आ रहा है। प्रतिष्ठित घरों के नवयुवक जब कोवलन के साथ होते तब वेश्या शब्द का उल्लेख तक न करते थे। और इसका परिणाम यह हुआ कि नगर के इतर नवयुवकों की संयम के बन्धन तोड़ती बाहरी उच्छृंखलता दबी-सी दिखाई देने लगी।

रूप के हाट की अनुभवी कुटनियों ने वंजिपुत्रियों को अपने प्रेमियों के सम्मुख अतिशय मान प्रदर्शित करने से बरज दिया। अनेक वेश्या-अम्माओं ने यह नीति-सी

बना ली कि अपनी पुत्रियों के प्रेमियों को वे समय रहते ही रात में अपने घरों से विदा कर दें। बीच में एक लहर तो ऐसी आई कि मन्दिर के उत्सवों को छोड़ अन्य सामाजिक उत्सवों में वेश्याओं का नृत्य-गान, सोमपान आदि एकदम बन्द-सा ही हो गया। विलास के कच्चे घड़े सुधार के आँवे में छिपे-छिपे पकते रहे, उन्हें पकानेवाली आग की लपटें प्रत्यक्ष नहीं दिखलाई पड़ती थीं। कहीं कोई स्वाभिमानी युवक यदि अपने मन की इच्छाओं को खुली गति देता तो उस पर अँगुली उठाई जाती थी।

कुलीना-अकुलीना वेश्याओं के संघर्ष ने नगर की इस प्रतिक्रिया से वशीभूत हो तनिक उग्र रूप धारण करने का प्रयत्न किया, परन्तु वह अधिक चल न सका। इतना बड़ा सुधार-आन्दोलन होने पर भी, रूप के हाट का व्यापार तनिक मन्दा पड़ जाने पर भी ऐसा निस्तेज नहीं हुआ कि किसी वेश्या को अपने तात्कालिक उदरपालन अथवा भविष्य की विषम चिन्ता के कारण नगर छोड़ना पड़ा हो। महाजनी समाज का जनजीवन सदियों के संस्कारवश वारवधुओं से सम्बन्ध-विच्छेद करने में नितान्त असमर्थ था। फिर भी कुलीना-अकुलीना आन्दोलन का तात्कालिक स्थिति में इतना प्रभाव अवश्य पड़ा कि रूप के हाट में नई लड़कियों का खरीदा जाना कुछ कम हो गया।

इस नई सुधारवादी लहर के विपरीत पान्सा के प्रभाव की लहर बह रही थी। उनके साथी विदेशी व्यापारियों के समाज में वेश्याओं का स्थान बाह्य रूप से भी यथावत रहा। अपनी-अपनी वेश्याओं के साथ उद्यानगमन, सेठों की सोमपान गोष्ठियाँ आदि समस्त क्रीड़ाएँ यथावत चलती रहीं। पान्सा तथा उनके गुट के विदेशी व्यापारियों के साथ सम्बन्ध रखनेवाले भारतीय सेठ जब कभी उनके यहाँ जाते तब वैसा ही आचरण करते थे। पान्सा की नीति और दृढ़ता ने उनकी साख ऊँची उठा दी। मानाइहन और मासात्तुवान अजेय माने जाते थे। अब तक किसी भी भारतीय अथवा विदेशी व्यापारी ने उनकी इच्छा के विरुद्ध जाने का साहस ही नहीं किया था। पान्सा के सविनय किन्तु दृढ़ विरोध ने उन्हें अनेक ऐसे उद्योगपतियों की दृष्टि में ऊँचा उठा दिया जो मन-ही-मन इन महासेठों से जलते थे।

पान्सा चतुर और नीतिवान थे। उन्होंने कावेरीपट्टणम् में अपनी ऐसी साख बना रखी थी जैसी और किसी विदेशी ने न पाई थी। रोम उन दिनों भारतीय माल का सबसे बड़ा ग्राहक था। रोम सम्राट ऑगस्टस भारत-रोम के सीधे व्यापार के लिए जल और स्थल दोनों ही मार्गों पर अपने व्यापारियों को पूर्ण सुरक्षा देते थे। दक्षिण भारतीय पांड्य और चेरन राजदरबारों से उन्होंने राजनीतिक सम्बन्ध स्थापित कर रखा था, उनके राजदूत वहाँ उपस्थित थे। चोलों की राजधानी उरैयूर में रोम का कोई राजनीतिक प्रतिनिधि नहीं था। चोल साम्राज्य की व्यापारिक राजधानी कावेरीपट्टणम् में पान्सा की प्रभावपूर्ण स्थिति देख रोम सरकार ने उन्हें ही एक प्रकार से अपना

प्रतिनिधित्व दे रखा था। पान्सा ने अपना वही प्रभाव-चक्र इस समय चलाया। जिन ग्रीक और मिस्री कोठियों के प्रतिनिधि यहाँ रहते थे उन्हें यह धमकी दी कि यदि वे रोम साम्राज्य की व्यापारिक नीति में किसी प्रकार की बाधा उपस्थित करेंगे तो उनके स्वदेशों में उनकी मूल कोठियों के कारबार तक पर बुरा प्रभाव पड़ सकता है। इस धमकी के कारण बीच का तनाव ढीला पड़ा। केवल वे ही ग्रीक और मिस्री व्यापारी सेठ अमहोज़ के साथ रह गए जो वर्षों से भारत की भूमि पर ही रह-बस गए थे तथा जिनका अपने देशों में कम स्वार्थ बच गया था। अमहोज़ ही एक ऐसा व्यापारी था जिसकी मिस्र के सिकंदरिया नगर में बहुत बड़ी व्यापारी कोठी थी। पान्सा मुख्यतः अपनी धमकी से अमहोज़ को ही तोड़ना चाहते थे, परन्तु वह टस-से-मस न हुआ। वह कहता था कि 'माना हमारा देश आज रोमनों का दास है, परन्तु इससे रोमनों की स्थिति कुछ अच्छी होकर भी बदल नहीं जाती। यदि हमारे देश के व्यापार को वे फलने-फूलने देंगे तो उन्हें भी हमसे प्रचुर धन मिलता रहेगा और यदि अपने घमंड में हमें नष्ट कर देंगे तो हमारे साथ-साथ स्वयं वे भी नष्ट हो जाएँगे। फिर मिस्र में मन्दिरों, देवी-देवताओं और हमारे पुरखों के समाधिस्थलों के सिवा और रह ही क्या जाएगा! रोमनों का साम्राज्य मिस्र के व्यापारियों की लक्ष्मी और उसके दासों के श्रम पर टिका है। रोम हमारे देवी-देवताओं का दास है और अपने देवी-देवताओं की शक्ति जगाने के परम मन्त्र अभी हमारे देश में हैं।'

अमहोज़ की इन बातों का प्रभाव यूनानियों और मिस्रियों पर पड़ता था। रोम और भारत के सीधे व्यापार से जिन देशों के व्यापारियों को हानि होती थी वे सब भी अमहोज़ के साथ थे, यद्यपि पान्सा ने उनमें से अनेक प्रमुख व्यक्तियों को व्यापारिक रिश्वत देकर अपनी ओर फोड़ लिया था।

मानाइहन चेट्टियार ने स्थिति को देख अपनी नीति परिवर्तित करके सन्तुलन करने का प्रयत्न किया। मानाइहन विदेशी व्यापारी की नीति से ही नहीं, स्वदेशी व्यापारियों के असन्तोष से भी दबे। व्यापारियों में जो आर्थिक उथल-पुथल उनकी नई नीति के कारण हो चुकी थी उसे उन्होंने वहीं ठहरा दिया। हाँ, पान्सा सेठ के बुरे दिन वहीं तक न ठहरे, और आगे आए। मानाइहन के संकेत से पान्सा के जलसार्थ दो बार आन्ध्र के जलदस्युओं द्वारा लूटे गए। पान्सा को करारा आर्थिक आघात लगा। वह प्रायः निर्धन ही हो गया। इसके बाद समाचार फैला कि स्वयं कोवलन सेठ और कन्नगी सेठानी एक बहुत बड़ा जलसार्थ लेकर विदेशयात्रा को जा रहे हैं। लाभ के लोभी व्यापारीगण मानाइहन के अंकुश में आ गए।

हीरा, मोती, शेष, अक्रीक, लोहिताक, स्फटिक, जमुनिया, कोपल, वैडूर्य, नीलम, माणिक्य, पिरोजा, कोरंड आदि रत्नों का उत्तम भंडार; कालीमिर्च, जटामाँसी, दालचीनी, इलायची, सोंठ, गुगुल, बायविडंग, शर्करा, अगुरतिल का तैल, नील, सूती

कपड़े, आबनूस की लकड़ी, हाथीदाँत, कछुए की खोपड़ियाँ आदि मिस्र, ग्रीस और रोम के बाज़ारों में अत्यधिक माँगवाली वस्तुओं से लदे पचास पोत लेकर कोवलन यात्रा पर जा रहा था। उसके संगठन से युक्त अनेक युवक व्यवसायियों की पत्तीदारी भी इस माल में निश्चित हो चुकी थी। मात खाए विरोधियों के लिए यह दंड था, दोनों पक्षों के बीच डगमगाते हुए व्यवसायियों को अपनी ओर आकर्षित करने के लिए यह अचूक प्रलोभनपाश था। इसके अतिरिक्त नवयुवकों में स्वतन्त्र रूप से व्यावसायिक गति उत्पन्न करने तथा नए निर्णय करने में पत्तीदारी की योजना ने बड़ा हाथ बँटाया।

कोवलन और कन्नगी की यात्रा का सुदिन आ पहुँचा। सवेरे ही स्नान तथा अपने इष्ट देवताओं की पूजा करने के बाद श्रमणों और ब्राह्मणों को वस्त्र, द्रव्य आदि दान दिए। कोवलन श्रावक था और मानाइहन पांचरात्र धर्म के अनुयायी। दोनों ही धर्मों के गुरुओं ने अपनी श्रद्धा के मन्त्रों से वर-वधू की कल्याण कामना की। फिर ज्योतिषियों की धूप-घटिका से लग्न साधकर सुन्दर, कौशेय वस्त्राभूषणों से अलंकृत हो पति-पत्नी ने विदेश के लिए प्रस्थान किया। गुरुजन, प्रियजन एवं पुरजन उन्हें विदा देने के लिए नौकाघाट पर आए थे। मासात्तुवान अपने पुत्र का अन्तिम आलिंगन करते हुए रो पड़े। मानाइहन उन्हें सान्त्वना देते अश्रुकम्प से अस्थिर हो गए। गुरुजनों की करुणा कोवलन और कन्नगी के पाँव बाँधती थी; मित्रों का उत्साह नई उमंगें भरता था और निश्चय दोनों ही भावों को समेटकर विदा के क्षण को निकट ला रहा था। वर-वधू ने कावेरी नदी की पूजा की; दही, दूध, अक्षत, पुष्प आदि अर्पित किए; भक्ष्य, बलि, विलेपन, अंकुश और रत्नालंकारों से कावेरी गंगा को सन्तुष्ट किया। शूद्र स्त्रियाँ गम्भीर स्वर में विदा के मंगलगान गाती रहीं। तूर्य बजा, लंगर खोल दिया गया, कन्नगी और कोवलन सोल्लास एक नई अनुभवसृष्टि रचने के लिए गतिमान हो गए।

उस दिन माधवी दिन-भर, रात-भर अपने कक्ष से बाहर न निकली। न खाया, न बोली। न उसके कक्ष में दीया जला। न वह रोई ही। केवल तकिए में मुँह छिपाए पड़ी रही, पड़ी रही।

पन्द्रह

अन्तरिक्ष से अन्तरिक्ष तक जल के साम्राज्य में कन्नगी को केवल अपने पति का सहारा ही निरापद लग रहा था। ऊँची-ऊँची लहरों के थपेड़ों से काँपते जहाज पर

वह पति से एक क्षण भी विलग होने पर घबरा उठती। देवन्ती और उसकी दासी सखियाँ उसे छेड़तीं, उसके भय को बहाना बतलाकर कहतीं कि तुम इस बहाने आठों याम अपने प्रिय को मुखचन्द्र दिखा-दिखा रिझाती रहना चाहती हो। वे कहतीं, "सखी! तुम्हें अब हमारा साथ भी नहीं सुहाता, हम किस प्रकार तुम्हारा मनोरंजन करें।"

कन्नगी गुदगुदी-भरी लाज से खीझ-खीझ जाती थी। कोवलन भी विनोद में अपनी पत्नी को कभी-कभी डरा देता था। समुद्री लहरों में प्रायः भयंकर विशालकाय जल-जन्तु दौड़ते-खेलते झलक जाते थे। कोवलन उन्हें दिखाकर कहता, "देखो! यह मकरचक्र जा रहा है। यह शिशुमार श्रेणी तैर रही है, सर्पों की श्रेणी तैर रही है। वह देखो! जलसिंह मकर के ऊपर लपकना चाहता है। जलहस्तियों और मछलियों के झुंड के पीछे भयंकर विशालकाय लाल-लाल आँखोंवाला तिमिंगल मच्छ कैसी सतर्कता से आगे बढ़ रहा है!"

भय के दृश्य देख प्रिया प्रिय के आलिंगन में बार-बार बँधती थी। कन्नगी का भोला भय कोवलन का सुख बन जाता था।

यात्रा के दिन बड़े सुख से बीत रहे थे। कन्नगी सरल और भोली होने पर भी बड़ी कुशल प्रबन्धक थी। अपने ही नहीं, वरन् अन्य जहाजों के नाविकों, कर्णधारों, सैनिकों, सेवकों आदि की सुख-सुविधाओं के सम्बन्ध में भी वह बराबर पूछताछ करती रहती। कन्नगी को इस प्रकार गृहप्रबन्ध देखने का अच्छा अभ्यास था। उसकी माता अत्यन्त कुशल प्रबन्धकर्त्री थीं। उन्होंने छुटपन से ही कन्नगी को उत्तम प्रबन्धशिक्षा दी थी। मानाइहन ने अपनी पुत्री को लिखने-पढ़ने का अभ्यास भी कराया था, यद्यपि उनके समाज में गृहस्थ लड़कियों को लिखाने-पढ़ाने का चलन बहुत कम था। अपने विवाह के तीन वर्ष पूर्व से ही—माता का देहान्त हो जाने के कारण, कन्नगी अकेले हाथों पिता की हवेली का सारा प्रबन्ध देखती-भालती थी। विवाह के पश्चात् उसने ससुराल की सूनी हवेली को भी अपनी प्रबन्धपटुता से जगमगा दिया था। कन्नगी अपने हर श्रेणी के दास-दासियों का उचित रूप से मन रखना जानती थी। उनके कार्यों पर नियन्त्रण तथा उनके द्वारा किए जानेवाले खर्चों के हिसाब-किताब की देखभाल भी वह इतनी सतर्कता से करती थी कि दास-दासियाँ सन्तुष्ट रहने के साथ ही उसका भय भी मानते थे। अपनी यात्रा के दिनों में कोवलन ने अपनी पत्नी की उचित मन्त्रणाओं से बड़ा बल पाया। वह उसकी प्रबन्धपटुता पर मुग्ध हुआ। परन्तु यह सब होने पर भी माधवी की याद उसके मन से न जाती थी। उसे कहीं ऐसा लगता कि वह स्वयं ही अपनी पत्नी पर रीझता है, वह उसे नहीं रिझाती। कन्नगी दासी की तरह उसकी सेवा करती है और सम्पूर्ण आदर भावना देकर भी अपने सुलझे और गम्भीर व्यक्तित्व के कारण वह स्वामिनी के समान उस

पर मूक अनुशासन भी करती है। माधवी उसकी दासी थी और मित्र भी। वह उसे रिझाती थी। फिर बहाने-सिर मीठी झिड़कियों से, बनावटी गम्भीरता से उसे अपने से दूर करके ललचाती भी थी। माधवी का समर्पण महँगे सौदे की तरह प्राप्त होता था और कन्नगी अपने पति की इच्छाओं के प्रति सहज समर्पिता थी। उसका यह सहज भाव ही कोवलन के समस्त रसोत्तेजन को निरे शून्य में छोड़ देता था। ऐसा लगता था मानो एक सुन्दर, शुद्ध और पूर्ण वाक्य अपना विरामचिह्न न पाकर अपूर्ण-सा लगता हो। कोवलन अपनी इस अस्थिर मनःस्थिति को बार-बार अपने प्रायश्चित्त-प्रेरित हठ से जमा-जमा देता था। वह पूर्ण निष्ठा के साथ मन से भी एकपत्नीव्रती होना चाहता था और अपनी इस यात्रा में उसे क्रमशः यह विश्वास भी होने लगा था कि वह अब कन्नगी को छोड़कर किसी और को प्यार नहीं करता।

मार्ग में एक हल्का-सा समुद्री तूफान भी आया। जहाज मोह-भरे मन से ऊँची-ऊँची लहरों में चढ़ने-उतराने लगे। उनके सिन्ध-रन्ध्र खुल-खुल जाते, जहाजों में पानी भरने लगता, उनमें झटपट ऊन और मोम भरने की गोहार पड़ती। कुम्हार के चाक की तरह बड़ी तीव्र गति से नाचनेवाली बड़ी-बड़ी भँवरों के चक्र देख नाविक बड़ी शीघ्रता और कुशलता से उन्हें लाँघने का प्रयत्न करते। मेह और बवंडर को देखकर वह लग्गी लगाने, पाल की डोरियों को खींचने, कभी लंगर डालने और कभी डाँड़ चलाने के आदेशों की गोहार संकट के क्षणों को भय की तीव्र उत्तेजना से भर देती। बादलों के अँधेरे में दिशाभ्रम भी हो जाता। बस, ईश्वर का नाम रटते ही समय बीतता।

मुज़ा, अबीसीनिया के अक्षुमी साम्राज्य के प्रमुख व्यापारी केन्द्र अद्यूलिस, बेरेनिके, मुसेल आदि प्रमुख विदेशी बन्दरगाहों में होते हुए कोवलन का सार्थ सिकंदरिया पहुँच गया।

सिकंदरिया मिस्र का अत्यन्त समृद्धिशाली नगर था। वहाँ यूनानी, रोमन, फिनीशियन, यहूदी, हब्शी, पारसी, चीनी और भारतीय व्यापारी तक पहुँचते थे। सिकंदर महान के आक्रमण के बाद से ही यह नगर यूनानियों और फिर रोमनों के प्रभाव में आकर मिस्र में उनका सबसे बड़ा व्यापारिक केन्द्र बन गया। सिकंदरिया नगर मिस्रदेश रूपी गाय का थन था, जिसके द्वारा रोम साम्राज्य सारा दूध दुह ले जाता था। सिकंदरिया मिस्र और यूनान के देवी-देवताओं, धार्मिक और सांस्कृतिक विशेषताओं का संगमस्थल था। मिस्र के देवी-देवताओं तथा उनके सौर पंचांग को यूनानी और रोमन अपनी संस्कृतियों में आत्मसात् कर चुके थे। एथेंस, रोम, पाम्पोई आदि यूरोप के महानगरों में मिस्री देवी-देवताओं के मन्दिर प्रतिष्ठित थे। मिस्री पुरोहित यूरोप की सभ्य जनता में पूजा और आदर का स्थान पाते थे। यह सब होते हुए भी मिस्रदेश रोमनों का गुलाम था, रोमन साम्राज्य का अन्नभंडार था और

सिकंदरिया नगर उस भंडारघर का प्रमुख द्वार। पत्थर की ऊँची-ऊँची भव्य अट्टालिकाओंवाला सिकंदरिया नगर बड़ा नयनाभिराम था। सड़कों पर रथों, ऊँटों और बोझ लादे हुए गधों की अविराम आवाजाही से नगर की व्यस्तता का परिचय मिलता। नाना वर्ण, वेश और भाषाओं के नर-नारियों का अपार समूह रात्रि के प्रथम प्रहर तक नगर की सड़कों-गलियों को अपने नाना भावों और कर्मों से गुंजरित रखता था।

कोवलन तथा कन्नगी सेठ अमहोज़ के बड़े भाई सिकंदस के अतिथि थे। उनकी सुख-सुविधाओं के लिए राजसी प्रबन्ध किया गया था। सिकंदस की कोठी में काम करनेवाले एक भारतीय कारकुन ने द्विभाषिए का कार्य सम्पन्न किया। बड़ी व्यापारिक कोठियों में ऐसे अनेक देशीय द्विभाषिए कारिन्दे रहा करते थे। कोवलन तथा सिकंदस की बातों में कावेरीपट्टणम् की नई व्यापारिक हलचल की चर्चा प्रमुख रूप से हुई। सिकंदस ने कोवलन तथा अपने भाई अमहोज़ की नीति का पूर्ण समर्थन किया। सिकंदस बोला, "रोम का कोई भी प्रमुख व्यापारी सिकंदरिया के तीन-चार प्रमुख व्यापारियों की इच्छा के विरुद्ध नहीं जा सकता। रोमन सेनेट के प्रमुख सभासदों तक सिकंदस का प्रभाव पड़ सकता है, आप विश्वास रखें। अमहोज़ यदि इस परिस्थिति से पूर्ण परिचित न होता तो आपका साथ न देता। फिर भी मैं यह अच्छा मानूँगा कि यहाँ के सभी प्रमुख व्यापारियों से मिलने के बाद ही आप रोमन व्यापारियों से मिलें। हम दो देश उनके सम्बन्ध में अपनी नीति निश्चित कर लें तो उत्तम होगा। हमारा-आपका सम्बन्ध प्राचीन परम्परा से है, वे आपके नए ग्राहक हैं। आप अधिक लाभ के लिए उनसे सीधा सम्पर्क स्थापित करें इसके लिए हम आपत्ति ही क्या कर सकते हैं, परन्तु यदि हमारे माध्यम से भी करें तो लाभ की दर निश्चित रूप से आपको ऊँची ही मिलेगी। पान्सा के साथ उनके अतिरिक्त सिकंदरिया-रोम के बिचौलिए भी हैं जबकि आपके साथ अब केवल हमारा ही सम्बन्ध रहेगा। रोम में हमारी कोठी की शाखा है, हमें किसी को भी दलाली नहीं देनी है। इसलिए आपको हमसे निश्चित वृद्धि-प्राप्त दरों पर लाभ होता रहेगा।"

कोवलन को इस प्रस्ताव पर विशेष आपत्ति न थी, किन्तु वह वचनबद्ध होने से पूर्व चतुर बनिए की भाँति दस-पाँच और व्यापारियों से भी मिल लेना चाहता था।

सेठ सिकंदस ने भारतीय सेठ के स्वागत में एक बहुत भव्य आयोजन किया। कोवलन ने देखा कि वहाँ लिखित निमन्त्रण भेजने की प्रथा थी। मिस्री पेपिरस नामक पेड़ की छाल के उत्तम कागज़ बनाते थे।

पत्थर के मोटे-मोटे भव्य खम्भोंवाले विशाल कक्ष में किनारे-किनारे चारों ओर सुन्दर कुर्सियाँ लगी हुई थीं जिन पर रंग-बिरंगे वस्त्र आच्छादित थे। खम्भे, छतें, दीवारें आकर्षक रंगों में रँगी हुई थीं। उन पर उत्तम चित्रकारी की हुई थी। कमरे

में चारों ओर दीवारों से सटी हुई पत्थर की विशालकाय मूर्तियाँ रखी हुई थीं जो सिकंदस और अमहोज़ के यशस्वी पुरखों की थीं। कपड़ों के रंगीन चित्रित परदे लटक रहे थे। जैसे ही सभा-मंडप में प्रमुख अतिथियों ने प्रवेश किया, वादक और वादिकाओं के दल ने हार्प, बाँसुरी और अलगोजे बजाने आरम्भ कर दिए। दासियाँ कलात्मक प्यालों में मूल्यवान मदिराएँ भर लाईं। वे अपने हाथों से सेठों को मदपान कराती थीं। युवा और सुन्दर दासियाँ अभ्यागत सेठों को मालाएँ पहनातीं, सुगन्धित फूलों के गुच्छे देतीं, उनके पैरों में उत्तम भारतीय सुगन्धित चूर्ण मलतीं। दासियाँ नाचतीं, गातीं और सादर, सलज्ज, सनम्र अपने स्वामी के मित्रों की मदिरा से जागृत मस्ती-भरी छेड़छाड़ की चुटकियों के प्रति उतनी ही अनजान बनी रहतीं जितने कि स्वयं छेड़छाड़ करनेवाले सेठगण। नारी, मदिरा, गीत, वाद्य और भोजन सामग्री सबकुछ गम्भीर व्यावसायिक बातों को प्रेरणा देने के साधन मात्र थे। इन सबके स्वाद, गुंजन और स्पर्श से सोने के सिक्के उगने लगे। कोवलन अपने व्यवहार और बातों से विदेशी व्यापारी-मंडली को अच्छी तरह प्रभावित कर सका। सिकंदरिया के व्यापारियों ने उसे तथा उसकी पत्नी को अपने घरों में पधारने के लिए सादर और साग्रह न्यौते भेजे। कोवलन और कन्नगी ने ओसिरिस, आइसिस, हथर, होरस, रा, खोंसु, सेविक, ख्नुमु आदि मिस्र के प्राचीन और नवीन देवी-देवताओं के भव्य दर्शन किए, अपने युग से हज़ार-दो हज़ार वर्ष पूर्व के प्राचीन महाराजाओं, फरऊनों के समाधिगृह देखे। कोवलन तथा कन्नगी ने पुरोहितों तथा निर्धनों को दान देकर सिकंदरिया में बड़ा यश अर्जित किया।

एक दिन सिकंदस सेठ की पत्नी ने कन्नगी की भेंट एक बहुत प्रसिद्ध भविष्यवक्ता भिक्षुणी से कराई। कन्नगी ने यथोचित मान-पूजा कर द्विभाषिए के माध्यम से अपना आगम बखानने की प्रार्थना की। भिक्षुणी गम्भीर भाव से उसका मुख देखती रही। फिर कहा, ''जिनसे ईश्वर को कार्य लेना होता है, उनके भाग्य की रेखाएँ वे दूसरों के पढ़ने के लिए स्पष्ट अंकित नहीं करते बेटी! मैं केवल इतना ही कह सकती हूँ कि तुम परम सौभाग्यशालिनी हो, क्योंकि प्रभु ने तुम्हें अपने काम के लिए सिरजा है।'' कन्नगी के दुबारा प्रार्थना करने पर उसने कहा, ''मैं तुझे एक पुरानी कथा सुनाती हूँ। बहुत दिन हुए मिस्र में एक प्रतापी फरऊन का राज था। उसके पास भगवान का दिया सब सुख था, एक सन्तान न थी। फरऊन बड़ा दुखी रहता था। उसने असरदेव की बड़ी पूजा की। देवता के वरदान से उसे एक पुत्र हुआ। सातों होथर (भाग्यदेव) उस बालक को वरदान देने आए। फरऊन ने फिर भविष्यवक्ताओं को बुलाकर पूछा कि भाग्यदेवता इस बालक को क्या-क्या दे गए हैं। उन्होंने गणना कर बतलाया कि बालक सुन्दर, तेजस्वी और प्रतापी होगा, परन्तु उसकी मृत्यु किसी कुत्ते, घड़ियाल अथवा सर्पदंश के द्वारा होगी। फरऊन बेचारा बड़ा

दुखी हुआ और अपने पुत्र की रक्षा के लिए उसने एकान्त में एक ऊँचा भवन बनाकर सब प्रकार की सुरक्षा और सुविधाओं से भरपूर करके बालक को वहाँ रहने के लिए भेज दिया। बालक दिनोदिन बड़ा होने लगा। एक दिन वह अपने भवन की सबसे ऊँची छत पर अचानक ही चढ़ गया। वहाँ से उसनें दूर खेतों में जाती हुई एक कुतिया को देखा। राजकुमार का कौतूहल जागा। उसने कहा, 'यदि यह जानवर मुझे नहीं पालने दिया जाएगा तो मैं अन्न-जल त्याग दूँगा।'

''राजकुमार का हठ फरऊन के सम्मुख प्रकट कर दिया गया। हारकर पिता ने एक उत्तम नस्ल की समझदार कुतिया पालने की आज्ञा दे दी। कुछ दिन बाद राजकुमार ने फिर अपने एकान्त बन्दी जीवन के प्रति व्रिदोह प्रकट किया। उसने कहा, 'यदि मेरी मृत्यु इन्हीं तीन जानवरों के द्वारा निश्चित है तो फिर मैं इस घुटन में क्यों मरूँ!' उसने अपने पिता से कहा कि, 'मैं स्वतन्त्र जीवन बिताना चाहता हूँ और यदि मुझे इसके लिए मना किया गया तो अन्न-जल त्यागकर मर जाऊँगा।' पिता ने हारकर उसे बाहर जाने की आज्ञा दे दी।

''सुरक्षा के लिए राजकुमार को मिस्र राज्य की पूर्वी सीमा पर छोड़ दिया गया। राजकुमार की कुतिया उसके साथ ही थी। चलते-चलते वह एक देश में पहुँचा जिसका नाम नहरीना था। नहरीना के राजा के कोई लड़का नहीं था, केवल एक अपूर्व सुन्दरी कन्या थी। राजा ने उसके लिए एक पहाड़ी पर सात सौ फुट ऊँची भव्य मीनार बनवाई। उसमें सत्तर खिड़कियाँ थीं। राजकुमारी को उसी मीनार में रखकर राजा ने यह घोषणा की कि जो व्यक्ति इस मीनार पर चढ़कर राजकुमारी से जा मिलेगा वही उसका पति होकर राज्य का अगला स्वामी भी होगा। अनेक राजकुमार उस सुन्दरी की प्रशंसा सुनकर आते थे, मीनार पर चढ़ने का प्रयत्न करते थे और मुँह की खाकर लौट जाते थे।

''यह राजकुमार औरों को मीनार पर चढ़ते देख आप भी प्रयत्न करने लगा। पहले दिन तो सफल नहीं हुआ, परन्तु दूसरे दिन अकस्मात् खिड़की पर खड़ी हुई राजकुमारी को देखकर उसे जोश आया और हर विघ्न-बाधा को पार करके वह ऊपर राजकुमारी के पास पहुँच ही गया। राजा ने पहले तो एक मिस्री को अपनी बेटी देने में आपत्ति की, परन्तु बाद में अपनी बेटी के हठ और अपने प्रण से मजबूर हो दोनों का विवाह कर दिया।

''राजकुमार ने राजकुमारी को अपने मरणभय की बात बतला दी। सुनकर राजकुमारी ने कुतिया को मार डालना चाहा, परन्तु कुतिया राजकुमार को बहुत प्रिय थी। होते-करते एक दिन सर्प आया, पतिव्रता राजकुमारी ने उसे मार डाला। फिर शिकार में एक दिन घड़ियाल झपटा, कुतिया ने राजकुमार की जान बचाई। घड़ियाल मारा गया।

"राजकुमारी अपने सौभाग्य के दो शत्रुओं का अन्त होने से सुखी थी, लेकिन कुतिया पर उसका बस न था। राजकुमार उसे बहुत चाहता था और किसी तरह भी उसे अपने से अलग न करता था। एक दिन जब राजकुमार राजकुमारी से प्रेम कर रहा था तब अचानक कुतिया ने राजकुमार पर आक्रमण कर उसे काट खाया। बेचारी पतिव्रता राजकुमारी इतना यत्न करते रहने पर भी अपने सौभाग्य को सुरक्षित न रख सकी। ईश्वर को यही स्वीकार था।"

भिक्षुणी की कहानी भोली कन्नगी के मन में चुभ गई, परन्तु वह उसका ठीक-ठीक आशय न समझ पाती थी। उसने अनेक चिरौरी कर उस भिक्षुणी से कथा का स्पष्टीकरण करने की प्रार्थना भी की, पर कोई लाभ न हुआ। कन्नगी के सुखी मन में एक काँटा चुभ ही गया।

सिकंदरिया में अपना कार्य समाप्त कर कोवलन रोम के लिए प्रयाण करने का विचार कर ही रहा था कि कावेरीपट्टणम् से आए हुए जहाज द्वारा उसे मानाइहन चेट्टियार का पत्र मिला, जिसमें उन्होंने पुत्री और जामाता से तुरन्त स्वदेश लौट आने का रहस्यमय आग्रह किया था। कोवलन आगे गति न देख अपना सारा माल सिकंदरिया में खपा, ऊँचा लाभ उठा श्वसुर की आज्ञानुसार स्वदेश के लिए लौट पड़ा।

सोलह

कावेरीपट्टणम् लौटकर आने के बाद से कोवलन का नाम नित्यप्रति नगर के प्रमुख व्यापारिक समाचारों का केन्द्र बन गया था। कोवलन ने अपने साथियों को लाभ का प्रचुर अंश देकर अपने शत्रुओं तक को लोभ द्वारा अपना दास बना लिया। पिता की मृत्यु हो जाने के कारण उसका उत्तरदायित्व बहुत बढ़ गया था। मानाइहन चेट्टियार बराबर अपनी शुभ मन्त्रणाओं से अपने जामाता के कारबार को उसकी अनुपस्थिति में भी बल देते आ रहे थे और इस प्रकार उन्होंने भविष्य में दोनों कोठियों का कारबार एक सूत्र में बाँधने की योजना पूर्ण कर डाली। मासात्तुवान के स्वर्गवास के उपरान्त वे बहुधा यह विचार प्रकट करने लगे थे कि जामाता के विदेश से लौटकर आने के बाद वे इहलोक की चिन्ताएँ त्याग परलोकचिन्तन में अपना मन रमाएँगे।

कोवलन के आने पर उन्होंने अपने विचार को कार्यरूप में बदलना भी आरम्भ कर दिया। मासात्तुवान के जीवनकाल में, कोवलन के विदेश यात्रा करने से

पूर्व उसके द्वारा इन दो प्रमुख पीढ़ियों के बीच जो व्यापारिक संगठन आरम्भ किया गया था वह अब स्वतन्त्र न रह दोनों पीढ़ियों की सम्मिलित व्यापारिक नीति में परिवर्तित हो गया। विदेश से लौटने के बाद कोवलन अपना अधिकांश समय श्वसुर के साथ ही बिताता था। जल और स्थल सार्थ की एक बहुत बड़ी कड़ी जुड़ जाने से कोवलन का भविष्य अपने समकक्ष उद्योगपतियों की बड़ी-से-बड़ी महत्त्वाकांक्षाओं की सीमाएँ लाँघ, उनकी स्पर्धा के क्षेत्र से बहुत ऊँचा उठ चुका था। कावेरीपट्टणम् में ही नहीं, समस्त दक्षिण भारत में कोवलन चेट्टियार की स्थिति निश्चित रूप से अनन्य हो गई थी। इस समय नगर में कोवलन को वही मान प्राप्त था जो चक्रवर्ती सम्राटों को अपने अधीनस्थ राजे-महाराजों से प्राप्त होता है। वह प्रायः हर समय बड़े-बड़े लोगों की भीड़ से घिरा ही रहता। हरेक का उससे मिलना भी असम्भव था।

पान्सा की स्थिति मानाइहन की चालों से पहले ही डाँवाडोल हो चुकी थी; अब कोवलन की सफल यात्रा के दबदबे में उसका रहा-सहा प्रभाव भी लुप्त हो गया। पान्सा के दिन गहरी चिन्ताओं में बीत रहे थे। उन्हें इस नगर में अब अपना भविष्य नहीं दिखलाई दे रहा था। यहाँ तक कि कोवलन के आने पर उन्होंने पेरियनायकी से नगर छोड़ अन्यत्र बसने का प्रस्ताव भी किया। पान्सा इतने भयभीत थे कि चोलों का राज्य छोड़ वे पांड्यों की राजधानी में जा बसने का विचार करने लगे। मदुरा में उनके घनिष्ठ व्यापारी सम्बन्ध थे।

परन्तु पेरियनायकी को इस प्रस्ताव पर घबराहट होती थी। उसे भय लगता था कि पान्सा के साथ अपना धन-वैभव लेकर अन्यत्र जाते ही पान्सा को उसके संचित कोष का पता लग जाएगा। इससे सम्भव है कि वे आगे चलकर व्यापार के लिए पेरियनायकी से धन की माँग भी कर बैठें। वह ऐसी परिस्थिति में न तो 'ना' कह पाएगी और न दे ही पाएगी। पेरियनायकी के मन में धन के लिए जितना आकर्षण था उतना अन्य किसी वस्तु के लिए नहीं। पान्सा के प्रति वह वर्षों के साथ-सम्बन्ध के कारण बँधी थी, इसमें तनिक भी सन्देह नहीं था, पर पान्सा के लिए या किसी के लिए भी वह अपना प्राण अथवा धन न दे सकती थी।

पान्सा के प्रस्ताव ने पेरियनायकी की चिन्ताओं को भी असीम रूप से बढ़ा दिया था। वह युक्तिपूर्वक पान्सा के प्रस्ताव को टालती रही। माधवी भी उसकी विषम चिन्ताओं का केन्द्र बनी हुई थी। यदि माधवी कहे में होती तो वह कठिन अवसर पड़ने पर पान्सा का साथ छोड़ भी सकती थी। माधवी ने कोवलन के सुरक्षित लौट आने के हेतु मणिमेखला देवी की जो आन मानी थी उसे पूरी करने के लिए वह माँ से धन की माँग करने लगी। पेरियनायकी को भय लगता था कि माधवी के द्वारा प्रसाद-वितरण का समाचार पान्सा को बहुत बुरा लगेगा, क्योंकि वे

उन दिनों कोवलन और मानाइहन के नाम से ही चिढ़ते थे। उसे यह भय भी लगता था कि उस समाचार से सतर्क होकर मानाइहन कोई घात न कर बैठें। माधवी के हठ को पूरा करने से पहले पेरियनायकी अपने भविष्य के सम्बन्ध में किसी निर्णय पर अवश्य पहुँच जाना चाहती थी। धन के लोभ के लिए उसे पान्सा का त्याग करना होगा। धन के लोभ के लिए ही उसे माधवी का भी त्याग करना होगा। परन्तु तब वह रहेगी कहाँ, किसका सहारा लेगी, क्या करेगी, यह कुछ भी समझ में न आ रहा था।

और माधवी के पिछले दो वर्ष घटनाओं के तीव्रता से घटने, सिमटने, घटाटोप होकर गरजने, घूमने, उसके नयनों में अनवरत बरसात बनकर बरसने में महीने, दिन और पल-पल पहाड़ बनकर बीते थे। उसके मन में न तो अब हूक की लपटें ही उठती थीं, न आँखों में आँसू ही आते थे। वेदना के ये प्रतीक अब माधवी के लिए निरर्थक हो चुके थे। ज्वाला और अन्तरस्थ हो चुकी थी। रोयाँ-रोयाँ कोयले की तरह सुलगता था। तपन इतनी अधिक बढ़ चुकी थी कि अब मालूम ही नहीं होती थी।

इन दिनों माधवी के दिन प्रायः सूने ही बीतते थे। पेरियनायकी से बातें करते उसका जी ऊबता था, वह जी चुराती भी थी। चेलम्मा महीनों से नहीं आई, नगर में उसका कहीं पता ही नहीं चलता। किसी भिखारिन से नागरत्ना को यह सूचना मिली थी कि चेलम्मा किसी सार्थ के साथ तीर्थयात्रा को निकल गई है। चेलम्मा की अनुपस्थिति माधवी को कभी-कभी बहुत खल जाती थी। माधवी की समवयस्का वंजि सहेलियाँ पहले तो महीनों खिंची ही रहीं, फिर उनमें से कोई-कोई कभी आने-जाने भी लगीं, परन्तु उनसे मिलकर माधवी के मन का बोझ बढ़ जाता था। ऐसा लगता मानो वे सब या तो उसकी मन-ही-मन खिल्ली उड़ाने आती हैं अथवा पेरियनायकी की तरह उपदेश देने। एक नागरत्ना बेचारी थी, जितना बूझ पाती उतना दुख बँटा लेती, पर उससे मन के गहरे अनुभव व्यक्त करना भी दीवार से कहना मान उसने कभी अपना आपा नहीं खोला। बाध्य होकर अपने-आपमें ही बातों को पचा लेने की आदत-सी डाल लेने के बाद भी, गीतों के रूप में विसर्जन कर लेने के उपरान्त भी, मन की वे बातें इतनी बच जाती थीं कि वह कभी-कभी रात में ऊँचे चौबारेवाली छत पर चुपचाप चढ़ चन्द्र-ताराओं को साक्षी बनाकर प्रिय के प्रति अपनी बातों को वायुमंडल में लय कर देती थी। पद्यगान मानव-जीवन के व्यक्तित्व का लालित्य है, परन्तु गद्यभाषण उसके जीवन का अनिवार्य कर्मबन्धन है। माधवी कभी-कभी इस परिस्थिति में पड़कर व्याकुल-बावली हो जाती थी।

उसका श्रृंगार करना प्रायः छूट गया था। केवल अपने धर्मपिता पान्सा के आग्रहवश अपने-आपको साधारण रूप से साज-सँवार लेती थी। पान्सा के सामने थोड़ा-बहुत हँस-बोल भी लेती थी। इससे अधिक वह अपने मन पर वश न कर पाई।

कोवलन उसका मन, अहंकार, उसकी साँस-साँस का आधार बन चुका था। वह मानती थी कि उससे अपने गुमान में बहुत बड़ी भूल हो गई। वह अब किसी प्रकार का गुमान नहीं करेगी। वह अपना रूपसौन्दर्य, कला की शक्ति, धन-वैभव, एकाधिपत्य का मोह, सारे गरब-गुमान भूल चुकी है, बस एक नहीं भूलता तो कोवलन को नृत्यसभा में जीतने का गर्व। कोवलन के साथ बिताए अपने रीझने-रिझाने के क्षण भी सुरति में बसते-बसते अब पुराने पड़ चुके थे। उनका स्मरण अब वियोग के अभाव को अपनी मधुरिमा से नहीं भरता, वरन् तन-मन को दहका देता है; परन्तु नृत्यसभा में कोवलन का बार-बार रूखेपन से कतराना, माधवी का उसकी ओर प्यासी टकटकी लगाना, कोवलन का फिर बरबस सरस कनखियों से बार-बार ताकना, माधवी का लाज की ओट लेना और फिर दोनों का साथ-साथ मुस्कराना, उसे क्षण-भर के लिए भी नहीं बिसरता। वह उसकी जीत का क्षण था, जिसे वह एक बार फिर प्राप्त करना चाहती थी। कोवलन चेट्टियार अपनी पत्नी को लेकर विदेश गए थे। माधवी नागरत्ना से चिरौरी कर बार-बार आग्रह करती कि जा, उनके यहाँ से कुशलमंगल के समाचार ले आ। प्रतिदिन तुलसी मैया को जल चढ़ा, दीप बाल यही वर माँगती कि उसके चेट्टियार सकुशल घर लौट आएँ। इसके लिए उसने मीठा खाना त्याग मणिमेखला देवी की आन मानी कि जब कोवलन सकुशल नगर लौटकर आएँगे तब देवी को भोग लगा साधुओं-भिक्षुओं को प्रसाद बाँट आप भी ग्रहण करेगी। पेरियनायकी ने बहुत चाहा कि माधवी का सम्बन्ध किसी और युवक से हो जाए, परन्तु माधवी ने सदा इस प्रस्ताव पर ठोकर ही मारी।

सेठ मासात्तुवान रोगी हुए, दो महीने चिन्ताजनक दशा में रहे, फिर उनका निधन हुआ। समाचार फैला कि मानाइहन सेठ ने अपने जामाता को लौट आने के लिए सन्देश भिजवाया है। माधवी की प्रसन्नता का ठिकाना न रहा। इस समाचार को लेकर अपने भोलेपन में वह ऐसी मगन हुई मानो मानाइहन ने अपने जामाता को उसके लिए ही बुलवाया हो। वह आने के दिन गिना करती। नागरत्ना को बार-बार नौकाघाट पर भेजती, मानाइहन व मासात्तुवान की हवेलियों पर नागरत्ना को भेज कोवलन के आने का समाचार बार-बार मँगाया करती।

"नागरत्ना!"

"हाँ छोटी स्वामिनी!"

"कुछ समाचार मिला?"

"कैसा समाचार छोटी स्वामिनी?"

"उनका!"

"अभी कल ही तो बताया था छोटी स्वामिनी!"

"हाँ, कल ही तो बतलाया था। मैं भूल गई। सोचा, पूछे हुए बहुत दिन हो

गए।'' माधवी फिर चुप हो जाती। मन पर बहुत दबाव डालकर दो-चार दिन चुप रहती, फिर कहती, ''नागरत्ना! बहुत दिन हो गए अब। कोई समाचार अवश्य आया होगा।''

ऐसे पहाड़-से हूक-भरे दिन बिताने के बाद उसका प्रियतम आया। नगर में नए सिरे से उसकी धूम मची। माधवी को पहले तो बड़ी प्रसन्नता हुई, परन्तु बाद में बुझ गई। अब तक तो मन बहलाने का यह बहाना था कि प्रिय परदेस गए हैं, किन्तु अब न मिल पाने की विवशता का कौन-सा कारण साधे! मन के अभाव को भरने के लिए, मान से फूल-फूलकर वह कोवलन के निमित्त मानी गई मणिमेखला देवी की मानता इतनी धूमधाम से करना चाहती थी कि प्रिय के कानों तक बात पहुँचे, पर पेरियनायकी इसके लिए स्वीकृति देने में आनाकानी करती थी।

एक दिन माधवी हठ बाँधकर आई। उसके हठ के सामने पेरियनायकी को अपना मन सँभालना ही पड़ा। उसने बहानों में अधिक गति न पाकर उस दिन सहसा माधवी को अपने पास खींचकर बिठा लिया, दास-दासियों को बाहर जाने की आज्ञा दी और बातें करने लगी।

''सुन माधवी! बात न अकेले तेरे मतलब की है, न मेरे। स्वार्थ न तेरा अकेला है और न मेरा, हम दोनों का ही है। जितनी तू अपने पुरुष को लेकर चिन्ताओं में बँधी है, उतनी ही मैं भी। मैं तुझसे कपट रखकर कोई बात न करूँगी बिटिया! पर यह आवश्यक है कि तू मेरी परिस्थितियों को भी देख, उनके प्रति सहानुभूति रखकर न्याय कर। तू यह भी विश्वास मान कि तेरे मनोभावों को इस समय मन निश्छल होने के कारण भली-भाँति पहचान रही हूँ; तुझे पीड़ा से मुक्त कर सुखी देखना चाहती हूँ। भले ही मैंने जन्म न दिया हो, पर पाले-पोसे की ममता भी कुछ कम नहीं होती बेटी!''

माधवी चुपचाप बातें सुनती रही। उसका मुखमंडल शान्त, निर्विकार रहा। पेरियनायकी कहने लगी, ''तुझसे मैंने अब तक नहीं बतलाया, तेरे पातेर यह नगर छोड़ने के लिए कहते हैं। मैं जानती हूँ कि तू इस प्रस्ताव से सहमत नहीं होगी। मैं ऐसी दशा में दोनों ओर से धर्मसंकट में पड़ गई हूँ। न तेरे पातेर मेरे विवाहित पति हैं और न तू मेरी कोखजायी बेटी है। यदि सधकर चलूँ और भाग्यदेवता सदा इसी प्रकार कृपा किए रहें तो मेरे पास इतना धन है कि चालीस-पचास वर्ष भी और जीना पड़े तो मुझे कष्ट न सहना पड़ेगा। परिस्थिति आने पर मेरी वेश्याबुद्धि तुम दोनों की ओर से ही मन मोड़ ले तो कोई अनहोनी, अटपटी बात न होगी। पर मैं अनुभव करती हूँ कि तेरे ही समान मेरे अन्दर भी वेश्या के अतिरिक्त एक मानवी भी विराजमान है। प्रेम का बन्धन प्राण का बन्धन होता है। न तुझे छोड़ सकती हूँ, न उन्हें।''

"तब इस समस्या का निष्कर्ष क्या है?" माधवी ने पूछा।

"एक जुआ!" पेरियनायकी ने गम्भीर स्वर में उत्तर दिया।

माधवी उसकी ओर देखने लगी।

पेरियनायकी बोली, "तेरी धूमधाम से प्रसाद बाँटना तेरे लिए सौभाग्यदायक भी बन सकता है और इसी नगरी में सदा के लिए तेरा दुर्भाग्य भी उदय हो सकता है। परदेसी चेट्टियार की ओर से मुझे चिन्ता नहीं। तेरे प्रसाद बाँटने से पहले ही उन्हें मदुरा जाने के लिए प्रेरित कर दूँगी। पर मान ले, तेरे प्रसाद-वितरण की प्रतिक्रिया विपरीत हुई तो क्या तू मेरे साथ फिर नगर छोड़ने का वचन देती है? तब तुझे लेकर मैं स्वतन्त्र रूप से मदुरा जा बसूँगी और वहाँ तू नए सिरे से अपना जीवन आरम्भ करेगी। यदि यह वचन दे बेटी! तब तो साथ दूँ, अन्यथा फिर जैसी तेरी इच्छा हो, जैसे तेरा भाग्य खिलाए, वैसे खेल!"

माधवी गम्भीर होकर सोचती रही। फिर कहा, "मैं प्रसाद बाँटूँगी।"

"मेरी बातों के प्रण पर?"

"नहीं। मैं तुम्हारा भविष्य अनिश्चय में डालना नहीं चाहती और अपने मन से बाध्य हूँ। सुनो अम्मा! मेरे चेट्टियार के यहाँ से हमारे थोड़े ही दिनों के सम्बन्ध में लाख-सवा लाख से कुछ अधिक ही धन स्वर्णमुद्राओं और आभूषणों के रूप में आ चुका है। तुमने मुझे क्रय किया, पाला-पोसा, मुझे अनेक प्रकार से गुणवती बनाया। सगे माता-पिता भी इससे बढ़कर क्या कर सकते थे! मेरे चेट्टियार का दिया एक लाख तुम ले लो अम्मा! शेष से मेरे लिए एक छोटा-सा घर क्रय करवा दो। मैं फिर अपना सारा जीवन सन्तोष से निभा ले जाऊँगी।"

पेरियनायकी सोचती रही; फिर कहा, "तू अलग रहेगी तो तेरे पातेर क्या कहेंगे?"

"अपने इस प्रश्न का उत्तर अपनी वेश्याबुद्धि से ही माँगो अम्मा! तुम उनसे कहने के पूर्व मुझे चुपचाप नए रूप से व्यवस्थित कर दो, फिर पातेर के आगे नाटक रच लेना।"

"उसके उपरान्त? यदि वे तुझे वहाँ मनाने आए तो?"

"वह नई परिस्थिति होगी और मुझे विश्वास है कि मैं भली प्रकार उसका निर्वाह कर पाऊँगी। तुम्हारे आशीर्वाद से यदि मेरे सौभाग्यदेवता प्रसन्न हो गए तो पूछना ही क्या! उस सुखद स्थिति के लिए भी मेरा इसी समय से अलग रहना शुभ होगा। मैं समझती हूँ कि तुम्हारे कुट्टनीमतम् के अनुसार मेरा प्रस्ताव ठीक उतरेगा।"

पेरियनायकी मौन रही। सच ही माधवी का प्रस्ताव उसके कुट्टनीमतम् के अनुसार भी समस्त अगतियों में एकमात्र गति थी। अन्त में ऐसा ही हुआ भी।

सत्रह

माधवी का पेरियनायकी से अलग होकर एक साधारण-से घर में निवास करना कावेरीपट्टणम् के रसिकजनों के लिए बड़ा विस्मयकारी और कौतूहलवर्धक समाचार था। रूप के हाट में भी इस बात को लेकर बड़ी चर्चा होने लगी। पान्सा सेठ माधवी के नूतन गृह-परिवर्तन से लगभग एक सप्ताह पूर्व ही अपनी यात्रा के लिए प्रयाण कर चुके थे। हवेली और अपना भव्य उद्यानगृह बेचकर ही अपने पूरे लाव-लश्कर के साथ उन्होंने इस नगर से विदा ली। पेरियनायकी अपने भवन में अकेली रहने लगी। इस नई परिस्थिति ने एक बार सभी शत्रु-मित्रों को पेरियनायकी और माधवी के घर जाने, उनके समाचार लेने या भाँपने का बड़ा संक्रामक प्रलोभन दिया। पेरियनायकी की घोर शत्रु राजम्मा तक पेरियनायकी के घर सम्वेदना प्रकट करने के बहाने अपनी लड़की ललिता को साथ लेकर आई। पेरियनायकी सबसे यही कहती कि माधवी कोवलन के पीछे दीवानी हो गई है और इसीलिए पेरियनायकी ने स्वहित की रक्षा के लिए उसे अलग कर दिया है। पेरियनायकी किसी प्रकार भी मानाइहन चेट्टियार की इच्छाओं के विरुद्ध नहीं जाना चाहती। वह यह भी नहीं चाहती कि माधवी के प्रेमावेग में किए हुए बावले कृत्यों का उत्तरदायित्व किसी प्रकार उसके ऊपर आए। पेरियनायकी यह भी कहती कि पान्सा के मदुरा में जम जाने पर कुछ महीनों बाद ही वह घर उठाकर यहाँ से चली भी जाएगी।

और माधवी किसी से कुछ भी नहीं कहती। इन प्रश्नों पर उसका मौन अनबूझ पहेली बनकर लोगों को कुछ-कुछ चिढ़ा-सा देता था।

माधवी का मौन, पेरियनायकी की बातें और इन दोनों को लेकर बतरसवादियों के बनाए बतंगड़ सारे नगर में फैलते-फैलते कोवलन चेट्टियार तक भी पहुँचने लगे। मानाइहन चेट्टियार ने इन सूचनाओं से सतर्क होकर अपने गुप्तचर कोवलन, पेरियनायकी और माधवी के चारों ओर छोड़ दिए थे। उनको प्रतिदिन यह जानकर सन्तोष होता कि कोवलन पर इन बातों का कोई प्रभाव नहीं पड़ रहा, वह यथावत व्यस्त है तथा कन्नगी के प्रति अनुरक्त भी। मानाइहन को प्रायः यह विश्वास हो गया था कि जवानी का अन्धड़ उसके जामाता को अब कहीं उड़ाकर नहीं ले जा सकता।

पेरियनायकी से अलग हो माधवी के साधारण रूप से रहने के समाचार कोवलन को तड़पा तो देते ही थे; यह बात और है कि वह अपने प्रति कठोर संयम बरतकर उन्हें भुला देता था। उसने अपने-आपको अब केवल व्यापार के प्रति ही पूर्ण रूप से समर्पित कर दिया था। नृत्य, संगीत, मदिरा आदि विलास-वस्तुओं से उसने मुँह मोड़ लिया, जैन साधुओं के उपदेश में उसकी गहन रुचि हो गई। पति-पत्नी प्रायः

अपने घर में कोई-न-कोई धार्मिक उत्सव करते ही रहते। उनका बड़ा नाम फैल रहा था।

माधवी ने बड़ी धूमधाम से मणिमेखला देवी का पूजन किया। उस दिन उसके घर में भी प्रियजनों-पुरजनों का भोज हुआ, नृत्य और उत्सव हुआ। माधवी की प्रतिद्वन्द्विनी राजम्मा की बेटी ललिता, नृत्यगुरु शंकरन मुदलियार, पुहारेश्वरम् की प्रधान देवदासी रुद्रम्माल जैसे माधवी के जाने-माने विरोधी तक उसके आग्रह-भरे निमन्त्रण को अस्वीकार न कर सके। पेरियनायकी भी आई, परन्तु अतिथियों की भाँति ही। नगर के कई रसिक श्रेष्ठिजन उपस्थित थे। विदेशी व्यापारियों में मात्र सेठ अमहोज़ को ही आमन्त्रित किया गया था। सबको ही चेलम्मा की याद आई। वह पिछले कई वर्षों से लापता थी।

माधवी प्रायः शृंगारशून्य विरहवेश में थी। उसके अवसादपूर्ण मुखमंडल पर एक सात्विक कान्ति विराजती थी जिसका प्रभाव लोगों पर पड़े बिना न रहा। उत्सव में स्वयं ललिता ने नृत्य किया। माधवी आग्रह करने पर भी न नाची। हाँ, उसने अपने रचे कुछ पद अवश्य गाकर सुनाए और अन्तिम पद गाते-गाते वह पास ही बैठी हुई माता रुद्रम्माल की गोद में मूर्च्छित होकर गिर पड़ी।

दूसरे दिन नगर के समस्त रसिकजन एक मुख से यही चर्चा कर रहे थे कि माधवी एक दिन कोवलन के पीछे अवश्य ही अपने प्राण गँवा बैठेगी। कोवलन ने यह समाचार सेठ अमहोज़ से सुना, उसके बाद काम-काज में उसका जी न लगा। प्रत्यक्ष रूप से अविचलित रहते हुए भी उसका मन डाँवाडोल हो गया। माधवी द्वारा रिझाया गया प्रत्येक क्षण प्रचंड आँधी में जंगल के वृक्षों की भाँति एकसाथ झूम उठा, टकराने लगा। तन में विरह की आग लग गई। फिर भी नीति, विवेक, मानाइहन और कन्नगी का भय उस पर व्याप्त था। वह नगर से कहीं भाग जाने की सोचने लगा। नया जहाज़ बनकर आया था। दूसरे दिन उसका समुद्रसंतरण-मुहूर्त था। कोवलन ने इस बहाने तीन-चार दिवस कन्नगी के साथ जहाज़ पर बिताने का निश्चय किया।

नगर से दूर जाकर आठों याम अपनी पत्नी के सान्निध्य में रहते हुए वह अपने-आपसे तनिक आश्वस्त हुआ। चौथे दिन प्रातःकाल ही नाविकचक्र के प्रमुख ने उसे सूचना दी कि समुद्री आँधी आने की सम्भावना है, इसलिए जहाज़ को तट पर ले चलना होगा। कोवलन ने अपनी अनुमति दे दी, परन्तु साथ ही यह भी आदेश दिया कि जहाज़ को सुरक्षित तट के निकट स्थान में तो अवश्य ले जाया जाए, किन्तु तट पर नहीं। कोवलन अब भी तट से दूर भागना चाहता था।

कोवलन जहाज़ के सजे-सजाए कक्ष में भोजनोपरान्त कन्नगी के साथ बैठा था। कुक्कुटों का युद्ध सेठ-सेठानी के मनोरंजनार्थ प्रस्तुत किया गया। कन्नगी का

बड़ा मनोरंजन हुआ। कोवलन अपने मन-कुक्कुटों को द्वन्द्व देखने में लीन हो गया।

कन्नगी ने पति को अनमना पा देवन्ती को कोई मनोरंजक कथा सुनाने के लिए आदेश दिया। कोवलन सुनता रहा, परन्तु रस न ले सका। कन्नगी अपने पति का विचलित मन सरस बन्धनों में बाँध देना चाहती थी, किन्तु रस की हर रेशनी डोर टूट-टूट जाती थी। कन्नगी ने सयत्न अपनी दासियों को कोई मनोरंजक हास्यगीत गाने के लिए कहा, किन्तु कोवलन ने हाथ बढ़ाकर रोक दिया। दयनीय खीझ और आग्रह-भरे स्वर में वह बोला, "इन्हें जाने दो! मैं तुम्हारे साथ एकान्त चाहता हूँ।"

एकान्त हो गया, फिर भी कोवलन न बोला। केवल एकटक अपनी पत्नी को देखता रहा। इस पर कन्नगी ने मुस्कराकर पूछा, "यों टकटकी बाँधकर क्या देख रहे हैं आप?"

कोवलन प्रश्न से चौंका, जैसे मन का चोर चौंका; फिर चौंक में चौंक समाई— 'चोर क्यों?' विद्रोह में मन ने उच्छृंखल हो जाना चाहा, पर कन्नगी के प्रश्न और सात्विक समर्पण, ज्योति-भरी शीतल चाँदनी के अगाध सागर-सी उसकी दृष्टि से बँधा होने के कारण वैसा न होकर स्फूर्ति के साथ सत्यवादी हो गया। बोला, "देख रहा हूँ, तुम्हारी आँखों में ऐसी कौन-सी विशेषता है जो मुझे उच्छृंखल नहीं होने देती?"

"जिन आँखों की घनी छाँव तले बैठी हूँ विशेषता उनकी है, मेरी नहीं।" कन्नगी के नयन सविनय, गुदगुदी-भरी लज्जा से झुक गए।

"सच कहती हो? एक दिन इन्हीं आँखों ने जाने-परखे बिना तुम्हारे इस अनुपम सौन्दर्य को उपेक्षा की दृष्टि से देखा था। वे ही आँखें अब न जाने तुम्हारे अन्दर क्या-क्या देख लेती हैं!...मनुष्य का मन भी कैसा विचित्र होता है!" कोवलन कन्नगी के झुके हुए कान्तिमय मुखमंडल को वैसी ही टकटकी बाँधकर देखता रहा। बातें स्वतःस्फूर्त हो उसकी वाणी से विवश फूटती रहीं। उसकी टकटकी टूटी, खिड़की के बाहर दृष्टि गई। काले मेघों की भयंकर गुफा में बन्दी समुद्र मानो अपने अन्तर के विद्रोह से घनघोर शोर मचाता पल-पल उफनता हुआ अपनी उत्ताल तरंगों से मेघगुफा को तोड़ आकाश की सीमा छूने का आकुल-व्याकुल प्रयत्न कर रहा था। समुद्र के क्रियाकलाप और उसकी असमर्थता दोनों से कोवलन के विद्रोह-भरे अभाव-सत्य को अचेतन में ही प्रेरणा मिली। कोवलन का मनसमुद्र समर्थ हो वाक्संयम की घुटती गुफा को फोड़ स्वर के आकाश में समाने लगा। समुद्र की ओर दृष्टि गड़ाए रखकर ही उसने कन्नगी से कहा, "तुमसे मैं अपने मन की निर्बलता भी प्रकट कर देना चाहता हूँ। मैं एक जगह पर...एक जगह पर चाहकर भी किसी को पूरी तरह चाह नहीं पाता, अपने को भी नहीं। मेरे मन का एक छोर हरदम कहीं उड़ा करता है।"

कन्नगी ने शान्त स्वर में कहा, ''अप्पा के निधन से चिन्ताओं के मेघ ने आपके मन को ऐसा घेर रखा है कि दिन में भी रात का भ्रम होता है। आप किसी प्रकार अस्थिर या अधीर न हों स्वामी!''

''नहीं, यों मैं किसी प्रकार अस्थिर या अधीर नहीं हूँ। मुझे अपने काम में, घर में, लोकव्यवहार में रस मिलता है। पर यह सब करते-करते मन इन सबसे विद्रोह भी कर उठता है।...सोचता हूँ कि यह वाणिज्य-व्यवसाय, राज-समाज के नियम-विधान, सभ्यता के ये सारे बन्धन न होते तो हम भी पशु-पक्षियों की भाँति स्वच्छन्द होते। यदि सबकुछ अनियमित होता तो कितना सुन्दर होता!''

''मैं आपकी तरह नहीं सोच पाती स्वामी! आपमें मैंने अपने जीवन की सार्थकता पा ली है, इसीलिए अब कोई अभाव अनुभव नहीं होता।''

''अभाव मैं भी अनुभव नहीं करता। तुम्हारे ध्यान की छींट पड़ते ही मेरी उच्छृंखलता दूध के उबाल की तरह ठंडी पड़ जाती है। पर तुमसे सच कह दूँ, तब मुझे अपने ऊपर क्रोध आता हैं कि मैं तुम्हारे प्रभाव से इतना क्यों बँधा हूँ।''

कन्नगी सहमी दृष्टि से पति को देखने लगी, फिर उसके हाथ पर हाथ रखकर कहा, ''आपकी शपथ स्वामी! मैंने कोई जादू-टोना नहीं किया।''

''जादू-टोना! छिः! तुम्हारी निष्ठा, तुम्हारे गुण बरबस मन पर प्रभाव डालते हैं। मेरे कुल की सारी सम्पत्ति से भी अधिक तुम्हारे गुण मूल्यवान हैं। आश्चर्य है कन्नगी! मेरे जैसा दर्पयुक्त पुरुष तुम्हारा आदर करता है, तुम्हें अपने से बड़ा मानता है, और...इसलिए एक जगह तुमसे घृणा भी करता है।''

कन्नगी काँप उठी। उसे लगा, समुद्र अपना व्यवहार बदल रहा है। दोनों फिर मौन हो गए। आँधी आकाश पर छाने लगी। तभी अचानक एक दासी ने आकर सूचना दी कि नगरहार के सेठ का दूत एक आवश्यक समाचार लेकर आया है और स्वामी से इसी समय मिलने का आग्रह करता है। कोवलन ने पहले तो टालना चाहा, फिर कन्नगी के कहने पर तुरन्त उसे लाने की आज्ञा दी। तब पता चला कि नगरहार का दूत अपनी नौका पर है और कोवलन से वहीं एकान्त में अपनी बात कहने की प्रार्थना करता है। कोवलन इच्छा न रहते हुए भी चला। चलते-चलते कन्नगी को आश्वासन दे गया कि वह अभी लौटकर आता है। दूसरे बजरे पर प्रवेश करके कोवलन ने पूछा, ''दूत कहाँ है?'' दासों ने हाथ जोड़कर बजरे के परदों-पड़े कमरे की ओर संकेत किया और सविनय हाथ बढ़ाता हुआ उधर ले चला।

परदा हटाकर कोवलन ने देखा, माधवी सामने पर्यंक पर मुरदे-सी पड़ी थी और नागरत्ना अपनी स्वामिनी के पैरों से लिपटी हुई बिलख रही थी। कोवलन स्तब्ध रह गया। नागरत्ना ने सहसा उसकी ओर देखा और बिलखकर कहा, ''छोटी स्वामिनी ने विष खा लिया है चेट्टियार! वह अब न बचेंगी।''

संयम के सारे बन्धन टूट गए। कोवलन अब अपने-आपको बाँध न सका। बावला-सा चीखकर वह बेसुध माधवी की छाती पर ढह पड़ा।

आँधी प्रायः उसी समय आई। जहाज़ और बजरे के बीच में अन्धकार की दीवार खिंच गई। वे दो विरोधी दिशाओं में कुछ दूर तक बरबस बह गए। कन्नगी ने घबराकर अपनी सखी से चिपटते हुए कहा, "सखी! बड़ा डर लगता है। जाने क्यों अभी-अभी मुझे ऐसा लगा कि कलेजे से मेरे प्राण खट-से उड़कर कहीं दूर चले गए। जान पड़ता है अब कभी लौटकर नहीं आएँगे।" जहाज़ अन्धड़-भरी लहरों में कन्नगी के हृदय-सा ही कम्पित हो रहा था।

अठारह

पन्द्रह दिन हो गए, कोवलन चेट्टियार के सम्बन्ध में कोई सूचना ही न मिलती थी। कन्नगी एकटक राह निहारा करती। मानाइहन चेट्टियार ने अपनी समस्त शक्तियों को कोवलन की खोज में लगा दिया। नगर में यद्यपि इस बात को फैलने से दबाया गया था, तथापि बात उड़ ही गई। कोवलन के अतिरिक्त नगर से माधवी का गायब होना, एक और एक जोड़कर दो की कहानी बना रहा था। कोवलन चेट्टियार के प्रधान मुनीम वीलिनाथन ने कन्नगी की बड़ी देखभाल रखी; मुनीम, कारकुन, नौकर-चाकर किसी को भी मालिक के लोप हो जाने की सनसनी से अनियन्त्रित न होने दिया। कारबार तेजी से चल रहा था।

और कोवलन रुग्णा माधवी को लेकर उसी नाव में कावेरी नदी के तट पर बसे एक ग्राम में चला गया था। वहीं उसका उपचार हुआ। चार ही पाँच दिनों में माधवी सँभल गई। कोवलन दिन-रात प्राणपण से उसकी सेवा शुश्रूषा में लगा रहा। दो विरहतप्त प्रेमियों का मिलन आँसुओं, विरहवृत्तान्तों, शपथों और मन की लीलाओं के साथ नवोल्लासमग्न हो रहा था। उन्हें बाहरी दुनिया का भान ही बिसर गया था। नागरत्ना दोनों की सेवा में रत होकर नित्य नए पुरस्कार पा रही थी।

आठ-दस दिन में ही माधवी इतनी स्वास्थ्य-स्फूर्ति पा गई कि कोवलन के ना-ना करते भी उसने नृत्य का ठाठ बाँधा। कोवलन अपने पूर्व सुख को पुनः प्राप्त कर अपने बीच के—घर-व्यापार से बँधे हुए—जीवन को भूल गया। उसके व्यक्तित्व का वह रूप ही मानो लोप हो गया, और इस बार विरह की तीव्र प्रतिक्रियावश न केवल कन्नगी ही उसके मन से उतरी, वरन् व्यापार-वाणिज्य का मोह भी उतर गया। कन्नगी और व्यापार मानाइहन से सम्बद्ध हो उसके मन में भय, चिढ़ और विद्रोह

जगाने लगे। माधवी ने जान-बूझकर मानाइहन अथवा पान्सा के सम्बन्ध में कभी एक शब्द भी मुँह से न निकाला। हाँ, किसी-न-किसी बहाने से वह कन्नगी देवी की प्रशंसा अवश्य कर देती थी और यह प्रशंसा इस समय कोवलन में चिढ़ जगाती थी।

पन्द्रह दिन बीत गए। माधवी ने अपने लिए नहीं, वरन् कन्नगी देवी की चिन्ता और विरह से व्याकुल हो अनेक सौगन्ध दिलाकर कोवलन को नगर लौट चलने के लिए कहा। कोवलन डरता था, लेकिन माधवी का आग्रह उसे बाँध रहा था। हारकर उसने लौट चलने का निश्चय किया और इस निश्चय के साथ ही उसकी आँखों से लोकलाज की लोई उतर गई। वह अपने परम भय—श्वसुर—के प्रति विद्रोह की भावना लेकर जा रहा था। उसने हठात् निश्चयात्मक स्वर में कहा, "कोई मेरा कर ही क्या सकता है? अपना स्वामी मैं स्वयं हूँ।...और यों नहीं जाऊँगा माधवी! मैं तुम्हें रथ में साथ बिठाकर नगरप्रवेश करूँगा। मैं तुम्हारे आगे बड़े-बड़ों के सिर नत कर दूँगा।"

कावेरीपट्टणम् पहुँचकर कोवलन ने माधवी के साथ उसके छोटे-से घर में ही रहने का निश्चय किया। उसने वहीं अपने वयोवृद्ध मुनीम वीलिनाथन को बुलवाया। वीलिनाथन से आँखों की लाज तोड़ वह नया बल पा गया। उसने आदेश दिया कि पान्सा का उद्यानभवन, जो अब क्लॉडियस के पास था, मुँहमाँगे दामों पर अपने पूरे साज-सामान के साथ खरीद लिया जाए। अपनी अनुपस्थिति के दिनों का व्यापारिक विवरण भी उसने प्राप्त किया। उसने अपने श्वसुर द्वारा दिए गए दो-एक व्यापार-सम्बन्धी आदेश सहसा रद्द कर दिए। ऐसा करने का उद्देश्य मात्र मानाइहन को नगर में अप्रतिष्ठित करना ही था। वीलिनाथन उत्तर में एक शब्द भी न बोले, सुनते रहे।

दूसरे दिन वीलिनाथन पान्सा का उद्यानभवन क्रय करने की सूचना देने पहुँचे तो साथ में हिसाब-किताब के आवश्यक आँकड़े और कोठी की तालियों का गुच्छा भी लेते गए। सबकुछ सहेजकर अन्त में कहा, "आयु के अब थोड़े ही दिन शेष हैं। काम-धन्धे में मन नहीं लगता। भगवतभजन करना चाहता हूँ।"

कोवलन ने कठोर दृष्टि से देखकर कहा, "मेरे जाने से पूर्व तक तो आपने कभी एक बार भी यह विचार प्रकट नहीं किया, फिर मेरे आते ही भगवान के प्रति आपका प्रेम सहसा क्यों उमड़ आया?"

"अब भगवान ही याद आते हैं स्वामी! पाँच पीढ़ियों से हमारे परिवार के लोग आपके पूर्वजों का लवण खाते आए हैं। आपकी प्रतिष्ठा के लिए मैंने और मेरे पूर्वजों ने अब तक कोई कसर नहीं उठा रखी। अब अपने ही हाथों उसका सर्वनाश न कर सकूँगा स्वामी!"

कोवलन तीखा पड़ा, पूछा, "सर्वनाश किस प्रकार होगा, क्या मैं यह जान सकता हूँ?"

"लक्ष्मीपति विमुख हो बाहर बैठे हैं तब लक्ष्मी भला चंचला क्यों न होगी!" वीलिनाथन की बात कोवलन की चेतना को स्पर्श कर गई और यह स्पर्श उसे पागल बना गया। कोवलन हर जोश से बचना चाहता था। चिढ़कर बोला, "जान पड़ता है कि मानाइहन चेट्टियार और उनकी यशोमती पुत्री ने यह पाठ पढ़ाकर आपको यहाँ भेजा है। वे समझते हैं, या सम्भवतः आप भी समझते हैं कि आपके बिना मेरा कारबार चौपट हो जाएगा। मैं आप लोगों की इस धारणा को व्यर्थ सिद्ध कर दूँगा। मैं स्वयं आपको विलग नहीं करना चाहता, परन्तु यदि आपकी ऐसी ही इच्छा हो तो जा सकते हैं।"

नगर में तहलका मच गया। सयाने कहने लगे कि अब मासात्तुवान के घराने के दिन लद गए। मानाइहन भी अपनी परिस्थितियों से बाध्य होकर अब अपना तेज खो देंगे। नगर के अन्य ईर्ष्यालु, दूरदर्शी चेट्टिगण भविष्य के लिए अपने-अपने सपने बाँधने लगे। मानाइहन इतने दुखी थे कि किसी को अपना मुँह तक नहीं दिखाते थे। उनमें अपनी बेटी तक का सामना करने का साहस नहीं रह गया।

कन्नगी ऊपर से शान्त रही। घर के दास-दासी, कोठी के कर्णिक, कर्मचारी, सभी सकपकाए हुए थे। वीलिनाथन का जाना कुछ कर्मचारियों के मन में पाप जगा गया। लोग-बाग व्यक्तिगत लाभ के लिए कतर-ब्योंत का जाल फैलाने लगे। चारों ओर अनियन्त्रण, अव्यवस्था और लक्ष्मीगमन का सूत्रपात हो गया। जिस हवेली के लिए यह उक्ति प्रसिद्ध थी कि सारे विश्व की लक्ष्मी केवल वहीं सिमटकर रहना चाहती है, उसी हवेली से उसके निकलने की बात भी अब हाट, घाट, बाट में यत्र-तत्र-सर्वत्र सुनाई पड़ने लगी।

कोवलन और माधवी अब पान्सा के उद्यानगृह में रहते थे। माधवी ने अपने चेट्टियार का मन बहलाने के लिए नित्य नया ठाठ बाँधना आरम्भ कर दिया। पेरियनायकी भी अब अधिकतर वहीं रहने लगी। माधवी ने प्रायः नित्य ही उत्सव मनाने प्रारम्भ कर दिए। उसने सतर्कतापूर्वक इस बात का प्रयत्न किया कि रूप के हाट में कोई प्रत्यक्षतः उसके प्रति ईर्ष्या प्रकट न करे। वह प्रायः सबको अपने यहाँ आमन्त्रित करती, उन्हें नानाविध पुरस्कृत करती, उपहार देती। राजम्मा की बेटी ललिता भी अब उसकी घनिष्ठ मित्र हो गई थी। कोवलन से उसका साली-जीजा का नाता बँध गया था, जिसके कारण स्वयं उसे तो कोवलन से बहुविध उपहार मिले ही, उसके प्रेमी महालिंगम् के व्यापार को भी चमक मिली। चेट्टिगण अपनी वेश्याओं को माधवी के पास भेजकर कोवलन से मनमाना काम करा लेते थे। इसके लिए माधवी को रिश्वत के रूप में बड़े-बड़े उपहार भी प्राप्त होने लगे। कोवलन की सुहागरात और अपनी अभागी रात की घटना से प्राप्त अनुभव ने माधवी की वेश्याबुद्धि को तेजस्वी बना दिया था। वह कोवलन के रसिक मन को मनमानी छेड़ें करने के लिए आसपास बाजारू सौन्दर्य का बगीचा खिलाए रखती थी।

चाँदनी रातों में जागरण होते; रात-रात-भर नाच-गान चलता। मधु, मैरेय, सुरा, आसव, गौड़ीय आदि विभिन्न मदिराएँ अपने मद के आवेश में बाँधकर कावेरीपट्टणम् के युवक सेठों के नैतिक बन्धन ढीले करने लगीं।

माधवी और कोवलन प्रत्यक्षतः नगरभ्रमण करने निकलते थे। नगर के बीच राजमार्ग से होकर वे प्रायः समुद्रतट के चेरिमार्ग तक जाते, जहाँ केरल से माल उतरता था। यहाँ पर फहराती पताकाएँ मानो कहतीं कि हम इस श्वेत बालुकाविस्तार में बसे हुए विदेशी व्यापारियों का माल देखती हैं। रात्रि के मानवनिर्मित प्रकाश में यह क्षेत्र युवकमन की आशाओं-उमंगों-सा जगमगाया करता था। चेरिमार्ग में रंग, चन्दन, फूल तथा मिठाई बेचनेवालों की दुकानों पर दीपक अपनी जगमगाहट के रसिकजनों को आमन्त्रित करते; चतुर सुनारों, पंक्तिबद्ध बैठे हुए इडली, पुट्टु आदि भोज्य सामग्री तथा फुटकर सामान बेचनेवाली बालाओं की दुकानों का प्रकाश ग्राहकों को पतंगों की भाँति अपनी ओर आकृष्ट करता था। मछुओं के दीपक जहाँ-तहाँ लुपलुपाते थे। तट पर जहाज़ों को मार्ग दर्शाने के लिए दीपकगृह भी थे। रात में मछलियाँ पकड़नेवाली नावों के दीपक भी समुद्रतट का आकर्षण बन जाते थे। विभिन्न भाषाएँ बोलनेवाले विदेशी तथा मालगोदाम के पहरेदार भी दीपक जला रखते थे। इन असंख्य दीपकों के प्रकाश से कावेरीपट्टणम् का बन्दरगाह अपनी जगमगाहट से इन्द्र के स्वर्ग को भी लज्जित करता था। वहाँ समुद्री और पहाड़ी मालों से भरे जहाज़ खड़े रहते थे।

समुद्रतट का एक भाग सैलानियों के लिए सुरक्षित था, जहाँ बड़े-बड़े व्यापारी और राजकुल के लोग अपने मित्रों, मुँहलगे दरबारियों और वेश्याओं की टोली को लेकर रास-रंग करते थे। कोवलन और माधवी प्रायः यहाँ आते। उनके उत्सव औरों के रंग फीके कर देते थे। रंग-बिरंगे कपड़े और भिन्न-भिन्न भाषाएँ समुद्र से लेकर कावेरी के मुहाने तक की भीड़ में यत्र-तत्र-सर्वत्र मिलकर अजीब छटा पैदा करती थीं।

एक दिन सूर्यास्त के समय उद्यानगृह की छत पर अकेला खड़ा कोवलन अस्ताचलगामी सूर्य की रंग-बिरंगी छटा से निखरे हुए बादलों को देखते-देखते अपनी डूबती हुई तेजोमयी चेतना का साक्षात्कार करने लगा। माधवी सायंकाल नगरभ्रमण के लिए सोलह श्रृंगार रचकर कोवलन को बुलाने आई। उसे भावमग्न देख माधवी ने उसके गले में हाथ डाला और उसके कन्धे पर सिर टिका दो क्षण चुपचाप सूर्यास्त का मनोहर दृश्य देखकर बोली, "सूर्य का तेज आत्मसात् कर जैसे यह सन्ध्या सतरंगी हो रही है वैसे ही तुम्हें पाकर मेरा आनन्दक्षितिज भी रंग-बिरंगा हो उठा है।"

"हाँ ऽऽ।...विष तुमने पिया था माधवी, पर मरा मेरे संस्कारों का देवता! वह देवता जो कन्नगी का सहारा पाकर प्रबल हो उठा था। यह देखो! क्षितिज के इन

सिन्दूरी बादलों में तुम्हारे विष की ही साँवली पट्टियाँ पड़ रही हैं।'' कोवलन की इस सनक-भरी अनुभूति में एक भूली-बिसरी शक्ति शब्दों की आड़ लेकर दमक उठी।

सूर्यास्त का दृश्य अपनी व्यापकता के कारण मानो अलक्ष्य हृदयों को एक सूत्र में बाँधने लगा। प्रियविहीन अपने सूने घर में कन्नगी बड़ी देर से टकटकी बाँध सूर्यास्त के दृश्य में रमी हुई बैठी थी। देवन्ती स्वामिनी के भारी मन का बोझ अपनी करुणा पर लाद चुपचाप आँसू बहा रही थी, मानो सूर्यदेवता को अर्घ्यदान दे रही हो।

कन्नगी के आँसू कुछ देर बाद आँखों में नहीं, स्वर में फूटे। देवन्ती के समीप होने की चेतना से परिचालित होते हुए भी कन्नगी का मन मानो अपनी घुटन स्वयं से ही व्यक्त कर उठा, ''अस्त होते हुए सूर्य के रंगों को चुराने का साहस ये निर्बल, निकम्मे बादल भी कर लेते हैं। इन रंग-बिरंगे बादलों की सुन्दरता पर तो सब रीझते हैं, सूर्य की विवशता पर कोई आँसू नहीं बहाता।''

''एक दिन यही सतरंगी साँझ सहसा प्रबल आँधियों में पलट गई थी...वह क्षण अब तक हिम के समान स्थिर है, और लोग कहते हैं कि काल जलधारा के समान चिरगतिशील है!''

देवन्ती की बात ने अपने स्पर्श से कन्नगी के मन के कोठों-परकोठों में बन्द एक घुटती निःश्वास को मुक्ति दे दी। देवन्ती के मनोभाव अपनी किसी अचेतन तपश्चर्या के प्रभाव से मर्म की व्यापकता पाने लगे। उद्गार-सा फूटा, ''एक साँझ है, एक ही दृश्य है—किसी घर में किसी की आँखों में यह सतरंगी साँझ सुहानी बनकर बस रही होगी, बड़ा सुख बरस रहा होगा और यहाँ...''

''यहाँ भी सुख है देवन्ती...उनके सुख में ही मेरा सुख है।''

कन्नगी के सौभाग्य ने मानो उसकी उदारता का तत्काल पुरस्कार दिया। एक के पीछे एक चार-पाँच दासियाँ दौड़ती-भागती यह समाचार सुनाने आईं कि चेट्टियार घर पधारे हैं। नगर लौटने के बाद आज छह महीनों में चेट्टियार को अपने घर की सुधि आई थी। कन्नगी सुनकर भी शान्त रही। उसका बिखरापन सिमटकर व्यवस्थित हो गया। वह इतनी सहज हो गई मानो उसके पति नित्य की भाँति कारबार कर साँझ को घर पधारे हों।

कोवलन अपनी पत्नी के सामने कायर-वीर की भाँति आ रहा था—वीरता बाह्य आडम्बर थी और कायरता अन्तर में कम्पमान। छह महीनों तक निरन्तर अपने चारों ओर हर बात-घात में बनावट-ही-बनावट देखते हुए कोवलन का जी बनावटी सौन्दर्य से छककर अब ऊबने लगा था। एक चिर-परिचित शीतल ज्योति में

अपने-आपको आलोकित करने के लिए उसके प्राण सिसक उठे थे। सतरंगी साँझ देखते-देखते रंगीन बदलियों की माया हटा उसमें सहसा सूर्य को देखने की तड़प जागी थी। उस तड़प की आस्था ही उसकी बाह्य वीरता बनी। इस वीरता का आवेश इतना था कि वह घर चला आया। परन्तु आने के बाद अपराधी मन अपने-आपको ही चिकोटियाँ काटने लगा—'कन्नगी मान करेगी, रूठेगी। मैं उससे कैसे आँख मिलाऊँगा! मैंने निरपराध ही उसे सताया है। कन्नगी साक्षात् देवी है, बड़ी भोली है...मैं उसे मना लूँगा...न मानेगी...अहँ...'

मन की ऊहापोह अपने पेंगों झूलती ही रह गई। कन्नगी सहज सदा-सी सामने आ गई। कोवलन धक्-से रह गया। वह इतनी जल्दी प्रस्तुत नहीं हुआ था।

चन्दनकाष्ठ की नाना मूर्ति और बेल-फूल खचित सुन्दर द्वारों की चौखट पर सुहागिन ने अपने सुहागदेवता की आरती उतारी। कोवलन कमरे के अन्दर गया। ठोस सोने के पायों के पलँग पर नरम गद्दे और सुनहरी बेलबूटों की किनारी से सज्जित रेशमी चादर बिछी थी। सिरहाने-पायताने पर तकिए रखे थे। चारपाई के सिरहाने दीवार में बने आले में एक सुन्दर देवमूर्ति प्रतिष्ठित थी। उसके नीचे हाथीदाँत की एक सुन्दर चौकी पर चन्दन, फूल, गन्ध, मातुलंग की छाल और पान सुव्यवस्थित रूप से रखे हुए थे। पलँग के पास पीकदान भी रखा था। सामने दीवार पर हाथीदाँत की स्वर्णमढ़ी खूँटियों पर वीणा टँगी थी। चित्रकारी का तख्ता, रंग, तूलिकाएँ भी एक ओर सुसज्जित थीं। दीवारों पर सुन्दर चित्रकारी हो रही थी। भूमि पर एक गोलाकार बिछावन पर गावतकिया रखा था। चौपड़-पाँसे भी सज्जित थे।

कोवलन पलँग पर बैठ गया। कन्नगी डरती थी कि देवन्ती किसी हँसी-भरे बहाने की आड़ ले स्वामी को अवश्य उलाहने सुनाएगी। उसे उसने काम के बहाने बाहर भेज दिया; अन्य दासियों को भी कमरे से बाहर जाने का संकेतादेश दिया और स्वयं पति के चरण दबाने लगी। पति की अनुपस्थिति में घर में जितनी भी अच्छी-अच्छी घटनाएँ घटीं; उनका विवरण एक-एक कर सुनाया। कोवलन के प्रिय श्वेत मयूरों का जोड़ा अब माता-पिता का पद पा गया है। खेती इस वर्ष बहुत अच्छी हुई। कोठारी का कहना है कि पिछले पाँच वर्षों से कोठरी में इतना अन्न-धान कभी नहीं गँजा। वस्त्रशाला के कारीगरों ने कोवलन के लिए सोने के तारों के दो अनुपम अंगवस्त्रम् प्रस्तुत किए हैं, और मिस्रदेश के व्यापारियों के साथ आनेवाले सुनार ने मिस्र-भारतीय कारीगरी के नमूने मिलाकर ऐसी सुन्दर जड़ाऊ ओड्डियाणम् (करधनी) प्रस्तुत की है कि पहननेवाली को लोग-बाग बस देखते ही रह जाएँगे। इसके अतिरिक्त कन्नगी ने अपने पति को नाते-गोते की सामाजिक लेन-देन, रीति-व्यवहार की अनेक बातें बताईं। उसने अपने पिता का एक बार भी नाम न लिया, वीलिनाथन के हटने से कोठी के कारिन्दों की बढ़ी हुई अनुशासनहीनता के सम्बन्ध में एक शब्द

भी न कहा, व्यापार के लम्बे घाटे के सम्बन्ध में कोई चर्चा न की, माधवी की एक बात भी न पूछी, एक मीठा-सा व्यंग्य भी न किया।

कोवलन चिढ़ गया। अपने जिस अपराधी व्यक्तित्व को वह कन्नगी के रूप में स्वयं दंडित करना चाहता था, वह अदंडित ही रह गया। कोवलन इससे क्षुब्ध था। वह क्षोभ क्रमशः कन्नगी के प्रति विद्रोह का रूप धारण करने लगा—'इसी के कारण मैं अपने-आपको अपराधी मानता था और यही कुछ नहीं कर रही!' उसका मन क्षमा की झोली फैलाकर दाता का गुणगान कर, गिड़गिड़ाकर भीख माँगना चाहता था और दाता ने बिना मुँह से माँगे इतनी भीख दे दी कि दाता और भिखारी की हैसियत में कोई भेद ही न रह गया। रजोगुणी अहं की यह घुटन कोवलन को कुढ़ाने लगी। अन्त में हारकर स्वयं उसने ही कहा, "कन्नगी! मैं महीनों घर नहीं आया, तुम्हें कोई सन्देश तक न भेजा, पर एक बार भी तुमने मुझे उलाहना नहीं दिया? एक बार भी यह न पूछा कि कहाँ रहे, क्या करते रहे?"

कन्नगी गम्भीर हो गई। तनिक रुककर शान्त स्वर में कहा, "आप जो करते होंगे वह कल्याणकारी होगा! जहाँ रहते हैं पुण्यभूमि होगी!"

कोवलन कन्नगी के शांत भाव से चिढ़ गया। बोला, "तुम पत्थर हो कन्नगी! तुम्हें सचमुच दुख नहीं? तुम जानती हो न कि मैं इतने दिनों तक कहाँ रह गया था?"

"घर के हर प्राणी के सम्बन्ध में जानकारी रखना गृहिणी का धर्म है। और मैं पत्थर भी नहीं हूँ।"

"तब फिर? तुमने एक बार भी मुझे नहीं टोका?"

"विज्ञजन स्वयं सोच-विचार कर कार्य करते हैं, फिर क्यों टोकती!"

"पर क्या इन छह महीनों में अपने कार्यों द्वारा मैंने अपनी विज्ञता का परिचय दिया है? तुम शपथपूर्वक कह सकती हो?" कोवलन उत्तेजित हो उठा।

कन्नगी मौन रही। कोवलन ने फिर प्रश्न दुहराया। कन्नगी ने आँखें झुकाए शान्त स्वर में उत्तर दिया, "नहीं।"

"तब तुमने टोका क्यों नहीं?"

"आप मन्त्रणा देने को कहते तब अवश्य निवेदन करती, अन्यथा मेरा अधिकार नहीं।"

इस उत्तर से कोवलन को स्वयं अपने ऊपर झुँझलाहट आई। स्वयं न सह पाने के कारण उसने उसे भी कन्नगी पर झोंक दिया, बोला, "मैं तुम्हें प्राणों से अधिक प्यार करता हूँ, तुम्हारा आदर करता हूँ...अरे! तुम मान करतीं, रूठतीं, तो मैं तुम्हें मनाकर, तुम्हारे चरणों तक पर गिरकर अपने पाप का प्रायश्चित्त कर लेता। तुम तड़पतीं तो मैं सधाव पा जाता। पर...मैं पूछता हूँ कि मेरे व्यवहार से तुम्हारा जी नहीं दुखा? तुम एक दिन भी रोई नहीं? बोलो!"

कन्नगी की आँखें विवश बरस पड़ीं। उन्हें चट-से पोंछ बड़ा संयम साधकर भी वह अश्रुकम्पित स्वर में ही उत्तर दे सकी, बोली, "दासी का दुख नहीं पूछा जाता स्वामी! मुझे आपके सुख में ही सुख मानने का संस्कार मिला है।"

"तब ठीक है। अब मेरा सुख देखना। खुल खेलूँगा। संयम के सींखचों में जकड़ी हुई अपनी उच्छृंखलता को मुक्त नभ का पंछी बना दूँगा। मैं भी देखूँगा मन के आकाश की सीमा कहाँ तक है।" कहकर कोवलन खिंची हुई, निर्लज्ज हँसी हँसने लगा।

कन्नगी फटी आँखों उसे देखने लगी। दोनों की दृष्टि मिली। कन्नगी ने भरसक चाहा कि आँखें नीची कर ले, पर कोवलन की जिज्ञासा-भरी पुतलियों में ऐसी मोहिनी थी कि कन्नगी बँधी टकटकी न तोड़ सकी। और इस विवशता के बीच सारे संकोच तोड़कर कन्नगी का हृदय 'नहीं-नहीं' के आग्रह-भरे निवेदन से उसकी बड़ी-बड़ी आँखों में झलमला उठा। आँधी के झोंकों से त्रस्त और अपने सहज लाज-संकोच से हारी-थकी लता अपने एकमात्र अवलम्ब वृक्ष से जा चिपटी। अपने वक्ष पर कन्नगी का सिर झुकाना कोवलन की नस-नस में प्राण-संचार कर गया। उसके विरुद्ध कोवलन के मन में समाए सच्चे-झूठे बहानों का कुहासा सहसा चमत्कार की तरह नष्ट हो गया। वक्ष पर सिर टिकाए पड़ी हुई पत्नी का स्पर्श कोवलन के लिए अपने व्यक्तित्व में निहित ध्रुव सत्य का स्पर्श-सा प्रतीत हो रहा था। उसे इस समय कोई शंका, कोई द्वन्द्व कन्नगी से अलग नहीं कर रहा था। छाती पर एक बूँद टपकी, कोवलन के अन्तर का करुणा-सागर उमड़ उठा। कन्नगी की आँखों का जल पोंछ उसके सिर पर हाथ फेरते हुए कोवलन ने कहा, "तुम मेरी सहधर्मिणी हो, मन्त्राणी हो, दासी हो। कुलवधू के लिए उचित, शास्त्रकारों के बतलाए हुए हर संस्कार को जब तुमने इतनी भली प्रकार आत्मसात् किया तब एक ही बात क्यों भूल गई प्रिये! पत्नी पति के साथ शयनकक्ष में वेश्या भी होती है, और वेश्या का एकमात्र गुण है माया। तुम अपना मायावी रूप निखारतीं देवी! तो मेरे—पुरुष के—अहं का निर्बुद्ध छिलका उतर जाता।"

कन्नगी पति की छाती पर पड़ी आँखें बन्द किए पूरे मन से सुन रही थी। कोवलन अपने अन्तर को सहज गति से प्रकट करने के क्षण पाकर परम शान्त था।

उसकी भी आँखें भिंच गईं। दो ऊर्धांग आलिंगन में जुड़कर अपनी पूर्णता से सन्तुष्ट कायिक चेतना से दूर अन्तर में मिल रहे थे।

कोवलन कहता गया, "तुम जानती हो, माधवी ने मुझे बुलाने के लिए विष खाया था। विष शब्द भयंकर लगता है, परन्तु अनेक विषौधियाँ ऐसी होती हैं जिनका परिणाम भयंकर नहीं होता। मायाविनी इसी सूत्र को साधती है। मैं कुट्टनीलीला से तब भी अपरिचित नहीं था, और आज भी नहीं हूँ, पर विवश हूँ कन्नगी! मायाविनी

के पास कहीं उतना ही सच्चा हृदय भी है जैसा किसी तुम-जैसी शुद्ध-बुद्ध सतियों के पास होता है। मेरी विवशता समझो देवी! मैं प्रेम के आकर्षण में तुम्हारी और माधवी की ओर समान रूप से खिंचा हुआ परिस्थितिवश दो भागों में फटने के लिए बाध्य हो गया हूँ। सुनते हैं शूली पर मनुष्य का अंग चिर-चिरकर भंग होता है। भाग्य ने मुझे भी प्रेम की शूली पर चढ़ाया है। मैं मायायुत और मायारहित प्रेम का समान रूप से उपासक हूँ। यह द्विविधा मुझे बहुत सताती है। संत्रस्त हो अब मेरा मन विवेकशून्य होता जा रहा है प्रिये! मुझे अब स्वयं अपने ऊपर ही विश्वास नहीं रहा। किस क्षण कौन-सा आकर्षण प्रबल हो उठेगा, मैं स्वयं नहीं कह सकता। मैं तुम दोनों में से किसी एक का नहीं हो सकता; पूर्ण रूप से स्वयं कभी अपना भी नहीं हो सकता। मैं वह पक्षी हूँ जिसके नीचे असीम सागर है और ऊपर असीम आकाश; दो पंख हैं, कभी दोनों से, कभी थककर एक से, फिर एक से, फिर दोनों से...यों ही थकन के लिए सदा उड़ने को बाध्य हूँ।...मेरा मन इस समय शान्त और सावधान है प्रिये! अपनी विवशता के लिए तुमसे क्षमा माँगता हूँ।"

उत्तर में कन्नगी प्रिय से और चिपट गई।

उन्नीस

कुछ दिन घर पर ही बीते, सन्तुलन के बीते। कन्नगी आग्रहपूर्वक पति को उसकी दूसरी प्रिया की सुधि दिलाती थी। पति के निहोरे वह प्रायः माधवी को नाना प्रकार के उपहार, विशिष्ट और स्वादिष्ट भोज्य पदार्थ भेजा करती थी। कोवलन को उससे सन्तोष ही होता था। मानाइहन के सामने आने से कोवलन कटता था। इस कटन की बुरी प्रतिक्रिया होती थी। नीतिज्ञ मानाइहन ने जामाता से मिलना छोड़ दिया। कोवलन अपना व्यापार-व्यवसाय देखने लगा। यद्यपि उसमें कोई नया उत्साह नहीं आया था, फिर भी एक प्रकार का थका हुआ सन्तुलन अवश्य आ गया था।

कुछ महीनों कोवलन की यह मनोलीला बाहरी तौर पर सुचारु रूप से चलती रही। इसी बीच एक दिन माधवी ने सूचना दी कि वह गर्भवती है।

मानसिक तराजू के पलड़े फिर अपना सन्तुलन खोने लगे। दैव-संयोग से उसी समय पेरियनायकी के घर मदुरा से पान्सा सेठ पधारे। नगरत्याग करने के बाद वह उनका प्रथम आगमन था। वे आते ही बीती बातें भुलाकर मानाइहन चेट्टियार से मिलने गए, नगर के सभी पुराने श्रेष्ठिमित्रों से भेंट की, कोवलन के पास जा उसका आलिंगन कर बड़ा प्रेम दे उसका मन भी जीत लिया। पान्सा ने यह प्रचारित किया

था कि वे अपने पुराने मित्रों से मिलने के अतिरिक्त पेरियनायकी को मदुरा ले जाने के लिए आए हैं। पान्सा जिस उदारता से नगर में धन खर्च कर रहे थे, उसे देखते हुए उनकी आर्थिक स्थिति फिर से सँभली हुई प्रतीत होती थी।

पान्सा माधवी के बहाने कोवलन को अधिकाधिक स्नेह देने लगे। कोवलन ने क्लॉडियस को पान्सा के उद्यानभवन के क्रयार्थ जितना धन दिया था वह सब आग्रहपूर्वक पान्सा ने लौटा दिया। कहा, "इस देश में मेरे सब नाते-रिश्ते मनमाने के हैं, पर मनमाने के ये बन्धन मेरे हृदय को मानवता के सौन्दर्य से अभिभूत कर चुके हैं। अब यही मेरा देश है; यह पत्नी है, यह पुत्री है, तुम जामाता हो। मानाइहन ने अपनी बेटी के साथ तुम्हें बहुत यौतुक दिया, मुझे भी तो अपनी शक्ति-भर मन के हौंसले निकालने दो।"

पान्सा क्रमशः कोवलन के मन में मानाइहन का अभाव भरने लगे। कोवलन अपने मन को छलता चला जा रहा था। श्वसुर मानाइहन उसकी उस चेतना के प्रतीक थे जो मन के उत्साह और लगन से निकलकर दूर छिटक गई थी। मानाइहन से टक्कर लेने के अन्धे उबाल में उसने अपनी व्यापारिक नीति एकदम चौपट कर दी थी, अब मानाइहन का सामना करने में उसे हिचक होती थी। हिचक से अहं का रजोगुण जागता था और इस प्रकार श्वसुर-जामाता में एक चौड़ी खाई खिंच गई थी। कन्नगी और माधवी को लेकर उसकी मनोभावनाएँ एक नया सन्तुलन पा अवश्य गई थीं, पर घर और कन्नगी के साथ मानाइहन, वीलिनाथन, व्यापार-वाणिज्य की समस्याएँ और देवतुल्य संयमी स्वर्गीय पिता की अप्रसन्नता का कचोट-भरा ध्यान भी जुड़ा हुआ था। कोवलन दो स्त्रियों के प्रति प्रेम की निष्ठा को लेकर इतना उलझ गया था कि व्यापार-वाणिज्य के प्रति सही रुझान दे पाने की शक्ति उसमें अब क्रमशः छीजती चली जा रही थी। कोवलन को यह बहुत अखरता था, पर वह विवश था। उसकी व्यापारनीति वही हो सकती थी जो उसने मानाइहन और वीलिनाथन की छत्रछाया में निश्चित की थी। एक बड़ी व्यापारिक उथल-पुथल कर सकने के उपरान्त अब पीछे हटने के लिए कहीं गुंजाइश नहीं रह गई थी। माधवी से पुनर्मिलन के पश्चात् मानाइहन को ठेस पहुँचाने के उफान में वह कुछ-एक ऐसे काम कर गया जिससे नगर के व्यापारक्षेत्रों में अराजकता-सी फैल गई। संगठन के सूत्र उसके हाथों से निकलकर अनेक हाथों में बँट-बिखर गए। मानाइहन का दर्प ऐसे व्यक्ति ने कुचला था जिसके आगे वे नतशिर होने को बाध्य थे। इसके परिणामस्वरूप व्यापार-व्यवसाय से उनका मन हटने, थकने और विरक्त होने लगा था। उनकी विरक्ति कोवलन की कभी-कभी जाग पड़नेवाली चेतना को खल जाती थी। व्यापार का कामकाज उसके अन्तरंग रस का विषय था जो प्रेम और विलास के झमेले में छूटा जा रहा था। कोवलन का मन बड़ा अस्थिर था। इसी अस्थिरता को पान्सा,

पेरियनायकी और माधवी ने मिलकर साधा। कोवलन सेठ अमहोज़ और अपने द्वारा रचे गए नए संगठन के किसी भी सहयोगी से मन्त्रणा लिए बिना पान्सा का साझेदार हो गया। कोवलन की रही-सही साख भी गिर गई। मानाइहन सुनकर पत्थर हो गए।

और कुछ ही महीनों में पान्सा फिर क्रमशः नगर के प्रभावशाली व्यक्ति बन गए। तभी माधवी भी कोवलन की पुत्री की माता बनी। पान्सा ने वह सब धूमधाम की जो कन्नगी के बालक होने पर मानाइहन के द्वारा की जा सकती थी। नई व्यापारिक एवं नैतिक अराजकता में स्खलित नक्षत्र कोवलन वेश्या की पुत्री का पिता बनकर हँसी का साधन बन गया। कन्नगी ने अपनी सुहागिन सौत और पति की बेटी के लिए इतना कुछ भेजा कि बड़े-बड़े दंग रह गए।

माधवी परम सुखी थी। कोवलन की सन्तान की माता बनकर उसका गृहिणीभाव जागा। एक दिन वह सलज्ज कोवलन से बोली, "मेरी बेटी ने तुम्हें पिता का पद दिया है, तुम उसकी माँ के पगों में सुहाग के नूपुर तो दो!"

कोवलन अट्टहास कर उठा। माधवी की कोमल भावनाओं को इससे ठेस लगी। फिर कोवलन की बात उसके कलेजे में घाव कर गई। वह कह रहा था, "पिता विलासी, माँ रूपाजीवा। दोनों ने सन्तान की इच्छा से जिस बेटी को जन्म नहीं दिया, उसकी माँ सुहाग के नूपुर पहनने के योग्य नहीं और न उसका पिता ही पिता कहलाने के योग्य।"

माधवी घुट गई, लेकिन अपनी घुटन पचा बात पलट हँसकर बोली, "अरे, मैंने तो हँसी की थी।"

कोवलन ने माधवी को ध्यान से देखा। उसकी आँखों में उसका एक रूप गया, एक आया। कोवलन अब चाहे परिस्थितिवश इन दोनों रूपों के आकर्षण से उबर नहीं सकता, पर पहचानता तो है। उसने भी बनावट का रंग जमाया; बोला, "हँसो थी? तब तो ठीक है। हँसो...और हँसाओ। जब तक कोवलन के कोष में मोती, माणिक और सोना है, मेरी रूपाजीवा गृहिणी! तुम हँसती ही रहोगी।" कोवलन की सनक-भरी हँसी इतनी लम्बी होती चली गई मानो भविष्य की अन्तिम सीमा छू लेगी।

बीस

कोवलन ने क्रमशः गद्दी पर बैठना भी छोड़ दिया। साझा होने के परिणामस्वरूप मासात्तुवान चेट्टियार की कारबारी हवेली में हर प्रमुख पद पर पान्सा के विश्वस्त रोमन कर्मचारी नियुक्त हो गए थे। सात-आठ पीढ़ियों से नगर के इस महामहिमामय

वंश की गद्दी पर अब रोमन साझेदार सेठ पान्सा विराजते थे। अन्तःपुर की हवेली में पुराने समय के विश्वस्त अनुचर अब इने-गिने रह गए थे, बाकी चारों ओर पान्सा के हाथों लालच में बिके हुए दास-दासियों का ही जाल फैला था। उनका मात्र एक ही काम था—यथासम्भव पग-पग पर कन्नगी की उपेक्षा-अवहेलना करना तथा माधवी को इस घर में शेष बची हुई अमूल्य निधियों का पता देना। माधवी यदि किसी वस्तु का वर्णन सुनकर ललचा उठती तो कोवलन के नाम पर आदेश भेजकर वह वस्तु अपने यहाँ मँगवा लेती। देवन्ती आपत्ति करती तो भी कन्नगी माँगी हुई वस्तु माधवी के घर भिजवा ही देती थी। सतखंडी हवेली के कोठे-परकोठे सूने पड़ने लगे। जिन कोठों के ताले गृहस्वामी या गृहस्वामिनी की उपस्थिति में ही खोले जाते थे, उनके द्वार अब आठों पहर उघड़े रहने लगे। मूल्यशून्य प्रकोष्ठों में ताले जड़ने लायक अब बचा ही क्या था! हाँ, कुललक्ष्मी की कृपा से रात का अँधेरा अब किसी प्रकोष्ठ में व्याप्त नहीं हो पाता था। सुहाग-नूपुरों से मंडित कन्नगी के चरण अपने श्वसुरकुल की हवेली में कोने-कोने हर साँझ दीया-बाती सँजोने के बहाने नियमपूर्वक पड़ते ही थे।

एक दिन देवन्ती तमतमाई हुई आई, बोली, "मैं अब एक न सुनूँगी। धन-सम्पदा जो गई सो गई, इस कुल की कीर्ति भी वह लिए जा रही है। आज स्वर्गीय चेट्टियार के प्रकोष्ठ में रखा वंशवृक्ष का स्वर्णपट्ट लुप्त हो गया है। वह दास-दासियों की चोरी की वस्तु तो नहीं थी। उससे माधवी के कोषागार का वैभव भी नहीं बढ़ सकता, उसे केवल इसलिए ले जाया गया है कि..."

"वंशवृक्ष की नई शाखा पर मणिमेखला का नाम लिखा जाए," कन्नगी ने शान्त स्वर में बात पूरी कर दी।

देवन्ती चौंककर कन्नगी को देखने लगी, "तो तुम्हें ज्ञात है! तुमसे किसने कहा?"

कन्नगी की भोली हिरनी-सी आँखों में वेदना की करुण आभा चमकी, सधी। बोली, "कहेगा कौन! मेरे श्वसुरकुल की नई दीपशिखा जिसकी कोख से प्रकटी है, क्या उसके मन को मैं न पहचान पाऊँगी!" इतना कह देवन्ती की गोद में हाथ रख कन्नगी टुक थम गई। नयनों की पीड़ा फिर बिखरी, सारे मुखमंडल पर व्याप्त हो गई। देवन्ती की गोद में उसके कोमल पंजे का दबाव बढ़ा। स्वर में सिहरन सध न पाई। बात फूट पड़ी, "पर माधवी बहन ने अनरीत की सखी! अपना ही मन छला!"

"मैं अभी भी तुम्हारा नाम ले उस घर से वंशवृक्ष माँग लाती हूँ। जब तक तुम इस घर में उपस्थित हो, कुलाचार के विरुद्ध यह अन्धेरखाता कदापि नहीं चल सकता। सिंह के वंश में शृगाली की सन्तान का नाम कदापि नहीं लिखा जाएगा।

मैं दासी ही सही, किन्तु तुम्हारी बालसखी भी हूँ। तुम्हारे दो कुलों के अन्न से ही मेरी देह पली है।''

''व्यर्थ का हठ ठानती है बावली! नई शाखा के जन्मदाता ने ही जिसे सारे अधिकार सौंप रखे हों, उससे कैसे कुछ माँगा जा सकता है री!''

''तो क्या मासात्तुवान की भावी पीढ़ियों में अब वंजिपुत्रियों के नान लिखे जाएँगे? पुरुष अपना वैभव भूल जाएँ तो क्या स्त्री भी मर्यादा के बन्धन ढीले कर देगी? और फिर मर्यादा है किसकी? वंश है किसका?''

''पुरुष का।''

''माना, पर किससे है? स्त्री के बिना कुलों की परम्परा नहीं बँध सकती। कुल की मान-मर्यादा तुम्हारे अधीन है।''

कन्नगी गम्भीर हुई। फिर कहा, ''वह भी तो स्त्री है, तुम भी तो हो!''

''तब अपने सुहाग के नूपुर तुम माधवी को दे क्यों नहीं देतीं?''

कन्नगी चुप हो गई। यह उसकी पकड़ की बात थी। सिद्धान्त का प्रश्न था। देवन्ती ने उसे मौन देखकर फिर कहा, ''तुम्हें आदेश देना ही होगा, देवि! तुम्हें वेश्या के घर से अपने पूज्य श्वसुरकुल का वंशवृक्षपट्ट मँगाना ही होगा।''

विचार कर कन्नगी सहमत हो गई। देवन्ती स्वयं कोवलन के पास गई। कोवलन सुन्दरी बालाओं और परिचारिकाओं से घिरा बैठा चौपड़ खेल रहा था। मदिरा, जो अब आठों याम की संगिनी हो गई थी, इस समय भी पास थी। जिसे अब रुपए-पैसे के लेन-देन में व्यस्त रहने के कारण कोवलन के पास अधिक उठने-बैठने का अवकाश नहीं मिलता था, वह माधवी भी देवन्ती का आगमन सुनकर उसके पास आ गई थी।

कोवलन देवन्ती को कुछ परिचित-सी दृष्टि से देखने के बाद फिर अपने खेल में लवलीन हो उसकी उपस्थिति को ही भूल गया। माधवी कोवलन के शरीर पर हल्का-सा भार रखकर बैठ गई। उसने भी देवन्ती की उपस्थिति को नकार दिया। देवन्ती खड़ी रही, खेल चलता रहा। अपनी गोट पिटने पर कोवलन चहका। देवन्ती ने वैसे ही अपना क्षण साधकर कहा, ''स्वामी! आपकी कुललक्ष्मी, मेरी सती स्वामिनी ने अपने पूज्य श्वसुरकुल के धवल यश की दुहाई देकर मुझे आपकी सेवा में न्याय माँगने भेजा है।''

माधवी का मुखड़ा कस गया। कौड़ियों को हाथ में समेटकर कोवलन ने देवन्ती की ओर देखा, सीधा बैठ गया, सोचता रहा, फिर गम्भीर स्वर में कहा, ''तो तुम्हारी स्वामिनी ने न्याय माँगा है! इतने वर्षों में कदाचित् पहली बार उन्होंने मुझसे कुछ माँगा है। एवमस्तु! बोलो!''

माधवी तमककर सीधी बैठ गई, रोष-भरे स्वर में कोवलन से कहा, ''**बिना**

जाने-बूझे कन्नगी को वरदान देकर तुम मेरे प्रति अन्याय कर रहे हो। मैं इसे सहन नहीं कर सकती।''

''मेरी परम सहनशीला, त्यागमई सती स्वामिनी अपने लिए नहीं वरन् अपने पूज्य श्वसुरकुल की प्रतिष्ठा के हेतु न्याय माँगती हैं प्रभु!''

''अपना आशय स्पष्ट करो!''

''बड़े स्वामी के कक्ष से आपका वंशवृक्षपट्ट आज यहाँ उठा लाया गया है देव!''

''तो? इसमें अप्रतिष्ठा अथवा न्याय की कौन-सी बात हुई? वंशवृक्ष अब नए गृहपति, मेरे स्वामी के निवासगृह को सुशोभित करेगा।'' कोवलन को विचारने अथवा उत्तर देने का अवकाश न देकर माधवी चट से बोल उठी।

कोवलन परीक्षात्मक दृष्टि से उसे देखने लगा। फिर अपने निवासकक्ष के चारों ओर दृष्टि दौड़ाई। माधवी समझ गई, नम्र भाव से बोली, ''स्वर्णपट्ट उस घरवालों की असावधानीवश धूमिल पड़ गया था स्वामी! मैंने उसे उजलाने के हेतु भेजा है। कल प्रातःकाल यहाँ प्रतिष्ठित हो जाएगा।''

''हुं! तो वेश्या के घर में वेश्यागामी के पुण्यात्मा पुरखों का पिंडदान भी होगा, क्यों?''

माधवी और तीखी पड़ी, कहा, ''मैं वेश्या नहीं हूँ—न जन्म से, न कर्म से। सात भाँवरों का खेल न खेलकर भी मैंने तुम्हारा वरण किया है। मैं सती हूँ।''

कोवलन शान्त रहा। उसी भाव से उत्तर दिया, ''हाँ, वेश्या भी सती हो सकती है, पर कहलाएगी वेश्या ही। तुम्हारे धर्मपिता पान्सा भी तुम्हारी अम्मा को अपनी पत्नी नहीं कहते।''

''उनकी बात न्यारी है, परन्तु मैं तो तुम्हारी सन्तान की माता हूँ,'' माधवी ने और फूलकर कहा।

''तो मणिमेखला का नाम अंकित करने के लिए ही तुमने मेरा वंशवृक्ष मँगाया है? अब समझा! इसी के निमित्त मेरा वंशवृक्ष उजला होने गया है।'' कहकर कोवलन ठहाका मारकर हँस पड़ा।

देवन्ती की उपस्थिति से माधवी अहंकार के धुरकोठे पर चढ़ गई। चोट खाई सिंहनी की भाँति तड़प उठी, बोली, ''तुम्हारे वंश को भविष्य में मेरे गर्भ की ज्योति ही उजाला प्रदान करेगी। वंशवृक्ष पर मेरी मणिमेखला का नाम अवश्य अंकित होगा, अन्यथा मैं प्राण दे दूँगी।''

शिष्टाचारवश नतनयन खड़ी देवन्ती ने चतुर कनखी से माधवी का तेज और कोवलन के मुख पर उसकी प्रतिक्रिया भाँपी। कोवलन माधवी को देख रहा था, उसका मन पढ़ रहा था। फिर आँखों में प्रश्न चमका, भृकुटी और मुख-होंठ की

रेखाओं में ध्यान और लड़खड़ाहट के उतार-चढ़ाव आए, दृष्टि हटा ली, सिर झुक गया, विचारों में खो गया। उसके गम्भीर मौन के क्षण देवन्ती के लिए औत्सुक्य कम्प-भरे और माधवी के लिए व्यग्र-विकल, बड़े मान-मचलन भरे थे।

उत्सुकता का अन्त आया। निःश्वास ढाल, उलझी दृष्टि और खिसियाई हँसी के साथ कोवलन का निस्तेज मुखमंडल ऊपर उठा। माधवी की ओर देखकर उसने कहा, "कुछ समझ में नहीं आता। तुम्हारे प्राणों के प्रति मेरा मोह अपार है। तुम्हें लेकर अब मैं जग से इतनी दूर चला आया हूँ कि लौटने की सम्भावना नहीं, साहस भी नहीं। लिखो, लिखो अपनी बेटी का नाम और उसके साथ यह भी अंकित करा देना कि अब से इस वंश में वासना, विलास और दैहिक प्रेम के सार्थ चलेंगे। देवन्ती! अपनी सखी से कह देना कि उनके साथ-ही-साथ मैं विवेक और न्याय का भी परित्याग कर चुका हूँ।"

"किन्तु आपके धवल कीर्तिशाली कुल की प्रतिष्ठा..."

"एक समय वह संस्कार मुझमें जाग्रत था। नासमझी-भरी एक साधारण-सी बात से घाव खाकर इसके प्राण लेने के लिए झपटा भी था।...पर तब भी इसके प्राणों को मेरे मोह की अबोध शक्ति प्राप्त थी।...आज तो विवश हूँ।" कहकर कोवलन जादू बँधे मेढ़े की भाँति ऐसी दृष्टि से माधवी को देखने लगा जो रसमग्न से अधिक कातर थी। माधवी अपने सौभाग्य-दर्प से ठस, अपने अतिरिक्त हरेक के प्रति उपेक्षाभाव को कसे हुए बैठी थी।

नतनयन देवन्ती ने हाथ जोड़कर विनम्र दृढ़ता से कहा, "स्वामी का मंतव्य अपनी सती स्वामिनी की पुनीत सेवा में प्रेषित कर दूँगी। परन्तु इसके साथ ही अपने प्रभु की सेवा में सविनय यह निवेदित किए जाती हूँ कि जिस कुल का नमक खाकर मैं जीवित हूँ, उसकी प्रतिष्ठा के लिए अपनी पुण्यशीला सखी स्वामिनी के नाम पर परम प्रतापी चोल महाराज से न्याय माँगूँगी। आप अथवा देवी माधवी मुझे इसके लिए दोष न दें। यह सामाजिक प्रतिष्ठा का प्रश्न है।"

"सामाजिक प्रतिष्ठा का प्रश्न!" माधवी चीखती, मुट्ठियाँ भाँजती खड़ी हो गई, "मैं भी न्याय लूँगी। वेश्या बनाने के लिए डाकुओं, कुट्टनियों का जाल फैलाकर जब हमें व्यवसाय की वस्तु बनाया जाता है तब सामाजिक प्रतिष्ठा का प्रश्न क्यों लुप्त हो जाता है? मैं स्वेच्छा से वेश्या के यहाँ बिककर नहीं आई थी। मैं भी सती हूँ, मेरे सम्मुख भी अपनी प्रतिष्ठा का प्रश्न है।"

"देवी की भावनाओं का दासी आदर करती है, परन्तु अपनी बात पर सविनय दृढ़ है। मैं राजदरबार से न्याय माँगूँगी।" देवन्ती ने सविनय अपनी वज्र-सी दृढ़ता प्रदर्शित की।

"उसके पूर्व ही यमदेवता तुम्हारा न्याय कर देंगे।" माधवी की देह में हिंसा

की होली-सी जल उठी। उसने झपटकर दोनों पंजों में देवन्ती का गला धर दबोचा। कोवलन तीव्रता से उठा और अपनी विलासजर्जर देह की पूरी शक्ति लगा माधवी को तमाचा मारकर पीछे धकेल दिया। अचानक प्रहार से माधवी स्तब्ध हुई, देवन्ती के गले से उसके पंजे हट गए। तब तक नागरत्ना भी आ पहुँची थी। दूसरी सेविकाओं को स्वामी और स्वामिनी के बीच में जाने का साहस न होता था।

"क्या करती हो छोटी स्वामिनी! अपना हल्कापन दिखाती हो! चलो यहाँ से। और स्वामी! सबकुछ सहूँगी, परन्तु मेरी छोटी स्वामिनी पर अब फिर कभी हाथ न उठाइएगा। मैं भी राजा के यहाँ गुहार लगा सकती हूँ। न्याय सबके लिए समान है।"

कोवलन अब भी हाँफ रहा था। वर्षों बाद अपनी शारीरिक शक्तियों से जूझते हुए उसे कहीं यह अनुभव होने लगा कि वह शक्तिहीन हो चुका है और यह अनुभव बात की तात्कालिक गरमी में उसे अच्छा न लगा। उस खीझ में नागरत्ना की बात उसे बुरी तरह चिढ़ा गई। वह क्रोध से पागल हो उठा, चीखकर बोला, "निकल जा इसी समय घर!" फिर एक अन्य दासी की ओर देखकर आदेश दिया, "इसके झोंटे पकड़कर खींचते हुए, घसीटते हुए, बाहर निकाल दो!"

माधवी भी उत्तेजित हो उठी, "घर मेरा है, मेरे पातेर ने मुझे यौतुक में दिया है। दासी भी मेरी है, मेरी अम्मा ने इसे मेरे लिए क्रय किया था।"

"यौतुक? वेश्या की क्रीतपुत्री अपनी तथाकथित माता का रसभोग करनेवाले विदेशी के धन पर मुझसे इतराती है—मुझसे! लोकवंद्य चेट्टियार मासात्तुवान के पुत्र से! मैं तुझे, तेरी माता और तथाकथित पातेर को एक नहीं दो बार क्रय कर हाट में फिर त्यक्त पशुओं की भाँति छोड़ने की सामर्थ्य रखता हूँ। चली जा मेरी आँखों के सामने से और इस नागरत्ना के झोंटे खींचकर मैं स्वयं..." वाक्य अधूरा छोड़ दाँत पीसता हुआ कोवलन नागरत्ना के झोंटे पकड़कर बाहर खींच ले चला। माधवी उत्तेजित होकर आगे बढ़ने ही वाली थी कि पीछे से कन्धे पर किसी के हाथ के स्पर्श से वह रुक गई। घूमकर देखा—गैरिक वस्त्रधारिणी चेलम्मा खड़ी थी।

वर्षों बाद चेलम्मा को देखकर माधवी उभ-चुभ रह गई। कोवलन नागरत्ना को घसीटता हुआ कक्ष के बाहर जा चुका था, देवन्ती भी जा चुकी थी। अन्य दासियाँ नतशिर हाथ बाँधे द्वार के आसपास खड़ी थीं। माधवी क्षोभ और उल्लास के समाकर्षण में बँधकर स्तब्ध रह गई। चेलम्मा का मुखमंडल और हाथ-पैर घृणित रोग से मुक्त हो कुन्दन-से दमक रहे थे। उसके व्यक्तित्व में एक नवीन आकर्षण था। माधवी उसकी दृष्टि से बँध गई। चैतन्य, शान्त वृद्धा चेलम्मा की दृष्टि में वात्सल्य की ऐसी घनी छाँह थी कि तप्तयौवना माधवी की आँखें भाप बनकर बरस पड़ीं। टकटकी का जादू टूटा तो शिष्या अपनी गुरु, मौसी, माँ—'सगी' माँ—के कलेजे से चिपट गई। करुणा दोनों ओर अपने जादू से आप ही बँध गई थी।

भावावेश के क्षण शान्त हुए। माधवी के मस्तक और पीठ पर स्नेह से हाथ फेरते हुए चेलम्मा मधुर स्वर में बोली, "नहीं मानी ना, जेठ की धूप-सी ही तपो। न सती बनी, न वेश्या! देखती हूँ कि मेरी बेटी जहाँ-की-तहाँ रह गई।"

माधवी ने धीरे-से सिर उठा चेलम्मा की ओर देखा। उसकी आँखों में प्रश्न का सधाव, चलते विचारों की विद्युततरंग, पराजय और दर्प के उतार-चढ़ाव बड़ी जल्दी-जल्दी लहरें ले रहे थे। चेलम्मा उसे देखकर बोली, "आ चल, तेरी माँ से मिल आऊँ। उद्यानगृह के बाहर ही नागरत्ना मिल जाएगी, उसे भी साथ लेते चलेंगे। अरे, कोई जनी जाकर सारथी से रथ प्रस्तुत करने को कह दे।"

"तुम हो आओ मौसी! मैं इस समय नहीं जाऊँगी।"

"इसी समय तो तुझे ले जाना चाहती हूँ। कोवलन चेट्टियार की चिन्ता छोड़, वे अब तुझे छोड़कर कहीं नहीं जा सकते। उन्होंने विलाससिद्धि के लिए जग को संन्यासी की भाँति त्याग दिया। अब चाहकर भी कहीं नहीं जा सकते। उन्हें एकान्त दे और मुझे अपना मन। जवानी के घोड़े पर चढ़ी-चढ़ी न दौड़ मेरी बिटिया! तेरी कोखजाई में भी अब यौवन के फूल खिलने लगे हैं। कहाँ है मणिमेखला, उसे भी साथ लेती चल।"

"वह पातेर के घर में है। उसकी शिक्षा-दीक्षा वहीं होती है।"

चेलम्मा माधवी को लेकर चली गई। उसके जाते ही परिचारिकाएँ भी, जीव ज्यों देह छोड़ता है, वैसे ही कमरे में चली गईं। सात पीढ़ियों के धनी चेट्टियार का विलासगृह, थोड़ी देर पहले एक मानवीय एवं सामाजिक समस्या के भाव-संग्राम की रणभूमि, कोवलन के मन की तरह ही अन्तर में अनन्त हलचल-भरा किन्तु ऊपर से शान्त था। इधर कुछ वर्षों से, जब से कोवलन को यह लगने लगा है कि उसका धन चुक चला है, उसकी आय का माध्यम स्वतन्त्र नहीं रहा, वह अपनी रक्षिता प्रिया को क्रय करनेवाली वेश्या के रक्षक के द्वारा प्रेषित है, तब से उसके मन में एक गहरी फाँस चुभ गई है जो सतत पीड़ा देती है, परन्तु उस पीड़ा से निष्कृति नहीं। उस पीड़ा ने मन के अनेक सत्यों को जगाकर आसपास चारों ओर कई और फाँसें भी चुभो रखी हैं। कोवलन में आत्मविश्वास नहीं रहा। उसकी चाह-परवाह इतनी बिखर गई है कि वह समेट नहीं पाता। वह अपने सुख-विलास के लिए पराश्रित हो चुका है, माधवी का दास बन चुका है। उसकी चेतना में बरसों से घुटन बनकर समाई हुई यह बात अपने वंशवृक्ष के बहाने आज उमड़ पड़ी। उसकी कुंठा विद्रोह का रूप धारण करके फूटी। माधवी को मारकर और नागरत्ना को घर से निकालकर उसने थोड़ी देर के लिए खोया हुआ आत्मविश्वास पा लिया। उद्यानगृह के मुख्य द्वार की सीढ़ियों से नागरत्ना को नीचे धकेलकर कोवलन जब लौटा तो थककर चूर-चूर था, किन्तु आत्मविश्वास की शक्ति से सतेज भी। दासों को आज्ञा दे चौकी मँगवाकर चार कन्धों पर वह सीढ़ियाँ चढ़ा। वह हाँफ रहा था, किन्तु उल्लसित था। वह इस

समय त्रैलोक्यविजयी था। चारों ओर दास-दासीगण उससे आतंकित हो रहे थे। माधवी-जयी, अपने क्षण का त्रैलोक्यविजयी कोवलन फिर से अपने सूने कमरे में पहुँच गया, थकी शक्तियों को जाग्रत करने के लिए मदिरा की माँग की, परिचारिकाओं को अपनी देह मींजने का कार्य सौंपा। फिर सो गया।

तब तक चेलम्मा मनघायल माधवी और तनघायल नागरत्ना को रथ पर लेकर पेरियनायकी के घर जा चुकी थी।

इक्कीस

मार्ग में चेलम्मा चोट खाई हुई नागरत्ना को अपनी बाँहों के सहारे बिठलाकर प्रायः मौन रह, माधवी की ही बातें सुनती रही। माधवी केवल अपनी मणिमेखला की बातें करती रही। उसने एक बार भी न पूछा कि 'मौसी! तुम इतने दिन कहाँ थीं? यह कायाकल्प, यह गैरिक रूप कहाँ पाया?' वह अपनी ही धुन में अन्यायों से अभिशप्त अपने जीवन के सम्बन्ध में, अपनी बेटी और पातेर के सम्बन्ध में ही बातें करती रही। कोवलन की निन्दा बहाने-बहाने उबली-उबली पड़ती थी। बतलाने लगी कि बड़ा अकर्मण्य हो गया है। अपनी अतृप्त वासनाओं के पीछे किसी प्रकार की ऊँच-नीच सोचे बिना जहाँ-तहाँ गन्दी नालियों में मुँह के बल गिरता-पड़ता है। "अपनी प्रतिष्ठा का तनिक भी तो ध्यान नहीं रह गया उन्हें। कामाचारिणियों के साथ मदमत्त हो मार्गों पर डोलते-फिरते हैं। राह चलते लोग जब छींटे कसते हैं तब बड़ी प्रतिष्ठा होती है मासात्तुवान के कुल की! और मेरी मणि का नाम यदि इनके वंशवृक्ष में अंकित हो जाएगा तो इनकी सात पीढ़ियों की नाक कट जाएगी! सामाजिक प्रतिष्ठा का प्रश्न उठ खड़ा होगा! वाह रे इनका खोखला दम्भ! मैं भी अड़ जाऊँगी। मैं इनकी पैतृक हवेली में ही अपने बेटी के साथ जाकर रहूँगी। मासात्तुवान की पौत्री का विवाह किसी प्रतिष्ठित कुल में होगा। देखती हूँ कैसे नहीं होता! अब नगर में मानाइहन का नहीं, मेरे पातेर का सिक्का चलता है। मणि उन्हीं के घर रहती है। बौद्धाचार्य उसे शिक्षा देते हैं, उत्तम ब्राह्मणी विदुषी उसे कुलीनों की रीति-नीति सिखाती है। मेरे पातेर ने अभी से ही उसके विवाह के विषय में इधर-उधर टोह लेनी भी आरम्भ कर दी है। मेरे पातेर अपनी दौहित्री और जामाता को अपनी अतुल सम्पत्ति का उत्तराधिकार भी दे जाएँगे। और उनके बैठा ही कौन है!"

नागरत्ना पत्थर की ऊँची सीढ़ियों से धकेले जाने के कारण बहुत चोट खा गई थी। चेलम्मा के कलेजे से सिर टिकाए, आँख मूँदे पड़ी नागरत्ना परम शान्ति

पा रही थी। मार्ग-भर वह वैसे ही बैठी रही। चेलम्मा नागरत्ना की बाँहों पर दोनों हाथ रखे शान्त भाव से सामने सड़क की ओर टकटकी बाँधकर देखती हुई बातें सुनती जाती थी।

पेरियनायकी सहसा चेलम्मा को देखकर आँखें फाड़े ठगी-सी खड़ी रह गई। एक तो इतने वर्षों बाद अचानक देखा, फिर इस दिव्य-रूप में देखा तो और भी चकरा गई। पर यह मूढ़माया क्षण भर को ही व्यापी। चेलम्मा बाँहें पसार अपनी बाल-सखी को भेंटने झपटी। वृद्धा पेरियनायकी के अन्तर में सुप्त बालमन अपनी सहज सरलता के साथ उमड़ पड़ा, चार आँखों में गंगा-कावेरी बह चलीं। माधवी देखते हुए भी उस दृश्य से बहुत दूर थी, अपने में खोई हुई थी।

"अरी निगोड़ी! मैं तो समझी थी तू मर गई। कहाँ से यह कंचनकाया लेकर बिजली-सी फट पड़ी! हाय मैं मर जाऊँ, तुझे देखकर इतना सुख मिला है मुझे!" पेरियनायकी आगे कुछ न कह सकी, एक बार फिर अपनी बाल-सखी को आलिंगन में कसकर रो पड़ी। मन व्यवस्थित कर थोड़ी देर में दोनों बहनें अपने सुख-दुख की बातों में रम गईं। माधवी उठकर चली गई। इस समय उसे अपनी छोड़ और किसी बात में रस नहीं था। वह खोई हुई थी।

पेरियनायकी ने उसे जाते देखकर भी कुछ न कहा। चेलम्मा कुछ कहना चाहती थी, परन्तु पेरियनायकी ने अपनी बाल-सखी को अपने ही बतरस में खींचकर उससे उसके सम्बन्ध में प्रश्न पूछने आरम्भ किए। कहाँ रही, क्या हुआ, यह कंचन-सी काया कब, कैसे और कहाँ पाई, सबकुछ उतावली से जान लेना चाहा। चेलम्मा का कायाकल्प उसे आश्चर्य में डाल रहा था, उसके गैरिक वस्त्र मन में कौतूहल-भरी श्रद्धा जगा रहे थे। पेरियनायकी अपने समस्त सुख-वैभव को लेकर भी उसके आगे पराजित-सी अनुभव कर रही थी, परन्तु इस पराजय में ईर्ष्या कम तथा प्रेम और आदर अधिक था।

पन्द्रह-सोलह वर्ष पूर्व कन्नगी की सुहागरात के दिन माधवी के दुराग्रह से नगर के महाजन समाज में जो हलचल मची थी, उससे अपने ढंग से लड़कर चेलम्मा नगर छोड़कर चली गई थी। उसे भय था कि माधवी का अकल्याण होगा और वह सह न पाएगी। तीर्थयात्रियों की टोली के साथ वह काँची चली गई। वहाँ से उत्तर भारत की ओर तीर्थयात्रा हेतु जाती हुई एक दूसरी टोली का साथ पकड़ लिया। होते-करते काशी पहुँच गई। फिर और कहीं जाने को मन न हुआ। नगर से दूर गंगा के तट के निकट ही किसी पुराने प्रासाद के खँडहर की एक बची-खुची कोठरी में रहने लगी। दिन में भिक्षा लाती और एकान्त में नाप-जप-साधन करती। रात्रि के तीसरे पहर में

प्रासाद के खँडहर पार कर एक संन्यासी गंगास्नान के लिए आया करते थे। प्रासाद के गंगा-द्वार की सीढ़ियों पर बैठकर संन्यासी योग-साधन करते थे। चेलम्मा अनायास ही उनके आने से पूर्व उनके बैठने की जगह स्वच्छ करके कमल-पत्रों का आसन बिछाने लगी। अँधेरी रात में आते समय खँडहर पर इधर-उधर बिखरे हुए कंकड़-पत्थर संन्यासी जी के चरणों में चुभते होंगे, यह सोच चेलम्मा ने कई दिन के अनवरत श्रम से उनके आने-जाने की राह को यथासम्भव चौरस बना दिया। चेलम्मा ने संन्यासी जी की सूरत कभी नहीं देखी थी। अँधेरे में आते थे और भोर का धुँधलका मिटने से पूर्व ही चले भी जाते थे। चेलम्मा उनके साकार-निराकार रूप की निष्काम सेवा करती। जब वे जाने लगते तो दूर ही से उनके मार्ग में झुककर प्रणाम करती। महीनों बीत गए। एक दिन ऐसा बानक बना कि संन्यासी देर से आए, देर तक ठहरे। चेलम्मा को उनके साक्षात् दर्शन करके प्रणाम करने का अवसर मिल गया। संन्यासी ने स्वयं ही उसका कुष्ठोपचार करने की बात कही, पीपल की छाल के काढ़े में नियमित रूप से किसी औषधि का सेवन कराया, बेसन का भोजन कराया। वे आप ही उसके भिक्षान्न की व्यवस्था भी करते रहे और गंगाजी की रेणु से देह मल-मलकर मन्त्र-जाप करने का आदेश दिया। छह-सात महीनों के नियमित उपचार से चेलम्मा ने पूर्णरूपेण रोगमुक्त हो अपना पूर्व श्यामवर्ण खोकर शिवांगा भस्म-सा यह उज्ज्वल रूप पाया। फिर वह वहीं रही। दिन-भर मार्ग पर छाँव-तले बैठे यात्रियों को पानी पिलाती और नाम-जाप करती रहती...और वर्षों बाद अपने नाडु (देश) और सबके मोहवश खिंची चली आई है। "नगर-प्रवेश करते ही मैंने डरते-डरते माधवी के सम्बन्ध में पूछा। तेरे और तेरे यवन चेट्टियार, मानाइहन चेट्टियार, कोवलन आदि सबके सम्बन्ध में यत्र-तत्र लोगों से प्रश्न किए। नगर की नई गतिविधि देखी। फिर माधवी से मिलने गई तो अचानक यह दृश्य देखा।..."

चेलम्मा ने पेरियनायकी को तत्काल की घटना सुनाई। पेरियनायकी चिन्तित हो गई, कुछ क्षण मूक उलझन से त्रास पाती रही, फिर बोली, "इसके मारे अन्तिम क्षण तक मैं निश्चिन्त न हो पाऊँगी चेली! तुझसे सच कहती हूँ, अब तो मन छलनी हो गया है। लोक की लीक मिटाकर चलना चाहती है और वैसे ही उसके पातेर मिल गए हैं जो देश-काल की रीति भुलाकर उसकी बेटी को कुलीनता का वरदान देना चाहते हैं। कहते हैं, नगर के महाजनों की प्रचलित मर्यादाओं का आमूल परिवर्तन, उनका सुधार और संशोधन करने की शक्ति अब इस देश के महाजनों के हाथ में नहीं रही। सब उनकी इच्छा के आगे नत हैं। बड़े-से-बड़े राज-कर्मचारी उनकी मुट्ठी की पहुँच में हैं। महाराज उत्तर भारत की ओर विजययात्रा को गए हैं। देव जाने, क्या होनेवाला है री! अब तो मैं भी इस नगर के रंग-ढंग देखकर कभी-कभी घबरा उठती हूँ।"

सातों सुखों में रहते हुए भी पेरियनायकी इधर कुछ वर्षों से अकेली पड़ गई थी। माधवी अपने घर में रहती थी। नगर के रूपहाट में ही नहीं वरन् व्यावसायिक क्षेत्रों में भी उसका ही बोलबाला था। पान्सा नियमित रूप से आते थे। उनके व्यवहार में कमी की तो बात ही नहीं, वृद्धावस्था का घनीभूत निष्काम प्रेमभाव भी उत्तरोत्तर बढ़ता ही जा रहा था। परन्तु उनका यह निष्कामभाव ही पेरियनायकी को स्वयं अपनी दृष्टि में अस्तित्वहीन बनाता जा रहा था। पान्सा उठते-बैठते प्रायः माधवी और मणिमेखला की ही बातें करते। माधवी को वे अपना पुत्र कहा करते, व्यावसायिक बातों में उसकी बढ़ती हुई क्षमता की चर्चा किया करते। पेरियनायकी को पहले ईर्ष्या होती थी, अब एक प्रकार की तटस्थता आ गई है। इस तटस्थता के कारण ही उसे अपना जीवन निःसार भी प्रतीत होने लगा है। धन बहुत है, दास-दासियों का सुख-वैभव भी अपार है। पर मात्र इस धन-वैभव का सुख वह कहाँ तक भोगती रहे! उसे और भी कुछ चाहिए। माधवी तो पान्सा के व्यवसाय में सहायक है, परन्तु वह मात्र अपने प्रेमी की कृपा पर ही पलती है। वह दिन-भर बैठी-बैठी क्या करे! दान-पुण्य, सदावर्त, अन्न-छत्र खोलकर दीन-दुखियों में सुयश कमाती है। और वह क्या करे! इस प्रकार के अनेक अवसाद-सने 'क्या' उसे क्रमशः थकाते चलते थे। आज अपनी बाल-सखी को पाकर उसकी वर्षों की थकान मिट गई। वह चेलम्मा के प्रति अपनी पुरानी ईर्ष्या-उपेक्षा भूल गई। सबकुछ होते हुए भी वह मन से निराश्रित थी, इस कारण चेलम्मा का बड़ा सहारा मिला। परन्तु यह सुख भी बहुत दिन न चला।

देवन्ती ने सारी बात मानाइहन से जाकर कह दी थी। उन्हीं दिनों संयोग से नगर के कुछ बड़े-बूढ़े महाजन भी उनके पास पहुँचे थे। विजय-यात्रा से समृद्धि और उत्साह से भरे हुए वृद्ध महाराज कारिहार बलवन हाल ही में राजधानी में पधारे थे। मानाइहन चेट्टियार को महाराज बहुत मानते थे। महाजनगण उन्हें ही मनाने गए थे कि अपने लिए न सही, किन्तु नगर के हित के लिए आपको पान्सा का एकसत्ताधिकार नष्ट करना ही चाहिए। हमारे घर में बैठकर यवन हमारे ही ऊपर आर्थिक शासन कर रहे हैं। अपने स्वार्थ के लिए पान्सा ने हमारे कुलाचार ही नष्ट-भ्रष्ट कर दिए। वेश्याओं के द्वारा वह अपनी रीति-नीति चलाता है। पुराने वंश फूल के हाट में लुट गए। प्रायः सब-के-सब पान्सा के हाथों में बिके हैं, उसका दिया हुआ सादम् (भात) खाते हैं, वही सबका वैभवदाता है। यदि वह अपना हाथ खींच ले तो आज नगर में निर्धन-ही-निर्धन दीख पड़ेंगे। ऐसे समय में भी हम-आप मौन बैठे रहें तो हमारा यह कार्य अपने पैरों आप कुल्हाड़ी मारने जैसा ही होगा।

मानाइहन सजग हुए, गम्भीर हुए, कटिबद्ध हो गए। उनके नेतृत्व में आठ-दस प्रतिष्ठित वयोवृद्ध श्रेष्ठियों ने महाराज कारिहार बलवन की सेवा में उपस्थित होने

के लिए उरैयूर की ओर प्रस्थान करने का निश्चय किया। मन्त्रणाएँ और तैयारियाँ होने लगीं।

पान्सा तथा अन्य रोमन व्यापारियों में हलचल मच गई। अनेक वर्षों से निर्विरोध अपनी इच्छाओं को गति देनेवाले रोमन व्यापारियों के लिए यह अत्यधिक उत्तेजित करनेवाला प्रसंग आन पड़ा था। सोते हुए ज्वालामुखी पर अपनी इच्छाओं के बाग-बगीचे लगानेवाले विदेशी व्यापारीगण क्रोध और उत्तेजना में बाँसों-बल्लियों उछलने लगे। पहले तो पान्सा ने यह प्रयत्न किया कि मानाइहन के साथ राजधानी जानेवाला प्रतिनिधि-वर्ग अपने आपमें ही फूट जाए। रोमन सिक्कों-भरी थैलियों के मुँह खुल गए। जानेवाले वयोवृद्ध महाजनों के युवा कुलदीपक अपनी विलासवधुओं के आग्रह तथा माधवी के प्रलोभनों और पान्सा की मीठी-मीठी बातों के जादू से बँधकर राजधानी जानेवाले अपने गुरुजनों का तीव्र विरोध करने लगे।

वंशवृक्षपट्ट की घटना से उत्पन्न नगर की यह व्यापारिक परिस्थिति माधवी के लिए अपनी जय-पराजय की कसौटी बन गई थी। कोवलन के वंशवृक्ष पर अपनी पुत्री का नाम अंकित कराने की उसकी तीव्र इच्छा पर पेरियनायकी ने भी ठंडे पानी के चुल्लू उलीचे और चेलम्मा ने भी। केवल उसके धर्मपिता पान्सा ही उसे बढ़ावा दे रहे थे। वह अपने स्वार्थ के लिए, अपने रोमन पातेर के स्वार्थ के लिए दिन-रात एक कर रही थी। वह प्राणपण से अपनी सौत कन्नगी के पिता, नगर के बूढ़े शेर को दबोचकर सदा के लिए उसे नष्ट कर देना चाहती थी। एक बार माधवी को, पान्सा सेठ तथा उनके समर्थकों को यह लगा कि वे अपने उद्देश्य में सफल हो जाएँगे, जानेवाले आठ महाजनों में पाँच प्रमुख व्यक्ति टूट जाएँगे; उधर राजधानी में प्रायः सभी बड़े-बड़े राज्याधिकारी उसके कुचक्र को चलाते हुए मानाइहन चेट्टियार तथा अन्य व्यक्तियों की मान-प्रतिष्ठा को भंग करके चोल राजदरबार में पान्सा की प्रतिष्ठा बढ़ाएँगे। परन्तु उनकी पहली नीति उनके लिए आश्चर्यजनक रूप से असफल सिद्ध हुई। नगर में किसी को पता न चला और आठों चेट्टियार मानाइहन चेट्टियार को साथ लेकर चले गए। उनके जाने के समाचार ने माधवी और पान्सा के अन्दर प्रतिहिंसा की अदम्य ज्वाला भड़का दी। उन्होंने मानाइहन तथा उनके साथियों को मार्ग ही में समाप्त कर डालने के लिए राजधानी जानेवाले हर मार्ग पर गुप्त हत्यारों के दल भेजे।

परन्तु मानाइहन चेट्टियार अपने कुचक्रियों से अधिक सावधान, सचेष्ट और चतुर सिद्ध हुए। वे राजधानी जानेवाली किसी भी राह से न जाकर सीधे चेरन राज्य की सीमा में प्रविष्ट हो गए। कावेरीपट्टणम् और उरैयूर दोनों ही महानगरों में पान्सा-चक्र से सम्बन्धित व्यक्तियों में कौतूहल-भरी हलचल मच गई। कुपित नवग्रहों के समान ये नौ चेट्टिगण नगर में थे नहीं और राजधानी पहुँचे नहीं, तब गए कहाँ?

मानाइहन और उनके साथियों ने चेरन साम्राज्य की सीमा में ही रहकर वहाँ के एक प्रतिष्ठित और परिचित व्यवसायी को अपनी बात कहने के लिए महाराज कारिहार बलवन की सेवा में भेजा। दूसरे राज्यों के बड़े महाजन चोल महाराज की सेवा में जाते-आते रहते थे, इसलिए राजधानी में किसी को चेरन चेट्टियार के सम्बन्ध में कोई शंका न हुई। उन्हें महाराज के दर्शन करने का अवसर मिल गया। चेरन के सेठ की चोल सम्राट से एकान्त में बातें हुईं और उसके बाद ही चोल महाराज अपने और चेरन राज्य की सीमा पर आखेट खेलने हेतु चले गए। वहाँ से कुछ दिन के बाद ही यह समाचार आया कि चोल साम्राज्य की राजधानी अब उरैयूर से हटकर कावेरीपट्टणम् में प्रतिष्ठित होगी। महाराज कारिहार बलवन इस बार इन्द्रोत्सव के अवसर पर स्थायी रूप से निवास करने सदल-बल कावेरीपट्टणम् जाएँगे।

सुनकर पान्सा के चेहरे का पानी उतर गया, माथे पर पसीना चढ़ आया। कई वर्षों के बाद दूसरी बार वे चोल राज्य से भागने को विवश हुए।

माधवी क्रोध की उत्तेजना में पागल-सी हो गई। जिसका स्वप्न भंग हुआ जा रहा था। उसके जीवन की गति सहसा स्तब्ध हो गई थी। पान्सा के साथ-ही-साथ इस बार पेरियनायकी भी भाग रही थी। और वे दोनों यह भी चाहते थे कि माधवी कोवलन का मोह छोड़ अपनी पुत्री को साथ लेकर नगर से भाग चले।

माधवी इसके लिए राजी न होती थी। वह अपना मोरचा छोड़ने के लिए तैयार न थी। इस विपरीत घटनाचक्र ने उसके हठ को और भी दृढ़ बना दिया था। मानाइहन से बदला लेने के लिए वह अब कोवलन से कन्नगीवाले सुहाग के नूपुर लेकर ही रहेगी। वह अपने प्रिय द्वारा मानाइहन की पुत्री—अपनी सती सौत—को मासात्तुवान की हवेली से निकालकर ही दम लेगी। मानाइहन भले ही चोल महाराज को प्रसन्न करके अपनी मनमानी सिद्ध करने में सफल हो गए हों, परन्तु माधवी से पार न पा सकेंगे। माधवी के पास वह हीरामन तोता है जिसमें मानाइहन के प्राण बसते हैं।

पान्सा और पेरियनायकी ने हारकर माधवी को उसके भाग्य के भरोसे छोड़ दिया। अपनी अमूल्य सम्पत्ति यथासम्भव बटोर, शेष माधवी को देकर पान्सा, पेरियनायकी और उनके निकटतम रोमन व्यापारियों के तीन-चार प्रतिनिधि रातोरात नगर छोड़ भागे। परन्तु इस बार भाग्य उनके विपरीत था। मार्ग में ही अचानक दस्युओं ने उन्हें घेर लिया। पान्सा, पेरियनायकी तथा अन्य कुछ-एक जान से मार डाले गए। उनकी सम्पत्ति लुट गई। जब यह समाचार कावेरीपट्टणम् पहुँचा तो बहुतों ने यह कहा कि मानाइहन चेट्टियार ने अपना बदला ले लिया। माधवी अपनी विवशता में धारोंधार रोई। चेलम्मा ने बहुत समझाया, पर उसका मन न थमा। उसने अपने माता-पिता की मृत्यु का बदला लेने का दृढ़ संकल्प किया। वह मन-ही-मन यह

सोचने लगी कि कौन उपाय करूँ जिससे कोवलन उत्तेजित होकर मानाइहन की बेटी का गला काट डाले।

इतनी हलचल हो गई, परन्तु कोवलन के लिए हर दिन यथावत् ही सोम, मंगल, बुध बनकर आता रहा। उसे मानो अब कोई चिन्ता ही नहीं व्यापती थी।

बाईस

पान्सा और अन्य रोमन व्यवसायियों के जाते ही वह अनिवार्य घटना घटी, जिसकी आशंका अनुभवी लोगों के द्वारा पहले से ही की जा रही थी। कावेरीपट्टणम् की अधिकांश बड़ी-बड़ी कोठियों का दिवाला पिट गया। कोवलन भी अपने साझेदार पान्सा के द्वारा दिवालिया बना दिया गया। भद्रवर्ग के विलासी नवयुवकों ने प्रमादवश कभी अपने व्यवसाय को पूर्णरूपेण समझने का प्रयत्न नहीं किया था और इतने वर्षों में वे सम्पूर्णतया पान्सा के अधीन हो चुके थे। वे अपना माल पान्सा तथा उनके द्वारा निर्देशित अन्य रोमन व्यापारियों को देते थे। बाहर से आनेवाला माल रोमन व्यापारियों के द्वारा ही अब उन्हें प्राप्त होता था, अन्य विदेशी व्यापारियों के साथ उनका कोई भी सम्बन्ध न रहने पाया था। दूसरी बात यह कि व्यावसायिक क्षेत्रों की गम्भीरता नष्ट हो गई थी। व्यावसायिक सौदे इधर वर्षों से महाजनी कोठियों में नहीं, वरन् वेश्याओं के कोठों पर हुआ करते थे। युवक सेठगण अपने अनुभवी गुरुजन और पुराने स्वामिभक्त कारिन्दों की सलाह से अधिक वेश्याओं, वेश्याअम्माओं और रोमन व्यापारियों तथा उनके विश्वस्त कर्मचारियों की सलाह मानने लगे थे। व्यवसाय करने में उन्हें प्रायः कोई रस नहीं रह गया था। उन्हें केवल रुपया चाहिए था और वह जितनी बड़ी संख्या में उन्हें हिरता-फिरता दिखलाई पड़ता, उससे ही वे सन्तुष्ट हो जाते थे। वे कभी यह न सोच पाए कि धन अब उनकी हवेलियों में टिक नहीं पाता। उनके घरों के स्थायी कोष भी क्रमशः रिक्त होने लगे थे। प्रायः प्रत्येक व्यावसायिक कोठी के छोटे-बड़े कारिन्दे आपाधापी के युग में अपने स्वामियों का स्वार्थ भूल अपना स्वार्थ भजने लगे थे। नगर के प्रमुख राज्याधिकारी भी पुराने सेठों का प्रभुत्व नष्ट करने के लिए स्वाभाविक रूप से इच्छुक और प्रयत्नशील रहते थे। पान्सा ने कावेरीपट्टणम् से लेकर उरैयूर तक प्रमुख राज्याधिकारियों हेतु धन और बहुमूल्य उपहारों की दौड़ बाँधा रखी थी। महाराज की सेवा में भी निरन्तर उपहार पहुँचते रहते थे। वे वर्षों से युद्धरत थे, कभी यह सोच भी न पाए कि उनके राज्य में एक गहरा अर्थ-कुचक्र काम कर रहा है। वे नृत्योत्सव

और इन्द्रोत्सव के अवसरों पर प्रतिवर्ष आते थे। ये कार्यक्रम भी इधर उनकी रण-व्यस्तता के कारण वर्षों से स्थगित रहे। मानाइहन का दुख, उन्होंने अब तक केवल एक व्यक्तिगत दुर्भाग्य की बात ही मानी थी। उन्हें पिछले चौदह-पन्द्रह वर्षों में होनेवाले इस नैतिक एवं आर्थिक अधःपतन की वास्तविक स्थिति कभी विदित ही न हो पाई। अनुभवी बड़े-बूढ़े इस विलासतन्त्र में अपने अपमान और उपेक्षा के भय से मौन हो चुके थे। विलास की लहर ने अनेक अतृप्त एवं कुंठित कुलकामिनियों में गुप्त व्यभिचार की लहर दौड़ा दी थी। ईश्वर और धर्मगुरुओं की खुलेआम हँसी उड़ाई जाती थी। नगर का प्रत्येक व्यक्ति क्षण को देखता और भोगता था। काल की व्यापकता में जीवन को देखने की उनकी क्षमता ही नष्ट हो चुकी थी।

मानाइहन की शक्ति और सहयोग पाकर वृद्ध महाजनगण अपने विरोधियों की दुर्नीति का मूलोच्छेदन करने में सफल तो अवश्य हो गए, परन्तु उन्हें आगे की राह नहीं सूझ रही थी। रूप के हाट में अब पट्टिनपाक्कम् और मरुवरपाक्कम्-जैसे अतिवैभवशाली महाजनी मुहल्लों से अधिक वैभव दिखाई देता था। युवक सेठ सहसा इस परिवर्तन से ऐसे हतप्रभ और कुंठित हो चुके थे कि अब अपने बड़े-बूढ़ों की पकड़ाई में नहीं आते थे। मुनीम-कारिन्दों का नैतिक तन्तु इतना क्षीण पड़ चुका था कि उन्हें नए सिरे से अंकुश में लाना असम्भव-सा लगता था। उत्तर-दक्षिण के अन्य व्यावसायिक नगरों में कावेरीपट्टणम् की साख गिर गई थी। वयोवृद्ध चेट्टियारों की समझ में न आता था कि मृत नगरलक्ष्मी में किस प्रकार पुनः प्राण संचरित किए जाएँ। मानाइहन चेट्टियार पहले आवेश में इतना कर तो गए, परन्तु उसके बाद वे फिर थकने लगे। उनके जीवन में अब कोई रस नहीं रह गया था। कोवलन ने उनका स्वप्न भंग कर दिया था। अब किसके लिए सारा प्रपंच करें!

कोवलन के निकट सम्बन्धी दो वयोवृद्ध सेठों ने मानाइहन चेट्टियार की स्फूर्ति जगाने के लिए कोवलन से मिलकर उसे समझाने का विचार किया। वे सोचते थे कि यदि कोवलन सँभलेगा तो उसके सहारे सम्भवतः अनेक घरों के कुलदीपक फिर आलोकित हो उठेंगे। पान्सा के उद्यानभवन में उन्होंने कोवलन से मिलना उचित न समझा। उन्हें पूरा विश्वास था कि माधवी इस मिलन में बाधा डालेगी और यह भी सम्भव है कि किसी प्रकार उन्हें अपमानित करने का प्रयत्न भी करे। सेठों ने चतुराई खेली। माधवी को यह आश्वासन दिया कि मणिमेखला का विवाह राजरत्नम् चेट्टियार के भानजे के साथ करा दिया जाएगा और इसके लिए एक बार स्वयं कोवलन को राजरत्नम् जी से मिलकर आग्रह करना चाहिए। माधवी सहज ही इस जाल में फँस गई। उसने कोवलन को राजरत्नम् जी से मिल आने के लिए कहा।

कोवलन बोला, "सुनो माधवी! मैं पतित अवश्य हो गया हूँ, पर मेरी अन्तश्चेतना अभी मरी नहीं। मैं जग-हँसाई तो भोग रहा हूँ, परन्तु यह कलंक न सह

पाऊँगा कि मासात्तुवान के वंशधर ने ऐसी ओछी बात मुख से निकाली जो असम्भव है और यदि सम्भव भी हो तो समाज के लिए घातक है। मान लो कि तुम्हारी बेटी का विवाह-सम्बन्ध हुआ तो फिर क्या एक अनुचित परम्परा स्थापित न हो जाएगी?"

"किस प्रकार?" माधवी की त्यौरियाँ चढ़ गईं।

कोवलन ने उसकी ओर ध्यान न देते हुए कहा, "पुत्री अकेली तुम्हारी ही तो नहीं, अन्य वेश्याओं और दासियों की कोख से भी मेरी सन्तानें उत्पन्न हुई हैं। फिर उन सबके लिए भी ऐसी ही व्यवस्था करनी होगी। और यदि उन सबके लिए व्यवस्था हो तो सभी वेश्यापुत्रियों के लिए क्यों न हो?...नहीं नहीं, इससे हमारे समाज का सम्पूर्ण क्रम ही नष्ट हो जाएगा। इसके लिए अभूतपूर्व क्रान्ति की आवश्यकता है जो मेरे द्वारा कदापि नहीं हो सकती।"

माधवी ने तमककर कुछ कहना चाहा, परन्तु वैसे ही कोवलन ने कहा, "ठहरो, यह उग्रता मत दिखलाओ। इस सम्बन्ध में मैं तुम्हारी एक न सुनूँगा। माधवी! तुम्हारे प्रेम में मैं अपनी और अपने कुल की प्रतिष्ठा, अपना व्यवसाय, वाणिज्य, धन-वैभव सबकुछ उत्सर्ग कर चुका, किन्तु समाज को न करूँगा और यदि तुम मुझे रूप दिखलाओगी तो मैं यहाँ रहना भी छोड़ दूँगा।"

माधवी इस धमकी से डर गई। वह यह भली-भाँति जानती थी कि कोवलन के पास रहने के कारण ही वह और उसकी बेटी अब तक सुरक्षित हैं, अन्यथा उनका सर्वनाश हो चुका होता। माधवी चतुराई खेल गई; आँखों में आँसू भरकर बोली, "तुम्हारी आत्मा को कष्ट पहुँचाकर मैं स्वर्ग भी नहीं जाना चाहती। यह प्रस्ताव मेरा नहीं, स्वयं तुम्हारे समाज के प्रतिष्ठित वयोवृद्धजनों का है और उनकी यह चिन्ता स्वाभाविक रूप से मेरे कारण नहीं, वरन् इसलिए है कि मणिमेखला तुम्हारी सन्तान है।"

"पीढ़ियों से वेश्याओं के गर्भ से अनेक कुलपुत्रों की सन्तानें हुईं, आज भी होती हैं। व्यक्तिगत मोहवश भद्रजन अपनी ऐसी विलास जनित सन्तानों के लिए बड़ी-बड़ी सुविधाएँ तो अवश्य प्रदान करते रहे हैं, परन्तु अपनी ऐसी सन्तानों के विवाह-सम्बन्ध उन्होंने भी स्वजाति में नहीं किए। इससे कुलाचार भंग हो जाएँगे।...जो हो, अपने इन आँसुओं को किसी और अवसर के लिए सुरक्षित रखो और आज के प्रस्ताव के लिए मुझे क्षमा कर दो।"

"मैं अब कुछ न कहूँगी स्वामी! परन्तु एक चिन्ता नए सिरे से मेरे सिर पर आन पड़ी है। मणिमेखला ने प्रायः स्मरणीय परमपूज्य मासात्तुवान चेट्टियार की पौत्री होने के कारण वंजिकुल के संस्कार अर्जित नहीं किए। सोच नहीं पाती कि कैसे उसे अपने कुल के संस्कारों में डाल पाऊँगी। क्या देवी कन्नगी की पुत्री मेरे वातावरण के संस्कारों को ग्रहण कर सकेगी?"

मणिमेखला को कन्नगी की पुत्री कहकर माधवी ने कोवलन को अपनी ओर देखने को बाध्य कर दिया। माधवी बोली, "मैंने झूठ नहीं कहा चेट्टियार! माधवी भले ही अपनी विवशता के कारण वेश्या हो, किन्तु मणिमेखला की माता के संस्कार वे ही हैं जो देवी कन्नगी के हैं। वह पतिपरायण और धार्मिक है। मैं प्रमाण नहीं दे सकती, किन्तु अपनी आत्मा को प्रमाण मानकर ही कहती हूँ कि देवी कन्नगी के समान किसी श्रेष्ठ कुल में ही मेरा भी जन्म हुआ है। और इसीलिए दुर्भाग्य के कोड़े खाकर भी मैं बदल न सकी। फिर मेरी बिटिया कैसे बदलेगी!"

कोवलन की अस्वीकृति ने मन-ही-मन माधवी को अत्यधिक निराश किया। चेट्टिगण भी अपनी योजना सफल न होते देख चिन्तित हुए। इस बात की चिन्ता तो थी ही कि मानाइहन को स्फूर्ति प्रदान करने हेतु उनकी पुत्री के गहन मेघाच्छन्न सौभाग्यसूर्य को किस प्रकार इस व्यामोह से मुक्त किया जाए, साथ ही यह विचार भी था कि नगर की वेश्याओं को पुनः मर्यादा के अंकुश में लाने के लिए माधवी के अहम् को बाँधना अत्यावश्यक है!

उधर माधवी मन-ही-मन प्रतिशोध की भावना से जल रही थी। इसके साथ-ही-साथ उसे अपनी पुत्री के भविष्य की भी चिन्ता थी। अपनी दुहरी तड़प में वह अनेक योजनाएँ बनाया करती। उसने अपने यहाँ प्रायः नित्यप्रति ही एक-न-एक उत्सव मनाते रहने का ठाठ साधा। कोवलन की भाँति ही अनेक उच्चकुलों के हीन कामी-विलासी चेट्टिगण अपनी प्रिय रक्षिताओं के साथ वहाँ आते। हास्य-विलास की बजाय धार्मिक प्रवचन, भजन, कीर्तन और सात्त्विक भावोंवाले नृत्य होते। कावेरीपट्टणम् की अधिकतर वेश्याओं ने माधवी के परामर्शानुसार ऐसा आडम्बर साधा कि उनमें और कुलवधुओं में कोई अन्तर ही न दिखलाई पड़े। फूल के हाट में घर-घर दानों, धर्मोत्सवों और व्रतों का एक आन्दोलन-सा मच गया। जो दक्षिणा से खरीदे जा सकते थे वे सभी ब्राह्मण, बौद्ध श्रावक, आलवार आदि धर्मपंडित उन गलियों में भद्र मुहल्लों के समान ही आते-आते दिखलाई पड़ने लगे। भद्र वेश्याओं की गलियों के पानालय प्रायः बन्द हो गए। माधवी जी-जान से एक नैतिक आन्दोलन जगा रही थी। उसका स्वर अनेक युवती वेश्याओं को बाँधकर आन्दोलित कर रहा था। महाराज कारिहार बलवन के नगर में पधारने पर वह उन्हें यह सिद्ध कर दिखलाना चाहती थी कि नगर की वेश्याओं के कारण नगर का पतन नहीं हुआ। नगर के विलासी राज्याधिकारीगण भी अपनी जान बचाने के लिए नगर के सेठों की क्षणिक लोभवश अन्ध व्यापारिक नीति को ही महाराज के सम्मुख दोषी सिद्ध करना चाहते थे। माधवी को भी उसी प्रकार का उपक्रम करते देख वे उसके साथ सहयोग करने लगे।

राजधानी से नित्य समाचार आ रहे थे। चोल अधिपति उन राज्याधिकारियों से अत्यन्त क्रुद्ध थे जिन्होंने इतने वर्षों में महाराज को राज्य की इस महान दुर्घटना

की कोई सूचना ही न दी। महाराज कारिहार बलवन बढ़ती आयु में फिर से शासन के प्रत्येक विभाग की स्वयं खोज-खबर लेने लगे। चारों ओर आतंक था और माधवी उस आतंक से निर्भय हो जीवन-मरण का प्रण ठानकर अपना खुला खेल खेल रही थी।

कोवलन को राजी-खुशी माधवी के घर से निकाल लाने की जब एक चाल कोवलन के हठ के कारण ही असफल हुई तो श्रेष्ठिगण मानाइहन के पास गए, उनसे सारा वृत्तान्त कहा। यह भी बतलाया कि कोवलन सबकुछ खोकर भी अब तक अपनी वंशमर्यादा नहीं भूला। उन्होंने मानाइहन से कहा, "जब तक आप माधवी का दर्प नहीं तोड़ते तब तक इस नगर की रक्षा नहीं। हम झझरी नाव में बैठे हुए हैं। इससे बचाने की यदि शीघ्र ही व्यवस्था न की गई तो हम सब-के-सब डूब जाएँगे।"

"परन्तु इसका उपाय क्या है? स्वयं विधाता ने माधवी के आगे मुझे निस्तेज करने का विधान रचा है। यहीं तो मैं विवश हूँ।" मानाइहन चेट्टियार ने एक निःश्वास ढालकर शीश झुका लिया।

"आप एक बार प्रयत्न तो कर देखें! कोवलन चेट्टियार को माधवी से अलग करना अत्यावश्यक है। जब तक वे उसके साथ हैं तब तक हम माधवी का दर्प चूर्ण न कर सकेंगे," एक वृद्ध श्रेष्ठि ने कहा।

"केवल वे ही नहीं, माधवी के साथ राज्याधिकारी भी हैं, धर्म-सम्प्रदायों के कुछ आचार्यगण भी हैं। यवनों के मुहल्ले सूने पड़े हैं। देसावर से माल लदकर आ रहा है, परन्तु इसका भुगतान नगरवाले कैसे करेंगे? एक समस्या है? अब तो ऐसा लगता है कि हम अपना सबकुछ समाप्त कर चुके।" मानाइहन चेट्टियार के स्वर में थकन और निराशा थी, परन्तु कुछ उत्साही वृद्धजन उन्हें उकसावा देते ही रहे। बहुत-कुछ कहा कि आप सहसा हतप्रभ और निश्चेष्ट हो गए हैं। आप यदि चाहें तो अब भी हमारा सामूहिक प्रयत्न अवश्य सफल होगा। भुगतान की चिन्ता भी नहीं है। आप यदि हमें इस समय सहारा दें तो महाराज से बहुत-कुछ सहायता मिल जाएगी। आपके सजग होकर पुनः कार्यक्षेत्र में आने की सूचना से ही देश-विदेश में हमारी साख फिर से बँध जाएगी। आपके बिना हम पंगु हैं।

मानाइहन को देर तक सारा ऊँच-नीच समझाया गया। अन्त में उन्होंने कोई-न-कोई उपाय करने का वचन दिया। लोगों के जाने के बाद मानाइहन सोचते रहे। घूम-फिरकर एक विचार पर मन जम गया।

सायंकाल के समय कोवलन प्रायः समुद्रतट पर सस्ती वेश्याओं के साथ बैठकर मद्यपान किया करता था। वह पवित्र बननेवाली माधवी और सती कन्नगी को गालियाँ देता। धनी कुलों के कुछ धनी युवक भी कोवलन-जैसी स्थिति में ही हो चुके थे; अपने घरों से अपने वृद्ध माता-पिता और पत्नी को मारकर घर का धन उलीचकर घूरे पर फेंकनेवाले कोवलन के साथ बैठकर अनर्गल प्रलाप किया करते थे। छोटी

मानी जानेवाली जातियों तक के लोग इन विलासी सेठों का व्यवहार देख लज्जित होते, बातें सुन आपस में इनकी खिल्लियाँ उड़ाते।

नगर के प्रतिष्ठित कुलों में विलासी तो प्रायः सभी हो चुके थे, परन्तु इतने हीनकर्मा युवक पाँच-सात से अधिक नहीं थे। अन्य जो इस प्रकार निर्लज्ज नहीं हुए थे, उनकी नगरवधुओं के यहाँ गुप्त पानालय भी थे। अनैतिक उतार-चढ़ाव की अनेक चक्करदार सीढ़ियों पर पर्दे डालकर वह समाज अपनी मनमानी पर आगे बढ़ रहा था। कोवलन और उसके साथी उन सबके ढोंग की भी खुली चर्चा करते थे।

जिस दिन दोपहर में मानाइहन चेट्टियार की अन्य भद्र महाजनों से बातें हुईं, उसी दिन सायंकाल मानाइहन अपने सेवकों और अंगरक्षकों के साथ वर्षों बाद समुद्रतट पर दिखाई दिए। उन्हें शीघ्र ही कोवलन के बैठने का ठिकाना भी मिल गया। अँधेरा हो चला था। दीपकों का प्रकाश यत्र-तत्र टिमटिमाने लगा था। फिर भी बहुतों ने अभी दीये नहीं बाले थे। मानाइहन चेट्टियार ने फिर भी अपने साथ आए हुए दो सेवकों को चन्द्रज्योति दीपित करने का आदेश दिया। चन्द्रज्योति लिए हुए अपने दोनों सेवकों के आगे-आगे मानाइहन तेजी से बढ़ चले। कोवलन-मंडली के हँसी-ठहाके, बहकी बातें और हाथों के चषक मानाइहन को सहसा अपने सामने देखकर स्तब्ध रह गए। दो चन्द्रज्योतियों के बीच मानाइहन चमक रहे थे। कोवलन ने अपनी मदमाती दृष्टि साधकर श्वसुर को देखा, चषक हाथ से छूट गिरा। श्वसुर-जामाता की टकटकी बँध गई। दूसरे भी मानाइहन को भौंचक्के होकर देख रहे थे। मानाइहन आगे बढ़कर अपने जामाता के पास गए। कोवलन लड़खड़ाते हुए उठने लगा। मानाइहन ने चट से अपने जामाता को सहारा दिया। श्वसुर के हाथ का स्पर्श पाकर कोवलन को हल्की-सी हिचक हुई, हाथ सिमटा, परन्तु मानाइहन ने उसे और भी स्नेह से बाँध लिया, कहा, ''पधारिए!''

दोनों की टकटकी बँधी हुई थी। श्वसुर के डगों से जामाता भी बढ़ चले। दोनों रथ पर बैठ गए। रथ चला। उसके पीछे दस अश्वारोही सैनिक चल रहे थे। समुद्रतट पर नगर के विभिन्न मार्गों पर श्वसुर और जामाता को साथ जाते बहुतों ने देखा। नगरव्यापी नए समाचार-सी यह बात शीघ्र ही माधवी के पास पहुँच गई।

मानाइहन अपने जामाता के साथ उसकी हवेली की ओर जा रहे थे। कोवलन मौन बैठा गम्भीर भाव से टकटकी साधे सामने का मार्ग देखता चला जा रहा था। मानाइहन भी मौन, विचारमग्न थे। थोड़ी देर बाद अचानक कोवलन ने कहा, ''बड़ी देर कर दी आपने!''

मानाइहन उसकी ओर देखने लगे। कोवलन बिना उनकी ओर देखे ही घुटनों पर बँधी बाँहों पर अपनी ठोड़ी टिकाए वैसे ही टकटकी साधे हुए बोला, ''चौदह वर्ष पूर्व इसी प्रकार अचानक मेरे सामने आ जाते तो यह सत्यानाश न होता।''

मानाइहन ने ठंडी साँस खींची, पहला शब्द सिसककर मुँह से निकला, "अरे, मैं भी यही सोच रहा था। सब भाग्य की बात है बेटा! जो कुछ हमें भोगना था उससे बच नहीं सकते थे। पर अब भी कुछ नहीं बिगड़ा, तुम अब भी समर्थ हो। मैं ही नहीं, सभी श्रेष्ठिगण तुमसे ही आस लगाए बैठे हैं। तुमसे ही इस नगर का नवगौरव बढ़ा था और अब भी तुम्हारे ही द्वारा नगर का नव भाग्योदय होगा।"

"असम्भव है!"

मानाइहन कोवलन की मुखमुद्रा देखने लगे। वह यथावत थी। श्वसुर को अपनी ओर देखते अनुभव कर बिना उनकी ओर दृष्टिपात किए हुए फिर कहा, "यों अन्तिम श्वास तक प्राणी को मोहवश जिलाने का प्रयत्न तो किया ही जाता है, परन्तु यह मोह ही है अप्पा!"

फिर कोई बात न हुई। कोवलन की हवेली में दोनों के साथ-साथ पहुँचते ही दास-दासियों में आश्चर्य की लहर दौड़ गई। कन्नगी तक यह समाचार पहुँचने में विलम्ब न लगा। वर्षों से मानसिक यंत्रणाओं को मौन सहते हुए कन्नगी अपने उद्वेगों का शमन करना जान गई थी। न उसके चेहरे पर प्रसन्नता आती थी और न दुख अथवा कातरता की रेखाएँ ही खिंचती थीं। पिता और पति के साथ-साथ आने की सूचना पाकर वह शान्त भाव से उठी और अन्तःपुर के प्रवेश-द्वार पर आकर खड़ी हो गई। देवन्ती बाहर के प्रकोष्ठ की ओर दौड़ती चली गई। कोवलन का लौट आना उसे अपनी ही विजय-सा लग रहा था।

मानाइहन देर तक बैठे रहे, कोवलन को ऊँच-नीच समझाते रहे। कहा, "मेरा जो कुछ है वह सब तुम्हारा ही है। और स्वयं तुम्हारे पास अब भी किसी बात की कमी नहीं है। नए सिरे से अपना कारबार सँभालो। इस जीवन में असम्भव कुछ भी नहीं होता बेटा। विशेष रूप से वैश्य के लिए। अनेक दिवाले निकालने के उपरान्त भी हममें बार-बार नए सिरे से खड़े होने की शक्ति होती है।"

कोवलन सिर झुकाए सुनता रहा, एक अक्षर न बोला, पत्थर की मूर्ति बना बैठा रहा।

मानाइहन अपनी पुत्री से भी मिले। वर्षों बाद पिता-पुत्री ने एक-दूसरे को देखा। जब से कोवलन ने घर आना छोड़ा, कन्नगी पिता के घर नहीं गई। किससे पूछकर जाए? मानाइहन अपनी प्रतिष्ठा से डरते थे, जामाता के द्वार पर कभी भूलकर न गए।

पिता ने पुत्री को देखा। कन्नगी की बड़ी-बड़ी मीन-सी आँखों में उसकी वर्षों की कष्ट-साधना का अडिग हिमालय पिता को देखकर क्षण-भर को विवश हो गल उठा। उसका मुखमंडल, सारा शरीर कम्पमान हो उठा। ऐसा लगता था, मानो वह अपनी पूरी शक्ति के साथ अपने उमड़ते हुए दुख को आँखों की सीमा में ही बाँधकर

उसे सुखा डालना चाहती हो। मानाइहन ने पुत्री की पीड़ा देख अपना मुख घुमा लिया। उनके लिए भी अपने-आपको रोकना कठिन हो गया। हल्की अँगुलियों से अपनी आँखें पोंछकर स्वर को संयत करके मानाइहन ने बेटी का सिर अपने वक्ष से सटाकर कहा, "दैव के आगे किसी का वश नहीं बेटी! मनुष्य तो मात्र अपनी सीमा में ही देख सकता है। मैंने कब यह सोचा था! अस्तु, जो हुआ सो हुआ। उसे भूल जाओ। अपने पति को सान्त्वना दो। सम्भव है उससे तुम्हारा, मेरा और सारे नगर का कल्याण हो।"

मानाइहन थोड़ी देर बाद चले गए। देवन्ती इतनी देर कोवलन चेट्टियार की सेवा में रत थी। मानाइहन के जाते ही उत्साह में दौड़ी-दौड़ी कन्नगी के पास आई, उसकी बाँह झँझोड़कर हर्षोल्लास में थिरकते हुए कहा, "अरी पार्वती जी! तपस्या पूर्ण हुई। अब तो यह साधक वेश उतारो! चलो बैठो, तुम्हारा श्रृंगार करूँ।"

कन्नगी 'ना' 'ना' करती ही रह गई और देवन्ती ने उसका श्रृंगारप्रसाधन आरम्भ कर दिया। कन्नगी के बाल सँवारते हुए देवन्ती अपने मन के गुलगुले भी पकाती जाती थी, "अब संकट के दिन टल गए। अब सबकुछ शुभ-ही-शुभ होगा। ईश्वर चाहेगा तो अगले वर्ष इस हवेली के भावी स्वामी का 'कुआँ-कुआँ' स्वर सुनाई पड़ेगा। तब मैं लड़के के नाना से नवरत्न का हार लूँगी। लड़के के पिता से जड़ाऊ कंगन और माता से मुक्ताहार लूँगी।" देवन्ती कन्नगी को गुदगुदाती, छेड़ती, हँसाती हुई सजाती रही। तभी किसी समय कोवलन चुपचाप आकर प्रकोष्ठ के द्वार पर खड़ा हो गया। आँखों में काजल लगाकर कन्नगी ने दृष्टि उठाई ही थी कि कोवलन दिखलाई दिया। सोलह श्रृंगार सजी वधू पति को देखते ही नववधू-सी लजा, सकुचा, हड़बड़ाकर खड़ी हो गई। देवन्ती का ध्यान भी कोवलन चेट्टियार की ओर गया। प्रसन्न हो उसने कहा, "मेरी सखी की लाज तो देखो स्वामी! ऐसे लगता है जैसे आज की ही ब्याहुली हो।"

कन्नगी लज्जा से और सिकुड़ गई। देवन्ती से अपनी बाँह छुड़ाने लगी। देवन्ती ने और छेड़ा। कोवलन चुपचाप एकटक कन्नगी को ही देखता रहा। बीच-बीच में दो-तीन बार ठंडी आहें भरीं, खड़ा रहा, फिर कहा, "स्वर्ग कितना सुखद है। कितना शान्त है! नरक का कीड़ा इतनी स्वस्थ वायु में साँस कैसे ले सकेगा! हः हः हः!"

हँसते हुए कोवलन ने देहरी लाँघी, प्रकोष्ठ के भीतर आ गया। कन्नगी सिर झुकाए सहमी-सी खड़ी थी; उसकी देह का श्रृंगार और मुखमंडल की तपःपूत मौन गरिमा महोदधि और कावेरी के—और लघु विराट के—संगम-जैसी छवि पा रही थी। पति के निकट आने पर कन्नगी की सुकुमार देह लज्जा से और सिमट गई, पैरों में

पड़े सुहाग के नूपुर लजीली के बोल-से रुम-झुम बज उठे। कोवलन ने एक बार कन्नगी के नूपुरमंडित चरणों को देखा, फिर कहा, "देखो! तुम्हारे चरणों से लिपटी मेरी आत्मा बोल रही है। इसने क्या कहा, जानती हो? जाने दो, मैं स्वयं भी अपनी आत्मा के स्वर भूल गया हूँ। इन नूपुरों को भूत लग गया है देवि! इनमें मुझे घुँघरुओं का स्वर सुनाई पड़ता है। खंडित दर्पण में एक रूप भी अनेक छवि बनकर ही आता है। मैं बड़ा अभागा हूँ।" कोवलन ने फिर एक दीर्घ, घुटन-भरी उच्छ्वास ली।

देवन्ती मगन थी। उसे यह अच्छा न लगा। कन्नगी की बाल-सखी के नाते मानमुद्रा में इठलाकर बोली, "अभागे कहीं सागर पार काले कोसों बसते होंगे स्वामी! जहाँ यह युगल रूप सोहता हो वहाँ दुर्भाग्य की छाया भी नहीं पड़ सकती। चलिए, आज तो ईश्वर-पार्वती को गठजोड़े से बिठाकर मैं भोजन कराऊँगी। आज मेरे बड़े सौभाग्य का दिन है।" देवन्ती सचमुच हर्ष से बावली हो गई थी।

तेईस

और उधर माधवी अन्तर के घुमड़ते रोष से बावली हुई जा रही थी। उसका मन रह-रहकर उबला पड़ता था। उसे मानाइहन पर, कन्नगी पर, सारे भद्रसमाज पर रह-रहकर क्रोध आता था। कभी आँखों में आँसू छलछला उठते, होंठ काँप उठते। कभी दाँत पीसकर मुट्ठियाँ बाँध लेती, कठघरे में बन्द सिंहनी की भाँति कभी अपने कमरे में तेजी से चक्कर काटने लगती। किसी से भी एक शब्द न कहा। अपने क्रोध की बावली क्रियाओं में ही अस्त-व्यस्त रही। माधवी विवश पराजित कर दी गई थी। यह पराजय उसे अत्यधिक खल रही थी। पहली बार कन्नगी की सुहागरात के दिन जब उसका भाग्य फूटा था तब बहुत विवश होने पर भी उसे पेरियनायकी का बल था, पान्सा, चेलम्मा आदि अपने आत्मीय गुरुजनों की छत्रछाया प्राप्त थी। ऊपर से सूखी दरारों पड़ी फटी होने पर भी धरती अपने अन्तर के जल से शीतल हो अपने-आपको अनजाने में ही सुरक्षित अनुभव करती थी। आज वह सम्बल नहीं रहा। माधवी के दृष्टिकोण से दुर्मुखी कन्नगी के राक्षस नराधम पिता ने उसकी अम्मा और पातेर को मारकर उसे निराधार कर दिया और फिर उसके पुरुष को छीन ले गए। और अब वे उसे और उसकी पुत्री को सता-सताकर मार डालेंगे। 'मेरा सुहाग उजाड़कर अपनी बेटी को सुहागिन बनाएँगे।' माधवी यह सोच-सोचकर विकल हो उठी। उसे क्रोध भी आ रहा था, भय भी सता रहा था, किन्तु पुनः विजय प्राप्त करने का हठ बार-बार अपनी शक्ति साध रहा था। माधवी को सर्वाधिक इस बात की

ही चिन्ता थी कि कोवलन की अनुपस्थिति में हत्यारे कहीं उसकी मणिमेखला को न मार डालें या लूट ले जाकर उसे बेच न दें। माधवी यह कैसे सहन कर सकेगी! उसके बचपन के धुँधले चित्र कलेजे में काँटे बनकर चुभ उठते थे। उसे यह भी भय था कि मणिमेखला और कोवलन को छीन लेने के उपरान्त, महाराज के नगर में पधारने पर दुष्ट मानाइहन उनके उल्टे-सीधे कान भरकर माधवी की धन-सम्पत्ति छिनवाकर उसे दर-दर की भिखारिन बना देगा। वह अभागी रहेगी और कन्नगी सुहागिन बनकर सातों सुखों के हिंडोले पर झूलेगी। फिर कन्नगी की सन्तान होगी। उसे मासात्तुवान के वंशवृक्ष में गौरव का स्थान मिलेगा।...नहीं, ऐसा कदापि न होने पाएगा। जिस कन्नगी की छाती पर उसने मूँग दले हैं, वह अब उसकी अपनी छाती पर मूँग न दल पाएगी।

एक पहर रात बीते चेलम्मा आई। उसने पुहारेश्वरम् के मन्दिर में ही सायंकाल की घटना का विवरण सुन लिया था। चेलम्मा को देखकर माधवी के पागल रोष की आँधी थमी और दूसरे ही क्षण वह चेलम्मा से वैसे ही जा चिपटी जैसे बाहर से मार खाकर आया हुआ शिशु दौड़कर माँ से चिपट जाता है।

चेलम्मा प्यार से माधवी की पीठ थपथपाकर बोली, "आई हुई विपत्ति का साहस से सामना करना बेटी! जीवन में अलक्षित मोड़ भी आते हैं और वहाँ अनायास ठोकरें भी मिलती हैं। कभी-कभी मरणान्तक योग भी उपस्थित होता है। भाग्य जब चतुर्दिक से घेरकर विवश कर दे तब उससे बैर नहीं साधना चाहिए बेटी! विधि का विधान प्राणी की चेतना को जड़ता से मुक्त करने के लिए ही होता है। अपने दुर्भाग्य से पाठ पढ़ो बेटी! उस पर खीझो मत। मैं भी जब तक खीझी, तब तक राह न पा सकी।"

"मैं पाकर ही रहूँगी। स्वयं विधाता भी मुझे अपनी गति पाने से न रोक सकेंगे। नराधम मानाइहन यदि यह सोचता है कि महाराज के इस नगर में आने के पहले मुझे निराधार करके वह अपनी बेटी का भाग्य चमका लेगा तो उसकी यह आशा मृग-मरीचिका ही सिद्ध होगी। मैं अपना स्वत्व लूँगी। मानाइहन उन्हें मेरे घर से हर ले गया, पर मुझे न हर सकेगा। मेरे अन्तर का सत्य इतना निर्बल नहीं है।"

चेलम्मा ने फिर ठंडे स्वर में समझाया। उसे यह परामर्श दिया कि समय रहते वह अपनी पुत्री और धन-सम्पत्ति को लेकर यहाँ से चली जाए, किसी और राज्य में जाकर बसे। बदला सदा बदला लेता है, उसकी कड़ी कभी टूट नहीं पाती और जब टूटती है तो एक-न-एक पर अवश्य वज्रपात होता है।

माधवी बोली, "मैंने कभी किसी से बदला नहीं लिया, वरन् सत्य तो यह है कि आज तक मुझे ही सताया गया है। पापी मानाइहन, उसकी नागिन-सी काली कन्नगी और बिच्छूघास-सी दुष्टा देवन्ती ने सदा मुझसे ईर्ष्या की, सदा मेरा अहित

किया। इतने वर्षों में कभी एक क्षण के लिए मुझे चैन न लेने दिया।'' माधवी आवेश में उछली-उछली पड़ती थी।

चेलम्मा ने पुनः शान्त स्वर में कहा, ''इतने वर्षों में कन्नगी ने भी बड़ा कष्ट सहा होगा। तू उसके भी दृष्टिकोण को समन्वित कर चेतना के व्यापक क्षेत्र में अब पैर क्यों नहीं धरती बेटी? तुझे अपार सुख मिलेगा।''

परन्तु माधवी यह सब सुनने को तैयार न थी। वह अपने ही आवेश में उबलती रही, विचार भी आते रहे, उसे नई दृढ़ता प्रदान करते रहे। और इस दृढ़ता में उसे चेलम्मा से भी चिढ़ होने लगी। उपदेश देती हुई चेलम्मा को फटकारकर वह म्यान से खिंची तलवार की तरह कमरे के बाहर हो गई। दालान में जाकर ऊँचे स्वर में नागरत्ना को आदेश दिया कि सोती हुई मणिमेखला को उठाकर वह उसके कक्ष में ले आए। चेलम्मा ने माधवी का यह भाव देखा। वह खिन्न हुई। गम्भीर उदासी में फीकी मुस्कान भरकर उसने ऊपर की ओर आँखें उठाकर देखा, विवश पंजे हवा में हिलाए और धीरे-धीरे द्वार की ओर बढ़ी।

नागरत्ना सोती हुई मणिमेखला को उठाने के लिए कमरे में आई। चेलम्मा को देखकर उसने कहा, ''इसको बचाओ मौसी! छोटी स्वामिनी तो अपनी-सी ही करके मानेंगी। इतने कटु अनुभव हो चुकने के बाद भी वे अपना बालहठ नहीं त्याग रहीं।''

चेलम्मा ने एक ठंडी साँस छोड़ उदास स्वर में कहा, ''विधि का विधान बड़ा निर्मम होता है नागरत्ना! विधाता मनुष्य के चरित्र के जिस पक्ष को विकसित करना चाहता है, वह पक्ष यदि मौखिक उपदेशों से नहीं सँवरता तो नियति परिस्थितियों के कोड़े मार-मारकर सँवारती है। इसका भाग्य ऐसा ही कठोर विधान रच रहा है। मेरी अन्धी, उग्र अहन्ता को भी ऐसी ही विकट मार पड़ी थी।...जैसी प्रभु की इच्छा! उसके आगे किसी का वश नहीं चलता।''

नागरत्ना वहीं बैठ गई। कुछ देर आँखें फैलाए, ठोड़ी पर हाथ रखे खोई हुई कुछ सोचती रही। फिर एकाएक कहा, ''अच्छा मौसी! क्या इसका कोई उपाय है?''

''किसका बेटी?''

''यही, सती बनने का। छोटी स्वामिनी ने भी एकपुरुषव्रत ही साधा है। फूल-हाट में कुलवधुओं के समान संस्कारोंवाली अनेक महिलाएँ हैं। भला उनमें और कुलवधुओं में क्या अन्तर है? यही न कि वे सार्वजनिक रूप से नाचती-गाती नहीं और हमारे मुहल्ले की इसका व्यवसाय भी करती हैं। मगर आग लगाकर वह स्वयं ही 'आग-आग' चिल्ला उठी। उसके दास-दासियों ने हुल्लड़ मचाया। लपटें ऊँची उठने लगीं। मणिमेखला और नागरत्ना को ले माधवी रथ पर बैठ गई; कुछ विश्वस्त अनुचरों को सामान के ठेलों के साथ पीछे-पीछे आने को कहा। अन्य दास-दासियों को जलते भवन का बचा-खुचा माल उपहार में देकर उठा ले जाने का आदेश दिया।

माधवी के संकेत पर नागरत्ना रास्ते-भर रोती, प्रलाप करती और प्रलाप में घर जलानेवाले 'शत्रुओं' को कोसती हुई रात के सूने रथ-मार्ग के दोनों ओर सोती हवेलियों को जगाती चली। नागरत्ना के साथ-साथ पीछे ठेलों के साथ दौड़ते आते सेवकगण भी 'दैया-मैया' गुहारते चले। जगह-जगह गुहार हो गई। ऊँचे प्रासाद की ऊँची-ऊँची लपटों को देखकर लोग-बाग यही कहते कि यह आग मानाइहन चेट्टियार ने लगवाई है। इस प्रकार रूपक साध माधवी रथ-मार्ग पर अपना रथ छोड़कर रोती-गुहारती नागरत्ना और अपनी मणिमेखला को लेकर बड़े-बड़े कुलवन्तों की हवेलियोंवाली गली में पैठी और सीधे जाकर मासात्तुवान चेट्टियार की ड्योढ़ी पर ही दम लिया।

चौबीस

दूसरे दिन नगर के कोने-कोने में इसी चर्चा की गूँज थी। माधवी कुलीनों के क्षेत्र में आ बसी थी। बिगड़े ही सही, पर बड़े घर की बात थी। इसलिए वाणी तरह-तरह से मँजी, कहीं गम्भीर विचार हुआ, कहीं शास्त्रार्थ, वाक्‌विवाद हुआ, और कहीं हँसी उड़ी। कलियुग के नाम पर शब्दों के आँसू बहाए गए और यों ही दिन चढ़ते तक इस बात ने किंचित् गम्भीर रूप धारण कर लिया। मानाइहन के संकेत से प्रेरित वयोवृद्ध भद्रगण अपने घरों की ऐसी भावी परिस्थिति की आशंका से उद्विग्न होकर इस विषय पर पंचायत आमन्त्रित करने का प्रस्ताव उठाने लगे। यह बात भी धूमधाम से प्रचारित की गई कि ऐसे अवसर पर जबकि महाराज इस नगर में पधार रहे हैं, यहाँ राजधानी स्थापित हो रही है, नगर के लिए यह घटना अत्यन्त अपमानजनक सिद्ध होगी। देश-विदेश के लोग हमारे कुलाचार पर आक्षेप करेंगे; हमारे महाराज की न्यायप्रियता को कलंक लगेगा।

यह तो कोई पाप नहीं मौसी! भगवान का दिया हुआ काम है। भगवान भी तो इस कला पर रीझे हैं। तब मेरी छोटी स्वामिनी जैसी देवियों को कुलवधू बनने का अधिकार क्यों नहीं मिलता? मेरी यह फूल-सी मणि कुलकन्याओं के समान व्यवहार क्यों पा नहीं सकती है?"

चेलम्मा ध्यान से सुनती रही। फिर उत्तर दिया, "हमारे संस्कारों की उपलब्धियों में अन्तर है बेटी! एक पुरुष को रिझाकर अपना अधिकार पाती है, दूसरी को धर्म से यह सहज ही में प्राप्त होता है। एक अपने ही जादू में लीन होती है, दूसरी पुरुष के हृदय में; यह बहुत बड़ा अन्तर है।"

"पर यह अन्तर पड़ा ही कैसे? मैं गँवार, न भला जानूँ न बुरा, फिर भी यह सब देखते-देखते मन बहुत-से प्रश्नों से भर गया है। कुलवधुओं में भी ऐसी अनेक होती हैं जो पति के चरणों में अपने-आपको लीन नहीं कर पाती हैं, जो परपुरुषों का गुप्त संग करके हम वेश्याओं से भी अधिक पाप करती हैं। उन्हें फिर हमसे ऊँचा क्यों माना जाता है?"

चेलम्मा सुनकर भी मौन रही, बात का उत्तर सोचती रही; कुछ देर बाद बोली, "तुम्हारे प्रश्न मन में चुभते हैं, पर इनका कोई उत्तर नहीं बेटी! क्या जानूँ ऐसा क्यों होता है? विधि का विधान होगा। पूर्वजन्म के कुछ भोग होंगे। जाने क्या होगा!"

"न मौसी! मुझे तो कुछ और ही लगता है। तुमने इस नगर में वर्षों पहले बन्दर-बन्दरिया का खेल रचा था। याद है? तुमने प्रतिष्ठा की दुम भी दरशाई थी। मुझे सारा खोट उसी झूठी प्रतिष्ठा का लगता है मौसी! न तो यह पूर्वजन्म का भोग है और न ईश्वर का अन्याय।"

चेलम्मा बोली, "कदाचित् ऐसा ही हो। पर तब भी विधि का विधान तो है ही। अपने ही एक अन्याय पर ध्यान देकर उसे सुधारने के लिए भगवान इसी लोक के जीवों से काम लेंगे न! और वे जीव अपने संस्कारों के अनुसार दुख-सुख भोगते हुए धरती पर भगवान का काम करेंगे। मनुष्य अपने ही अनुभवों से बदलता है।"

उधर माधवी अकेले में घुमड़-घुमड़कर अपने हठ की पूर्ति के लिए एक अनोखी सूझ पाकर हिंसोन्मत्त हो गई। महल-जैसे विशाल भवन से मूल्यवान वस्तुओं का संग्रह करके उन्हें ठेलों पर लदवाकर वृक्षों की आड़ में छिपा दिया और फिर आधी रात के समय उद्यानभवन के पिछले भाग के कोठों-परकोठों में ये बातें चार में पकीं और फिर जाति के दस-पाँच मुख्य-मुख्य लोग कोवलन से मिलने के लिए आए। मासात्तुवान का वंश कई पीढ़ियों से अपनी जाति का चौधरी था और अब इस क्रम में कोवलन चेट्टियार को ही वह पद प्राप्त था। सारी बातें और पंचायत का प्रस्ताव सुनकर कोवलन बोला, "मैं अपराधी और न्यायकर्ता एकसाथ नहीं हो सकता। मैं स्वीकार करता हूँ कि कारण चाहे जो भी हो, पर माधवी का यहाँ आना उचित नहीं हुआ। मैं स्वयं कदापि वह कृत्य न करता। अब भी मुझे अच्छा नहीं लग रहा है। परन्तु मैं माधवी को इस घर से निकालने में विवश हूँ। अच्छाई-बुराई हर मनुष्य में होती है, माधवी में भी है। परन्तु माधवी अनन्य भाव से मुझे प्रेम करती है। मैं उसे ठुकरा नहीं सकता।"

"आपके इस एकांगी दृष्टिकोण से सौभाग्यवती कन्नगी के प्रति अन्याय हो रहा है। आप-जैसे विचारवान व्यक्ति के लिए यह उचित नहीं।"

"हः हः हः...विचारवान! हाँ, विचारशक्ति अब भी मुझमें कहीं जाग्रत है। घोर वनाच्छादित, हिमाच्छादित ऊँचे-नीचे पहाड़ों की लम्बी-चौड़ी शृंखलाओं के पीछे जाने कहाँ से आते हुए स्वर की गूँज-सा मेरे अन्तर का विचारजगत विद्यमान तो है, पर

उसकी ठीक-ठीक दिशा का अनुमान अब नहीं हो पाता है। मैं भावों की भूल-भुलैया में भटकने लगा हूँ न! यह भूल-भुलैया साक्षात् पांडवों के महलों-जैसी ही विचित्र है। इसमें अनजाने आ जानेवाले को दुर्योधन के समान ही मतिभ्रम होता रहता है। चेतना की द्रौपदी हँसती है तो भले ही हँसे। मुझ पर उस हँसी का सुपरिणाम नहीं, दुष्परिणाम ही होगा। कहा न, मैं अब अपने-आपसे विवश हूँ।''

एक वृद्ध ने तनिक उत्तेजित होकर कहा, ''यह बात केवल तुम्हारी इच्छा-अनिच्छा तक ही सीमित नहीं रह जाएगी कोवलन! हम महाराज से इसका न्याय लेंगे। भद्र घरों के बीच एक वेश्या कदापि नहीं रह सकती।''

माधवी द्वार की ओट में खड़ी सब सुन रही थी। लोगों के जाने पर वह कोवलन के पास आकर बैठ गई। स्वाभाविक रूप से दोनों के बीच बात उठी, विषय पर अनेक पक्ष से विचार-विवाद हुआ। भाव उमड़े, आँसू उमड़े। कोवलन माधवी को इस घर से स्वयं नहीं हटा सकता था, परन्तु वह सिद्धान्ततः माधवी के यहाँ रहने को माधवी के लाख-लाख तर्कबाण छोड़ने के बाद भी स्वीकार नहीं कर सकता था। उसने यही परामर्श दिया कि वह उद्यानभवन में ही फिर से जाकर रहे। माधवी नाटक साध गई। बोली, ''उस जले हुए स्थान को फिर से बनवाने के लिए भी धन चाहिए और पातेर का अनायास देहान्त हो जाने से मैं लुट चुकी हूँ। धन का हेर-फेर उन्हीं के द्वारा होता था। हाँ, यह सजावट, सामान इत्यादि बेचकर तुम उद्यानभवन को उसका पूर्वरूप प्रदान कर सकते हो। पर फिर वहाँ के लिए नए सिरे से साज-सामान मोल लेना पड़ेगा। कहाँ से लूँगी मोल! तुम्हारा कारबार चौपट पड़ा हुआ है और यदि उसे उठाओ भी तो तुम्हें मेरे विरोधियों की नीति से अनुशासित होना पड़ेगा। फिर मेरा क्या होगा? आभूषण भी रहेंगे तो तुम्हारी मणिमेखला को कैसे पालूँगी? सब सोच-विचारकर ही मैं समझती हूँ कि यहीं रहूँ। कन्नगी बहन साथ-साथ रहेंगी। न उनके प्रति अन्याय होगा और न मेरे प्रति ही।''

कोवलन ने कोई उत्तर न दिया। उसके पास कोई उत्तर ही न था।

नगर के वृद्धजन चर्चा चलाते ही रहे, महाराज के नगर में पधारने पर माधवी के देशनिकाले की चर्चा गरमाती ही रही, माधवी के कानों में उसकी भनक भी पड़ती रही, परन्तु उसने अपना निश्चय न बदला। वह हठ ठाने बैठी रही। यद्यपि जैसे-जैसे महाराज के नगर में पधारने के दिन निकट आते जाते थे, वैसे-ही-वैसे उसकी चिन्ता बढ़ती जाती थी।

कन्नगी रात-दिन कोवलन, माधवी और उसकी सन्तान मणिमेखला की सेवा-शुश्रूषा में अपने-आपको खपाए दे रही थी। माधवी ऊपर से बहन-बहन करती हुई भी दिन-भर दासीवत उसे किसी-न-किसी काम के लिए आदेश देती ही रहती थी। वह कोवलन की उपस्थिति में कन्नगी से मीठी-मीठी बातें किया करती। कहती, 'हम

दोनों बहनें मिलकर आजीवन अपने स्वामी की सेवा करती रहेंगी।' इस घर में आने के बाद माधवी ने अपने धन से घर-खर्च चलाना बन्द कर दिया था। कन्नगी देवन्ती के द्वारा अपने आभूषण बेच-बेचकर अपने पति और उनकी रक्षिता की इच्छाएँ पूरी करती रहती थी। देवन्ती बहुत कुढ़ती थी, परन्तु कन्नगी उसे समझा-बुझाकर शान्त कर देती। माधवी को आश्चर्य होता था कि कन्नगी खर्चा कैसे चला रही है। वह नित्यप्रति कोवलन का नाम लेकर कन्नगी से कोई-न-कोई ऐसा काम कहती जिसमें धन का अधिक व्यय हो। जब वह कुटिल नीति पर उतर आई तो कन्नगी के प्राण काँपने लगे, आँधियों के झोंके से काँपती हुई दीपक की लौ के समान अस्थिर रहने लगे। कन्नगी एकान्त में बैठकर भविष्य की चिन्ता को सोच-सोच बावली हुई जा रही थी। आभूषण चुक जाने पर वह घर का खर्च कैसे चलाएगी?

शीघ्र ही उसके भय का दिन भी आ ही गया। घर में एक छदाम भी न था। क्या होगा? स्वामी धनाभाव की कथा सुनकर कितना त्रास पाएँगे! माधवी बहन यही सोचेगी कि कष्ट देने के विचार से घर का खर्चा-पानी बन्द कर दिया है। वह एकान्त में धारोंधार रो रही थी। देवन्ती आई, बोली, "मैं स्वामी से जाकर सबकुछ स्पष्ट कहे देती हूँ। धन नहीं है तो क्या अपने हाड़ बेचकर खिलाओगी!" कन्नगी यह नहीं कहना चाहती थी कि घर में धन नहीं। कुलवधुओं को यह कहने का संस्कार नहीं मिलता। गृहिणी के लिए यह परम लज्जा की बात मानी जाती है कि घर में वह सबकी आवश्यकताओं की यथाविधि पूर्ति न करती रहे।

कन्नगी ने देवन्ती से बड़ा आग्रह किया कि कोवलन अथवा माधवी से यह बात न कहे, परन्तु वह विवश थी। कब तक न कहेगी! सात पीढ़ियों पुराने, समृद्ध घर में कुछ भी न बचा हो सो बात न थी। परम्परागत गृहस्वामिनी के द्वारा संचित वंशलक्ष्मी का भंडार अब भी भरा-पूरा था, परन्तु उस कोष से ऐसे कामों के लिए एक छदाम भी नहीं निकाला जा सकता। वंश के व्यवसाय पर घनी आपदा आ पड़े, घर की साख जाती हो, घर में किसी का विवाह हो, तभी उस कोष से गृहस्वामिनी गृहपति की आवश्यकतानुसार थोड़ा धन निकाल सकती है, और वह भी एक पूरे अनुष्ठान को साधने का नियम लेकर। निकाले हुए धन को यथासम्भव शीघ्र ही गंगकमंडलु कोष में पुनः लौटा देने की आन होती थी। कन्नगी उस आन को कैसे पूरा कर पाएगी! उस लक्ष्मी को छुआ नहीं जा सकता। व्यापार-वाणिज्य में जब सबकुछ चुक जाता है तभी इस गुप्त कोष से धन निकलता है और यदि दुर्भाग्यवश वह भी नष्ट हो जाता है तो गृहलक्ष्मियों के सुहाग के नूपुरों के बिकने की बारी आ जाती है। इन दो वस्तुओं को छोड़कर कन्नगी के पास अब और कुछ नहीं रहा और इसीलिए भोले मन की 'ना' 'ना' करते हुए भी कन्नगी देवन्ती को रोक न सकी। उस दिन देवन्ती ने जाकर स्वामी से सबकुछ स्पष्ट कह दिया।

सुनकर माधवी नौ-नौ बाँस उछली, कोवलन से कहने लगी, "यह मानाइहन की सिखाई हुई चाल है। इस बहाने कन्नगी और उसके पिता मुझे और मेरी पुत्री को भूखों मार डालना चाहते हैं और हमारे साथ-ही-साथ तुम्हें भी दंड दे रहे हैं। सौत और उसकी सन्तान को कष्ट देने की बात तो समझ में आती भी है, परन्तु पति को भूखों मारनेवाली स्त्री की गणना भी क्या सतियों में की जाएगी? यही है सतीत्व की मर्यादा? ऐसी सती से तो मैं पतिता ही भली! तुम भले मुझे सुहाग के नूपुर न दो, परन्तु मैं सतियों के समान ही अपने जीते-जी तुम्हें कोई कष्ट न होने दूँगी, उसके लिए मुझे बिकना ही क्यों न पड़े।"

माधवी ने उस दिन से घर-गृहस्थी का संचालन अपने हाथों में ले लिया। मासात्तुवान की बड़ी हवेली में सबका पालन-पोषण यथाविधि होने लगा। केवल दो प्राणी भूखे मरने लगे। माधवी अब गृहस्वामिनी की भाँति सारे घर में डोलने लगी, एक-एक कोठे को देखने लगी। कोने-खत्ते तक उसने छान डाले। जिन कोठों में ताले बन्द देखती, उन्हीं की चाबियाँ वह कोवलन के सामने कन्नगी को बुलाकर उसे सौंपने का आदेश देती। कन्नगी बिना कुछ कहे ही तुरन्त आज्ञा का पालन करती। बर्तन-भाँड़े और कुछ ऐसे सामान भी, जो नित्यप्रति के व्यवहार में न आकर अपने या किसी अन्य सजातीय अथवा मित्र सम्बन्धी के घर उत्सव के अवसर पर ही व्यवहार में आया करते थे, माधवी ने अपने अधिकार में ले लिए। सब मिल गया, केवल एक बन्द लौहद्वार की चाबी न मिली। माधवी ने कई बार माँगी, परन्तु कन्नगी सदा निरुत्तर मौन रही। उसने कोवलन से कई बार कहा, वह भी टालमटोल-भरे उत्तर देता रहा। माधवी दृढ़ हठ ठान गई। तब कोवलन ने कहा कि 'इस कोठे की ताली सास से बहू को मिलती है। पुरुष उसके अन्दर प्रवेश भी नहीं कर सकता। मेरी माता का देहान्त हो जाने पर अनेक वर्षों तक ताली मेरे पिता के पास रही। प्रतिवर्ष की बचत मेरे पिता द्वार खोलकर नीचे के तलघर में गए बिना ही ऊपर रखकर ताला बन्द कर देते थे। मेरी माता के अभाव में वार्षिकी की पूजा भी बन्द द्वार पर ही समर्पित की जाती थी। कन्नगी के आने पर ही प्रकोष्ठ का द्वार खुला, ऊपर रखी हुई लक्ष्मी नीचे के तलगृह में उसी के द्वारा पहुँचाई गई। उसी ने पूजा की। वही इसकी स्वामिनी है। हमारी सात पीढ़ियों के पुरुषों ने भी कभी उस पर अधिकार नहीं पाया।"

माधवी को जब यह पता चला कि बन्द प्रकोष्ठ के तलगृह में सात पीढ़ियों की गृहस्वामिनियों का संचित गृहकोष रखा है तो उस पर अधिकार पाने के लिए मन-ही-मन मचल उठी। उसने कोवलन को मदिरा के पात्रों से पाट दिया। अपनी इच्छा की पूर्ति के लिए वह उसे आठों पहर बेसुध बनाए रखती और उसकी बेसुधी में वह निरन्तर मीठे-मीठे शब्दों में अपना स्वार्थमन्त्र बाँधकर कोवलन के कानों में फूँका करती। तान्त्रिक जिस प्रकार शवसाधना करता है, बार-बार अनेक क्रियाएँ कर

शव में अपनी इच्छामन्त्रशक्ति से प्राण संचरित करता है, माधवी उसी प्रकार मद-बेसुध कोवलन को उकसावे देती रही। बात-बात में बहाने से दिन में हजार बार तनिक-तनिक से सन्तोष देकर वह भूत कबुलवाती थी। बार-बार पूछती, "बताओ! मैं कन्नगी से—किसी भी आदर्श कुलशीला गृहिणी से—किस बात में कम हूँ!"

मदोन्मत्त कोवलन इस प्रकार चढ़ते-चढ़ते एक दिन माधवी के हत्थे चढ़ ही गया। और जब वह क्षण सिद्ध हुआ तो माधवी ने उससे वरदान माँगा और कोवलन के मन में किसी भी प्रकार के सुधि के संस्कार न जाग पाएँ, इसके लिए वह आप ही धाराप्रवाह शब्दों, तर्कों और स्वपक्षीय सहानुभूति का जाल बुनती रही। बड़ी-बड़ी मादक आँखों में आँसू भरकर उसने कहा, "मैं अपने लिए नहीं माँग रही, यह बात एक प्रकार से सत्य और दूसरी दृष्टि से खोटी है। मैंने दोनों ही पक्षों को खूब विचारकर सन्तुलित दृष्टि से देख लिया। अपने लिए नहीं माँग रही, यह बात तो दिन के उजाले की तरह स्पष्ट है। और अपने लिए माँग भी रही हूँ, इसका स्पष्टीकरण करना भी आवश्यक है। देखो जी! क्या कुलीनों के दो पत्नियाँ नहीं होतीं? मैं तुम्हारी धर्मपत्नी न सही, पर तुम्हारी अनन्य सेविका तो हूँ। यह स्वीकार करते हो या नहीं?"

"करता हूँ।"

"मैं मर जाऊँ या बरबस मारी जाऊँ या तुमसे बिछुड़ने को बाध्य की जाऊँ तो भला तुम सह पाओगे? बोलो!"

"नहीं, कदापि नहीं। तुम तो मेरी प्र-प्र-प्रा-ण...प्राण हो!"

"तब मेरी सुरक्षा का उपाय तुम्हें करना ही होगा। महाराज के नगर पधारते ही मेरी सौत के पिता अवश्य ही मुझे तुमसे विलग करेंगे। वे समर्थ हैं; इसलिए न्याय, धर्म, राजशक्ति सबकुछ उन्हीं का साथ देंगे और मैं धारोंधार डुबोई जाऊँगी। तुम यदि मुझे बचाना चाहते हो तो मेरे साथ भाँवरें फिरो।"

"भाँवरें!" बेसुध कोवलन की चेतना मानो चिकोटी काटने से चौंककर जाग गई। लड़खड़ाते हुए उठ बैठा, स्वर भी यथाशक्ति साधा, माधवी को टकटकी बाँधकर देखते हुए बोला, "तुम्हारे साथ मैं इस लोक में सात क्या सैकड़ों भाँवरें फिरता रहा हूँ, फिरता रहूँगा, परन्तु प्रिये! मुझसे स्वर्ग के साहचर्य का वरदान न माँगना।"

"तब फिर मेरा भाग्यनिर्णय आज हो गया।" माधवी ने ठंडी साँस छोड़ी, चेहरा उदासी में मुर्दे-सा पीला पड़ गया, घुटन-सी भरे स्वर में आगे कहा, "जो परिणाम दो महीने के बाद शत्रुओं के हाथों में पड़कर मुझे भुगतना है उसे आज ही क्यों न भुगत लूँ! मैंने पुरुष को नहीं, कापुरुष को वरा था। जिसके लिए मैंने अब तक सबकुछ छोड़ा, उसके लिए अपनी कन्मणि (आँखों की पुतली) मणिमेखला का मोह भी त्यागकर अपने प्राणों का उत्सर्ग कर दूँगी।" कहकर माधवी ने अपने कन्धे

पर कटार भोंक ली। रक्त बहने लगा। माधवी उत्तेजना में विलाप करते-करते बेसुध हो गई। कोवलन इसके बाद फिर किसी के वश का न रहा। माधवी का उपचार हुआ, वह बच गई। कन्नगी ने सेवा में दिन-रात एक कर दिए। माधवी जब स्वस्थ होकर उठी तो कोवलन उसे मुँहमाँगा वरदान देने को प्रस्तुत हो चुका था।

किराए का पंडित बुलाकर मासात्तुवान की हवेली में माधवी और कोवलन का विवाह हुआ। कोई न आया, न सही, पर माधवी पत्नी हो गई। चौदह-पन्द्रह वर्ष साथ रहकर आज वह फिर से नई जीवनसंगिनी बनी और पत्नी बनते ही उसने अपने अधिकार माँगे, "सुहाग के नूपुर दो! कुललक्ष्मी की पूजा का अधिकार दो!"

कोवलन अपने जादू से आप ही ठगा-सा रह गया। फिर तनिक फीकी हँसी हँसकर कहा, "वाह री सती! अपने प्राणों के मोह से बाँधकर तू मुझसे असत्य को सत्य सिद्ध कराती है! मेरा तो यह लोक ही बिगड़ा, पर तेरा परलोक में क्या होगा री?...अच्छा, तेरे प्रति मेरे मोह की अन्तिम परिणति यदि यही है तो एवमस्तु! मैं अपनी वंशपरम्परा की सम्पदा भी तुझे सौंपता हूँ। ला, ढाल! इतना बेसुधा बना दे कि मैं तेरे लिए कन्नगी से उसका अधिकार हरण कर लाऊँ।"

परन्तु कन्नगी ने सविनय वंशनिधिकोष की चाबी और सुहाग के नूपुर देने से इनकार कर दिया। बड़ी मार पड़ी। देवन्ती ने बड़ी गुहार मचाई। घर के दास-दासी घटनास्थल के आसपास दौड़ सिमट आए। बाहर गली तक गुहार पड़ गई। कोवलन ने मारते-मारते उसे लहूलुहान कर दिया और अन्तःपुर से बाहर की ड्योढ़ियों तक शव की भाँति घसीटता हुआ उसे ले आया। उसकी करधनी में बँधा तालियों का गुच्छा खोल दिया, सुहाग के नूपुरों की ओर भी हाथ बढ़ाया, पर वह हाथ काँपकर पीछे हट गया। हाँफते हुए कोवलन ने मुख्य द्वार के बाहर पड़ी बेसुध कन्नगी को, अब मौन हो चुकी शोक-स्तब्ध देवन्ती को और गली में खड़ी भीड़ को एक-एक बार उचटती-सी दृष्टि से देखा। उसमें भय समाया। घबराकर अन्दर जा पूरी शक्ति के साथ भारी कपाटों को धकेलकर, उसने फाटक बन्द किया, मोटी-मोटी कुंडियाँ चढ़ा लीं और थककर वहीं गिर पड़ा।

उस दिन कोवलन के पास कोई न जा सका। उस दिन कोवलन की हवेली में कोई आ भी न सका। द्वार बन्द करके वह फाटक की चौखट पर कुहनी टेक मुँह गड़ाए पड़ गया। आज उसे अपने को शक्ति देने के लिए मदिरा की आवश्यकता न थी। आज उसका विषम पाप किसी भी परम सशक्त मदिरा अथवा तीव्रतम ज्वरों से अधिक तीव्र था। शरीर, मन, वाणी, विचार सारी गति निश्चेष्ट होने पर भी कोवलन आपाद-मस्तक गहरे सूनेपन से भरी हुई जलन की तीव्र गति का अनुभव कर रहा था। कोवलन निश्चेष्ट होकर भी सचेष्ट था, अशक्त होते हुए भी जाग्रत था, मोहाच्छन्न, आश्चर्य-स्तब्ध होते हुए भी तटस्थ था। उसे घटना के थोड़ी देर बाद

ही सहसा यह लगा कि वह अपने व्यक्तित्व की उस चरम परिणति पर पहुँच चुका है जहाँ मनुष्यता अपनी आकर्षणशक्ति से गिरते हुए व्यक्ति को बाँध नहीं पाती।

दोपहर हुई। कोवलन फाटक बन्द किए वहीं बैठा था। ड्योढ़ीदार, दास-दासियाँ, माधवी कोई उसके पास न आया। सुन्दर बेल-फूलों से रँगी हुई दीवारों और फाटक के दोनों ओर ड्योढ़ीदारों के बैठने के चबूतरों को छोड़कर कोवलन का और कोई भी संगी न था। कोवलन तब तक अपने-आपमें उड़ा-उड़ा फिरता रहा। फिर सहसा उठा, फाटक की कुंडी खोल दी, ड्योढ़ीदार को पुकारा, उसके आने पर फाटक खोल देने का आदेश दे तेज चाल किसी से आँखें न मिलाता हुआ सीधा अपने अन्तःपुर के प्रकोष्ठ में पहुँचा। उसकी बारह वर्ष की पुत्री मणिमेखला सूने कमरे की चौखट पर खड़ी कदाचित् अपनी माँ की प्रतीक्षा कर रही थी। वह पिता को देखकर सहसा सहम गई। कोवलन की दृष्टि द्वार पर क्षण-भर के लिए उस बालिका के डरे हुए चेहरे से टकराई, फिर हटी, फिर अटकी। मणिमेखला में उसे अपना स्वरूप दिखलाई पड़ रहा था। यह स्वरूप कितना भयत्रस्त था! क्या कोवलन का अन्तर इसी भाँति भयत्रस्त नहीं? उसका रूप भी ऐसा ही होगा। यह मणिमेखला मेरा ही स्वरूप है।

बालिका को देखकर संस्कारों में उतार-चढ़ाव आया। भावावेश में उसने बेटी की दोनों बाँहें थाम लीं। भय की टकटकी से बँधी मणिमेखला पिता की दृष्टि से लगी रही। उसे परायापन नहीं, अपनापन मिला—वह अपनापन जो मणिमेखला को अपने पिता से आज तक न मिला था। कोवलन धीरे-धीरे हाथ उठा उसके मस्तक पर फेरते हुए सहसा उसे दोनों हाथों से चिपकाकर बोला, "इस झूठे नाटक में तू कहाँ आ फँसा जीव! तुझ अबोध ने ऐसे कौन पाप किए थे!" कोवलन की आँखें उमड़ आईं और फिर ऐसी उमड़ीं कि वह फूट-फूटकर रो पड़ा। पिता को रोते देख अबोध बालिका की भी हिचकियाँ बँध गईं। दुखानुभूति में दोनों एक हो गए थे।

माधवी ने आते हुए दूर से देखा और फिर वहीं ठिठककर आड़ में चली गई। यह क्षण उसकी परम शान्ति का था। कन्नगी का काला मुँह हुआ; इनके मौन से बड़ा भय लग रहा था, पर प्रभु की बड़ी महिमा है कि इनका मन मेरी मणि से बँध गया। अब इसके नाते मुझे मानेंगे ही। माधवी अपने मन के सपनों में मगन हो गई।

पच्चीस

कन्नगी के लिए अपने घर के द्वार बन्द होते ही लोक-सहानुभूति के अनेक द्वार खुल गए। वह सबसे विनीत भाव से संक्षिप्त अथवा नितान्त मौन क्षमाप्रार्थना करते हुए

अपने श्वसुर द्वारा बनवाई हुई सत्रम (धर्मशाला) की ओर चली। देवन्ती गैल बतलाती चल रही थी। कोट्याधीशों की पुत्री और कुलवधू जीवन में पहली बार पैदल जा रही थी। सैकड़ों की दृष्टियाँ उठीं और सामाजिक लज्जावश झुक गईं। उन दृष्टियों के उठते-गिरते ही पलक मारते नगर में एक स्वर से हाहाकार मच गया। जिसे देखो, जहाँ देखो, वही कन्नगी के लिए धन्य-धन्य और कोवलन तथा माधवी के लिए निन्दा-भरी तीखी बातें सुनाई पड़ रही थीं।

मासात्तुवान की सत्रम का वृद्ध व्यवस्थापक धर्मशाला के द्वार पर अपनी कुलस्वामिनी को खड़ी देख दुःख-विभोर हो उसके आगे हाथ जोड़कर फूट पड़ा। आँसू-भरे स्वर में कहा, "अब कुछ भी नहीं बचा स्वामिनी! कलियुग ने चारों चरण टेक दिए। जो कानों नहीं सुना था, वह आँखों देख लिया। अब इस नगर के बुरे दिन आए हैं।"

मानाइहन तक बात पहुँची तो वे तड़प उठे। उन्होंने अपने जीवन का सबसे बड़ा आघात पा लिया था; अब कुछ भी देखना, सुनना और सहना शेष न रह गया था। बहुत देर गुमसुम विचार करने के बाद वे उठे और बिना पगड़ी सिर पर पहने हुए ही बाहर निकल आए, सुखपाल प्रस्तुत करने का आदेश दिया। मानाइहन नगर में पहली बार पगड़ी उतारकर जा रहे थे। वे अपने सम्बन्धी द्वारा बनवाई गई सत्रम में शरणार्थिनी बनी अपनी परित्यक्ता अभागी, इकलौती लाड़ली से मिलने जा रहे थे।

पिता-पुत्री एक-दूसरे के आमने-सामने आए। पुत्री का शरीर घायल, पर मुखमंडल दीप्त था, शान्त था। पिता को देखकर उसने शैया से उठने का उपक्रम किया। मानाइहन ने तुरन्त हाथ उठाकर उसे रोक दिया। दोनों ही गम्भीर भावसंयम साधे मौन रहे। अन्तर केवल इतना ही था कि पुत्री के मन की सारी हलचलें मिट चुकी थीं, सूनी शान्ति व्याप्त थी तथा पिता का मन अनेक गम्भीर तहों के भीतर दहक रहा था, कराह रहा था।

देवन्ती मानाइहन को देखकर अपने-आपको रोक न सकी, दुखावेग के सारे बाँध टूट गए, "स्वामी! देखिए अपनी कन्नगी को!" वह उनके पैरों में लोट गई। रोते-रोते बावली-बेहाल हो गई। मानाइहन ने अपना बायाँ हाथ उसके सिर पर रख दिया और चारपाई के सिरहाने धरती पर ही बैठ गए। उनका दूसरा हाथ अपनी पुत्री के मस्तक पर धीरे-धीरे फिरने लगा। कन्नगी की आँखें बन्द हो गईं; उसे अपनी माँ की याद आ गई, दो बूँद बन्द आँखों की कोरों से बह गईं। पिता ने कहा, "इतने आँसू भी नहीं बिटिया! तू तो मेरा पुत्र है। तुझे इस कुल में पाकर अब हमारे पितृगण कभी तर्पण के प्यासे न रहेंगे।" दो क्षण रुककर मानाइहन फिर बोले, "मैं सबकुछ मन में निश्चित कर आया हूँ। दो ही उपाय है। या तो तुम मेरे घर चलो, वह भी

तुम्हारा ही है। तुम्हें वहाँ पाकर मैं लौकिक व्यापारों के लिए नवस्फूर्ति पाऊँगा। बुढ़ापे में एक बार पुनः संसार से जूझूँगा। और, या फिर सबकुछ राज्यकोष में दान करके संन्यास ले लूँगा।''

कन्नगी सोचती रही, फिर कहा, ''दूसरा उपाय ही सम्भव और श्रेयस्कर है अप्पा! इस समय पीहर जाकर मैं श्वसुरकुल को कदापि नहीं लजाऊँगी।''

''तुमसे दोनों ही कुल उजागर हुए। तुम्हारी माता की कोख धन्य हुई। मैं बहुत प्रसन्न हुआ बेटी! अब मेरे जीवन में कोई अवसाद बाकी नहीं रहा। मैं शान्त हूँ, परम शान्त!'' मानाइहन की आँखें बन्द हो गईं, पर आँसू बह चले। मन की धारा थोड़ी देर संयमबद्ध होकर भी पूर्ण मुक्ति, पूर्ण शान्ति में प्रवाहित होती रही।

मानाइहन ने संसार त्याग दिया। उन्होंने अपनी सारी धन-सम्पदा राज्यकोष में इस हेतु अर्पित कर दी कि उसके द्वारा कावेरीपट्टणम् के नष्ट हुए व्यापारिक वैभव को नए सिरे से जमाया जाए, महाजनीय निगम के वयोवृद्ध और बुद्धिमान चेट्टिगणों की मन्त्रणा से महाराज कावेरीपट्टणम् की व्यापारिक साख को पुनः प्रतिष्ठित करें। इस प्रार्थना के साथ-ही-साथ संसार का मोह त्यागने से पूर्व मानाइहन चेट्टियार माधवी से अपना बदला भी ले गए। उन्होंने महाराज की सेवा में माधवी द्वारा युक्तिपूर्वक हस्तगत किए गए अपने मान्य सम्बन्धी मासात्तुवान के वंश की अपार धनराशि के सम्बन्ध में भी सूचना दे दी। महाराज को सविनय सांकेतिक सलाह देते हुए उन्होंने अपने पत्र में सुझाया कि उक्त पवित्र धन का उपयोग भी यदि नगर के व्यावसायिक पुनर्संगठन के लिए हो सकता तो उनके स्वर्गीय सम्बन्धी की आत्मा को परम शान्तिलाभ होता। कोवलन तथा कन्नगी के दुर्भाग्य की चर्चा करते हुए अपने दानपत्र में उन्होंने लिखा कि कन्नगी और कोवलन को उनके भरण-पोषण के लिए मानाइहन की सम्पत्ति के ब्याज से एक निश्चित धनराशि सदा मिलती रहे।

मानाइहन ने अपना दानपत्र महाराज की सेवा में भेजकर उनसे प्रार्थना की कि वे यथासम्भव शीघ्र ही अपने किसी प्रतिनिधि को कावेरीपट्टणम् भेजकर मानाइहन का भार हल्का करें और उन्हें परलोकचिन्तन के लिए मुक्ति प्रदान करें!

दानपत्र पहुँचाने के दस दिन के भीतर ही महाराज कारिहार बलवन ने एक राजपुरुष को कावेरीपट्टणम् भेज दिया। महाराज की ओर से मानाइहन को आग्रहपूर्वक संसार न त्यागने को कहा गया, परन्तु वे न माने।

सारे नगर में हलचल मच गई। मानाइहन के संसारत्याग की तिथि भी घोषित हो गई और उसके पूर्व ही राजाज्ञा से मासात्तुवान के वंशकोष को भी हस्तगत कर लिया गया। माधवी भय से जड़ हो गई। कोवलन योगी की भाँति तटस्थ रहा।

अपना गृह त्यागकर नगरों के कंगलों, निर्धनों, भिक्षुओं और संन्यासियों को मुक्तहस्त दान देकर अपार जनसमूह से घिरे मानाइहन कावेरी नदी के तट पर पहुँचे।

विधिवत अपना लौकिक वेश त्यागकर उन्होंने गैरिक वस्त्र धारण किए और नौका द्वारा नदी पार करके राज्य की सीमा से बाहर जाने के लिए चल दिए।

मानाइहन को विदा देने के लिए सब-कोई थे, केवल उनकी पुत्री और जामाता न थे। देवन्ती भी अपने स्वामी के चरणों में अन्तिम प्रणाम निवेदन करने आई थी। गैरिक वस्त्रधारिणी चेलम्मा भी भीड़ से अलग अपनी विदाई देने के लिए आई थी। मानाइहन के विदा होने के साथ-साथ मानो चेलम्मा का जाना-पहचाना कावेरीपट्टणम् नगर, समस्त जीवनक्रम, विदा हो रहा था। चेलम्मा खोई हुई मौन खड़ी रही।

माधवी चारों ओर से घिर गई थी। आसपास चारों ओर हरेक के मुख से यही बात सुनाई देती थी कि महाराज के राजधानी पधारने पर माधवी की दुर्दशा होगी। उसके कारण ही नगर की मान-प्रतिष्ठा और व्यवसाय को भारी क्षति पहुँची है। माधवी ने कुलाचार भंग किए हैं। महाराज उसका सिर मुँड़वाकर, आधा मुँह काला आधा लाल रँगवाकर, गधे की सवारी दे देशनिकाला देंगे। कोई कहता कि रूप के हाट में चौराहे पर गड्ढा खुदवाकर माधवी गाड़ी जाएगी और हिंसक कुत्तों द्वारा बोटी-बोटी नुचवाकर उसका प्राणान्त किया जाएगा। इस प्रकार की बातें उत्तेजना में फैलाकर जनता माधवी के प्रति अपनी घृणा व्यक्त करती रही।

नागरत्ना बाहर से यह समाचार लाई। माधवी और नागरत्ना दोनों ही घंटों गुपचुप बैठ विचार करती रहीं। उनकी चिन्ताओं का अन्त न था और कोवलन वीतराग के समान सारी चिन्ताओं से दूर था। उसका लगाव मात्र दो से ही रह गया था—मदिरा से और थोड़ा-बहुत मणिमेखला से। मदिरा हर घड़ी की साथी थी और मणिमेखला उसके एकान्त क्षणों की।

एक दिन उरैयूर से आए हुए राजपुरुष ने माधवी को बुलवाया। वे स्वर्गवासी पान्सा द्वारा नियोजित कुछ स्थायी व्यापारिक सौदों के सम्बन्ध में उससे जानकारी प्राप्त करना चाहते थे। माधवी पहले तो सहमी, परन्तु गए बिना गति न देख उसने अपना मन दृढ़ किया। सयत्न सोलहों शृंगार सज वह नागरत्ना के साथ शिविका पर बैठकर राजपुरुष से मिलने गई। अपने और अपनी पुत्री के प्राण बचाने के लिए सहसा एक सुयोग पाकर माधवी हर युक्ति से उसे साधने के लिए मन-ही-मन कटिबद्ध हो चुकी थी। सतीत्व की बात मन में थी, परन्तु आत्मरक्षा के लिए पुरुष को रिझाने की संस्कारगत प्रवृत्ति अपने पूरे निखार के साथ उसके बाह्याचार में चारों ओर जगमगा रही थी।

माधवी ने राजपुरुष को अपनी बातों से बाँधने का प्रयत्न किया। वह अपने प्रति करुणा जगाना चाहती थी और इस प्रसंग में उसका करुणाकातर रूप यदि अनायास ही अपनी मादकता के प्रभाव में सत्ताधारी पुरुष की मनमछली को फाँस

ले गया तो इससे उसका सतीत्व भंग नहीं हो सकता। माधवी ने अपने एकपुरुषव्रत की, सात्त्विक मर्यादाओं की बार-बार कुछ इस प्रकार चर्चा की कि सुननेवाला यदि चाहे तो माधवी के इस गुण को कहीं अपने लिए प्रयुक्त और समर्पित होते देख सकता था।

माधवी अपना कार्य सिद्ध कर आई और फिर तो बहाना-सा बँध गया। माधवी प्रायः मिलने जाती। कोवलन को इसकी कोई सूचना भी न दी जाती थी। यह सत्य था कि कोवलन के अतिरिक्त अन्य किसी भी पुरुष के प्रति अपने-आपको पूर्णरूपेण समर्पित करने की बात उसके मन में कदापि नहीं थी, परन्तु पुरुष को रिझाने में अपनी अलौकिक कला द्वारा यदि वह अपना स्वार्थ सिद्ध कर सकती है तो उसके लिए मन में किसी प्रकार की हिचक भी नहीं। पर ज्यों-ज्यों यह खेल बढ़ता जाता, त्यों-त्यों उसके मन का संघर्ष भी दूना-चौगुना होता जाता। शीघ्र ही उसे लगने लगा कि दो में से एक राह अपनानी ही पड़ेगी। राजपुरुष माधवी को पाने के लिए अधीर हो उठा था। माधवी उसकी अधीरता देखकर स्वयं अपने ही फैलाए हुए जाल से घबरा गई। बढ़ा हुआ डग फिर पीछे की ओर सिमटने लगा। उसके व्यक्तित्व के सती और वेश्या रूपों में प्रतिक्षण का संघर्ष बढ़ गया। वह स्वार्थ के लिए राजपुरुष को रिझाकर आती तो प्रायश्चित्त के लिए कोवलन को रिझाने में अपने-आपको लय कर देती थी। अधीर प्रेमी के उत्तरोत्तर बढ़ावों से बचकर जब वह कोवलन के पास आती तो ऐसी चिपटती मानो पाताल के अगम अथाह खड्ड में गिरने की आशंका से कोवलन ही उसकी रक्षा कर सकता था। मासात्तुवान की हवेली की स्वामिनी बनकर, उसकी कुललक्ष्मी की रक्षा का अधिकार कन्नगी से छीनकर उसने सोचा था कि जग जीत लिया, परन्तु चलते-चलते कलमुँही कन्नगी के कुटिल पिता उसके बने-बनाए स्वप्नमहल को लात मार गए। माधवी के पास अब इस बात का कोई भी प्रमाण न था कि वह कोवलन की परिणीता थी। उसने कोवलन के साथ सात भाँवरें फिर ली हैं, इसे कौन मानेगा! किसने देखा? प्रमाण क्या? माधवी अपने पत्नीत्व का प्रमाण चाहती थी।

अब मानाइहन भी नहीं रहे। कन्नगी को घर से निकालते समय उसने एक बार कोवलन का हाथ सुहाग के नूपुरों की ओर बढ़ते हुए देखा था। इसके अतिरिक्त मणिमेखला के प्रति कोवलन का स्नेहभाव भी बढ़ गया। ये सब बातें सोचकर उसने एक बार पुनः सुहाग के नूपुर प्राप्त करने की योजना बनाई। एक बार वे लोकख्यात सुहाग के नूपुर उसके पैरों में पड़ जाएँ, वह अपने जीवन की महोच्च महत्त्वाकांक्षा को सिद्ध कर ले, कन्नगी से जीत जाए, फिर चाहे कोई उसकी गर्दन भी उतार ले तो उसे आपत्ति न होगी।

माधवी गहरे अन्तर्द्वन्द्व से जूझ रही थी।

छब्बीस

नगर में इन्द्रोत्सव की भारी तैयारियाँ हो रही थीं। चोलमंडल की नई राजधानी घोषित होने के कारण कोवरीपट्टणम् को इस बार इन्द्रोत्सव के अवसर पर नववधू की तरह सजाया जा रहा था। प्रायः सारा नगर छोटी-मोटी बातों को भूलकर केवल इन्द्रोत्सव की तैयारियों की ही चर्चा कर रहा था। दूर-दूर से नट, जादूगर, नर्तक और छोटे-मोटे सौदागरों की भीड़ चली आ रही थी। नगर के पुराने प्रतिष्ठित वंश महाराज के स्थायी रूप से यहाँ रहने की बात से अपना भविष्य आशामय देख रहे थे। राजधानी बनने की बात ने ही इतने दिनों में पूरे दक्षिण-भारत और उत्तरापथ के निकटस्थ व्यापारकेन्द्रों में पुनः आस्था की नई लहर दौड़ा दी थी। फिर भी मानाइहन चेट्टियार के संसारत्याग के कारण लोग शंकायुक्त स्वरों में बातें करते थे।

महाराज के पधारने के दिन निकट आ गए। नगर की हलचल बढ़ गई। माधवी और पान्सा की प्रेरणा से उच्छृंखल हुए वेश्यासमाज में आतंक गहरा होने लगा। समाचार उड़ रहे थे कि महाराज उन सभी वेश्याओं की सम्पत्ति छीन लेंगे जिनका वैभव नगर के महाजनों से भी अधिक बढ़ गया है। इससे धनी वेश्याओं में आतंक छा गया। वे अपनी संचित धनराशि धरती में गाड़कर छिपाने लगीं। अनेक वेश्याएँ नगर छोड़कर भी भागी। राजकर्मचारियों का आतंक बढ़ गया। महाराज के नगर पधारने में अब केवल चार दिन का ही विलम्ब शेष रह गया था।

तभी एक नई अप्रत्याशित समस्या उठ खड़ी हुई। असमय में कावेरी नदी में भयंकर बाढ़ आने के समाचार मिले और जिस साँझ यह समाचार मिला, उसी रात नदीतट के मुहल्लों से भयजनित चीत्कारों का तुमुलनाद भी सुनाई पड़ा। नदीतट के आसपास डेरे लगाकर पड़े हुए यात्री सौदागरों पर सहसा बड़ी विपत्ति आ पड़ी थी। अनेक इधर-उधर भागे; अनेक बह भी गए। मशालें लिए दौड़ते राजकर्मचारीगण रात के अँधेरे में डूबते प्रजाजनों को तो अधिक न बचा सके, हाँ, महाराज के पधारने पर अपनी दौड़धूप, कार्यक्षमता का समाँ बाँधने का उपक्रम करके उन्होंने अपनी प्रतिष्ठा किसी हद तक अवश्य सुरक्षित कर ली। कावेरीतट के नौकाघाट पर बड़ी हलचल मच गई। देसावर से माल लेकर आई हुई अनेक नावें डूब गईं। कुछ वहाँ से बरबस बहकर समुद्र में डूबने के लिए पहुँच गईं। नदीसंगम से लेकर सागरतट तक इस नगर में सदा ही सैलानियों की चहल-पहल रहती थी और इसी भाग में प्रतिवर्ष इन्द्रोत्सव का मेला भी लगता था; बड़ी सजावट होती थी। वह सब-की-सब बह गई।

प्रातःकाल सारा नगर बाढ़ देखने के लिए उमड़ पड़ा। कोवलन ने भी चर्चा सुनी। माधवी से कहा, "चलो, देख आएँ।" माधवी बोली, "मेरे अन्तर में आँसुओं

की जैसी गहरी बाढ़ आ रही है उनके सामने लाखों प्राणियों का दुख भी ओछा है। कावेरी की बाढ़ में मरनेवालों को नगर-समाज की, महाराज की, तुम्हारी, सबकी समवेदना मिलेगी और मैं अभागी अपने अन्तर के आँसुओं में डूबी जा रही हूँ, इसे कोई देख भी न पाएगा।''

कोवलन सुनकर चिढ़ गया, बोला, ''तुम्हारी इस कुट्टनीलीला में मेरे लिए कोई आकर्षण नहीं रह गया माधवी! पुरुष किसी स्त्री को इहलोक में जो कुछ भी दे सकता है, उससे अधिक मैंने तुम्हें दिया है। इस नगर के वैभवस्वरूप अपने पिता और श्वसुर की प्रतिष्ठा तक तुम्हें सौंप दी, व्यवसाय-वाणिज्य सौंप दिया, कलंक और लोकनिन्दा ओढ़ी। तुम्हें अब भी सन्तोष नहीं हुआ?''

''छप्पन पकवानों से भरे थाल में सब रस हों, केवल नमक न हो, प्राणियों के सुन्दर-से-सुन्दर रूप विधाता बनाए और उनमें प्राण न डाले, राजा हो पर उसका राज्य न हो, तो कैसा लगेगा? मैं वेश्या के घर बिकी और पली, यह तो तुम्हें अब तक याद है, पर मेरे एकान्त प्रेम को तुम भूल गए। कितनी अभागी हूँ मैं! प्रतिक्षण अपने प्राण होमकर भी मैं तुम्हारी दृष्टि में सती न हुई। तुमने जो मूल्य चुकाया, सो मैंने माना, परन्तु उस मोल वस्तु जो पाई...''

''वह कितनी ही मूल्यवान क्यों न हो, परन्तु मेरे जीवन को शान्ति न दे पाई।''

माधवी चिढ़ उठी, बोली, ''हाँ-हाँ, अशान्ति, अमंगल, अभिशाप तो मैं ही हूँ, मानाइहन की बेटी तो मानो साक्षात् वरदायिनी देवी है! हाय रे भाग्य!''

कोवलन उसके रोषमग्न अश्रु-भरे मुख को देखने लगा, दया आई, बोला, ''तुम कन्नगी से अब व्यर्थ ही ईर्ष्या करती हो प्रिये! तुम्हारे लिए तो असम्भव सम्भव हो गया। तुम मेरी लोकख्यात हवेली का प्रकाश बनकर यहाँ विराजमान हो और कन्नगी बेचारी अपना सबसे बड़ा अधिकार खोकर निराश्रित है।''

''बड़ी बेचारी! बड़ी निराश्रित! हुँ, अपनी दानशूरता का अच्छा नाटक साधा है तुमने भी! जिस लोकख्यात हवेली में तुम मुझे प्रकाश बनाकर प्रतिष्ठित करने की बात कहते हो, उसमें अब और कितने दिन टिक पाऊँगी मैं? राजाज्ञा से जैसे मेरा एक अधिकार छिन गया, वैसे ही राजा के आने पर मेरा यह खोखला अधिकार भी ओस की बूँद-सा विलीन हो जाएगा।'' बड़े-बड़े आमों की फाँकों-जैसी माधवी की आँखें अपने अन्तर का दुखस्रोत उमड़ पड़ने से दो झीलों-सी बन गईं।

माधवी के सलोने मुखमंडल पर यह भाव ऐसा सुहाना लगा कि कोवलन की रसिकता उस पर रीझकर करुण बन गई। माधवी को पास खींचकर अपने कलेजे से लगाते हुए अँगुलियों से आँसू पोंछ मीठे स्वर में वह बोला, ''पगली! यह कौन-सा बड़ा सोच है! मान लो कि महाराज तुम्हें घर से निकाल भी दें तो क्या मुझसे भी

तुम्हें छुड़ा सकेंगे?...एक समय था जबकि मुझे अपनी वंशमर्यादा, इस हवेली के वैभव और स्वयं अपने ऊपर गर्व था। याद है, एक दिन अपने इसी गर्व के वशीभूत होकर मैंने तुम्हें मारने के लिए कटार निकाली थी, और अब वही कटार कन्नगी को घर से निकालने के बाद मेरे वंशदर्प को चीर गई है। अब तो जो कुछ हो, वह तुम हो।"

"मैं भी अब चार दिन की ही हूँ," माधवी ने कहा और उसके शब्द आँसुओं के बाढ़ में डूब गए। सुबकियाँ फूट पड़ीं।

कोवलन अचरज से बोला, "क्या कह रही हो! चार दिन बाद क्या राजा मुझे तुमसे अलग कर सकेंगे? कदापि नहीं। मेरे-तुम्हारे सम्बन्ध से राजा का क्या लेना-देना! धन ले गए, ले जाने दो। हवेली छीन लेंगे, अधिक-से-अधिक देशनिकाला दे देंगे। और क्या करेंगे? अब तो मैं स्वयं भी यही सोच रहा हूँ कि तुम्हारे साथ यह नगर त्याग दूँ।"

"त्यागने पर भी जाओगे कहाँ?" माधवी तड़पकर उठ बैठी और कोवलन की ओर देखते हुए कहा, "हम दो होते तो भीख माँग लेते। असहाय अवस्था में मणि को लेकर इस भाँति निकले तो...जिससे डरती हूँ वह अनर्थ होकर ही रहेगा। लड़कियों के सौदागर दस्यु मेरी फूल-सी बच्ची को बरबस वही बना देंगे जो मैं उसे नहीं बनाना चाहती।"

कोवलन सोचने लगा। फिर सूनी दृष्टि से माधवी की ओर देखकर बोला, "तो और उपाय ही क्या है? यदि हवेली छीन लेंगे तो कहीं छोटा-सा घर लेकर रहेंगे। यदि सधकर चलीं तो जितना कुछ तुम्हारे पास है..."

"वह भी राजा छीन लें तो? राजा वेश्या को सार्वजनिक रूप से दंड दे सकता है। केवल पत्नी ही दंडविधान के उस क्रूरतम रूप से बच सकती है, यदि वह सदाचारिणी हो तो, यदि उसने पति की हत्या या व्यभिचार-जैसा दुष्कृत्य न किया हो तो।"

बात ऐसे कही गई कि पूरी होने पर भी कोवलन को वाक्यविराम का आभास न मिला। कोवलन माधवी का मुँह देखता ही रह गया कि अभी कुछ और कहेगी, अपनी बात को सम्पूर्णता प्रदान करेगी। पर माधवी उसे दूर खोई-सी लगी। उसकी आँखें डबडबाई हुई थीं, होंठों पर कम्पन था, चेहरा भय से पीला था और मन अपनी बन्द गलियों में भटकता, टकराता, भयस्तब्ध!

कोवलन का मन करुण हो गया। उसने फिर माधवी के पास खिसकते हुए, उसके सिर पर हाथ फेरते हुए कहा, "व्यर्थ की आशंकाओं से अपने जीव को न दुखाओ। बहुत क्रुद्ध होने पर भी महाराज मुझे व्यर्थ ही कष्ट न पहुँचाएँगे। याद करो, एक ही सभा में उन्होंने कभी मुझे और तुम्हें महान गौरव भी प्रदान किया था।

कम-से-कम उसका ध्यान तो करेंगे ही, और जब कोई रस पककर निखर जाता है तब उसका नैतिक सौन्दर्य भी दूसरों की दृष्टि में समाने लगता है। मैंने भले ही बुरा किया हो प्रिये! पर एक नारी के प्रेम में अपना सबकुछ उत्सर्ग करके अपनी पतनशीलता में भी ऐसा अनोखा उदाहरण रखा है कि कोई उसकी मार्मिकता के प्रभाव से बच नहीं सकता। सच मानो, यदि अवसर आया तो मैं स्वयं महाराज से भी यह कह दूँगा कि मन के बन्धन बँध जाने पर कुलीनता और लौकिक मर्यादाएँ अपने-आपमें अर्थहीन हो जाती हैं। प्रेमी जग की रीति से नहीं, प्रेम की रीति से गतिमान होते हैं। उस समय लोकमर्यादा के सामने प्रेममर्यादा ऐसी ही लगती है जैसी महाविशालकाय वटवृक्ष के सामने गरुड़ पक्षी। गरुड़ अपनी विशाल काया को लेकर भी वटवृक्ष के सामने भले नगण्य लगे, परन्तु दोनों की शक्ति में बड़ा अन्तर है। लोकमर्यादा अधिक शीतल, छायावान और पत्तों की तरह असंख्य रूपों में हरहराती हुई होते हुए भी अपनी सीमा में जड़ीभूत होती है, और प्रेममर्यादा गरुड़ के समान गगन की नई निःसीमता में हर बार विस्तार पाती है। तुम्हें लेकर जब मैं निःसीम में उतर चुका हूँ तब इन लौकिक शक्तियों का क्या भय करूँ?''

कोवलन की बात जब तक समाप्त न हुई तब तक तो माधवी उससे प्रभावित-सी लगी, परन्तु बात पूरी होते ही उसने कहा, ''तुम्हारा यथार्थ अब भी वस्तुजगत से दूर है। तुम अपने मन से मुझे कैसा भी मानते रहो, पर मेरे शत्रुगण राजा से यही कहेंगे कि नगर को कठोर संयम से बाँधने के लिए पान्सा की वेश्यापुत्री माधवी को सूली पर चढ़ा दिया जाए। चौंको नहीं, ये बातें नगर में चल रही हैं। मानाइहन चेट्टियार के संन्यास ले लेने की चर्चा उठाकर वे उनके पुराने प्रतिद्वन्द्वी मेरे स्वर्गीय पातेर के प्रति घृणा उभार रहे हैं। वे रहे नहीं, इसलिए उनका बदला मुझसे लेने की भावना तीव्रतम हो रही है।''

कोवलन कुछ चुप रहा, उसे कुछ सूझ न पड़ा। मन की चकराहट उसके चेहरे पर स्पष्ट थी, बोला, ''नगर से बाहर जाने में एक भय और रहने पर दूसरा, तब फिर सबसे अच्छा उपाय तो यही है कि आओ, इस कावेरी की बाढ़ में हम लोग भी बह चलें। रही लड़की की सुरक्षा की बात, सो मैं इतना जानता हूँ कि यदि मैं कन्नगी से कह जाऊँगा तो वह निश्चय ही इसे पाल-पोसकर बड़ा करने और इसके भविष्य की सुखद सात्त्विक व्यवस्था कर लेने तक सती न होगी। तुम्हारी पुत्री को उसका साहचर्य निश्चित रूप से वह जीवन प्रदान कर सकेगा जो तुम चाह करके भी नहीं कर पाईं और कभी न कर पाओगी।''

माधवी ने इस बात का कोई उत्तर न दिया। कोवलन क्षण-भर रुककर उसके उत्तर की प्रतीक्षा करता रहा; फिर बोला, ''तो मेरे साथ तुम डूब न सकोगी, हैं! तब ठीक है, जो सामने आए उसे भोग!''

माधवी चिढ़कर बोली, "भोग तो रही ही हूँ। असमर्थ, अकर्मण्य पुरुष की नारी ने आज तक दूसरे के हाथों कष्ट के अतिरिक्त कुछ और भी पाया है जो मैं ही सुख पाऊँगी!"

कहकर माधवी ने क्रोध से मुँह फेर लिया। कोवलन के चेहरे पर ठीक वैसा ही क्रोध तमतमाया जैसे उसे वर्षों पहले अपने सम्बन्ध में किसी की चुभती हुई बात सुनकर आता था। निर्बल शरीर की नसें क्रोध से तन गईं, आँखों से लपटें निकलीं, दाँत और मुट्ठियाँ भिंच गईं। उसने माधवी की ओर देखा, पर वह उसकी ओर नहीं देख रही थी। क्षण-भर हिंसात्मक टकटकी साधने के बाद कोवलन ने अपनी दृष्टि उस ओर से हटा ली, उठकर टहलने लगा। फिर बोला, "मेरी सामर्थ्य देखोगी? तुम समझती हो कि मैं अशक्त हो गया?"

"शक्तिशाली पुरुष की पत्नी को किसी के द्वारा सूली चढ़ाए जाने का भय नहीं होता।"

"परन्तु तुम्हें सूली पर चढ़ा कौन रहा है? व्यर्थ की चिन्ताओं से अपने मन को आक्रान्त कर तुम अनागत दुख को हठात् भोगने की कल्पना कर रही हो। यह रोग है, पागलपन है।"

माधवी चिढ़े हुए स्वर में बोली, "पागलपन, मूर्खता, जो चाहे बहाने बनाओ, ये बहाने मेरी मृत्यु के पश्चात् भी तुम्हारी अकर्मण्यता को बहलाते रहेंगे। तब कन्नगी से बैठकर कहा करना कि माधवी पागल थी, मर गई।"

"माधवी! तुम अपनी मृत्यु की कल्पना देकर मुझे व्यर्थ ही तड़पाना चाहती हो। तुम्हारा ही तो मुझे महामोह है। अब न अपने प्राणों की चाह मुझे जला रही है और न किसी के प्राण मेरे प्राणों में स्पन्दित होते हैं।"

माधवी ने एक गरम उच्छ्वास छोड़ते हुए, उखड़े स्वर में कहा, "अरे जाओ, बातें बनाते हो! यदि मोह होता तो बचाने का उपाय भी करते।"

"उपाय है क्या? सबकुछ तो तुम्हारे लिए कर चुका, परन्तु काल्पनिक दुख का उपाय क्या करूँ!"

माधवी इस बार परीक्षा-भरी दृष्टि से कोवलन की ओर देख नरम पड़ गई, बोली, "एक ही उपाय है। कुछ दिनों के लिए—केवल कुछ ही दिनों के लिए—मेरी मणिमेखला की सुरक्षा के विचार से कन्नगी बहन अपने सुहाग के नूपुर यदि मुझे दे दें, नगर में इस बात की चर्चा फैल जाए, तो फिर महाराज भी मेरा कुछ न बिगाड़ सकेंगे। तब मैं तुम्हारी पत्नी के नाते बच जाऊँगी। और सच कहती हूँ कि एक बार वातावरण शान्त हो जाने पर नूपुर तुम्हें लौटा दूँगी। वैसे उन्हें धारण करने का अधिकार तो मेरा ही है, फिर भी तुम चाहोगे तो लौटा दूँगी। परन्तु इस क्षण तो मुझे सुहाग के नूपुर ही बचा सकते हैं।"

कोवलन सुनकर चुप हो गया। माधवी ने उसके पास आते हुए कहा, ''इन्द्रोत्सव के दिन सुहाग के नूपुर पहनकर जब मैं तुम्हें और मणिमेखला को साथ लेकर निकलूँगी तब कैसी शोभा होगी! लोग मुझसे ईर्ष्या करेंगे, पर उस ईर्ष्या में तुम्हारी शक्ति दमकेगी। तुम सार्वजनिक रूप में मुझे मेरा मनोवांछित पद देकर लोक के सम्मुख यह सिद्ध कर दोगे कि प्रेम की मर्यादा सचमुच लोक की मर्यादा से कहीं श्रेष्ठ है। और यदि यह तुम नहीं कर सकते तो...'' माधवी स्वयं अपनी बात पूरी न कर पाई। उसके सामने अपने ही 'तो' को गति देने के लिए जैसे कोई मार्ग ही नहीं मिल रहा था।

मौन दीर्घ अवधि तक व्याप्त रहा। दोनों अपने-अपने विचारों में खोए बैठे रहे। फिर सहसा कोवलन उठकर बोला, ''अच्छा लाओ, मदिरा दो! एक बार मुझे इतना बेसुध कर दो कि तुम्हारी प्राणरक्षा के लिए कन्नगी के प्राण हर लाऊँ।''

''मुझे प्राण नहीं, सुहाग के नूपुर चाहिए। यदि उसके प्राण हरकर नूपुर लाए तो महाराज फिर मुझे जीता न छोड़ेंगे।''

''परन्तु जीते-जी कन्नगी कदाचित ही अपना अधिकार छोड़े।''

''तुम यहीं से अपना हीन मन लेकर जा रहे हो। तुममें मानाइहन की बेटी का सामना करने की शक्ति नहीं। तुममें मेरे प्राण बचाने की शक्ति नहीं। तुम कापुरुष हो, अकर्मण्य हो, स्वार्थी हो!''

कोवलन हँसा, बोला, ''अब गालियाँ देकर मुझे भड़का न सकोगी। मैं अब जान गया हूँ कि मुझमें स्वयं अपने जीवन को ही एक गाली बना देने की अपूर्व क्षमता थी और है। मैं अपनी उसी सामर्थ्य का परिचय अभी और दूँगा।''

मदिरा के महाकवच से मंडित होकर कोवलन अपने पिता द्वारा बनवाई हुई उस धर्मशाला में पहुँचा जहाँ कन्नगी देवन्ती के साथ रहती थी। धर्मशाला जीर्ण-शीर्ण हो चली थी। पहले निर्धन यात्रियों को भोजन मिलता था, चाकर सेवा में रहते थे। अब वह सारी व्यदस्था समाप्त हो चुकी थी। मासात्तुवान के काल के बूढ़े व्यवस्थापक जीवन-भर इसी सत्रम में अपनी सेवा का योग देकर अब कहीं और के न रह गए थे। बाल-बच्चे बड़े हो गए, स्वतन्त्र हो गए, कभी-कभी घर चले जाते, पर अपने जीते-जी उस ड्योढ़ी को नहीं छोड़ना चाहते थे, जिसका नमक उन्होंने इतने वर्षों तक खाया है। कोवलन को यहाँ देखकर वृद्ध व्यवस्थापक स्तब्ध रह गए। मदिरा के भभकते कुम्भ-सा, अपनी विलासजन्य फूली देह लिए वह सचमुच आकार में बड़े मटके के समान ही लगता था। वह अपना पूर्व का कायिक-मानसिक सौन्दर्य खो बैठा था। वृद्ध चाकर ने वर्षों के बाद कोवलन को देखा था। एक नगर में रहते हुए भी उसे कोवलन को इधर कभी देखने का अवसर ही न मिला था। नशे में चूर, शरीर को सँभालने के लिए दो दासियों को संग ले लड़खड़ाते हुए कोवलन ने अन्दर प्रवेश

करते ही बिफरना शुरू कर दिया, "कहाँ है वह मानाइहन की बेटी? उसे निकाल दो! सबको निकाल दो! यह सत्रम मेरी है। मेरे बाप की है। यहाँ मैं रहूँगा।" गहरे नशे की उखड़ी-अटपटी बोली में कोवलन गरजता रहा।

व्यवस्थापक हाथ बाँधे मौन खड़ा रहा। स्वामिनी के सम्बन्ध में स्वामी द्वारा प्रश्न किए जाने पर भी उसने कोई उत्तर नहीं दिया। कोवलन का क्रोध तांडव कर उठा। दासियों के हाथों को झटककर आगे बढ़ता हुआ वह व्यवस्थापक को मारने ही वाला था कि उसे ऊपर की सीढ़ियों से कोई नीचे उतरता हुआ दिखाई पड़ा। कोवलन का ध्यान उधर गया। वह थम गया। टकटकी सीढ़ियों पर लग गई। नारी-आकार निकट आया। गैरिक वस्त्र, देह का आयुवार्धक्य, स्पष्ट हुआ। चेलम्मा को सामने से आते देखकर कोवलन आश्चर्यजड़ित हो गया। फिर चेलम्मा से कुछ न कह अपनी दासियों की ओर देख भवें तानकर रोब-भरे स्वर में पूछा, "क्या मुझे फूलहाट में ले आई हो? यह मेरे पिता की सत्रम नहीं है?"

उत्तर चेलम्मा ने दिया, "तुम्हारे पिता की सत्रम ही है चेट्टियार! तुम्हारे प्रातःस्मरणीय स्वनामधन्य पिता को तनिक भी कलंक न लगेगा। पुण्यात्माओं की छत्रछाया में आकर पाप भी नष्ट हो जाते हैं। मैं ही घूमते-भटकते यहाँ कभी-कभी पहुँच जाती हूँ। पुहारेश्वरम् के बाद यहाँ नगर का सबसे बड़ा देवालय आ गया है न!"

कोवलन सुनते हुए अपने नशे के प्रवाह में विचित्र व्यंग्यात्मक मुख-मुद्रा साधे हँसती आँखों घूरकर उसे देखता रहा और चेलम्मा के बात पूरी करते ही फिच्च-फिच्च मुस्कराते हुए सहसा बड़ी जोर से अट्टहास कर उठा। ऐसा लगता था मानो वह अट्टहास जाग्रत अन्तश्चेतना का दूत बनकर उसकी मदिरा से जड़ हुई देह को झिंझोरने आया था। दासियाँ सहारा देने आईं, हँसते-हँसते वह धम-से व्यवस्थापक की चौकी पर बैठ गया। हँसते-हँसते उसके माथे पर पसीना छलक आया। थोड़ी देर बाद खाँसी आई, फिर आप ही थमा। दासियाँ देह पोंछने लगीं, पंखा करने लगीं। कोवलन ने हाँफते हुए मदिरा की माँग की। एक दासी तुरन्त आज्ञा का पालन करने दौड़ी और कोवलन की थकी हुई दृष्टि के सामने जब पात्र आए तो वे एक नहीं दो थे, दो प्रकार के थे और दो विभिन्न हाथों में अपने दाहिने-बाएँ से दृष्टि के सामने आए थे। थकी दृष्टि और खोए मन से उसने चौंककर देखा। मदिरा के चषक के साथ-ही-साथ देवन्ती जलपात्र लिए खड़ी थी। कोवलन देवन्ती को देखने लगा; देवन्ती, चेलम्मा और वृद्ध व्यवस्थापक तीनों को देखने लगा। भटकती दृष्टि को देवन्ती के स्वर ने साधा। वह बोली, "पहले कंठ शीतल कर लीजिए, फिर इच्छित वस्तु का पान कीजिएगा! यह मेरी स्वामिनी का विनम्र निवेदन है और दासी का धृष्ट अनुरोध भी।"

कोवलन ने कोई उत्तर न दिया। उसके हाथ से जल ले लिया। देवन्ती होंठों तक हाथ को सहारा देती रही। कोवलन तृप्त होने तक घूँट बाँधते हुए उसे देखता रहा, फिर जलपात्र देवन्ती के हाथों से लेकर शेष जल से मुँह पर तड़ातड़ ऐसे छींटे मारे, मानो तमाचे मार रहा हो। तब उसने आँखों को मसल-मसलकर धोया और फिर सन्तोष की साँस लेते हुए अपने चारों ओर के वातावरण को देखने लगा। सुवासित अँगोछे से मुख पोंछती माधवी की दासी को देखकर बोला, "देख री, मेरी चेतना के पंख फड़फड़ाने लगे हैं। अपनी स्वामिनी का काम पूरा होने तक मेरे मानस-हंस को उल्लू बनाए रख। नहीं तो तुम दोनों को तुम्हारी स्वामिनी से कहकर, चोरी का अपराध लगवाकर देशनिकाला दिलवा दूँगा। हाँऽ...कोई यह न समझे कि ठंडा पानी पिलाकर मुझे फुसला लेगा। मैं आज मरने और मारने का प्रण ठानकर आया हूँ।"

कोवलन माधवी की दासियों की ओर मुख किए हुए ही फिर गरजने लगा। चेलम्मा सामने आई, कोवलन के पैरों के पास ही धरती पर बैठ उसे देखती हुई बोली, "काहे को मरने का प्रण ठाना है चेट्टियार! यह तो बताओ!"

कोवलन तुनक गया। दासी के हाथ से मदिरा का पात्र लेते हुए चेलम्मा की ओर तीखी कनखी से देखकर वह बोला, "आजकल माधवी से चिटक गई है तो कन्नगी को उभारने आई हो? गैरिक पहनकर प्रवचन छाँटने लगीं, पर अपना कुट्टनी धन्धा न छोड़ा!" कहकर उसने पात्र को होंठों से लगा लिया।

चेलम्मा हँसी, आगे बढ़कर कहा, "कोयला जब जीवन की ऊष्मा पा जाता है तो हीरा बन जाता है। मेरा कुट्टनीशास्त्र वैसे ही अब दर्शनशास्त्र बन गया है चेट्टियार!"

कोवलन अर्धगम्भीर आनन्द-भरी लहर में आ गया। चेलम्मा पर आँखें डालकर देखते हुए उसकी बात का उत्तर दिया, "बात तो तुम्हारी ठीक है मौसी! मैं भी इसी के द्वारा जीवनदर्शन पा रहा हूँ।"

"तो क्या पाया चेट्टियार तुमने हमारे कुट्टनीशास्त्र में?"

कोवलन पूर्ण रूप से गम्भीर हो, तनकर बैठ गया। उसके शब्द गम्भीर स्वर में ध्यान की टकटकी से उमगने लगे। कहने लगा, "एक बात तो पाई, स्त्रीजाति का यह गहरा भेदाभेद पुरुष को मार डालता है। भावनाओं का यह मन्थन कुल मिलाकर बहुत महँगा सौदा पड़ जाता है मौसी! जीवन देकर जो अनुभव मिलता है, वह अपने-आपमें इतना बड़ा नहीं कि अन्तिम निर्णय पर पहुँचकर उत्साह आए।" आँखों से विचारों की सधी टकटकी खो गई। पुतलियाँ पथरा गईं। तभी ऊपर की सीढ़ियों से कन्नगी आती दिखी। सुहाग के नूपुर उतरती सीढ़ियों की चढ़ती गूँज बन गए। कोवलन का ध्यान उस ओर आकृष्ट हुआ। चार सीढ़ियों के रहते कन्नगी रुक गई। आँखें झुकाए देवन्ती से कहा, "सखी! इन्हें घर में ले आओ! बाहर बैठकर घर की बातें करना ठीक नहीं।" कन्नगी कहकर फिर ऊपर जाने लगी।

कोवलन उसे देखता रहा। एक क्षण के भी निम्न अंशों में भावगति हर बार चमकी, थमी-सी लगी और फिर बदल गई। श्रद्धा चमकी, आत्ममहत्त्व की सुधि थमी-सी लगी, फिर खोयापन आया और फिर सबकुछ ईर्ष्या की पैनी काट में समा गया। वह कड़ककर बोला, "मुझे घर का ध्यान दिलाती है! मेरा घर अब बीच हाट में है! चल, नीचे आ!"

चढ़ते चरण थम गए, जड़ गति से उतरने लगे। नूपुर गूँज रहे थे। वह गूँज स्तब्ध वातावरण में चीख बनकर सबके मन में समा गई।

"उतार यह नूपुर!" सीढ़ियों से समतल भूमि पर आते नूपुरों की झंकार का मधुर स्वर कोवलन के स्वर से भंग हो गया।

"मदिरा ला!" कोवलन के आदेश के साथ ही मदिरा सामने आई। कोवलन लगातार चार-पाँच कटोरियाँ रीती कर गया। तब तक कन्नगी सीढ़ियों के पास ही रुकी रही। चेलम्मा के मुख पर उत्सुकता और देवन्ती के चेहरे पर भय अपनी तड़प लिए जड़ रहा। परन्तु कोवलन के झूमकर उठते ही देवन्ती घबराकर आगे बढ़ गई। साथ आई हुई दासियाँ कोवलन को सहारा देने के लिए आगे बढ़ आईं। केवल चेलम्मा जहाँ-की-तहाँ बैठी रही। वृद्ध व्यवस्थापक भी अपनी जगह पर खड़े रहे। कोवलन कन्नगी की ओर देखकर कहने लगा, "आदेश का पालन करो सती! मैं तुम्हें त्याग चुका हूँ, अपने घर से निकाल चुका हूँ। तुम्हें दिया गया सौभाग्य तुमसे लौटाकर अब दूसरी को दूँगा। उस पर अब तुम्हारा अधिकार नहीं।"

कन्नगी ने सिर उठाकर पति को देखा। पति ने दृष्टि कतरा ली। पत्नी के नयन फिर नत हो गए। वह बोली, "सौभाग्य मेरे पूज्य श्वसुर ने प्रदान किया था। आपकी जीवनसहचरी बनने का अधिकार मुझे उन्होंने दिया था।"

बात पूरी होते-न-होते कन्नगी के मुँह पर पति के भरपूर हाथ का तमाचा पड़ा। चेलम्मा दौड़कर आगे बढ़ी और झपटकर कोवलन का हाथ पकड़कर पीछे खींच लिया, बोली, "चेट्टियार! अबकी जो सेठानी पर तुम्हारा हाथ उठा तो याद रखना, यह तपस्विनी चेलम्मा एक बार फिर अपना बदला लेने के लिए कुट्टनीशास्त्र का आधार ले लेगी। और मुझसे पार न पा सकोगे तुम लोग! मैं मानाइहन नहीं हूँ, कन्नगी भी नहीं हूँ, और न माधवी हूँ। लोग तो मुखाचार में कहते हैं, पर मैं सचमुच ही माधवी की गुरु हूँ। मैं अन्याय किसी पर भी न होने दूँगी; न इस ओर, न उस ओर। इस पर भी यदि तुम्हारे अन्दर सामर्थ्य हो तो मुझसे बाँह छुड़ाकर मनमानी करो।"

कोवलन के चेहरे पर क्रोध किटकिटा रहा था। अपनी फूली हुई देह की पूरी शक्ति लगा झटका देकर हाथ छुड़ाने लगा, अपनी दासियों को चेलम्मा को मारने का आदेश देने लगा। देवन्ती और व्यवस्थापक दोनों ही आगे बढ़े, परन्तु चेलम्मा आवेश

में आकर बोली, ''आ निगोड़े! मुझे दासियों से पिटवाएगा! तो चल, मैं तुझे बीच चौराहे पर घसीटकर ले चलूँगी। वहाँ मुझे पिटवाना।'' चेलम्मा दोनों हाथों से उसे घसीटकर बाहर की ओर ले चली।

सुहाग के नूपुर झपटकर आगे बढ़े। कन्नगी ने चेलम्मा से कहा, ''नहीं भक्तिन माई! ये बहुत थक गए हैं। चौकी पर बिठा दो इन्हें! देवन्ती, पंखा झल, मैं आती हूँ।''

कन्नगी ऊपर चली। कोवलन का थका स्वर फिर गरजा, ''नूपुर दे जा!''

कन्नगी लौट पड़ी, शान्त स्वर में बोली, ''मैं धर्म से विवश हूँ, नहीं तो इतनी-सी बात के लिए आपको बार-बार आग्रह न करना पड़ता। हाँ, आवश्यकता पड़ने पर अपने प्राण अर्पित कर दूँगी। तब इस सोने का मनमाना उपयोग कर लीजिएगा।''

चेलम्मा बोली, ''माधवी के हठ का विरोध मैंने भी सदा ही किया और पेरियनायकी ने भी। अनुचित करने की सलाह कोई भी समझदार नहीं दे सकता। क्या स्वयं तुम्हारा हृदय तुम्हारा साथ देगा?... दे रहा है? बोलो! अब चुप क्यों हो गए चेट्टियार! हाट में सिद्ध किया हुआ तुम्हारा जीवनदर्शन क्या कहता है?''

''मदिरा!'' उत्तर चेलम्मा को दिया और संकेत मदिरापात्र लिए हुए दासी को। फिर चेलम्मा की ओर देखते हुए हँस पड़ा। कन्नगी की ओर भी देखा, हाथ बढ़ाकर बोला, ''ला री! कुछ खाने को दे!''

कन्नगी के पैरों में बिजली दौड़ गई। सुहाग के नूपुर झमाझम सीढ़ियाँ चढ़ने लगे। उनके संगीत की गूँज में मदिरापात्र सामने आया। उसे लेते हुए कोवलन ने चेलम्मा से कहा, ''यह मदिरा ही मेरे जीवन की यथार्थ सिद्धि है, भोजन और भोग में मेरा जीवनदर्शन है।'' कहकर रत्नजटित कटोरी होंठों से लगा ली।

चेलम्मा बोली, ''तो इन तीनों ने तुम्हें किस प्रकार का दर्शन दिया, चेट्टियार?''

कोवलन गम्भीर हो गया। फिर उसी कसाव में दुख-सने स्वर में बोला, ''मुझे अपने चारों ओर विवशता-ही-विवशता दिखाई देती है। मैं अपनी इच्छा को एक चक्रव्यूह में फँसाकर अब टकरा रहा हूँ, यह भी दिखलाई देता है।''

कोवलन चुप हो गया। चेलम्मा ने फिर पूछा, ''इसका कारण क्या देखते हो?''

कोवलन ने प्रश्न पर नाक चढ़ाई, कहा, ''कारणों में क्या धरा है! जो बीतना था सो बीत गया...फिर भी अनुभव के रूप में इतना कह सकता हूँ कि मेरा भय मुझे खा गया है। सन्तुलन बिगड़ते ही भय से लड़ने भी चला तो आज का यह दिन पाया। क्या तुम यह समझती हो मौसी कि मैं अपनी सुधि में नहीं हूँ? मेरा अन्तर आठों याम जाग्रत रहता है। विवशता यह हो गई है कि मैं उसे छू नहीं सकता। मेरा अन्तर मेरे ही बनाए जादू के कटघरे में बन्द है। वह सामने रहकर मुझे विवश करता है। उस विवशता से मुक्ति पाने का एकमात्र उपाय यही रहता है कि मैं हठपूर्वक

अपनी सुधि बिसराकर परवश हो जाता हूँ। ...जाने दो! दासियो! मुझे उठाओ! अच्छा चला मौसी! अभी मेरा दर्शन अधूरा है।"

कोवलन उठ खड़ा हुआ, आगे बढ़ा। देवन्ती बोली, "स्वामिनी भोजन लेने गई हैं देव!"

कोवलन तनिक थमा, फिर सिर झटककर बोला, "उनसे कह दो, प्रतीक्षा करें। फिर कभी खाने आऊँगा।" कहकर वह आगे बढ़ गया और बड़बड़ाहट में धर्मशाला की देहली लाँघते तक कहता चला गया, "नूपुरों की झंकार से भय लगता है। उनके स्वर में आग है, आग!"

कोवलन के बाहर जाने तक कन्नगी थाली सँजोकर सीढ़ी पर लाई। चेलम्मा उसकी ओर निहार आँखों में श्रद्धा भरकर बोल उठी, "अहा! एक सती देवी कन्याकुमारी बनकर वरमाला लिए खड़ी है, दूसरी गृहिणी अन्नपूर्णा बनकर थाली सँजोए खड़ी है...दोनों के पति कह गए हैं, प्रतीक्षा करना। प्रतीक्षा करो मेरी देवी! मेरी बेटी! तुम्हारा सुहाग अचल रहेगा!"

चेलम्मा दोनों हाथ उठाकर प्रभु से यही कामना करने लगी।

सत्ताईस

माधवी के सामने जाकर कोवलन उस दार्शनिक के समान बैठ गया जिसे सुख-दुख, आशा-निराशा में समान रूप से हँसी आती है। यह हँसी माधवी को चिढ़ा गई। तमककर पूछा, "लाए?"

कोवलन हँसकर उसे देखते हुए बोला, "ला पाता तो आकर यों बैठता!"

"तो अब यों भी न बैठ पाओगे। मैं अब तुम्हें तुम्हारी चरम गति पर ही पहुँचाकर दम लूँगी। अपना सर्वस्व निछावर कर चुकने के उपरान्त अन्त में मुझे तुमसे कुछ न मिला। तुम मुझे सती न बना सके तो अब मैं तुम्हें वेश्या बनकर ही दिखलाऊँगी। निकल जाओ मेरे घर से! उठो, जाओ!"

कोवलन किंचित् आश्चर्य और परीक्षात्मक दृष्टि से माधवी को देखने लगा। उसे अभी विश्वास नहीं हुआ था कि माधवी सचमुच ही उसे निकाल रही है। परन्तु माधवी दृढ़ थी। क्षणिक आवेग में नहीं, किन्तु अपनी तड़प में भलीभाँति निर्णय करके ही उसने कोवलन से यह बात कही थी। अपने मन के वर्षों के ऊहापोह को हठात् समाप्त करके उसने अपने और अपनी पुत्री के भविष्य को सुरक्षित करने के लिए ही यह निर्णय किया था कि यदि कोवलन उसे विधिवत सुहागिन नहीं बनाएगा तो

वह उरैयूर से आए हुए राजपुरुष को रिझाएगी। उसे अपनी और अपनी बेटी की सुरक्षा चाहिए। उसके पास अब समय नहीं, वह अब कोवलन को त्यागकर भी स्वयं और मणि को बचाएगी। उसने फिर तीव्र स्वर में कहा, "जाते हो या झाड़ुओं से पीटकर निकलवाऊँ!"

कोवलन हँसा, बोला, "सत्कार का विधान तो उत्तम है, परन्तु मेरा सत्कार तुम्हें उस दिन करना चाहिए था जिस दिन एक लाख आठ हजार कलंजु देकर मैंने तुम्हारी विजयमाला मोल ली थी।"

"बड़े सयाने बनते हो चेट्टियार! इतना भी न सोच पाए कि उस दिन का सत्कार मीठी कनखियों की मार से ही करना उचित था! तब तुम दाता बनकर मेरे सामने आए थे और आज भिखारी हो। जाओ यहाँ से!"

"यह घर मेरे पुरखों का है।"

"जब था, तब था। वेश्या के पास जो आएगा उसी का हो जाएगा। उठो, निकलो!" माधवी ने उसका हाथ पकड़कर झटका दिया।

"दूर हट! नहीं तो मार बैठूँगा।"

"नागरत्ना! इस निकम्मे निर्लज्ज कापुरुष को मेरे सामने से धक्के मारकर बाहर कर! पकड़ इसका हाथ! यह मुझे वेश्या मानना चाहता है, तब इसे व्यवहार भी वैसा ही मिलना चाहिए। मैं अब इस निर्लज्ज को इसकी अन्तिम दशा पर पहुँचाकर ही दम लूँगी। अब नहीं छोड़ूँगी इसको। नागरत्ना, पकड़ दूसरा हाथ! शीघ्र आगे बढ़! अब संकोच की आवश्यकता नहीं। मैं अब बदल नहीं सकती। इस कापुरुष को सह नहीं सकती। चल निकल!"

माधवी दोनों हाथों से कोवलन को खींचने लगी। वह चौकी से गिर पड़ा। माधवी तब भी न रुकी, खींचते हुए प्रकोष्ठ के बाहर ले चली। अब नागरत्ना भी कोवलन का दूसरा हाथ पकड़कर घसीट रही थी।

मणिमेखला उसी समय कमरे में आई। माता और नागरत्ना द्वारा अपने पिता को यों घसीटे जाते देख वह पहले तो भय-स्तब्ध रह गई और फिर जोर से चीखकर 'अप्पा' पुकारती हुई दौड़ी। माधवी हिंसक आवेश में कोवलन को घसीटते हुए बढ़ती ही चली गई। कोठे, दालानों की चौखटों से रगड़ खाती हुई कोवलन की देह टूटी-टूटी जा रही थी, परन्तु वह एक अक्षर मुँह से न बोला, एक कराह तक न निकली। नन्हीं मणिमेखला अपनी माँ के प्रबल क्रोध के आगे विवश थी। वह रोने लगी। जनानी ड्योढ़ी के बाहर निकालकर माधवी ने अन्दर से द्वार बन्द कर लिया और हाँफते हुए आँखें मींचे बन्द द्वार से सिर टिकाकर खड़ी हो गई।

कोवलन जड़ हो चुका था। शव की भाँति अपने ही घर के अन्तःपुर के बाहर पड़ा रहा। हँफनी तीव्र गति से चल रही थी, दुर्बल हृदय की धड़कनें ज्वार के समुद्र-सी

उठ रही थीं। उसे लगता था कि उसके प्राण खिंच रहे हैं, प्यास जोर से लग रही है...किन्तु कौन देगा पानी? कोवलन! तेरी यही दशा होनी थी। अच्छा हुआ...परन्तु दम इतना फूल रहा है कि उखड़ा जा रहा है...

दिन-भर बिना खाए-पिए कोवलन पड़ा रहा। मदिरा नहीं, सुख की सेज नहीं, दास-दासियों की परिचर्या नहीं, भोजन और पानी तक नहीं। कोवलन कभी यह सोच भी नहीं पाया था कि उसे यह दिन भी देखना पड़ेगा।

दिन बीता, बाहर का अँधेरा ड्योढ़ी में अधिक घुटन बनकर समाया। कोवलन का जी चाहा कि यह घुटन ठोस हो जाए, पत्थर और लोहे की तरह उसे अपने-आपमें बन्द कर ले। वह बुरी तरह घुट रहा था—इसलिए नहीं कि नरम गदेलों पर बैठनेवाला आज पत्थर पर पड़ा था, इसलिए नहीं कि उसे मदिरा नहीं मिली अथवा घर के अन्दर-बाहर आते-जाते माधवी के दास-दासी आज उस पर व्यंग्यबाण बरसाने और हँसी उड़ाने का साहस कर रहे थे, इसलिए भी नहीं कि वह अपने ही पुरखों के घर से निकाला जाकर ड्योढ़ी में पड़ा था, बल्कि इसलिए घुट रहा था कि वह अब भी जीवित है और उसमें अपना अन्त कर डालने का साहस भी नहीं।

कोवलन जीवन-मरण की समान रूप से तीव्र इच्छा करने के कारण घुट रहा था। वह मरना चाहता है, पर साहस नहीं; वह जीना चाहता है, पर शक्ति नहीं; साहस और शक्ति के बिना वह क्या करे; घुटन और बढ़ गई।

ड्योढ़ी का घनीभूत अँधेरा क्रमशः भूरा हुआ, पीला पड़ा, दीवारों पर प्रकाश की चमक पड़ने लगी और मशाल लिए एक सेवक वहाँ आ पहुँचा। कोवलन उसे देखते ही बच्चे की तरह नींद का बहाना कर फिर लेट गया। कई सेवकों का स्वर सुनाई पड़ रहा था। कोई भारी वस्तु लाते हुए वे लोग बोल-बोलकर एक-दूसरे को दम दे रहे थे। कोवलन तनिक-सी कनखी खोलकर देखने लगा। सेवकगण लोहे का भारी सन्दूक उठाकर बाहर ला रहे थे। कोवलन को खला, पर साहसहीनता के कारण कुछ कह न सका। एक के बाद एक सामान निकलता चला गया। आधी रात तक यही क्रम चलता रहा। कोवलन शव की तरह ज्यों-का-त्यों पड़ा रहा। अन्त में नागरत्ना और माधवी का ऊँचा स्वर सुनाई पड़ने लगा। नागरत्ना कह रही थी, "मणि को लेकर मैं जाती हूँ छोटी स्वामिनी! तुम राजकुमार की शिविका आने तक यहीं प्रतीक्षा करना।" फिर माधवी की बात कानों में आई, "मैं शिविका पर नहीं जाऊँगी। राजकुमार से कहना, वे स्वयं मुझे लिवा ले जाने के लिए पधारें।" माधवी के स्वर में अभिनय से रँगा हुआ घमंड था। वह कोवलन को सुनाने के लिए ही सब कह रही थी। वह अपने हाथों जलाए हुए पान्सा के उद्यानभवन के ही शेष-भाग में रहने जा रही थी, पर कोवलन को नहीं बताना चाहती थी। वह उसे जलाना चाहती थी, सताना चाहती थी।

कोवलन पर वैसा ही तीव्र घुटन बढ़ानेवाला प्रहार हुआ। यह राजकुमार कौन है जिसके साथ माधवी जाएगी? यह सामान क्या किसी राजकुमार के यहाँ उठकर गया है? माधवी क्या सचमुच ही मुझे छोड़कर जा रही है? नहीं, मुझे पीड़ा पहुँचाने के लिए कह रही होगी। और चाहे वह कैसी भी हो, परन्तु मुझसे प्रेम करती है। यह ऐसा तो कदापि न करेगी।

नागरत्ला गई। कोवलन ने उसकी पैछट सुनी। मशाल लिए खड़े सेवक को आदेश देते हुए सुना, "भीतर जाकर खड़े हो। स्वामिनी की सुरक्षा पर ध्यान देना।"

नागरत्ला चली गई। घड़ी-भर तक फिर किसी की आहट न सुनाई दी। कोवलन सोचता था कि जाने से पूर्व माधवी सम्भवतः उससे बातें करने आए, परन्तु वह न आई। कोवलन उठा, भीतर झाँककर देखा। भीतर के आँगन में अँधेरा था। किसी का स्वर नहीं सुनाई पड़ता था। वह दबे पाँव अन्दर की ओर बढ़ा। वह डरता भी जाता था कि सेवक सहसा आकर उसके कान पकड़कर फिर बाहर न निकाल दे। कोवलन अपने ही घर में चोर की तरह प्रवेश करने लगा। नीचे कहीं किसी कोठरी- दालान में दीया नहीं जल रहा था; किसी का स्वर भी नहीं सुनाई दे रहा था। कोवलन अँधेरी सीढ़ियों पर चढ़ने लगा। ऊपर पहुँचा। वहाँ भी चारों ओर अँधेरा और सन्नाटा छाया हुआ था। एक-एक कोठा-कोठरी धीरे-धीरे बढ़कर उसने झाँक देखी। कहीं भी प्रकाश न था। तीसरे खंड की सीढ़ी पर चढ़ा, ऊपर पहुँचकर देखा तो द्वार पर ताला लगा था। तो क्या माधवी भी गई? परन्तु उसके जाने की आहट तो मिली नहीं। ज्योतिधर सेवक भी लौटकर नहीं आया। तब ये गए कहाँ? कोवलन अब अपने को रोक न पाया। पुकारा, "माधवी! माधवी! माधवी!" अँधेरे में उसका ही स्वर प्रतिध्वनित होकर लौट आया। सहसा उसे ध्यान आया कि माधवी शिविका और राजकुमार की बातें बनाकर कहीं गुप्त द्वार से तो नहीं निकल गई! फिर लगा कि उसे तो वह द्वार कभी दिखाया नहीं, जाएगी कैसे! परन्तु मन की शंका में वह उस ओर गया। गुप्त द्वार खुला था। मशाल हवा के झोंकों से अपनी लपट भीतर की ओर फेंक रही थी।

अब कोवलन को विश्वास हो गया कि माधवी ने सारा सामान उसकी जानकारी के लिए ही बाहर के द्वार से भिजवाया था और स्वयं उसे धोखे में डालनेवाली बात कहकर गुप्त द्वार से निकल गई थी। उसके अन्य किसी धोखे पर कोवलन को अब तक ऐसा बुरा नहीं लगा था जैसा इस समय लगा। मशाल उठाकर वह सारे घर में घूम आया। सदा जगमगाती रहनेवाली हवेली इस समय भूतों-सी भयानक लग रही थी। विशाल हवेली में बुझती मशाल लिए खड़ा हुआ कोवलन स्वयं ही अपना भूत बना दीखता था।

कोवलन थककर लौट आया। अपने सूने प्रकोष्ठ में धरती पर बैठ गया। मशाल तेल के बिना बुझ गई। फिर अँधेरा घटाटोप छा गया—वह अँधेरा, जिसमें न साहस था और न शक्ति।

दूसरे दिन प्रातःकाल कोवलन अपनी हवेली से बाहर निकला। इधर-उधर लोग-बाग उसकी खिल्ली उड़ाते थे। कोवलन सीधा पानशाला में पहुँचा। अपने हाथ की एक मुद्रिका मदिराविक्रेता के हाथ में रखकर उसने भोजन और मदिरा की माँग की। पीता रहा और पीते-पीते बेसुध हो लेट गया।

रात में अब आँख खुली तो उसने देखा कि वह पानशाला में नहीं, वरन् कहीं और बड़ी दुर्गन्ध में पड़ा है। उठकर देखा तो अपने-आपको एक घूरे के निकट पाया। उसके अंगों से सारे आभूषण उतर चुके थे और वह एकदम निःसहाय था। उसे अपनी दशा देख हँसी आ गई।

अट्ठाईस

कावेरी की बाढ़ उत्तरोत्तर बढ़ रही थी। उसके किनारे का आधा नगर प्रायः डूब गया था। महाराज के स्वागत में बनाए गए अनेक तोरण और मंडप टूटकर बह गए थे। जनता में हाहाकार मचा हुआ था। राजकर्मचारीगण प्रजा की रक्षा से अधिक दो दिन बाद पधारनेवाले महाराज के स्वागत के लिए अन्य दिशा में सजावट का प्रबन्ध कर रहे थे।

भूख का मारा कोवलन इधर-उधर नगर की सड़कों पर भटकता रहा। कोई उसकी दशा देखकर हँसता, कोई इस नगर पर आनेवाली प्राकृतिक आपदा का कारण उसके पापों को बतलाकर उसे और माधवी को गालियाँ देता। मित्र-परिचित मुँह फेरकर निकल जाते थे। थक जाने पर वह कहीं भी बैठ जाता। दास-दासियों के अभाव में स्वयं ही अपने दुखते पैर दबाने लगता। जब बहुत भूख लगती तो फिर उठकर भटकने लगता। सायंकाल के समय समुद्रतट की ओर गया।

समुद्रतट पर उन दिनों औसत की अपेक्षा अधिक भीड़ रहती थी। बाढ़-क्षेत्र के हजारों निर्धन-निराश्रित परिवार वहीं शरण पा रहे थे। एक जगह भोजन बँटने की बात सुन भूख का मारा कोवलन लालसावश पहुँचा। उसके मन में दान का अन्न ग्रहण करने की बात को लेकर भयंकर ऊहापोह मच रहा था। जिसके घर की ड्योढ़ी पर प्रतिदिन सैकड़ों प्राणियों का पेट पलता था; जिसके भोजन, व्यंजन प्रायः प्रतिदिन इतने मूल्यवान रहते थे कि उनके मूल्य से दो परिवारों का साधारण भोजन हो सकता

था, वह भीख में मिलनेवाला अरुचिकर ग्रास कैसे तोड़ सकेगा! नहीं, नहीं; ऐसे पेट भरने से तो भूखे ही मर जाना अच्छा है।

कोवलन के डग बढ़ते रहे, मन डगमग डोलता रहा। पास पहुँचने पर उसे पता चला कि बाढ़पीड़ितों के सहायतार्थ यह अन्नदान माधवी की ओर से हो रहा है। कोवलन फिर और आगे न बढ़ सका। भटकने की शक्ति पैरों में न बची थी। वह वहीं बैठ गया और आती-जाती भीड़ की परवाह न कर बालू के ठंडे नरम बिछौने पर लेट गया। धनहीन, आभूषण-अलंकार, रथ, दास-दासी-विहीन श्रेष्ठिपुत्र जग की ओर से आँखें मूँदकर पड़ा रहा।

आते-जाते लोग उसे देखते, जाननेवाले उसकी ओर संकेत कर दूसरों को उसका नाम बतलाते, टिप्पणियाँ करते। वे व्यंग्य-उपहास-भरी बातें कोवलन को भूख से भी अधिक सता रही थीं। परन्तु वह विवश था, थका था, इसलिए इच्छा करके भी उठ न पाया; आँखें मूँदे लोगों की बातें सुनता और सहता रहा। तभी किसी ने कहा, "देखो कोवलन को, और उधर देखो माधवी को। यह करोड़पति आज भिखमंगा बना पड़ा है और वह दूसरे के साथ रथ पर घूम रही है। माधवी के साथ इस समय सज-धजकर ठाठ दिखानेवाला वह व्यक्ति भी एक दिन इसी तरह समुद्रतट पर दिखलाई पड़ेगा। हः हः हः! यही होता है वेश्यागामियों का अन्त!"

किसी अन्य पुरुष के साथ माधवी के घूमने की बात सुनकर कोवलन फिर स्थिर न रह सका। वह तुरन्त ही उठ बैठा और तट के किनारे के व्यस्त रथमार्ग की ओर देखने लगा। क्रोध और कौतूहल ने उसकी भूख-प्यास, शारीरिक दुर्बलता हर ली थी। वह देखना चाहता था कि माधवी के साथ दूसरा व्यक्ति कौन है। उसके मन में ईर्ष्या लपटें ले रही थी। वह एक-एक रथ को ध्यान से देखता हुआ बढ़ता चला जा रहा था। भीड़ के धक्के-मुक्के, कटूक्तियाँ आदि कुछ भी उसे इस समय व्याप नहीं रहा था। हाँ, जहाँ-कहीं ताने के बहाने उसे अन्य पुरुष के साथ विहार करनेवाली अपनी माधवी की सूचना प्राप्त होती, वहाँ से उसके पैरों की गति और बढ़ जाती।

कोवलन उस ओर पहुँचा जहाँ आगामी इन्द्रोत्सव के लिए मुख्य आयोजन हुआ था। महाराज की विजययात्रा को चिरस्मरणीय करने के लिए अति ऊँचे और अनेक पताकाओं से सुसज्जित इन्द्रध्वज के पास ही काठ का एक विशाल कीर्तिस्तम्भ प्रतीक रूप में बनाया गया था। महाराज द्वारा नमूना पसन्द कर लिए जाने पर यहाँ पत्थर का कीर्तिस्तम्भ स्थापित होगा। इन दोनों के सामने एक अति सुन्दर पंदल (पांडाल) के नीचे ऊँचे मंच पर रेशमी वस्त्र से ढँका हुआ राजसिंहासन रखा था। सामने अखाड़ा बना था जहाँ महाराज के सामने पहलवानों के दंगल होंगे। इन्द्रोत्सव के अवसर पर साम्राज्य के सभी गुणीजन अपनी-अपनी विद्याओं और कलाओं का प्रदर्शन करते थे। योद्धा अस्त्र-शस्त्र के चमत्कार दिखलाते और विद्वान शास्त्रार्थ के; महावीर मल्लों की

जोड़ें होतीं और मस्त, बली पशुओं-पक्षियों के भी दंगल उतने ही रोमांचकारी होते थे। काष्ठकार, शिल्पी, वस्त्र बुननेवाले, जादूगर आदि सभी अपना गुण दिखलाते थे। महाराज सबके साथ न्याय करके यथोचित पुरस्कारादि प्रदान किया करते थे। इस बार अनेक वर्षों के बाद महाराज स्वयं पधार रहे थे। कावेरीपट्टणम् चोल साम्राज्य की राजधानी के रूप में नई प्रतिष्ठा पा रहा था, इसलिए धूमधाम विशेष थी। फिर भी कावेरी की भयंकर बाढ़ ने उत्सव-रूपी चन्द्र की शोभा को राहु के समान ग्रस रखा था।

मुख्य मंडप और कीर्तिस्तम्भ के चारों ओर काष्ठ की सुन्दर शिल्प-खचित चारदीवारी और गोपुरम् के सामने जनता की छोटी-सी भीड़ खड़ी थी। सैनिकगण लोगों को अन्दर न जाने देने के लिए अनुशासन कर रहे थे। कोवलन माधवी का पता पाते हुए वहाँ जा पहुँचा। भीड़ में सभी जगह तो उसको जाननेवाले दो-चार जनजनार्दन रूप मिल ही जाते थे। "वह देखो, कोवलन जा रहा है और वह देखो, उसकी माधवी उरैयूर से आनेवाले राजपुरुष के साथ खड़ी है। अरे, वेश्या भी भला कभी किसी की हुई है!" दिन-भर नगर में भटकते हुए कोवलन अपने ऊपर बरसनेवाले व्यंग्यबाणों को सहते-सहते पत्थर हो चुका था। उसे अपनी स्थिति की परवाह नहीं थी। वह माधवी की नई स्थिति देखने के लिए तड़प रहा था और माधवी कोवलन के समवयस्क एक भव्य पुरुष के साथ कीर्तिस्तम्भ के पास खड़ी थी। यही व्यक्ति राजधानी से आया हुआ राजपुरुष होगा। इसी व्यक्ति ने राजकोष के लिए मानाइहन का दान ग्रहण किया था और राजाज्ञा से माधवी द्वारा अपहरण किए गए कोवलन के महाकोष का पुनरापहरण भी। यही राजपुरुष महाराज की सेवा में नगर के व्यापार की यथार्थ स्थिति का विवरण प्रस्तुत करने के लिए व्यावसायिक क्षेत्रों में छानबीन कर रहा है। वह माधवी के गले में एक बाँह डाले, दूसरा हाथ उठाकर माधवी को कुछ दिखला-समझा रहा था।

कोवलन के तन-मन में आग लग गई। "माधवी! माधवी!" वह चीख उठा। वह उसके पास पहुँचने के लिए झपटा। प्रहरियों ने दोनों ओर से लाठियों की बाड़ लगाकर उसे रोक दिया। भीड़ के लोग हँस पड़े, छींटे-पर-छींटे बरसने लगे। कोवलन पागलों की तरह दहाड़ मारकर माधवी को पुकारने लगा। उसके मुख से माधवी के लिए ऐसी गालियाँ निकल रही थीं जैसी सभ्य समाज के किसी भी व्यक्ति के द्वारा कभी व्यवहार में नहीं लाई जातीं, जैसी आज से पहले स्वयं कोवलन के मुख से भी कभी नहीं फूटी थीं। भीड़ उसकी गालियों और प्रलाप पर हँस रही थी। कोवलन उस हँसी से और भी उत्तेजित होकर चिल्ला रहा था। राजपुरुष ने त्योरियाँ चढ़ाकर कोवलन की ओर देखा। माधवी भी घूमकर देखने लगी। माधवी के नए प्रेमी ने अपने पास ही खड़े नए अधिकारी को आज्ञा देकर कोवलन और छींटे कसनेवाली भीड़ को

दंड देना चाहा, परन्तु माधवी ने हाथ के संकेत से उसे रोक दिया। वह स्वयं ही क्रमशः कोवलन की ओर बढ़ने लगी।

कोवलन उसे अपनी ओर आता देख, अपनी पूरी स्नायविक शक्ति लगा, उत्तेजना में काँपता हुआ हाथ बढ़ाकर गरजने लगा, "यह देखो, विषकन्या आ रही है। यह धनिक प्रेमियों को अपने चुम्बनों से डस-डसकर मार डालती है। इस कुलटा विश्वासघातिनी ने मेरा सर्वनाश किया। अब उस दूसरे का करेगी, तीसरे का करेगी, सैकड़ों का सर्वनाश करेगी।"

भीड़ में से कोई हँसकर चिल्लाया, "अरे! यह तुमने आज जाना? यह तो वेश्या है, वेश्या। इसे मानवमात्र से द्वेष है। यह समाज का नाश करती है।"

माधवी पास आ चुकी थी। जनता से आई हुई कठोर बात और हँसी से चिढ़कर सनक में हँसने लगी और फिर घृणा की फुफकारें छोड़ते हुए उसके शब्दसर्प वातावरण में लहराने लगे, "मैं वेश्या हूँ। मानवमात्र से द्वेष करती हूँ। छिः...कुछ लोग कहते हैं कि मुझे अपनी ही जाति से द्वेष है। मैं गृहिणियों से, सतियों, देवियों से ईर्ष्यावश मोरचा लेती हूँ और उन्हें घुला-घुलाकर मारने के उपायों में लगी रहती हूँ। कोई कहती है कि मुझे मानवमात्र से घृणा है, मैं समाज का नाश करती हूँ। कोई यह नहीं देखता कि वेश्या स्वयं अपने ही से घृणा करने पर बाध्य है, क्योंकि परम्परा से घृणा के संस्कारों में पाली जाती है। जो स्त्री किसी भी अन्य गृहिणी की तरह कामकाजी और जगसंचालन का भार वहन करने योग्य थी, उसे पुरुषों की विलास-वासना का साधनमात्र बनाकर समाज में निकम्मा छोड़ दिया जाता है। फिर क्यों न वह समाज से घृणा करे? क्यों न पूरी लगन और सच्चाई के साथ समाज का सर्वनाश करे? उसे पूरा अधिकार है।"

कोवलन ने कहा, "तुम्हारे लिए मैंने बहुत त्याग किया है। अपनी सती पत्नी को छोड़कर तुम्हारा बना हूँ।"

माधवी ने कहा, "तुमने मेरे लिए कुछ भी नहीं किया; जो कुछ किया, अपनी वासना की तृप्ति के लिए किया। और तुम जब अपनी सती पत्नी के नहीं बने तो मेरे क्या बनोगे! चले जाओ मेरे सामने से!"

कोवलन माधवी के इस उत्तर से तड़पकर क्रोध में अपना आपा खो बैठा। वह माधवी का गला दबोचने के लिए झपटा—"विश्वासघातिनी! तू मेरा अपमान करती है, मेरा!...मैं...मैं..."

तब तक सिपाहियों ने उसे पकड़ लिया और माधवी ने उत्तेजना में उसके मुख पर घृणा से थूकते हुए कहा, "दूर हट! थूः! तू भरी भीड़ में मेरा अपमान करेगा तो क्या मैं तुझे छोड़ दूँगी! अब तू वह कोवलन नहीं रहा जिसके कुल की साख नदियों और समुद्रों पार सारे विश्व में व्याप्त थी। भाग यहाँ से! कामी कुत्ता कहीं का!"

भीड़ कोवलन की दुर्गति का आनन्द लेने लगी। वह क्रोध में पागल अपने भूखे-प्यासे शरीर को पूरी शक्ति के साथ सिपाहियों की बाँहों से छुड़ाकर माधवी से बदला लेना चाहता था। उसके मुख से फिर गन्दी गालियाँ भभकने लगीं। माधवी के नए राजप्रेमी के संकेत पर कोवलन पर सिपाहियों द्वारा प्रहार होने लगा। उसे बुरी तरह पीटा गया। उसके नाक और मुँह से रक्त बह चला।

माधवी को धक्का लगा। वह अपने नए आश्रयदाता को वहाँ से खींचकर आगे बढ़ गई। पाप के विरुद्ध जनजनार्दन की निर्मम उपेक्षा मार खाते हुए कोवलन पर ऊपर से बरस रही थी। माधवी अपने प्रेमी के साथ जा चुकी थी। कोवलन का थका-हारा शरीर और मन कड़ी मार खाकर बेसुध हो गया था। सिपाहियों ने उसे गोपुरम् के बाहर बालू पर पटक दिया।

जनश्रुतियों में दौड़ते-फिरते चेलम्मा तक यह दुःसमाचार पहुँचा। वह रात में आकर कई पुरुषों की सहायता से उसे शिविका में उठाकर कन्नगी के यहाँ ले गई।

उनतीस

धर्मशाला के ऊपर की सीढ़ियों पर कई मनुष्यों की पदचाप और हड़बड़ाए-से स्वरों की स्फुट बातें कन्नगी और देवन्ती को चौंका गईं। पिछली रात से ही दोनों जनी उपासी पड़ी थीं। कन्नगी की देह पर सुहाग के नूपुरों के अतिरिक्त जो दो-एक साधारण से आभूषण घर से निकलते समय चले आए थे, उन्हीं को बेचकर इतने दिन काम चलाया था। कल रात से वे दोनों नितान्त अभाव के महाशून्य-सागर में बह चली थीं। दीया-बाती सँजोने को तनिक-सा तेल भी नहीं था। सत्रम का वृद्ध व्यवस्थापक अपने दौहित्र के विवाह में पास के एक गाँव गया हुआ था। उसके रहने पर कम-से-कम अँधेरा तो न रहा होता।

"यह कैसा हुल्लड़ है री?" कन्नगी ने पूछा।

"यात्री होंगे।...अरे कौन है? इधर यात्री लोग नहीं टिकाए जाते। नीचे कई कोठरियाँ खाली हैं।"

"अरे दीपक लाओ! कोवलन चेट्टियार आए हैं।" दीवार के सहारे-सहारे टोह लेकर सीढ़ियाँ चढ़ते हुए चेलम्मा ने देवन्ती की बात के उत्तर में अपनी बात कही।

द्वार की कुंडी खुल गई। देवन्ती अँधेरे में ही नीचे की ओर लक्ष्य करके बोली, "वहीं ठहरें स्वामी! दीपक लाती हूँ।" कहती हुई देवन्ती सीढ़ियाँ उतरती आई।

"चेट्टियार घायल हैं, बेसुध हैं, शीघ्रता करो!" चेलम्मा की इस बात ने ऊपर द्वार पर खड़ी कन्नगी और नीचे आती हुई देवन्ती को दहला दिया।

नीचे आठ-दस व्यक्तियों की भीड़ के बीच कोवलन की घायल बेसुध देह पड़ी थी। अँधेरे में केवल आभास-मात्र ही देवन्ती के लिए प्रत्यक्ष के समान मर्मान्तिक हो गया। वह चीख पड़ी।

चेलम्मा ने झुँझलाकर कहा, "दीपक ला! शीघ्रता कर! सेठानी! नीचे न पधारें, हम इन्हें ऊपर ही लाते हैं।"

भीड़ के उद्‌गार फूटने लगे, "क्या समय था और क्या हो गया! भाग्य का दोष है भाई! नहीं तो आरम्भ में कोवलन चेट्टियार ने अपने पिता और श्वसुर से क्या कुछ कम चमत्कार दिखलाया था! यह कहो कि नागिन ने डस लिया।" कोई सारे नगर के पापाचार और कावेरी की बाढ़ को जोड़ता तो कोई राजपुरुष और माधवी के नए नाते पर व्यंग्य करके सारे शासनतन्त्र को दूषित बतलाता हुआ समय के नाम पर रोता था। कोई कोवलन पर निर्ममता से होनेवाले प्रहार का प्रसंग जोड़कर तात्कालिक करुणा से स्वयं और अन्य सबको भी वशीभूत कर लेता था। बातें अधिकतर वाक्यों की पूर्णता को लेकर नहीं, वरन् उद्‌गारों की कड़ियों में फूट रही थीं। कन्नगी ऊपर खड़ी थी, सन्न! देवन्ती आँचल-ओट दीया सँभाले आ गई। प्रकाश देकर आगे स्वयं देखने को उत्सुक देवन्ती ने ज्यों ही कोवलन को लहूलुहान, धूलि-धूसरित, आँखें मूँदे, शव-समान दशा में देखा तो वह बेसुध होने लगी। तुरन्त दीपक उसके हाथ से ले चेलम्मा आगे बढ़ती हुई बोली, "चेट्टियार को ऊपर ले आइए! बड़ा उपकार किया भैया तुम लोगों ने!"

"अरे नहीं, यह तो हमारा धर्म था। आओ साथियो! सँभाल के! देवा, देवा! ऐसे मारा जाता है भला! सँभाल के!"

जनवर्ग में से एक नेता बन गया। आगे-आगे दीया, पीछे आठ व्यक्तियों की बाँहों पर चढ़े आते अपने पति की स्पष्ट छाया से स्पष्ट आकृति तक कन्नगी की दृष्टि में समाई; फिर वह कोठरी में चली गई।

दूसरे दिन प्रातःकाल सूर्योदय के साथ-ही-साथ कोवलन ने आँखें खोलीं। सबकी साँस-में-साँस आई। घर के पुराने वैद्यराज देवन्ती द्वारा कन्नगी की करबद्ध प्रार्थना से, वंशानुक्रम के नाते मानवीय करुणा से द्रवित हो रात में ही दौड़े चले आए थे। उनके परिचारकगण भी साथ आए थे। रात-भर जीवन-मरण का द्वन्द्व मचा रहा। कोवलन ने आँखें खोलते ही अपने वृद्ध वैद्यराज को देखा, उसके सूखे होंठों पर आस्था की मुस्कान-रेखा खिंच गई; देवन्ती को देखा, कन्नगी के लिए आँखें तरसने लगीं। चेलम्मा पीछे खड़ी थी, उसकी ओर ध्यान न गया।

दोपहर तक कोवलन आशाजनक रूप से स्वस्थ हो चला था। वैद्यराज के सम्मुख, चेलम्मा और देवन्ती के सम्मुख वह अपनी ग्लानि बहा चुका था। सबसे स्नेह-भरा आश्वासन, फिर से उठने की सलाह, शीघ्र स्वस्थ हो जाने का भरोसा, दर्शन-ज्ञान, कालचक्र की महिमा आदि-आदि अनेक बातों के द्वारा आत्मीयता का स्पर्श पाकर कोवलन पुनः जीवन की आस्था पाने लगा था।

सब रात-भर के थके थे। वैद्यराज अपने गणों के साथ चले गए। चेलम्मा कन्नगी और देवन्ती के अतीव अनुनय-विनय करने पर भी यहाँ न रही, साँझ को आने की बात कहकर चली आई।

कन्नगी और देवन्ती के लिए फिर चिन्ता से चेतन महाशून्य आया और इस समय की सेवा-सुश्रूषा के लिए अर्थचिन्ता का एक और सूना भार भी साथ-साथ हो अनिवार्य रूप से लाया। कन्नगी ने देवन्ती को पुकारा, "सखी!"

देवन्ती स्वामी के तलवे सहला रही थी। स्वामिनी की आवाज सुन वह उठने लगी। कोवलन ने आँखें खोलीं, देवन्ती से कहा, "तेरी सखी क्या अब मेरा मुँह भी न देखेगी?"

द्वार पर खड़ी कन्नगी तुरन्त आगे बढ़ी। देवन्ती ने कहा, "मेरी सखी आप ही का श्रीमुख देखकर जीती हैं प्रभु! वह केवल आपकी आज्ञा की प्रतीक्षा कर रही थीं।"

तब तक कन्नगी पति के चरणों में अपना शीश नवा चुकी थी। कन्नगी की अँगुलियों और कपाल का ठंडा स्पर्श उसके दहकते मन को अपार सन्तोष देने लगा। कोवलन भावावेश में उठकर बैठ गया। दोनों हाथों से कन्नगी के दोनों हाथ पकड़कर उसे अपनी ओर खींचने लगा। उस समय कन्नगी के नयनों की भावगंगा बहकर पति के चरण पखारने लगी थी। कोवलन की आँखें भी पश्चात्ताप के आँसुओं से उमड़ने लगीं। देवन्ती बाहर चली आई।

आवेग का पहला उबाल चार बाँहों के परस्पर स्पर्श से आस्था पाकर थमा। कोवलन अश्रुकम्पित स्वर में बोला, "तुम्हारे चरण छू लूँ सती! आज के दिन के लिए मैं सात जन्मों तक भी तुमसे उऋण न हो सकूँगा।"

कन्नगी ने गर्दन उठाई। पति-पत्नी के छलछलाए नेत्र एक-दूसरे के अन्तर में समा गए। दोनों के प्राणों में एक-दूसरे को देखकर स्थिरता आई। कोवलन ने फिर उसे खींचा और कन्नगी खिंची चली आई। एक बार निकट से आँखों में आँखें डालकर पति को अलभ्य प्राप्त वस्तु के समान आनन्द-अधीर दृष्टि से कन्नगी ने देखा, फिर लजाकर पति की छाती में मुँह छिपा लिया। कोवलन उसे अपनी दोनों बाँहों में बाँध उसके सिर पर अपना गाल टेक आँखें मूँदे कुछ देर मौन रहा। फिर बोला, "जो अनुभव मिला उससे पृष्ठभूमि की सारी मनोयंत्रणाएँ स्वयं ही अपने घाव

इस समय तक भर चुकी हैं। केवल एक ही अभाव, एक गहरा सूनापन अन्तर से नहीं जाता—इस कर्महीन जीवन को लेकर क्या करूँगा? मेरा जीवन अब तो तुम्हारे लिए भी असह्य भार बन जाएगा।''

कन्नगी ने सिर उठाकर पति को देखा, बोली, ''आप आ गए, मेरा भार उतर गया।''

''मन की बात और है, तन की बात सोचता हूँ। व्यवहार की सोचता हूँ, प्रिये! धन, मान, व्यापार!''

''सबकुछ फिर से आ सकता है। आपको व्यापार आरम्भ करते देर ही कितनी लगेगी और फिर समय बदलते भी अबेर क्या लगेगी!''

एक ठंडी साँस लेकर कोवलन ने कहा, ''पूँजी चाहिए। कहाँ से लाऊँगा वह पूँजी?''

कन्नगी मुस्कराई। किंचित् लजाकर कहा, ''अप्पा मेरे पैरों से लक्ष्मी को बाँध गए हैं। इन नूपुरों को बेचिए, नया जीवन आरम्भ करने के लिए इनसे पर्याप्त धन मिल जाएगा।''

कोवलन आश्चर्यचकित हो कन्नगी को देखने लगा, मानो उसे अपने कानों पर विश्वास नहीं हो रहा हो। कन्नगी बोली, ''सुना है नौ लाख मुद्राओं की लागत से ये बने थे। हमारे कुसमय में घटकर भी बिकेंगे तो आधा मूल्य फिर भी दे ही जाएँगे।''

''तुम अद्‌भुत हो कन्नगी! इतना सहकर भी जो न दिया, वह अब इतने सहज भाव से दिए डाल रही हो?''

''ये नूपुर आपकी प्रतिष्ठा के प्रतीक हैं स्वामी! विलास के नहीं। मैंने नया कुछ नहीं किया, न तब, न अब। इन्हें बेचकर काम चलाइए।''

''स्वर्ग में अप्पा को क्या मुँह दिखलाऊँगा?''

''मेरा मन कहता है स्वामी कि नूपुरों को साथ लेकर ही मैं चिता पर जाऊँगी। आपका कारबार चमकते ही मैं फिर ऐसे नूपुर पा जाऊँगी। वे नूपुर इन नूपुरों से अधिक मूल्यवान होंगे और अप्पा के दान के समान ही होंगे, उन्हीं के प्रसाद से बनेंगे।''

''तुम निष्ठा में मुझसे बहुत बड़ी हो कन्नगी! यदि उठ सका तो यह तुम्हारी निष्ठा के सहारे फिर से सम्भव होगा...पर अब इस नगर में न रहूँगा और इन्हें यहाँ बेचूँगा भी नहीं। साख जाते ही लाख भी चले जाते हैं, लाख लौट भी आएँ, पर गई साख देह से निकले हुए प्राणों की तरह फिर नहीं लौटती।''

''तब फिर कहीं और चलिए।''

''और कहाँ?''

"मदुरा! वहाँ के स्वर्णकार ने ही इन्हें बनाया है। वहीं ये सुगमता से बिक भी जाएँगे और नए नगर में नई साख प्रतिष्ठित करने में भी सुगमता होगी।"

कोवलन नए जीवन के स्वप्न से बँधने लगा। कन्नगी बोली, "कल रात जब आपके उपचार के लिए धन की विषम चिन्ता सताने लगी तो ध्यान आया कि एक छोटी-सी धनराशि मेरे प्रकोष्ठ में अब भी दबी पड़ी है। वर्षों पहले एक दिन बड़े मुनीम जी ने ब्याज की दो सौ स्वर्णमुद्राएँ भिजवाई थीं, जिन्हें मैंने पश्चिमी द्वार के पीछे बने खोखे में डाल दिया था। बुरे दिनों में फुटकर बची हुई ऐसी अनेक धनराशियाँ ही काम आईं। कल से पूर्व तक मैं इसे भूली हुई थी। अब देवन्ती को भेजती हूँ। दो-चार दिन का काम चल जाएगा। मार्ग-व्यय की चिन्ता भी न रहेगी।"

हारे हुए पुरुष ने सबकुछ पा लिया था। उसके तन-मन की सारी पीड़ाएँ मानो जादू का स्पर्श पा विलीन हो गई थीं।

कन्नगी देवन्ती को हवेली जाने के लिए आदेश दे पुनः पति के पास आकर बैठ गई। नए जीवन के सपने बँधने लगे।

दो घड़ी भी न बीत पाई थी कि चेलम्मा दौड़ती हुई आई। उसने पति-पत्नी के मुखों पर सन्तोष की मुद्रा देखी, क्षण-भर गम्भीर भाव से मौन खड़ी रही, फिर कहा, "चेट्टियार! कल रात सेठानी ने जिस असीम धैर्य के दर्शन कराए थे, वह तुम्हारी उपस्थिति में आज मुझे उनके द्वारा नहीं, तुम्हारे द्वारा ही सुलभ होंगे" फिर कन्नगी से कहा, "जी को कड़ा कर लो बेटी! तुम्हारे लिए दुःसमाचार लाई हूँ।"

कोवलन और कन्नगी दोनों ही स्तब्ध होकर चेलम्मा को देखने लगे। चेलम्मा ने फिर कहा, "तुम्हारी हवेली में किसी ने देवन्ती की हत्या कर डाली है।"

बात पूरी भी न हो पाई थी कि कन्नगी के मुँह से चीख निकल पड़ी।

थोड़ी देर बाद चेलम्मा ने सविस्तार वर्णन किया, "खुली सूनी हवेली में न जाने कौन हत्यारा घुसा बैठा था! देवन्ती के शव के पास से बाहर तक कुछ स्वर्णमुद्राएँ बिखरी हुई मिली हैं। इसी से लोगों का अनुमान है कि धन के लिए ही हत्या हुई। थोड़ी देर बाद मुहल्ले के कुछ बच्चे सूनी हवेली में खेलने पहुँचे होंगे, उन्हीं से यह समाचार बाहर पहुँचा। सुनते हैं, स्वयं नगरपाल दंडधरों के साथ वहाँ पहुँचे थे। शव अन्त्येष्टिक्रिया के लिए ले जाया गया है और हवेली पर सरकारी ताले पड़ गए हैं।"

"यह निश्चय ही उस दुष्टा माधवी का काम है।"

''नहीं चेट्टियार! यह माधवी का काम नहीं, अनायास हुई दुर्घटना है। माधवी कन्नगी के प्राणों की अवश्य भूखी हो सकती है, पर...''

''तब निश्चित रूप से देवन्ती की हत्या भी उसी के मनुष्य द्वारा की गई है। मेरे यहाँ आने के बाद क्या तुम समझती हो कि उसके गुप्तचर कल रात से यहाँ आसपास न छिपे होंगे! देवन्ती को बाहर जाते देख उन्हीं में से किसी ने पीछा किया होगा। अकेली पा उसे मार भी डाला।''

''नहीं स्वामी! देवन्ती कल रात भी वैद्य जी को लाने के लिए बाहर गई थी। माधवी बहन के गुप्तचर होते तो कल ही...''

''जो भी हो चेट्टियार! पर मेरा मन कहता है कि अब तुम दोनों एक क्षण के लिए भी यहाँ न रुको। मेरा मन कहता है कि यहाँ मृत्यु का तांडव हो रहा है। कौन जाने किस घड़ी क्या हो जाए! तुम सेठानी को लेकर चले जाओ, कहीं दूर चले जाओ। मैं तुम्हारे निकलने की कोई-न-कोई व्यवस्था कर दूँगी। माधवी ईर्ष्यालु है, अपने हठ में अन्धी है। दैव ने उसके पैरों में सुहाग के नूपुर नहीं दिए, अपने जीवन की यह महान असफलता उसे कल रात से खा रही होगी। मैं अच्छी तरह जानती हूँ।...हठ की बन्द गलियों में मैंने भी बरसों अपना सिर फोड़ा है। देवा! देवा!'' एक गहरी साँस निकल गई।

''अब इन नूपुरों के पीछे क्यों पड़ी है वह दुष्टा! उसके पास मेरा और पान्सा का दिया हुआ अक्षय धनकोष है। अब तो वह व्यभिचारिणी चोल राजवंश में भी प्रवेश पा गई है। मेरी पत्नी के नूपुरों का मूल्य ही क्या रह गया उसकी दृष्टि में!''

''उस मूल्य की महिमा कम न आँको चेट्टियार! माधवी उसी मूल्य की चाहना में कुछ-से-कुछ बन गई।...वह बुरी नहीं है चेट्टियार! पर हठ की बन्द गली में घिर गई है। वह उस हठ को छोड़ नहीं सकती। हठ के लिए जिएगी और जीने के लिए वह कुछ भी कर डालेगी। वह कन्नगी देवी से बदला ले सकती है। तुम्हें वह मारेगी नहीं, क्योंकि प्यार करती है। तुम्हें तो मात्र वह सताएगी ही, जिससे कि तुम पुनः उससे क्षमा माँग लो, उसकी शरण में पहुँच जाओ।''

''यह अब असम्भव है,'' कोवलन ने दृढ़ स्वर में कहा।

''इसीलिए सेठानी के प्रति मेरा भय निर्मूल नहीं है। शरीर में तनिक भी शक्ति आ गई हो तो आज ही चले जाओ चेट्टियार! न जाने क्यों, मेरा मन बार-बार कहता है कि सेठानी, मेरी बेटी, तुम अपने नूपुरों की अखंड गूँज लेकर यहाँ से जितनी शीघ्र हो सके चली जाओ। ईश्वर तुम्हारा मंगल करें!''

चेलम्मा के स्वर में मानो स्वयं नियति बोल रही थी। कोवलन और कन्नगी उसके प्रभाव से बच न सके।

तीस

कोवलन पर मार पड़ते देख माधवी से अपने जी में कहीं सहा न गया, यद्यपि रोष और घृणा की क्षिप्र गति से उसके मन की धरती कगारों की तरह कट चुकी थी। पहले उसे अच्छा लगा, क्योंकि मासात्तुवान का गुमानी वंशधर जगउजागर में अपनी मर्यादा से च्युत हो रहा था। जिस व्यक्ति को इतने जीवन तक अजेय-सी लगनेवाली परिस्थितियों में छीनकर उसने अपने अधिकार में किया था, उस व्यक्ति से घोर निराशा पाकर तीव्र घृणा उमड़ी, परन्तु इसके साथ ही प्रेम का जो आकर्षण उसके मन में मृत-जैसा लगता था वह कोवलन पर मार पड़ते ही अनेक वर्षों के संस्कार-प्रबल विद्युतालोक-सा माधवी के सम्पूर्ण अस्तित्व पर छा गया। वह बाहर-भीतर सिहर उठी। राजपुरुष का हाथ पकड़कर वह खींचती ले गई। रथ पर बैठकर दूर से भीड़ के गोले में न दिखाई देते हुए भी कोवलन उसे तड़पता दिखाई देता था। रथ चला गया। माधवी का मन पीछे छूट गया।

राजपुरुष माधवी को अपनी बातों से बाँध रहा था। कटूक्तियाँ फुलझड़ियों की तरह सधे शब्दों में छूट रही थीं। कहने लगा, ''मानता हूँ, तुम बड़ी चतुर हो। दो महासयानों के स्वयंचतुर लाड़ले होनहार महाजन को यह विस्मृत कराने में तुम सफल हो गईं कि जीवन में कुछ शक्तियाँ ऐसी होती हैं जिनमें मनुष्य की महत्त्वाकांक्षाएँ लय होती हैं और जिनसे बँधकर वह अपना कर्म, अपनी जीवनगति पाता है; कुछ ऐसी होती हैं जिनसे केवल सामयिक इच्छाविलास के लिए बँधता है। जिन शक्तियों से अबोध कर्म गति पाता है उन्हें मनुष्य को कभी तोड़ना नहीं चाहिए, क्योंकि यह आत्मघात के समान है। इसके विपरीत अपनी ही छलना से बँध जानेवाला पुरुष कावेरीपट्टणम् की सुविख्यात नर्तकी माधवी के भूतपूर्व प्रेमी महामहिम मूर्खराज कोवलन चेट्टियार की दशा को प्राप्त करता है।...अच्छा माधवी! चेट्टियार की ऐश्वर्य-महिमा से नमित-उल्लसित हो कभी तुमने उसे प्यार की दृष्टि से देखा तो होगा ही। सच कहना प्रिये! उसे उजड़ी दशा में पिटते देखकर तुम्हें कैसा लगा? तुम्हें सचमुच ही अपना धर्मपालन करने के लिए पुरस्कार मिलना चाहिए। तुम अपनी भरसक मुझे भी कोवलन की स्थिति पर पहुँचाने का प्रयत्न करना। मैं भी तुम्हें रूप के हाट में सोखे हुए अपने पैंतरे दिखलाऊँगा। यों एक नया खेल सीख जाओगी। तुम्हारे जीवन में सन्तुलन आ जाएगा।''

माधवी तप गई पर मुँह से कुछ न बोली।

एकान्त मार्ग पर आते ही राजपुरुष ने माधवी को बाँह में ऐसे समेटा जैसे नरम रुई का तकिया दबाया हो। पुरुष की अँगुलियाँ उसकी देह पर गुदगुदी-सी इधर-उधर दौड़ती रहीं। राजपुरुष ने सिर-से-सिर टिकाते हुए धीमे, गरमी-भरे स्वर

में कहा, "साथ ही चलना। तुम्हारे घर पर सूचना भिजवा दूँगा।" कहते हुए उसके हाथ ढिठाई करने लगे। उसके झुके मुख ने माधवी की कनपटी पर सन्देश-सा नन्हा चुम्बन भी आँक दिया।

माधवी बाहर से जड़ हो गई थी। नई परिस्थिति में उसका अन्तर क्षण-भर के लिए कहीं अनन्त में गुम हो गया था। वेश्या होते हुए भी माधवी ने संयोगवश अब तक एकपुरुषव्रत ही निभाया था। यह नया पुरुष—उसके भय और आतंक का वर्तमान केन्द्र-पुरुष—उसे बरबस वेश्या बना रहा है और वह कुछ कह नहीं पाती। क्यों न कह दे, झिड़क दे, या दौड़ते रथ से कूद जाए? क्या करे? क्या करे?

राजपुरुष ने अपने सारथी को महलों की ओर चलने की आज्ञा दी।

अपनी पूरी शक्ति लगाकर माधवी ने कहा, "न! आज नहीं!"

"नहीं, आज!"

माधवी बोल न सकी। रथ दौड़ता रहा। उसका मन और तेज दौड़ता रहा। अपने और मणिमेखला के प्राणों का मोह उसे बहुत बाँध रहा था। वह अभी मरना नहीं चाहती। उसकी लालसाएँ अतृप्त हैं।...परन्तु कौन-सी लालसाएँ—वे जिनका प्रतीक समुद्रतट पर पिट रहा है या वे जो आज नई सेज पर जाएँगी?...न-न! नहीं-नहीं! "कुमार, आज मुझे घर जाने दीजिए! आज मन आपकी सेवा के योग्य नहीं। फिर कभी..."

"प्रश्न मेरे मन का भी तो है। आज मन अनुकूल है। कल महाराज के पधारते ही लम्बी अवधि के लिए व्यस्त हो जाना पड़ेगा। मैं इतना ठहर नहीं सकता।" राजपुरुष एक ही मुद्रा में सामने सीध में देखते हुए सत्ता-भरे स्वर का आतंकजाल फैलाता जा रहा था।

माधवी भय से पानी-पानी हुई जा रही थी। राजपुरुष ने फिर कहा, "यह न समझना कि राजदंड से तुम्हें मुक्त रखने के लिए मैं तुम पर अन्याय करूँगा। केवल मेरे मन की छाया भी तुम कभी छू न पाओगी। अब प्रसन्न हो प्रिये! हँसो और हँसाओ!"

कठोर हाथों की गुदगुदी से माधवी को रोना आ गया, काँपते स्वर में बोली, "आप उदार हैं। मेरी मनःस्थिति समझ सकते हैं। जिसके साथ..."

"स्वधर्म पालन करनेवाली कुट्टनीसिद्धान्त-शास्त्रिणी वेश्या के लिए ऐसी ही मनःस्थिति सृजनात्मक और कलात्मक होती है। पिछले प्रेमी के पतन से जागी हुई मानवीय करुणा नए प्रेमी के लिए उतावली में रसोन्मत्त हो ब्रह्मानन्द-सहोदरा हो जाती है।"

माधवी को बुरा लगा। मन का सारा साहस बटोरकर माधवी ने कहा, "इस वर्ग में पलकर भी मैं सती हूँ देव!"

"तुम अब भी सती ही रहोगी। मर्यादाशील वेश्याएँ जब तक एक पुरुष की सेवा में रहती हैं तब तक दूसरा उनके पास नहीं फटक सकता। यही उनके सतीत्व का दायित्व है।"

सती की नई परिभाषा सुनकर माधवी ऐसी कटी, ऐसी बही कि फिर किसी धरती पर न टिक सकी। भय उसे अपनी चरम गति में बहा ले गया। कुछ क्षणों में ही उसकी देह अकड़ने लगी। वह बेसुध हो गई।

इस बेसुधी ने माधवी को उस रात नए पुरुष से बचा लिया। अपने घर पहुँचकर स्वस्थ होते ही उसने नागरत्ना से पहला प्रश्न मणि के सम्बन्ध में और दूसरा कोवलन के सम्बन्ध में किया, "तूने उनके सम्बन्ध में कुछ सुना है?"

"स्वामी के सम्बन्ध में? नहीं तो।"

माधवी ने ऐसे निःसाँस ढाली मानो किए हुए अपराध से बच गई हो। पर मन को इतने से सन्तोष नहीं हुआ। वह सचमुच ही कोवलन का समाचार जानना चाहती थी।

उसने नागरत्ना से कहा, "किसी को भेजकर हवेली से उनका समाचार मँगवा। सुना है, आज उन्हें बहुत मार पड़ी है।" माधवी को अपना झूठ पहली बार आप खला।

नागरत्ना को बाहर भेज माधवी अपनी पुत्री को देखने गई। मणिमेखला तब तक सोई न थी, खिड़की के सामने बैठी अँधेरे में गरजते समुद्र का स्वर सुन रही थी। माधवी ने झपटकर बेटी का सिर अपने कलेजे से लगा लिया।

"तू अब तक सोई नहीं मेरी कन्मणि?"

"नींद नहीं आती अम्मा!"

"क्यों बेटी, तुझे क्या दुख है?"

"कुछ नहीं।"

"तब फिर नींद क्यों नहीं आती?"

"ऐसे ही सोच रही थी।"

"क्या सोच रही थी?"

"आचार्य कहा करते थे, जीवन में बड़ा दुख है। बात सच है अम्मा! बड़ा दुख है! देखो न! यह सागर भी रोता है। काले मेघों से ढँका यह आकाश कैसा दुखदायी लग रहा है अम्मा! हर कोई दुखी है। केवल बुद्ध दुखी नहीं। वे तथागत हैं। आचार्य यही कहते थे।...तुम भी रो रही हो अम्मा?" मणि के नन्हे शरीर के स्पर्श से जड़ हुई माधवी सचमुच ही रो रही थी। यह मणिमेखला नहीं, वरन् उसके रूप में कोवलन उसे पराजित कर रहा था। जीवन में बड़ा दुख है, माधवी के जीवन में बड़ा दुख है। वह क्या करे? कैसे शान्ति पाए?

नागरत्ला बाहर से समाचार लाई कि मार से घायल कोवलन को चेलम्मा कन्नगी के यहाँ ले गई है, वैद्य गए हैं, स्थिति चिन्ताजनक है। माधवी सुनकर जड़ हो गई।

"तुमने बुरा किया छोटी स्वामिनी!"

माधवी नागरत्ला को देखने लगी। नागरत्ला ने उसी तरह कहा, "नगर में फैले समाचारों से हमारा भविष्य सुरक्षित नहीं लगता। कावेरी बढ़ती ही जा रही है, कल महाराज के पधारने पर तुम्हें नगर छोड़ने को कोई मार्ग भी न मिलेगा।"

"पर आज अब प्रबन्ध कैसे हो सकता है?"

"हाँ, पर कल न जा सकोगी। कल रात्रि नगर की सीमा पर महाराज पधारेंगे, परसों प्रातःकाल नगर में प्रवेश करेंगे। प्रत्येक आते-जाते व्यक्ति को उस दिशा में जाने से रोक दिया जाएगा। फिर तुम्हारे तो हजार शत्रु ठहरे। कावेरी मैया और दूसरे सारे मार्ग घेरे हुए हैं।...क्या होगा? जाने क्या देखना बदा है!"

"चिन्ता न कर नागरत्ला! अपने नए सम्बन्ध द्वारा मैं कठिन को सरल बना लूँगी।" माधवी आवेश में यह कह तो गई, पर स्वयं ही मन-ही-मन कट भी गई। नया सम्बन्ध स्थापित कहाँ हुआ! कैसे हो सकता है! रोष और घृणावश अपने मन में वेश्या बनने का निश्चय तो किया था, पर कोवलन को चोट पहुँचाने के लिए ही। परन्तु इस दिशा में और आगे वह न बढ़ सकेगी। वह किसी अन्य पुरुष की अंकशायिनी बनकर स्वयं अपने को दंडित न कर सकेगी। यह असम्भव है, असम्भव है, नितान्त असम्भव है!

...परन्तु तब उसके और मणिमेखला के प्राण बचना भी असम्भव है। यदि बच भी गए तो मणि के सम्बन्ध में उसका स्वप्न पूरा न हो सकेगा। प्राण बचकर भी जीवन सूना हो जाएगा। पेरियनायकी कहा करती थी कि वेश्या के लिए सती बनना बड़ा कठिन है। चेलम्मा भी यही उपदेश देती थी। तब क्या वही सत्य था? उसका सोचा हुआ स्वप्न पूरा न हो सका। यदि वह प्राण दे दे तो?...मणिमेखला का क्या होगा? उसे सम्भवतः अपने पिता की छत्रछाया मिल जाएगी। कन्नगी उसे सम्भवतः पाल लेगी।

...पर अपनी बेटी का सुख तब माधवी कैसे देख पाएगी? मणि को लेकर माधवी को अपने प्राणों का मोह है। यह मोह कावेरी की बाढ़ की भाँति उसे निकलने का मार्ग नहीं देता और चौथी दिशा घेरे हुए वह राजपुरुष खड़ा है। वह उसे अपनी वासना का बन्दी बना लेगा। कन्नगी के सम्मुख अपने सतीत्व का दावा खोकर वह निस्तेज हो जाएगी। चारों ओर घूम-भटककर माधवी फिर अपनी ही घुटन की भँवर में फँस जाती। वह रात-भर मछली-सी तड़पती रही। उसे कोई गति नहीं मिल रही थी।

दूसरे दिन प्रातःकाल ही राजपुरुष का सन्देश आया—"माधवी को बुलाया है।"

माधवी घबरा गई। भय ने रात-भर के सारे मानसिक ऊहापोह, सारे संकल्प निगल लिए। नागरत्ला को अपने लौट आने तक मणिमेखला का ध्यान रखने तथा

घर सहेजने का आदेश दे वह दूत के साथ रथ पर चली। लगभग तीसरे पहर तक वह अकेली ही चित्रसारी में बैठी रही। कोई पानी-पान की बात पूछने तक न आया। माधवी हाँफ-हाँफकर सहती रही।

प्रातःकाल से ही आकाश काले बादलों से घिर रहा था। दिन के तीसरे पहर में सहसा प्रलय की-सी आँधी आई, घना अँधेरा छा गया, बिजली चमकने लगी, मूसलाधार वर्षा होने लगी। राजपुरुष महाराज के स्वागत के सारे प्रबन्ध देखकर लौटे थे। उन्होंने कहा कि नगर की दशा देखते हुए माधवी का वहाँ रहना असम्भव है। पिछली साँझ कोवलन का समुद्रतट पर पिटना माधवी के हित में नहीं था। यों उजागर में घूमना नगर के बड़े लोगों को पसन्द नहीं आया था।

राजपुरुष ने कहा कि उसके प्रभाव डालने पर कुछ लोग सम्भवतः माधवी के विरुद्ध महाराज से कुछ न कहें, क्योंकि सेठों को राजकीय सहायता उन्हीं के द्वारा प्राप्त होगी... "फिर भी अनिश्चित दिनों में कुछ भी निश्चित रूप से नहीं कहा जा सकता।" बिजलियों से कड़कती मूसलाधार वर्षा से दिन का चौथा पहर अमावस की आधी रात-सा लगता था। माधवी भय से जड़ हो गई।

"फिर भी चिन्ता न करो। जो रमणी महाराज के परम विश्वस्त और प्रिय भ्रातृज को अपनी रूप-चतुराई, नृत्यकुशलता और अभिनयशील वाक्‌पटुता से लुभा सकी, उसे क्षमा भी प्रदान की जा सकती है। जो बात मेरे और श्रीमन्महाराज के बीच है, उसे लेकर मेरी प्रिय रक्षिता को न तो चिन्ता करने की आवश्यकता है और न भय की।...उठो, मदिरापात्र उठाओ! मीठी-मीठी बातें बनाओ प्रिये! मुझे रिझाओ! उन्मत्त करो!... आज के अत्यधिक व्यस्त कार्यक्रम-भरे दिन में भी नियति ने तुम्हारी रूपमादकता से विवश हो अपना यह अद्‌भुत तांडव दिखाकर मुझे तुम्हारे साथ अवकाश की साँझ दे दी है। उसे अपने रस से भरो प्रिये! मैं—समर्थ—तुम्हें अभयदान देता हूँ। मुझे प्रसन्न करो!" उसने कमर से तलवार की पेटी उतारकर सेज के सिरहाने रख दी, जोर की एक अँगड़ाई ली और खुली खिड़की की ओर बढ़ते हुए बोला, "जान पड़ता है इस बार भगवान इन्द्र स्वयं अपने उत्सव की योजना बनाए बैठे हैं। आज रात्रि किसी समय महाराज का आगमन, कल प्रातःकाल नई राजधानी में प्रवेश...और कावेरी का यह जलप्लावन, यह वर्षा! वेग बढ़ता ही जा रहा है।"

कमरे में आती बौछारों की सीमा से कुछ इधर ही राजपुरुष खड़ा हो गया। मौन हो दो क्षण गवाक्ष के बाहर दिखलाई पड़नेवाली घनी अँधियारी के अनन्त प्रकाशकणों-सी बरसात की धुआँधार झड़ी को देखता रहा। माधवी अपने खोएपन से निरन्तर जूझती, क्षण की प्रलयंकर हलचल को अभिनय से साधने का कठोर श्रम करती, थकी-हारी, लजाई बन्दिनी अर्पिता-सी चषक और मदिरापात्र लिए पास आ खड़ी हुई। राजपुरुष ने उसकी ओर देखा, दृष्टि में परीक्षात्मक पैनापन आया, थामा

और फिर रसभीनी किरणें फूट पड़ीं। माधवी को हल्के दबाव से खींचकर उसने बाँह में समेट लिया। उसके हाथ के भरे चषक को कुछ स्वयं झुककर, कुछ माधवी को हाथ और आँखें ऊँची उठाने को बाध्य करके दो घूँट पिया, फिर चषक अपने हाथों में ले माधवी के होंठों से लगा दिया। आँखें मींचकर माधवी विष का घूँट उतार गई।

मदिरापात्र अपने हाथ में ले चषक भरकर राजपुरुष एक साँस में उसे रीता कर गया। फिर दूसरा भरा और माधवी के होंठों से लगा दिया और पात्र रीता होने तक आग्रहपूर्वक पिलाता रहा। पात्र और चषक धरती पर एक ओर रख उसने माधवी को आलिंगन में बाँध लिया। वह दृष्टि न मिला सकी, लजाकर आँखें मींच लीं। राजपुरुष ने उसकी बन्द आँखों को चूमा, फिर सामने का दृश्य दिखाते हुए कहा, ''आकाश का पौरुष देखो, धरती को मथे डाल रहा है।'' माधवी की छाती पर पुरुष का वज्र प्रहार हुआ। वह हँसने को बाध्य हुई। माधवी अपने प्राणों के कवच-रूपी राजपुरुष को रिझाने के लिए बाध्य हुई। खान-पान चलता रहा। माधवी की देह पराई होती चली।

वर्षा की झड़ी टूटने का नाम न लेती थी। साहस बादलों की भयंकर गड़गड़ाहट से धरती, महल, राजपुरुष की चित्रसारी, सज, माधवी का हृदय, प्राण, रोम-रोम थरथरा उठे। वह नए जीवन के लिए स्वेच्छा का भाव गँवाकर जड़ निर्लज्ज भाव से प्रस्तुत पड़ी थी। उसके जीवन का नया पुरुष सेज के पास उसी के समान आवरणों से मुक्त खड़ा उतावली से चषक-पर-चषक ढाल रहा था।

सहसा बिजली जोर से कड़क उठी। उसकी लपलपाहट चित्रसारी में कौंध गई। माधवी की आँखें मुँद गईं। सहसा उसकी गर्दन को झटके से उठाया गया। एक हठीले हाथ ने चषक उसके होंठों से अड़ा दिया। आँखें मुँदी रहीं, तीखे घूँट उतरते रहे, और उसका कलेजा चीरकर नमक भरते रहे—'यह टूटा तेरे दर्प का दमकता महल! ओ सुहाग के नूपुरों की साध, मर! मर!' माधवी को चक्कर आ गया। हठ से फिरे सात फेरे मन के धधकते यज्ञकुंड के चारों ओर चकरघिन्नी-से नाच उठे। कुंड की धधकती ज्वाला भयशीत से ठिठुर गई। तभी कड़ककर बिजली टूटी। उसे लगा, वह उसका शरीर बेध गई।

आकाश पर बिजली का अनोखा खेल अनवरत रूप से आरम्भ हुआ। बरसों में भी ऐसी गाज नहीं गिरी थी। दाहिनी और बाईं ओर से बिजली के अजगर एक-दूसरे पर टूटने के लिए लपके, उनके बीच का आकाश व्यापक लपलपाहट और धड़धड़ से भर रहा था। दाएँ-बाएँ से विद्युत-अजगर कठोर कड़कड़ाहट के साथ लपके, पैंतरा बदलने के लिए लौटे और फिर झपटकर गुँथ गए। उनकी टकराहट का महाभयंकर तुमुलनाद धरती-आकश में भर गया, दिशाएँ देर तक गूँजती रहीं और वह गूँज समाप्त भी न हो पाई थी कि नई बिजलियाँ कड़कड़ा उठीं। बिजली सारे आकाश

में नाचती फिर रही थी। बादलों का गर्जन अविराम गति से होने लगा था। वायु के सनाके लम्बी सून खींचने लगे। उसके प्रचंड वेगशाली झोंकों से धरती उड़ी-उड़ी जा रही थी। बरसात की झड़ियाँ पैनी बछियों-सी बिंध रही थीं।

प्रलयंकर पार्श्व तांडव से बार-बार विद्युत-सा ही चमकता भयकम्पन माधवी के अनचाहे भी केलिक्रीड़ा की सिहरन बन जाता था। बिजली और मेघ के अधिकाधिक बढ़ते जाते भयकारी गर्जन-तर्जन की चुनौती पर बार-बार पी और पिलाई जानेवाली मदिरा और पुरुष के सबल आग्रह के आगे माधवी विवश होती चली गई। नारी अपना नाम भूलने लगी, नाम से लगाव बिसर गए। रीझी नारी रसोन्मत्त हो पुरुष को रिझाने लगी।

दोनों के व्यवस्थित होते ही राजपुरुष के प्रचंड अन्धड़-झक्कड़ में न सुनाई पड़ने के कारण स्वयं द्वार पर जाकर एक दासी से कुछ कहा। वह प्रणाम करके चली गई। एक दूसरी दासी मधु और मिष्ठान्न की थाली लिए चित्रसारी में आई। उसके जाने के कुछ देर बाद ही पहली दासी ने मुद्राओं से भरी एक रेशमी थैली लाकर स्वामी की चौकी के पास रख दी और निवेदन किया कि कोटपाल आज्ञानुसार सेवा में उपस्थित हैं। उन्हें भेजने का आदेश हुआ। कोटपाल ने आकर प्रणाम किया।

"नगर के कोई समाचार मिले?"

"मिले प्रभु! प्रजा का कष्ट कल्पनातीत है। नगर में अनेक पुरानी हवेलियाँ गिर गई हैं। समुद्रतट की समस्त व्यवस्था नष्ट हो गई है। बाढ़ग्रस्त प्रजाजनों की पर्णकुटियाँ उजड़ गईं। महोदधि की विकराल भीमकाय लहरें कइयों को लील गईं। बड़े-बूढ़े कहते हैं कि ऐसा प्रबल झंझावात, वर्षा और विद्युत का ऐसा अदम्य प्रकोप पहले कभी नहीं देखा गया।"

"और मुझे देखो, प्रकृति का विकराल रूप मेरे लिए मदनमोहन बन गया था। कोटपाल! तुम्हारे नगर की वेश्याओं के आकर्षण को सुना करता था, आज देख भी लिया। असमर्थों के लिए मृत्यु और समर्थों के लिए वे थके क्षणों की सजीव स्फूर्ति होती हैं। अपने कलाचातुर्य में वे सच्चे दार्शनिक की भाँति अपना मोह-शोक भूलकर दूसरे के लिए आनन्ददायिनी बन जाती हैं। क्यों न माधवी!"

इस मीठी मार से माधवी ऐसी कटी कि धरती में समा जाने को जी चाहा. चेहरा पीला पड़ गया, आँखें झुक गईं। तभी सोने से भरी थैली उसके पास ही शैया पर आकर गिरी। राजपुरुष का स्वर सुनाई दिया, "कोटपाल! वर्षा थम जाने पर इस रूपाजीवा को इसके आवास पर भिजवा देना। ध्यान रहे कि यह मेरी रक्षिता है। कल रात्रि भी यहाँ आएगी और इसके साथ नृत्य के घुँघरू भी आएँगे। सुहाग के नूपुरों की महत्त्वाकांक्षा से इसके नृत्य के घुँघरू अब कभी न बौराएँगे। अब भी किसी से सुहाग माँगोगी माधवी?"

माधवी को मानो साँप सूँघ गया। राजपुरुष का स्वर फिर सुनाई दिया, ''कोटपाल! आज से नगर की कोई वेश्या दान, धर्म और वाणिज्य की आड़ लेकर सतियों को त्रस्त न कर सकेगी और यदि कभी एक क्षण के लिए भी ऐसा हुआ तो मैं इस नगर की सर्वश्रेष्ठ वेश्या इस माधवी को भरे चौराहे पर श्वपच-चांडालों के मनोरंजनार्थ नचाऊँगा।''

कहकर राजपुरुष सीधा उठ खड़ा हुआ, कोटपाल से बोला, ''कुछ साहसी मनुष्यों को प्रस्तुत रखो कोटपाल! एक बार मैं स्वयं नगर की दशा देखना चाहता हूँ।''

''बाहर धरती पर पैर नहीं जमते प्रभु! गिरती बिजलियों और हवेलियों के कारण मार्ग निरापद नहीं रहे।'' कोटपाल ने हाथ जोड़कर निवेदन किया।

''भय नहीं। महाराजाधिराज की प्रजा की सेवा में यदि मेरे प्राण अर्पित भी हो गए तो कर्तव्य का सन्तोष लेकर जाऊँगा।''

कोटपाल हाथ जोड़कर चला गया। राजपुरुष कहता रहा, ''इस नगर में महाराज के आदेशानुसार हर कार्य अब सिद्ध हुआ। ताराओं से होड़ लेनेवाले पटबीजने को उसकी स्थिति का ज्ञान भी करा दिया।...हःह.! यही तुम्हारा दंड था प्रिये! चलते समय महाराज ने मुझसे कहा था कि कुलवधुओं की प्रतिष्ठा के लिए समाज को नगरवधुओं की आवश्यकता रहेगी, केवल उन्हें उनकी मर्यादा में बाँध दो। महाराज परम न्यायी हैं।''

सिर झुकाए माधवी सुनती रही। फिर कहा, ''एक प्रार्थना है। वर्षा रुकते ही मेरी बेटी को मानाइहन की बेटी के पास भिजवा दीजिएगा! उसके जीवन को कन्नगी ही अमृतदान दे सकेगी।''

''एवमस्तु!'' राजपुरुष चला गया। माधवी बाहर के आँधी-पानी को खड़ी देखती रही। अब उसे कोई भय नहीं सता रहा था। उसने मणि को मन-ही-मन कन्नगी के हाथों में सौंपकर मातृत्व के दायित्व से मानो मुक्ति पा ली थी। इतने वर्षों में पहली बार आज अपने सतीत्व की हत्या हो जाने पर हर ऊहापोह से मुक्त हो अपने-आपको वह वेश्या अनुभव कर रही थी। 'नहीं, वह मरकर क्या करेगी! अभी उसकी जवानी हरी-भरी है। अब भी अपने सुन्दर-सलोने रूप से उसे प्रबल मोह है। अभी उसकी लालसाएँ हरी-भरी हैं। वह जिएगी...मेरे अन्तर की सती मर! मेरी छलना दूर हो! मणि की माता मर! मर। मेरे रूप, मेरे यौवन के आकर्षण जी! रूपाजीवा माधवी जी!'

तभी आकाश जोर से कड़क उठा। एक बार बिजली का अचरज-भरा, सूर्य के आलोक से भी अधिक चमकदार प्रकाश आकाश में दूर-दूर तक व्याप्त हुआ और

फिर घना अँधेरा छा गया। अति गहन अन्धकार में माधवी को अपने आसपास कुछ भी नहीं सूझ रहा था। अँधेरे में बादलों की गड़गड़ाहट दूर और पास जाती-आती बड़ी भयावह लग रही थी और यह घोर अँधेरे की घुटन और गड़गड़ाहट थोड़ी देर तक सहज खेलती रहने के बाद सहसा अति घोर नाद करके फट पड़ी। साथ ही बिजलियाँ कड़कीं, बिजलियाँ टक्करों में गुँथ गईं, विविध रंगों में चमकने लगीं। हरी, नीली, पीली, सिन्दूरी, विविध चामत्कारिक रंगों-भरी बिजलियाँ बाहर से लपककर बार-बार कमरे में आती थीं। वर्षा और हवा के झोंके तीव्रतम हो गए। बादल, बिजली, वर्षा और झंझावात ने मिलकर इस बार अपनी भरपूर शक्ति के साथ धरती पर अति प्रचंड आक्रमण कर दिया। चित्रसारी पत्ते-सी काँप उठी। खोई खड़ी माधवी के पैर लड़खड़ा गए और वह गिर गई।

नगर में हवेलियों पर हवेलियाँ गिरने लगीं। बार-बार बिजलियों के गिरने से धरती जगह-जगह फट गई थी। उसके अन्दर के सोते उमड़ पड़े थे। समुद्र अपनी सीमा लाँघकर बढ़ता ही चला आता था। कावेरी की बाढ़ फैलती ही चली आ रही थी। पृथ्वी के स्रोतों का पानी उमड़ता ही चला आ रहा था और वर्षा अपने पूर्ण प्रचंड वेग से प्रहार कर रही थी। निराश्रित जन जहाँ प्राण बचाने भागते, वहीं उन्हें जल लीलता हुआ दिखाई देता। जल के थपेड़े मनुष्य के नाते-रिश्तों को मृत्यु के थपेड़े मारकर छिन्न-भिन्न कर रहे थे। हाथ को हाथ नहीं सूझता था। पति पत्नी से विलग, भाई भाई से विलग, सन्तानें माता-पिता से विलग। कोई किसी का साथी नहीं रह गया था। मृत्यु ही सबकी एकमात्र साथी बन गई थी। कुपित प्रकृति के घोर नाद में जीवन का करुण क्रन्दन खो गया था।

पानी बढ़ता ही जा रहा था। बड़े-बड़े तोरणों के बीच से, गिरी हुई हवेलियों के बीच से, पानी पागल-सा दौड़ रहा था। दौड़ती धाराओं के लिए गिरी हुई हवेलियाँ और घिरी हुई गलियाँ भूलभुलैयाँ-सी बन गई थीं। पानी उनमें पागल-सा चक्कर काट रहा था। जगह-जगह भयंकर भँवरें पड़ रही थीं। पानी उठ रहा था। खड़ी हवेलियों में मोरियों और द्वारों की सेंधों से पानी भरता चला जा रहा था। हाथी, घोड़े, गाय, बैल, पशु, पक्षी, मनुष्य, निःसहाय-से बहते, टकराते, लहरों के वेग से डूबते-उतराते, चिथड़े-चिथड़े हुए जा रहे थे। जल के साथ विद्युतकण समाकर जीवित प्राणियों की देहों में अग्निबाण बनकर चुभ रहे थे। हवा प्रखर होते हुए भी साँस लेने में बड़ी घुटन होतीं थी। मृत्यु की सम्मोहिनी इतनी बढ़ गई थी कि अनेक जन अपने घरों में जल को बढ़ते देख पागलों-से चीखते उसमें कूद पड़ते थे। 'ईश्वर! ईश्वर!' की पुकार...प्रियजनों के प्राणों के भय से उत्पन्न मर्मान्तक चीत्कार बढ़ता ही जा रहा था।

सहसा प्रबल भूकम्प आ गया। बुझते दीए की काँपती लौ-सी कावेरीपट्टणम् गगनचुम्बी अट्टालिकाएँ आँधियों के झोंकों से लड़ती हुई गिरने लगीं। आर्तनाद इतना

प्रबल हुआ कि प्रकृति के घोर भैरवनाद को चीरकर दूर-दूर तक व्याप्त हो गया। कुछ स्थलों पर तो पानी अब इतना बढ़ गया था कि पंचखंडी-सतखंडी हवेलियों में से कइयों की केवल अटारियाँ ही चमक रही थीं। कलश-कंगूरे पानी छाती से ऊपर अँधेरे के समूह-से दिखाई दे रहे थे।

भूकम्प के दूसरे प्रबल धक्कों के बाद नगर में कुछ भी अखंडित न बचा। राजमहलों के द्वार भी जलशत्रु द्वारा टूट चुके थे। चित्रसारी की दो दीवारें और छत टूट चुकी थीं। सेज गिरे मलवे के साथ ही बह गई थी। बचे हुए कोने में खम्भे को कसकर आलिंगन से बाँधे हुए माधवी अपने-आपको हवाओं के झोंकों से रोक रही थी। खुली खिड़की और टूटी छत से पानी की खड़ी बौछारें उसे त्रस्त कर रही थीं। चित्रसारी के टूटकर नीचे गिरे हुए भाग पर पानी चढ़ रहा था। माधवी क्रमशः उस पानी का चढ़ना देख रही थी।

पानी लगातार ऊपर चढ़ता आ रहा है। ऊपर से पानी बरस रहा है। माधवी पर तीखी बौछारों के कोड़े पर रहे हैं। मृत्यु का भय जड़ हो चुका है। चेतना जूझते-जूझते हार चुकी है। अब कुछ भी शेष नहीं रहा। आ मृत्यु, दौड़ आ!...ॐ शान्तम् पापम्! शान्ति! शान्ति! मणि!...नहीं, कोई नहीं! अब कोई किसी को नहीं बचा सकेगा।

खम्भे से चिपकी खड़ी माधवी ने बाहर की दुनिया से आँखें मूँद लीं। प्राणों से रस-संचार क्रिया लुप्त हो चुकी थी। भय, शोक, मोह, ममता आदि अब कुछ भी नहीं व्यापता था। हृदय की धड़कनें स्पष्ट और ऊँचे स्वर में सुनाई पड़ रही थीं। ऐसा लगता था मानो विद्युत-मेघ का गर्जन-तर्जन उसी में समाया है, मानो उसकी धड़कनों की गूँज ही चहुँ ओर सारे ब्रह्मांड में व्याप्त है। मृत्यु जलरूप में पैरों से लगी। जल बढ़ने लगा, मन डूब गया, तन क्रमशः डूबता रहा।

इकतीस

मदुरा के मार्ग पर एक गाँव में मन्दिर के बाहर यात्रियों की सुविधा के लिए बनी कोठरियों में से एक में कोवलन और कन्नगी ठहरे थे। कन्नगी को ज्वर हो गया था। गाँव के वैद्य उपचार कर रहे थे। यों स्वास्थ्य तो अब ठीक हो चला था परन्तु दुर्बलता अभी थी।

सन्ध्या का समय था। यात्रियों का दल पड़ाव डालने के लिए रुका। ऐसे ही यात्रियों की परस्पर पूछताछ चलने लगी—बनिए की दुकान कहाँ है, इन कोठरियों में कितने दिन पड़ाव पड़ सकता है, गाँव के लोग कैसे हैं, आदि बातचीत होते

कोवलन को मालूम हुआ कि कावेरीपट्टणम् नगर जलमग्न हो सदा के लिए पृथ्वीतल से विलीन हो चुका है। राजमहलों तक समुद्र बढ़ आया है। वे व्यस्त हाट-बाट, ऊँची-ऊँची हवेलियाँ, कावेरीपट्टणम् का विश्वविख्यात वैभव अब समुद्र के गर्भ में विलीन हो चुका है। नगर में रहनेवाले जीव चारों ओर से घिरकर जलप्रलय में समा गए। दूर-दूर तक बहते हुए अनेक स्त्री-पुरुष और बच्चे बचाए तो गए हैं, परन्तु ऐसे भाग्यशाली कम ही होंगे। महाराज नगर की सीमा तक भी न पहुँच पाए थे कि नई राजधानी में यह प्रलय आ गई। प्रसंगवश अनजाने में ही एक यात्री से कोवलन ने अपनी, माधवी की और कन्नगी की कहानी भी सुनी। यह भी सुना कि उसकी पुत्री मणिमेखला तो एक बौद्ध भिक्षु द्वारा डूबने से बचा ली गई है, परन्तु माधवी का पता नहीं चला।

कोवलन के लिए ये समाचार बड़े ही कठोर और मर्मभेदी थे। जिस दिन उसने और कन्नगी ने सदा के लिए अपनी जन्मभूमि से विदा ली थी, उस दिन भावोद्रेग में कन्नगी के यह कहने पर कि अब अपनी जन्मभूमि को कभी न देख पाऊँगी, कोवलन ने कहा था, "नहीं प्रिये! ईश्वर ने चाहा तो अपना समय बदलने पर हम एक बार यहाँ अवश्य आएँगे...।" परन्तु उसे क्या मालूम था कि वे अन्तिम बार ही अपनी जन्मभूमि का दर्शन कर रहे थे। चेलम्मा नगर की सीमा तक उन्हें छोड़ने आई थी। बादल तब भी घिर रहे थे, परन्तु वर्षा आरम्भ नहीं हुई थी। तब किसी को स्वप्न में भी यह विचार न आया था कि कुछ ही घंटों बाद ये बादल ऐसे बरसेंगे कि नगर ही डूब जाएगा।...चेलम्मा भी डूब गई होगी। बेचारी ने बहुत सहायता दी। उसी के द्वारा कन्नगी ने विवशता में पत्र लिखकर अपने पिता के एक मित्र से मार्ग-व्यय के लिए कुछ धन मँगवाया था। वही रोगी कोवलन और सुकुमारी कन्नगी की यात्रा के लिए भाड़े के रथ का प्रबन्ध कर आई थी। जलवायु परिवर्तन करने के लिए कोवलन गाँव जा रहा था, यह समाचार भी चेलम्मा ने ही फैलाया था। चेलम्मा ने बड़ा काम किया था। ...वह चेलम्मा भी अब कभी देखने को न मिलेगी। उसे बड़ा दुख-सुख देनेवाली माधवी भी अब न रही।...पिछला कुछ भी शेष न रहा। बीती कहानी की स्मृतियाँ लिए अब स्वयं वह बचा है और कन्नगी साथ है।

साथ लाया गया मार्ग-व्यय कन्नगी के ज्वर के कारण बीच ही में चुक गया था। कोवलन को चिन्ता थी कि वह कन्नगी को कैसे आगे ले जाएगा। परन्तु कन्नगी उसकी हर थकन, घुटन, निराशा और चिन्ता को हँस-हँसकर दूर कर देती थी। अर्थाभाव का कष्ट उसने बहुत व्यापने न दिया, पैदल यात्रा करने पर जोर देकर कन्नगी स्वस्थ होते ही अपने पति को मदुरा की ओर बढ़ा ले गई। नगर की एक धर्मशाला में पति-पत्नी ने डेरा डाला। कन्नगी के अत्याग्रह के कारण कोवलन अपनी पत्नी को लेकर मीनाक्षी देवी के दर्शन करने गया। कदम्ब के सघन वन में देवी का

अनुपम मन्दिर बन रहा था। छह वर्षीया कन्या के समान माता मीनाक्षी की दिव्य मरकत मूर्ति ने पति-पत्नी की प्रार्थनाओं को अपने दर्शन से नवजीवन की आस्था प्रदान की। देवी की परिक्रमा करते हुए उन्होंने इच्छाशक्ति, क्रियाशक्ति और ज्ञानशक्ति-रूपिणी देवियों के दर्शन किए। पराशक्ति के रूप में स्वयं मीनाक्षी देवी उन्हें बार-बार वरदान देती हुई-सी लग रही थीं। श्रद्धा के कण अतल के खड्ड में गिरे हुए नितान्त असहाय व्यक्ति को भी आत्मविश्वास देकर ऊपर उठा लेते हैं। मन्दिर के चारों ओर शिल्पी कार्य-व्यस्त थे। यहीं कोवलन ने उस विख्यात स्वर्णकार का पता भी पूछा जिसने मदुरा की रानी के सौभाग्य-नूपुर बनाए थे।

कोवलन कुप्पुस्वामी स्वर्णकार की दुकान पर पहुँचा। कोवलन की जीर्ण दशा देखकर कुप्पुस्वामी एकाएक उसे पहचान भी न पाया। वैसे ही वह चिन्तामग्न था। महारानी का सुहाग-नूपुर मरम्मत करने के लिए उसे दिया गया था। कुप्पुस्वामी और कुछ राजकर्मचारीगण उसे गला-बेचकर खा गए। सोचा था, चोर के मत्थे बात डालकर अन्त में किसी व्यक्ति को सूली पर चढ़वा दिया जाएगा। परन्तु पांड्यपट्टमहिषी हठ पकड़ गई थीं। उन्होंने कहा, चूँकि इतना सोना नगर के सुनारों की सहायता बिना गलाया नहीं जा सकता, इसलिए चोर का पता लग ही जाना चाहिए। नगर के चारों फाटकों पर बाहर जानेवाले हर व्यक्ति की जाँच-पड़ताल की जाती थी। रानी की कठोर आज्ञा थी कि यदि नूपुर का चोर न पकड़ा जा सका तो नगर की सुरक्षा से सम्बन्धित समस्त राज्याधिकारियों को सूली दे दी जाएगी। अधिकारीगण कुप्पुस्वामी को धमकाते। कुप्पुस्वामी बहुत चिन्तित था। सोना बेचकर चोरी के धन में भागीदार तो सभी बने थे, परन्तु अब कोई भी साथ नहीं दे रहा था। अधिकारीगण कुप्पुस्वामी से कहते कि वह शीघ्र-सें-शीघ्र वैसे ही नूपुर बनाकर समस्त उलझाव को सुलझाए, अन्यथा वे उसे ही चोर प्रमाणित कर देंगे। नूपुर बनाने में कुप्पुस्वामी को लगभग छह-सात लक्ष मुद्राओं का घाटा सहना पड़ रहा था। लूट के धन में डेड़-दो लाख कमाकर अब इतना घाटा सहना उसके लिए बड़ा ही कठिन प्रतीत हो रहा था। कोवलन द्वारा कन्नगी के सुहाग-नूपुर बेचने का प्रस्ताव उसके लिए वरदानस्वरूप आया। नूपुर सामने आते ही उसकी बाछें खिल गईं। तुरन्त ही सूझ आ गई। वह कोवलन को अपनी दुकान पर बिठाकर नूपुर लिए सीधा राजमहलों में पहुँचा और महारानी को यह शुभ संवाद सुनाया। अपना नूपुर पाकर महारानी सन्तुष्ट हुईं। महाराज ने आज्ञा दी कि चोर को सारे नगर में घुमाकर सूली दे दी जाए।

कोवलन बन्दी बना लिया गया। वह लाख कहता रह गया, परन्तु वहाँ तो किसी को सुनना ही नहीं था। कोवलन को चौराहे-चौराहे पर खड़ा करके महारानी का सुहाग-नूपुर चुरानेवाला चोर घोषित किया गया। जनता उस पर थूकती थी। सिपाही कोड़े लगाकर पशु के समान उसे अगले चौराहे पर हाँक ले जाते थे। कोवलन

अपने अन्त की बात सोचकर पत्थर हो गया था, परन्तु पत्थर बनकर भी वह निराजड़ न हो पाया। पिछले कुछ महीनों से भयंकर यातनाओं की बड़ी चढ़ाइयाँ चढ़ते-चढ़ते वह कठिनाइयों के प्रति ढीठ हो गया था। इसलिए पत्थर होकर भी उसकी चेतना मूक अक्षरों में बोलते वाक्य बनकर उभर रही थी। मार, अपमान और भय से जलकमलवत अलिप्त होकर इस जगतीतल से विदा होने के पूर्व, जीवन की दुकान बढ़ाने से पहले सावधान बनिए की भाँति वह रोकड़ मिला रहा था—क्या आया, क्या गया, कितनी लाभ-हानि हुई? लाभ में कन्नगी पाई। व्यक्तिगत दुख-सुख को नगण्य मान प्रेमभाव की साख ऊँची उठाए रखनेवाली कन्नगी की दिव्य आस्था ही उसके जीवन का लाभ है। इसी की पूँजी पर उसने फिर उठने का संकल्प किया था, पर दैवगति और थी...

एक दीर्घ निःश्वास छूटी और उसके साथ ही कोवलन को बाह्य जगत का आभास मिला। पीठ पर सिपाही के डंडे की चोटें अनुभव कीं, गालियों का रव कानों में पड़ा। कोवलन को इस समय अपनी काया से घृणा थी। चोर कहकर उसे गातियाँ देनेवाले बाह्य जगत से भी वह अलिप्त रहना चाहता था। साहूकार के बेटे को अपने लिए 'चोर' शब्द खल रहा था। नियति ने मुझे चलते-चलते अकारण चोर क्यों घोषित किया? मैंने यह दंड क्यों पाया? अपने हीन कर्मों का स्वयं प्रायश्चित्त करनेवाले व्यक्ति से नियति ने देहान्त प्रायश्चित्त की माँग क्यों की? मैं सूली क्यों पा रहा हूँ? क्या हीनकर्मा व्यक्तियों के शुभकर्म भी पाप-स्पर्श से सर्वथा मलिन, हेय और त्याज्य हो जाते हैं?

प्रश्न की तीव्रता ने कोवलन को फिर चंचल किया। चेतना मन की गहरी गुफा से निकलकर फिर क्षण-भर के लिए काया में व्यापी, किसी के बोल कानों में पड़े, "देखने में तो भले घर का लगता है, पर चोर निकला। थू!"

चोर! हाँ, चोर! तू कर्मचोर, विवेकचोर, न्यायचोर है। तूने अपने कर्म से जी चुराया, विवेक से जी चुराया और न्याय को अनेक बार काल की सूली पर चढ़ाया। उसी का दंड भोग! भोग ले—भोग ले रे मन! तू बनिए का बेटा है। एक जीवन के दिवाले से हताश न हो। मरते-मरते अपनी साख बना जा। कर्मशूरों के लिए जन्म-जन्मान्तर की अवधि है। उठनेवालों के लिए अवसरों का कभी अन्त नहीं होता।

उमगी आस्था के साथ झुका सिर उठा, पथराई आँखों में ज्योति का सधाव आने तक चारों ओर गर्दन घूमी और दृष्टि जहाँ सधी, वह उसका वर्तमान निवास स्थल—सत्रम—का मुख्य द्वार था। चलते-चलते पग रुक गए। कोवलन ने दंडधर से कहा, "यहाँ मेरी पत्नी रहती है। अन्तिम बार..."

"क्यों अभी से बेचारी को वैधव्य की सूचना देता है! अब तू जग तज और सूली भज! समझा बच्चा!" दंडधर के वाक्य का विराम कोवलन को धक्का देकर

लगा। निठल्ली भीड़ हँस पड़ी। कोवलन फिर बिना दुखी हुए आगे बढ़ गया और उसका सिर न झुका । वह अपने धैर्य को अन्तिम घड़ियों और दिनों के लिए साध चुका था। रिस-रिसकर प्राण निकलें, जो हो, किन्तु कोवलन अब न बदलेगा। वह अपनी साख बनाकर जाएगा। सूली पाने के उपरान्त वह दर्शकों को अपनी निर्दोषिता की बात सुनाएगा। वह अपने भले-बुरे अभागे जीवन की कहानी सुनाएगा। जब तक प्राणों में, वाणी में शक्ति रहेगी, रसिकराज चेट्टियार कोवलन अपने जीवन की अनुभूतियों का रसदान करता रहेगा। वह मासात्तुवान का बेटा है, दिवालिया होकर भी अन्तिम क्षण तक भुगतान करता रहेगा।...कोवलन शान्त मन से चला जा रहा था।

धर्मशाला में प्रसंगवश कन्नगी ने भी महारानी के नूपुर चुरानेवाले चोर की बात सुनी। यह भी सुना कि चोर कावेरीपट्टणम् नगर का है, अपने नगर का नाश हो जाने पर वह यहाँ आया था और कुप्पुस्वामी की दुकान से नूपुर चुराकर ले भागा। उसे सूली देने के लिए सिपाही श्मशान लिए जा रहे हैं।

कन्नगी के कान ठनक गए। वर्षों पहले मिस्र देश के सिकंदरिया में मिलनेवाली भविष्यवक्ता भिक्षुणी की याद आई। भिक्षुणी ने अपनी स्पष्ट बातों और कहानी द्वारा कन्नगी के वैधव्य योग की ओर संकेत किया था। कन्नगी के मन में वर्षों से उसका भय था, परन्तु उस भय के लिए वह नियति से हठ भी ठाने बैठी थी—और चाहे कुछ हो जाए, पर कन्नगी अखंड सौभाग्य लेकर ही चिता पर जाएगी। अपने सत्यवान के लिए सावित्री यमराज से भी लड़ लेगी। लोकलाज छोड़ दूसरे नूपुर की पोटली लेकर वह भागी और एक जगह उसने भीड़ से घिरे हुए कोड़ों की मार खाते अपने पति को देख लिया। सरला, साध्वी देवी आवेश में चंडिका बन गई—"छोड़ दो मेरे पति को! छोड़ दो! वे चोर नहीं हैं। पांड्य राजा के यहाँ अन्याय हो रहा है। निर्दोष को चोर कहकर उसे सूली दी जा रही है। ऐसे अन्यायी राजा का शीघ्र ही अन्त होगा। उसकी रानी के पैरों के सुहाग के नूपुर सदा के लिए उतर जाएँगे।"

सतेज मुद्रा और सत्तात्मक स्वर का प्रभाव एक बार तो सबको बाँध गया। बाद में कुछ प्रजाजन एक नारी से अपने महाराज और महारानी के लिए कुवचन सुनकर क्रुद्ध हुए। फिर भी कन्नगी के तेजस्वी मुखमंडल को देखकर किसी की हाथ उठाने की हिम्मत न हुई। मदुरा के एक भद्र नागरिक ने संयत किन्तु कठोर स्वर में उससे कहा, "देवि! देखने में तो तुम किसी अच्छे कुल की लगती हो, पर यहाँ की नहीं हो। कहाँ से आई हो? कौन हो जो परम प्रतापी पांड्य कुल के सुशासन को अन्यायी बता रही हो?"

"मैं उन परम न्यायी चोल महाराज की प्रजा हूँ जिन्होंने गाय तक को न्याय देने के लिए उसके बछड़े को रथ से कुचल देनेवाले अपने पुत्र को स्वयं अपने हाथों से मृत्युदंड दिया था। बुरे दिनों के फेर से अपने पति के साथ इस नगर में आई थी...

पर मुझे क्या मालूम था कि इस अन्यायी के राज्य में मेरे पति को अपने ही नूपुर की चोरी का झूठा अपराध लगाकर सूली दे दी जाएगी। यह अन्याय नहीं तो और क्या है?...और यदि राजा न्यायी हैं तो मैं अपने पतिदेव की निर्दोषिता का प्रमाण दे सकती हूँ।"

जनता की कौतूहल-भरी सहानुभूति कन्नगी के साथ मिल गई। फिर सैनिक लाख चाहने पर भी कोवलन को श्मशान की ओर न ले जा सके। भीड़ कन्नगी और कोवलन को घेरकर राजमहलों में पहुँची। मार्ग-भर भीड़ बढ़ती रही। जो सुनता, दौड़ा चला आता। मदुरा नगर में हवा उड़ गई कि महारानी का नूपुर चुराने के अपराध में जिस व्यक्ति को पकड़ा गया था, उसकी रक्षा करने के लिए स्वयं मीनाक्षी देवी प्रकट हो गई हैं। नगर-का-नगर उमड़ पड़ा। षड्यंत्रकारी उच्च पदस्थ राजकर्मचारियों को इस महाभीड़ के कारण इस बात का अवसर ही न मिल सका कि वे कन्नगी को महाराज से भेंट न करने दें। अपार जनसमुदाय ने पांड्य महाराज का ध्यान आकर्षित कर लिया। झरोखे से प्रजा को दर्शन देकर उन्होंने उनके आने का कारण पूछा। कोवलन और कन्नगी सारे वृत्तान्त के साथ प्रस्तुत किए गए। कोवलन ने पत्नी के पूर्वावेश से स्फूर्ति पाकर, इतना जन-बल अपने साथ पाकर, महाराज के न्याय को ललकारकर चुनौती दी। महाराज की त्योरियाँ चढ़ गईं। वे बोले, "महारानी के नूपुर चुरानेवाले को मृत्युदंड देकर हमने उचित न्याय किया है।"

कन्नगी बोली, "हे प्रजा के पिता! मेरे पति को महारानी के नूपुर चुराने की आवश्यकता न थी। उनके पास स्वयं ही उतने ही मूल्यवान नूपुर थे। अपने बुरे समय में एक नूपुर बेचकर हम आपकी राजधानी में अपना नवजीवन आरम्भ करने आए थे, परन्तु अन्यायी कर्मचारियों के राज्य में आकर..."

"ठहरो स्त्री! तुम्हें अपनी बात का प्रमाण देना होगा, "महाराज ने कन्नगी के आवेश को काटकर कहा।

कन्नगी ने तुरन्त चिथड़े-गुदड़े में लिपटी गठरी खोल उसकी परत से दूसरा नूपुर निकालकर ऊँचे हाथ उठा भीड़ के सम्मुख महाराज को दिखलाया और कहा, "लीजिए प्रमाण, देव! सत्य के लिए प्रमाण की कमी नहीं, केवल अन्यायी के राज्य में न्याय की कमी होती है। जिस राज्य और युग में सत्य की लीक पर चलनेवाले दुख पाते हैं, पग-पग पर अपमानित होते और कुचले जाते हैं, जहाँ पाखंडी और अन्यायियों को बोलबाला है, उन्हें सम्मान मिलता है, उस सम्मान का, उस राज्य और उस यश का अवश्य अन्त होगा। अपनी जन्मभूमि के सर्वनाश से मैंने यही पाठ पढ़ा है महाराज! और मुझ अकिंचन नारी की बात को निरी वाचालता न मानकर इस पर ध्यान दीजिएगा, नहीं तो यह नगर भी सतियों के अन्तर की दाहक अग्नि से भस्म हो जाएगा।"

पांड्य महाराज ने कोवलन और कन्नगी को महलों में बुलवा लिया। कन्नगी के दूसरे नूपुर को महाराज ने निकट से देखा, महारानी ने भी देखा। महाराज बोले, "वर्षों पहले कुप्पुस्वामी ने कावेरीपट्टणम् नगर के किसी चेट्टियार की पुत्रवधू के हेतु महारानी के नूपुरों के समान ही नूपुर बनाए थे। तुम्हें स्मरण होगा देवि! तुम्हारे आग्रह पर मैंने कुप्पुस्वामी को तुम्हारे नूपुरों की प्रतिकृति बनाने के कारण धमकाया था।"

महारानी बोली, "मुझे स्मरण है। तो क्या तुम लोग उसी महाधनी चेट्टियार के पुत्र और पुत्रवधु हो?"

कोवलन ने सलज्ज भाव से महाराज की सेवा में अपना जीवन-वृत्तान्त सुनाया। अपनी जन्मभूमि के डूबने का सुना हुआ वृत्तान्त भी निवेदन किया। महाराज बोले, "मैं बहुत-कुछ सुन चुका हूँ। चोल महाराज नए-नए देश विजय करने के लोभवश धन के लिए अपने राज्य के उद्योगपतियों, महाजनों के—एक प्रकार से कहना चाहिए—अधीन रहते हैं। हम और हमारे पूर्वज भी यही करते चले आए। परन्तु इसमें दोष है, हम स्वीकार करते हैं। राज्य की अर्थनीति केवल महाजनीय निगमों के भरोसे निर्धारित नहीं होनी चाहिए। राज्य की ओर से उन पर उचित अंकुश रखना ही चाहिए, अन्यथा दो व्यावसायिक गुटों की पारस्परिक होड़ में देश का सत्यानाश भी हो सकता है, जैसे तुम्हारे राज्य का हुआ।"

महाराज और महारानी, कोवलन और कन्नगी से बातें कर बड़े प्रसन्न हुए। महारानी ने स्वयं अपने हाथों कन्नगी को सुहाग के नूपुर पहनाए और उसे अपनी पुत्रवधू कहकर सौभाग्यदान दिया। कोवलन को पुनः अपने पैरों पर खड़े होने के लिए महाराज ने पाँच लाख स्वर्णमुद्राएँ भी प्रदान कीं और बोले, "चेट्टिपुत्र! जीवन-भर याद रखना, द्विविधा में बँधी हुई स्त्री कभी किसी भी पुरुष को बल नहीं दे सकती। वह कभी एक भाव में रहेगी और कभी दूसरे में। एकनिष्ठ सती ही अपने पुरुष को बल प्रदान कर सकती है, क्योंकि वह द्विविधा से रहित होती है।"

कन्नगी और कोवलन पांड्य महाराज और महारानी का बल पाकर नए सिरे से अपना सौभाग्य पा गए।

बत्तीस

कांचीपुरी के दिव्याराम बौद्ध विहार में एक पगली रहती है। लगभग तीन वर्ष पहले महास्थविर ने डूबते हुए कावेरीपट्टणम् नगर में मृत्युवाहिनी धाराओं की चपेट से उसे बचाया था। उस समय वह मृतप्राय थी। आज भी चलती-फिरती वह पगली शव के

समान ही है। वह चेतनाशून्य है। जितना काम उसे बतला दिया जाता है, वह कर देती है और चैत्यगृह में बैठकर घंटों भगवान बुद्ध की मूर्ति निहारा करती है। उसके मुख से इन तीन वर्षों में केवल 'हाँ', 'ना' और 'अच्छा' के अतिरिक्त कोई शब्द नहीं फूटा। बोलने के लिए अधिक प्रेरित करने पर शब्दों की खोज में उसे घोर प्रयत्न करते देख महास्थविर कभी-कभी करुणा से रो पड़ते हैं। विहार में सब कोई कहते हैं कि वह ठूँठ हो चुकी है, अब उसमें नए पत्ते न लगेंगे। जाने किस शाप से उसकी ऐसी दशा हुई है।

विहार में कई भिक्खु अच्छे चित्रकार भी हैं। पगली बड़े ध्यान से उन्हें चित्र बनाते देखती है। कभी-कभी आप भी—मानो अन्तर के हठ से विवश होकर—अनायास चित्र बनाने का प्रयत्न करती है और फिर वे चित्र अधूरे ही छूट जाते हैं। बनाते-बनाते वह रेखाएँ भूल जाती है और थककर उन्हें छोड़ देती है। भिक्षाटन के लिए नगर में जानेवाली भिक्षुणी टोलियों के साथ महास्थविर कभी-कभी उसे भी भेज दिया करते हैं।

अति कुशल वादकों द्वारा वीणा बजते, मृदंग पर थाप पड़ते अथवा घुँघरुओं की झंकार सुनते ही वह स्तब्ध हो सुनती ही रह जाती है। उस समय वहाँ से उसे कोई हटा नहीं सकता। साधारण संगीत के स्वर उसे बहुत आकर्षित नहीं कर पाते। नगर के श्रेष्ठिजन बौद्ध भिक्षुणियों का बड़ा आदर करते हैं। पगली भी उनके साथ श्रेष्ठिजनों के यहाँ आती-जाती है। एक बार एक जौहरी के यहाँ मोतियों का एक ढेर देखकर उसने उत्तम मोती छाँटकर एक ओर रखना आरम्भ किया और फिर सहसा वह उनकी पहचान करना भूल गई, थककर दृष्टि हटा ली और उसकी आँखें फिर खोएपन के अथाह सागर में डूब गईं। अपनी स्मृति को पुनः लौटाने के लिए उसके कठिन प्रयत्न देखकर सबके मन में करुणा उमगती है। सब कहते हैं कि वह अवश्य ही उत्तम संस्कारयुक्त स्त्री है और किसी भीषण मानसिक आघात से इस दशा को पहुँची है।

एक दिन चेरन महाराज शेंगुट्टुवन के छोटे भाई महाकवि इलंगोवन कांची नगरी में पधारे। वे बौद्ध भिक्षु हो चुके थे। उन्हें महास्थविर का पद प्राप्त था। दक्षिण भारत में उनकी महती प्रतिष्ठा थी। महाकवि इलंगोवन ने कावेरीपट्टणम् की जलप्रलय से प्रभावित हो 'शिलप्पदिकारम्' (सुहाग के नूपुर) नामक एक महाकाव्य लिखा था, जिसे वे बड़े-बड़े नगरों में घूमकर जनता को सुनाया करते थे। कांचीपुरी में महाकवि का भव्य स्वागत हुआ। वे दिव्याराम के महास्थविर के अतिथि हुए और वहीं प्रतिदिन बौद्ध भिक्षुओं और नगर के जनसमुदाय को नित्यप्रति अपना महाकाव्य सुनाने लगे।

सब सुनते। पगली भी सुनती थी। सुनते-सुनते उसकी खोई आँखें क्रमशः स्थिर होने लगीं। उसका मौन भाव और खोयापन तो यथावत् रहा, पर ऐसा लगता

था कि अब पगली के उजड़े हुए खोए मन को किसी विचार ने लंगर में बाँधकर स्थिर कर दिया है।

अन्तिम दिन महाकाव्य की कथा समाप्त होने पर सबके जाने के बाद पगली महास्थविर के साथ बैठे हुए महाकवि के पास आई। बोली, "सारा इतिहास सच-सच ही लिखा है, देव! केवल एक बात अपने महाकाव्य में और जोड़ दीजिए—पुरुष जाति के स्वार्थ और दम्भ-भरी मूर्खता से ही सारे पापों का उदय होता है। उसके स्वार्थ के कारण ही उसका अर्धांग—नारी जाति—पीड़ित है। एकांगी दृष्टिकोण से सोचने के कारण ही पुरुष न तो स्त्री को सती बनाकर सुखी कर सका और न वेश्या बनाकर। इसी कारण वह स्वयं भी झकोले खाता है और खाता रहेगा। नारी के रूप में न्याय रो रहा है, महाकवि! उसके आँसुओं में अग्निप्रलय भी समाई है और जलप्रलय भी!"

महास्थविर और महाकवि दोनों ही आश्चर्यचकित हो उसे देखने लगे। सहसा महाकवि ने पूछा, "तुम माधवी हो?"

"मैं नारी हूँ—मनुष्यसमाज का व्यथित अर्धांग।" पगली कहकर चैत्यगृह की ओर चली गई।

□□□